三俠五義 上

石玉崑 著
張 虹 校注
楊宗瑩 校閱

三民書局

三俠五義總目

引言

張虹

三俠五義是敘述宋代包公斷案、安邦保民和俠士們行俠仗義、除暴安良的故事。其書是根據石玉崑演唱的包公案（又稱龍圖公案、龍圖耳錄）實錄改編後的出版物，多冠以「石玉崑著」。石玉崑說唱包公案時，是沒有底本的。據道咸以來朝野雜記記載：聚珍堂「所印之包公案（即三俠五義）最有名，因此書無底本，當年故舊數友（原注：有祥樂亭、文冶庵），每日聽評書，歸而彼此互記，因湊成此書。其中人物，各有贊語（原注：今本無），多趣語，諧而雅。此道光間石玉崑所傳也。」祥樂亭生平不詳，而文冶庵即文良，是兒女英雄傳作者文康的兄弟。他對小說有濃厚的興趣，故參與記錄、整理龍圖耳錄是很自然的事。石玉崑演唱包公案時，是有說有唱的，龍圖耳錄將唱詞全部刪去，後又經刪改而成三俠五義，這就是其最早的版本——聚珍堂版本。這些在光緒己卯新秋退思主人序中敘述得比較清楚，他寫道：「戊寅冬，於友人入迷道人處得是書之寫本，知為友人問竹主人互相參合刪定，匯而成卷，攜歸卒讀，愛不釋手，緣商兩友就付聚珍版，以供同好云爾。」在同年入迷道人的序中寫道：「乙亥司榷淮安，公餘時從新校閱，另錄成編，訂為四函，年餘始獲告成。」據今人于盛庭先生考證，淮安府志卷十二所載，光緒元年司榷淮安者為文琳。又據今人侯忠義先生在三俠五義系列小說一書中認定：文琳即入迷道人。由此可見，為書作序的入迷道人——文琳，是三俠五義改編定稿的主要人物。另一說，胡適先生則認為問竹主人就是石玉崑。

與三俠五義流傳至今的還有七俠五義。七俠五義是近代學者俞樾（曲園，一八二一—一九〇六）見三俠五義後，興趣極大，但又感到不足，他認為第一回寫「狸貓換太子」的故事，「殊屬不經」，遂「援據史傳，訂正俗說」，重撰第一回。並將三俠改為四俠，又增小俠艾虎、黑妖狐智化、小諸葛沈仲元等三俠，計七俠；原五鼠仍為五義士，更名為七俠五義。七俠五義刊行後，在中國南方，風靡一時，大有擠跨三俠五義之勢。然而，三俠五義以其固有的生命力，經歷時間考驗，仍然廣泛地流傳在民眾之中。正如胡適先生說的那樣：「其實三俠五義原本確有勝過曲園先生改本之處，就是曲園先生最不滿意的第一回也遠勝於改本。」

關於三俠五義和七俠五義，還有一段令人深思的趣話。俞樾改三俠五義為七俠五義，而其曾孫俞平伯，在二十年代卻為亞東圖書館排印的三俠五義標點。這不僅是俞氏家族的一件趣聞，也可謂中國文學史上的一段佳話。

三俠五義問世後，曾引起社會上的巨大轟動。因此，續書蜂起，令人矚目。就其內容而言，或續寫三俠（七俠）五義本人的曲折經歷，如續俠義傳（此書因版本稀少，鮮為人知）；或續寫他們後代建功立業的事蹟，如小五義，又名忠烈小五義傳，一名續忠烈俠義傳；續小五義，又名忠烈續小五義傳，一名三續忠烈俠義傳，這些續書的內容正是讀者極為關心和很願意知道的，因此續書也就應運而生。這也是這種現象在中國文學史屢見不鮮的道理所在。

三俠五義中包拯審案斷獄，安邦保民，俠義之士幫助官府除暴安良、行俠仗義之行為都是為了「不負朝廷」或「致君澤民」的共同目的，相互為用。

三俠五義的出現，表明了在中國古典小說發展的進程中，兩個獨立的小說流派——俠義派和公案派——的合流。這種合流，從內容到形式均符合中國讀者的心理需求，也是他們所喜聞樂見的，同時它也是平民思想的產物。所以，三俠五義是「俠義公案派」成功合流的代表作。三俠五義的成功，不僅給中國文學史增添了一筆，同時對晚清新武俠小說的產生和發展，提供了有益的借鑒。

三俠五義全書一百二十回，六十萬字左右，主要內容包括兩個方面，一是審案斷獄，一是除暴安良。整個內容圍繞包公斷案和眾俠義之士協助包公與龐太師父子、襄陽王趙鈺鬥爭的兩大情節，組成了眾多的小故事。三俠五義中包公斷案的故事，雖取材於以往小說、戲曲、傳說中的故事，但都重新改創，其內涵幾乎全不相同。這些故事既不是戲曲中一案一劇，也不是龍圖公案中獨立成篇，不相連屬，而是數案相聯，案中有案的新組合，從而使三俠五義的整個故事跌宕起伏，懸念疊生，貫通一氣，構成一部完整的洋洋巨製。

現將全書重要案例，列目如下：

1. 狸貓換太子案（第一回，第十五回至十九回）
2. 吳良圖財殺死僧人案（第五回）
3. 皮熊、畢氏通奸殺人案（第五回）
4. 張別古烏盆案（第五回）
5. 陳應杰、劉氏通奸殺人案（第七回至九回）

6. 鍘龐昱案（第九回至十五回）
7. 鄭屠殺死妓女案（第十回、十一回）
8. 白熊謀殺李克明案（第十回、十一回）
9. 葉阡盜竊案（第十回、十一回）
10. 劉四訛詐被殺案（第十一回）
11. 白安與白熊妾通奸案（第十一回）
12. 楊氏女婚姻爭訟案（第二十回至二十二回）
13. 龐吉用魘魔法謀害包公案（第二十回至二十二回）
14. 葛登雲強搶白氏殺人案（第二十三回至二十七回）
15. 李保貪財殺死屈申案（第二十四回至二十七回）
16. 馮君衡圖奸詐騙殺人案（第三十五回至三十九回）
17. 假包三公子詐騙案（第四十六回至四十八回）
18. 花花太歲強搶民女被誤殺案（第四十四回）
19. 林春、倪氏通奸案（第四十九回、五十回）
20. 宋升訛詐方善案（第五十一回至五十三回）
21. 進寶、碧蟾通奸殺人案（第六十九回、七十回）
22. 馬強謀殺地方官案（第七十二回至八十四回）

23. 吳玉圖財害命案（第九十六回、九十七回）

24. 襄陽王謀反案（第一百回至一百二十回）

這些案件，可謂是集包公公案之大成。三俠五義正是通過這些案件的審斷，將包公這個人物形象塑造得更加完整、豐滿、傳奇。包公在宋史裏只有一篇短傳，說他「剛毅」、「敦厚」、斷案精明。在北宋時就為人們稱道，南宋有傳，到了元代已成為雜劇的創作題材。據曲海總目記載，依據包公斷案故事創作的劇本，有十四本（其中有四本已經失傳）。這些劇本的故事已經大大超越了包公傳，將歷代疑難奇案的案例、傳說中有關故事都集中到包公名下，民眾再根據自己的心願去塑造包公、神化包公，以表達他們期望有包公這樣的清官來安邦保民。時至明清之際，包公的形象在前人藝術加工的基礎之上，進一步「添枝加葉」演成話本、章回小說。因此，三俠五義中的包公形象可謂是五六百年來，民眾和編撰者共同創出來的藝術結晶，為中國乃至於世界古典藝術人物形象畫廊增添了新的色彩，這個功勞應該記在三俠五義的名下。

三俠五義中的包公是個剛正不阿，足智多謀，明判善斷，不畏權勢，懲惡揚善的古今天下第一清官。

在二十多起案件中，被審對象從皇親國戚、達官貴人到細民百姓，包公斷案時無一不是明察秋毫，鐵面無私，秉公執法的。如審太師龐吉之子龐昱，不因自己與龐太師有「師生之誼」而循私。就是自己的親姪兒也一視同仁，照樣執法不誤。「狸貓換太子」一案直接關係到朝廷的權力之爭，包公毫不畏懼，鐵面無私，不管其權勢如何，都使其一一落入法網。而「吳良圖財殺死僧人案」是最典型的代表包公注重調查，認真取證，嚴密推理，量刑適當的審案風格。此案起因是沈清在伽藍殿殺死一僧人。包公提審沈清時，見此人不過三十，戰戰兢兢，匍匐在地，一副本分樣子，不像行凶的。沈清自稱雨夜進伽藍殿存身，天未明出廟，背後沾了血跡，殺人的事，實在是不知曉。包公一想：他既然殺人，為什麼只有背後留下血跡，為什麼沒有凶器？包公帶著這個疑問，隨即至伽藍殿實地調查，不料在殿下拾得一墨斗（木工工具），又在伽藍神身背後發現六指的血印。包公遂斷定凶手是個六指的木匠。捉拿凶手、審判的過程，寫得妙極，錄之共賞：

包公問道：「咱們縣中可有木匠麼？」胡成應道：「有。」包公道：「你去多叫幾名來，我有緊要活計要做的，明早務要俱各傳到。」……

到了次日……只見進來了九個人，俱各跪倒，口稱：「老爺在上，小的叩頭。」包公道：「如今我要做各樣的花盆架子，務要新奇式樣。你們每人畫他一個，老爺揀好的用，並有重賞。」說罷，吩咐拿矮桌筆硯來。兩旁答應一聲，登時齊備。……不多時，俱各畫完，挨次呈遞。老爺接一張，看一張；看到其中一張，便問道：「你叫什麼名字？」那人道：「小的叫吳良。」包公便向眾木匠道：「你們散去。將吳良帶至公堂。」左右答應一聲，立刻點鼓升堂。

包公入座，將驚堂木一拍，叫道：「吳良，你為何殺死僧人？從實招來！免得皮肉受苦。」吳良聽說，喫驚不小，回道：「小人以木匠做活為生，是極安分的，如何敢殺人呢？望乞老爺詳察。」老爺道：「諒你這廝決不肯招。左右，爾等立刻到伽藍殿將伽藍神好好抬來。」左右答應一聲，立刻去了。不多時，將伽藍神抬至公堂。百姓們見把伽藍神泥胎抬到縣衙聽審，誰不要看看新奇的事，都來。只見包公離了公座，迎將下來，向伽藍神似有問答之狀。左右觀看，不覺好笑。連包興也暗說道：「我們老爺這是裝什麼腔兒呢？」只見包公從新入座，叫道：「吳良，適才神聖言道，你那日行凶之時，已在神聖背後留下暗記。下去比來。」左右將吳良帶下去。只見那神聖背後肩膀以下果有左手六指兒的手印；……吳良嚇的魂飛膽裂，左右的人無不吐舌，說：「這位太爺真是神仙，如何就知是木匠吳良呢？」……（第五回）

包公雖然被神化，但他畢竟是個凡人，不是所有案件，都能「白日斷陽，夜間斷陰」那樣神斷無誤的。如「斷烏盆將人犯刑斃身死」，丟了定遠縣令的烏紗。此一節，還有另一層意思，即包公這個形象，有一個自身不斷發展、成長和完善的過程。

三俠五義中的包公不僅是位斷案的神手，而且還是一位識仁知士的「伯樂」。如包公最忠誠的保鏢和「護衛」王朝、馬漢、張龍、趙虎曾是土龍崗的山大王，經規勸而歸投其門下。又如公孫策，本是一位「久困場屋，屢落孫山」的落魄儒生，經包公目測交談，感到公孫策是個「舉止端詳」、「學問淵博」的才子。遂委以微服私訪之重任，後來他成為包公出謀劃策的智囊。包公對三俠五義「更是優禮相加」。儘管他們之中有人觸犯了刑律，他都能出自愛護、重用人才的角度來考慮，不究既往，而加以重用。由此可見，包公在用人方面，不僅有卓識遠見，而且能寬宏大量。

胡適先生說：「包公的部分是因襲的居多，俠義的部分是創作的居多」。三俠五義大概情況確實如此。但細細讀來，包公形象的藝術境界超越以往任何一部寫包公的作品。這也是三俠五義值得稱道的原因。

三俠五義中眾俠義之士的形象，一個個都寫得栩栩如生，各具特色，其中南俠展昭、錦毛鼠白玉堂寫得最為出色。尤其是南俠展昭，他本是一位英偉瀟脫、坦蕩無私的綠林高人，耀武樓試武充分展示其高超的武藝。包公對其評論是「若論展昭武藝，他有三絕：第一，劍法精奧；第二，袖箭百發百中；第三，他的縱躍法，真有飛簷走壁之能。」觀賞展昭試武的「合朝文武」，「無不暗暗喝采」，皇上隨傳旨，展昭當上了御前四品帶刀護衛，並得「御貓」的雅號。他更難能可貴是忍讓謙和，這是一般那種「才高必狂，藝高必傲」的俠士所無法相比的。如他在杭州救周老的表現；不與丁兆蕙爭功，茉花村與丁小姐比劍定親，不爭勝負；特別是白玉堂與其「合氣」，無一不是表現他的謙讓品德。展昭形象塑造成功，正如侯忠義先生說的那樣：在「我國古代小說中，展昭是御用俠義人物中寫得最成功的一個典型。」

白玉堂在三俠五義中是個性格鮮明，寫得較為出色的人物。他武藝高強，豪爽任俠，疾惡如仇乃至有過分之處，如在苗家集用調虎離山計，竊取其不義之財，還削掉苗秀之妻的雙耳。這就顯示出在其疾惡如仇的性格之中，還含有幾分狠毒。他對展昭的「御貓」稱號極為不滿，到東京後，「何不到皇宮內走走。倘有機緣，略略施展施展，一來使當今知道我白玉堂；二來也顯顯我們陷空島的人物；三來我做的事，聖上知道，必交開封府。既交到開封府，再沒有不叫南俠出頭的。那時我再設個計策，將他誆入陷空島奚落他一場。是貓兒捕了耗子，還是耗子咬了貓？縱然罪犯天條，斧鉞加身，也不枉我白玉堂虛生一世。那怕從此傾生，也可以名傳天下。」作者通過這些情節，把白玉堂心高氣傲，好事逞強，剛愎狹窄的性格刻畫得活靈活現。他的豪俠行為在與顏查散訂交、相處之中，更是「閒中著色，精神百倍」，恕不引文證之。

三俠五義中對三俠五義寫得各有各的性格，各有各的口聲，這裏不作一一剖析。就是一些陪襯人物也寫得聲形皆佳，躍然紙外。如太監總管楊忠，奉旨帶包公去玉宸宮鎮邪。不可一世的楊忠一路稱老黑，又叫老包，還用褻瀆之語，奚落包公。進內宮他說：「想不到你七品前程如此造化！今日對了聖心，派你入宮，將來回家到鄉裏說古去罷。是不是？老黑呀！」待寇珠鬼魂附其身，他清醒過來時還在叫「老黑」，直到包公說：「我已將鬼審明，只好明日見了聖上，我奏我的，你說你的便了。」楊忠一聽不由來了個一百八十度的大轉彎，這將一個勢利之徒的嘴臉描繪得維妙維肖、無以復加的地步。請品賞以下文字：

噯呀！包……包先生，包……包老爺，我的親親的包……包大哥，你這不把我毀透了嗎？……可見你老人家就不疼人了。過後就真沒有用我們的地方了。瞧你老爺們這個勁兒，立刻給我個眼裏插棒槌，也要我們擱的住呀！好包先生你告訴我！我明日送你個小巴狗兒，這麼短的小嘴兒。（第六回）

三俠五義的藝術特色，在結構方面，書的前半部分以包公為中心人物，採用以線串珠的結構，將一個個離奇曲折、引人入勝的案例貫串一氣。書的後部分以俠義之士為主，採用環環相扣的結構方式，但也不是截然分開的。如俠義之士的行蹤，在前半部裏都已伏線，到後半部分呼應起來寫，使來龍去脈一清二楚。這樣處理，將前後兩個部分緊密地結合成一個有機的整體，也突出了三俠五義的故事。

三俠五義的語言特色，正如魯迅先生評述此書時說的那樣：「繪聲狀物，甚有評話習氣。」口語化是該書最大的特色。首先，總覽全書，很難找到長句。比比皆是的是三、五字的句子。短句讀起來朗朗上口，生動流利。其二，書中保留了大量的說書人交代情節發展的插話，讀起來就像置身於書館，面對說書人一樣，字字明白，聲聲入耳。同時，還增強了作品幽默、詼諧的氛圍。其三，結合人物性格、故事情節的需要，運用歇後語、俚語、方言，使語言與人物的身分地位、場景環境交融為一體，使人物更具性格特色。

三俠五義在表達方法方面，力求一個「新」字。如寫白玉堂的出場，是三十二回至三十四回，他與顏查散的訂交，是全書寫得最下功夫的地方。三十二回裏白玉堂初次露面，三十三回「真名士初交白玉堂，美英雄三試顏查散」開始就突然出現一個金生，「見他頭戴一頂開花儒巾，身上穿一件零碎藍衫，足下穿一雙無根底破皂靴頭兒，滿臉塵土，實在不像念書之人，倒像個無賴。」這種表裏不一的描寫，似乎播下了無處不在的「且聽下回分解」。作者直到三十七回，顏查散入獄後才交代金生就是白玉堂，——一個頂呱呱的俠義之士。這種突兀的表達方式，在中國古典小說的傳統表述方法中是很少見的，只有在同時間問世的文康兒女英雄傳寫十三妹出場用此手法。此法的運用給出場的白玉堂蒙上了一層神祕的面紗。同時也為充分展示環境的複雜性和人物心理複雜性之間相互關係創造了條件，並由此製造曲折的情節，以便達到引人入勝的藝術效果。

三俠五義是一部集幾百年創作成果的著作，其非同一般的藝術成就，有賴於此，但同時也夾雜了一些缺陷和時代的局限性。如因果報應、鬼魂告狀、陰差陽錯等迷信思想。不過從全書的總體來看，其缺陷掩蔽不了三俠五義的藝術成就和影響。

三俠五義考證

張虹

三俠五義作者是誰？曾有二說：一說作序的問竹主人，就是其書的作者石玉崑；一說問竹主人並不是石玉崑，而是另外一個加工三俠五義的文人筆署。自胡適先生依據清光緒五年己卯（一八七九年）北京聚珍堂活字原刊本，首題「忠烈俠義傳，石玉崑述」，認為問竹主人就是石玉崑以來，不少學者或出版社均認同胡適的看法，但也有一些學者仍持「草創或出一人，潤色則由眾手」的看法。

石玉崑，字振之，自號問竹主人，天津人。因為他久居北京賣唱，曾有人誤認為是北京人。石玉崑在當時只是一個說書藝人，加之小說野史難登大雅之堂，所以其生平事跡，記載很少，故其生活年代難以確定。

但石玉崑是位享有盛名的「說書人」，故在其弟子和友人的著作中留下了一些有關他的生平資料，這些可貴的資料已成為研究石玉崑的重要依據。如對石玉崑精湛的說書藝術作過生動描述的石玉崑（子弟書），說石玉崑「編來宋代包公案」，在「公卿」、「市井」中具有極高的聲價；聽書人尊稱他為先生，並借後漢書馬融傳：「常坐高堂，施絳紗帳，前授生徒，後列女樂」之言，盛贊其藝術成就。還有記載石玉崑能使「關閉多年的雜耍館」起死回生。只要石玉崑一出場，就會使書棚登時「茶坐過千人」。非廠筆記記載了石玉崑在咸豐、同治間曾唱彈弦歌轟動一時。

再早些時，曾在嘉慶、道光年間歷任戶部、刑部侍郎及大理寺卿等職的富察貴慶寫過一首詠石玉崑七律，詩序云：「石生玉崑，工柳敬亭之技，有盛名者近二十年，而性孤僻，遊市肆間，王公招之不至。」詩為：

攀條軼事吊斜曛，
絕技風流又屬君。
一笑史從何處說，
廿年人得幾回聞。
么弦切切秋蟲語，
大笠飄飄野鶴群。
為底朱門無履跡，
曳裾應怪太紛紛。

從貴慶的詩及序可以清楚地看到，石玉崑不僅是位說書高手，得到社會的承認，享有極高聲譽，還是一個有一身傲骨，寄身市肆，輕蔑王侯，如閑雲野鶴，飄然世上，不願做達官貴人的狎客。石玉崑這樣的性格，對於他將龍圖公案（即龍圖耳錄）「翻舊出新，添長補短，刪去邪說之事，改出正大之文」——三俠五義，無疑是一個極為有利的基礎。

但根據志書館見聞瑣記（金受申）之四傳說：「石玉崑原是『禮王府』說書供應人。」這個記載似乎與貴慶的詩、序有矛盾。不過，將其放在當時的歷史條件下分析，金受申的說法是可能的，一般藝人欲蜚聲揚名，都得借助於達官貴人的捧場。所謂「王公招之不至」，這大約是孤高自傲的石玉崑擇主而事的緣故吧！

石玉崑說唱包公故事時，有人聽而錄之，刪汰唱詞而成龍圖耳錄。耳錄有抄本流傳，後經加工潤色而成三俠五義。成書時間應是一八七六年。因為有記載說司榷淮安在光緒乙亥年（一八七五年）從入迷道人處得龍圖耳錄抄本，「公餘時從新校閱，另錄成編，訂為四函，年餘始獲告成。」後被退思主人（三俠五義作序者）索去「付刻於聚珍版」。這就是三俠五義最早問世的光緒五年己卯北京聚珍堂活字本。此屬原刊本，不分卷。光緒八年壬午有活字本。光緒九年癸未有文雅齋二十四卷本、光緒二十二年又有上海廣百宋齋排印大字本、上海廣益書局石印本、上海大成書局石印本等刊行。各種版本回目內容基本相同。但文字略有差別。

光緒十五年（一八八九年）俞曲園先生認為第一回「狸貓換太子」事「殊涉不經」，重新改寫，又以為除南俠、北俠、雙俠外，尚有小俠艾虎、黑妖狐智化、小諸葛沈仲元。於是更名為七俠五義。七俠五義梓行後盛行全國，大有取代三俠五義之勢，但隨著時間的推移，三俠五義以其自身的特點，仍行銷於國內外。這大約正如胡適先生評述：「三俠五義原本確有勝過曲園先生改本之處」所致吧！

本書以光緒五年己卯北京聚珍堂活字本為底本，參校上海古籍出版社出版的版本。在校注中為保持原貌，不作刪改，只對文字訛誤、明顯錯漏處，參照其他版本更正。自聚珍堂活字本問世以來，各種版本未見注釋，本書在校點的同時作了一些注釋和考證，有疏漏之處，敬請同行和讀者批評指正。

忠烈俠義傳序

是書本名龍圖公案，又曰包公案，說部中演了三十餘冊，從此書內又續成六十多本。雖是傳奇志異，難免怪力亂神。茲將此書翻舊出新，添長補短，刪去邪說之事，改出正大之文，極贊忠烈之臣、俠義之士。且其中烈婦、烈女、義僕、義鬟，以及吏役、平民、僧俗人等，好俠尚義者不可枚舉，故取傳名曰「忠烈俠義」四字，集成一百二十回。雖係演義之詞，理淺文粗，然敘事敘人，皆能刻畫盡致，接縫鬪筍，亦俱巧妙無痕。能以日用尋常之言，發揮驚天動地之事。所有三俠五義、諸多豪傑之所行，誠是驚魂落魄，有人不敢為而為，人不能作而作，才稱得起俠義二字。至於善惡邪正，各有分別。真是善人必獲福報，惡人總有禍臨，邪者定遭凶殃，正者終逢吉庇，昭彰不爽，報應分明。使讀者有拍案稱快之樂，無廢書長歎之時。無論此事有無，但能情理兼盡，使人可以悅目賞心，便是絕妙好辭。此書一部中，包公本是個綱領，起首應從包公說起，為何要先敘仁宗呢？其中有個緣故，只因包公事繁，仁宗事簡，開口若說包公降生如何坎坷，怎麼受害，將來仁宗的事補出來時，反覺贅筆；莫若先君後臣，將仁宗事敘明，然後再言包公降生，一氣文字貫通，方不紊亂。就是後文草橋遇后時，也覺省筆，讀者亦一目了然。

惟是書篇頁過多，鈔錄匪易，是以藉聚珍版而攢成之，以供同好。第句中有因操土音故書訛字，讀者宜自明之。是為序。

光緒己卯孟夏問竹主人識

序

原夫龍圖一傳，舊有新編，貂續千言，新成其帙。補就天衣無縫，獨具匠心；裁來雲錦缺痕，別開生面。百二回之通絡貫脈，三五人之義膽俠腸，信乎文正、諸臣之忠也，金氏等輩之烈也，歐陽眾士之俠也，玉堂多人之義也，命之以「忠烈俠義傳」，名誠不誣矣。作者煞是費心，閱者能弗動目？雖非熔經鑄史，且喜除舊翻新。勿論事之荒唐，最愛語無污穢，使讀者能興感發之善，不入溫柔之鄉。閑筆悅情，雨窗月夜之餘，較讀才子佳人雜書，滿紙脂香粉艷，差足勝耳。況余素性喜聞聽說鬼，雅愛搜神，每遇志異各卷，莫不快心而留覽焉。戊寅冬，於友人入迷道人處得是書之寫本，知為友人問竹主人互相參合刪定，匯而成卷，攜歸卒讀，愛不釋手，緣商兩友就付聚珍版，以供同好云爾。

光緒己卯新秋退思主人識

序

余由弱冠棄儒而仕，公餘之暇，即性好披覽群書，每間有傳奇志異之編，必博採而旁求之。卅年來搜羅購覓，案滿筐盈，亦鄙人之一癖耳。暇時惟把卷流連，無他好焉。辛未春，由友人問竹主人處得是書，而卒讀之，愛不釋手。雖係演義無深文，喜其筆墨淋漓；敘事尚免冗泛，且無淫穢語言。至於報應昭彰，尤可感發善心。總為開卷有益之帙，是以草錄一部而珍藏之。乙亥司榷淮安，公餘時從新校閱，另錄成編，訂為四函，年餘始獲告成。去冬，有世好友人退思主人者亦癖於斯，因攜去，久假不歸，故以借書送遲嘲之。渠始囁嚅言愛，竟已付刻於聚珍版矣。余亦笑其所尚有甚於我者也，愛成短序，以供同好一粲，奚疑。

光緒己卯夏月入迷道人識

回目

上冊

第一回　設陰謀臨產換太子　奮俠義替死救皇娘

詩曰：

紛紛五代亂離間，一旦雲開復見天。草木百年新雨露，車書萬里舊江山。

尋常巷陌陳羅綺，幾處樓臺奏管絃。天下太平無事日，鶯花無限日高眠。

話說宋朝自陳橋兵變❶，眾將立太祖為君，江山一統，相傳至太宗，又至真宗，四海昇平，萬民樂業，真是風調雨順，君正臣良。

一日早朝，文武班齊，有西臺御史兼欽天監文彥博出班奏道：「臣夜觀天象，見天狗星犯闕，恐於儲君❷不利。恭繪形圖一張，謹呈御覽。」承奉接過，陳❸於御案之上。天子看罷，笑曰：「朕觀此圖，雖則是上天垂象；但朕並無儲君，有何不利之處。卿且歸班，朕自有道理。」早朝已畢，眾臣皆散。

轉向宮內，真宗悶悶不樂，暗自忖道：「自御妻薨後，正宮之位久虛，幸有李劉二妃現今俱各有娠，

❶ 陳橋兵變：指趙匡胤在後周任殿前都點檢兼歸德軍節度使，在建隆元年（九六〇年）趙出兵陳橋驛，其弟趙匡義將皇帝的黃袍加在趙匡胤的身上，即擁立趙為皇帝。史稱「陳橋兵變」。

❷ 儲君：指被確認為君主的繼承者，意為君主之副。指太子。

❸ 陳：即「呈」。

難道上天垂象就應於他二人身上不成？」才要宣召二妃見駕，誰想二妃不宣而至。參見已畢，跪而奏曰：「今日乃中秋佳節，妾妃等已將酒宴預備在御園之內，特請聖駕今夕賞月，作個不夜之歡。」天子大喜，即同二妃來到園中。但見秋色蕭蕭，花香馥馥，又搭著金風瑟瑟，不禁心曠神怡。真宗玩賞，進了寶殿，歸了御座，李劉二妃陪侍。宮娥獻茶已畢。天子道：「今日文彥博具奏，他道現時天狗星犯闕，主儲君不利。朕雖乏嗣，且喜二妃俱各有孕，不知將來誰先誰後，是男是女。上天既然垂兆，朕賜汝二人玉璽龍袱各一個，鎮壓天狗沖犯；再朕有金丸一對，內藏九曲珠子一顆，係上皇所賜，無價之寶，朕幼時隨身佩帶，如今每人各賜一枚，將妃子等姓名宮名刻在上面，隨身佩帶。」李劉二妃聽了，望上謝恩。天子即將金丸解下，命太監陳林拿到尚寶監，立時刻字去了。

這裏二位妃子吩咐擺酒，安席進酒。登時鼓樂迭奏，綵戲俱陳，皇家富貴自不必說。到了晚間，皓月當空，照得滿園如同白晝，君妃快樂，共賞冰輪，星斗齊輝，觥籌交錯。天子飲至半酣，只見陳林手捧金丸，跪呈御前。天子接來細看，見金丸上面，一個刻著「玉宸宮李妃」，一個刻著「金華宮劉妃」，鐫的甚是精巧。天子深喜，即賞了二妃。二妃跪領，欽遵佩帶後，每人又各獻金爵三杯。天子並不推辭，一連飲了，不覺大醉，哈哈大笑道：「二妃子如有生太子者，立為正宮。」二妃又謝了恩。

天子酒後說了此話不知緊要，誰知生出無限風波。你道為何？皆因劉妃心地不良，久懷嫉妒之心；今一聞此言，惟恐李妃生下太子立了正宮。自那日歸宮之後，便與總管都堂郭槐暗暗鋪謀定計，要害李妃。誰知一旁有個宮人名喚寇珠，乃劉妃承御的宮人。此女雖是劉妃心腹，他卻為人正直，素懷忠義，見劉妃與郭槐計議，好生不樂。從此後各處留神，悄地窺探。

單言郭槐奉了劉妃之命，派了心腹親隨，找了個守喜婆尤氏；他就屁滾尿流，又把自己男人託付郭槐，也做了添喜郎了。一日，郭槐與尤氏密密商議，將劉妃要害李妃之事細細告訴。奸婆聽了，始而為難。郭槐道：「若能辦成，你便有無窮富貴。」婆子聞聽，不由滿心歡喜，眉頭一皺，計上心來，便對郭槐道：「如此，如此……這般，這般……」郭槐聞聽，說：「妙！妙！真能辦成，將來劉妃生下太子，你真有不世之功。」又囑咐臨期不要誤事，並給了好些東西。婆子歡喜而去。郭槐進宮，將此事回明劉妃，歡喜無限，專等臨期行事。

光陰迅速，不覺的到了三月，聖駕至玉宸宮看視李妃。李妃參駕。天子說：「免參。」當下閒談，忽然想起明日乃是南清宮八千歲的壽辰，便特派首領陳林前往御園辦理果品，來日與八千歲祝壽。陳林奉旨去後，只見李妃雙眉緊蹙，一時腹痛難禁。天子著驚，知是要分娩了，立刻起駕出宮，急召劉妃帶領守喜婆前來守喜。劉妃奉旨，先往玉宸宮去了。郭槐急忙告訴尤氏。尤氏早已備辦停當，雙手捧定大盒，交付郭槐，一同齊至玉宸宮而來。

你道此盒內是什麼東西？原來就是二人定的奸計，將狸貓剝去皮毛，血淋淋，光油油，認不出是何妖物，好生難看。二人來至玉宸宮內，別人以為盒內是喫食之物，那知其中就裏❹。恰好李妃臨蓐，剛然分娩，一時血暈，人事不知。劉妃郭槐尤氏做就活局❺，趁著忙亂之際，將狸貓換出太子，仍用大盒將太子就用龍袱包好裝上，抱出玉宸宮，竟奔金華宮而來。劉妃即喚寇珠提籐籃暗藏太子，叫他到銷金

❹ 就裏：指內部情況。
❺ 活局：圈套；騙局。

亭用裙絲勒死，丟在金水橋下。寇珠不敢不應，惟恐派了別人，此事更為不妥，只得提了籐籃，出鳳右門至昭德門外，直奔銷金亭上，忙將籐籃打開，抱出太子，且喜有龍袱包裹，安然無恙。抱在懷中，心中暗想：「聖上半世乏嗣，好容易李妃產生太子，偏遇奸妃設計陷害，我若將太子謀死，天良何在？也罷！莫若抱著太子一同赴河，盡我一點忠心罷了。」剛然出得銷金亭，只見那邊來了一人，即忙抽身，隔窗細看。見一個公公打扮的人，踏過引仙橋，手中抱定一個宮盒，穿一件紫羅袍繡立蟒，粉底烏靴，胸前懸一挂念珠，項左斜插一個拂塵兒，生的白面皮，精神好，雙目把神光顯。這寇承御一見，滿心歡喜，暗暗的念佛說：「好了！得此人來，太子有了救了！」原來此人不是別人，就是素懷忠義首領陳林。只因奉旨到御園採辦果品，手捧著金絲砌就龍粧盒，迎面而來。一見寇宮人懷抱小兒，細問情由。寇珠將始末根由，說了一回，陳林聞聽喫驚不小，又見有龍袱為證。二人商議，即將太子裝入盒內，剛剛盛得下。偏偏太子啼哭，二人又暗暗的禱告。祝讚已畢，哭聲頓止。二人暗暗念佛，保佑太子平安無事，就是造化。二人又望空叩首罷，寇宮人急忙回宮去了。

陳林手捧粧盒，一腔忠義，不顧死生，直往禁門而來。才轉過橋，走至禁門，只見郭槐攔住，道：「你往那裏去？劉娘娘宣你，有話面問。」陳公公聞聽，只得隨往進宮，卻見郭槐說：「待我先去啟奏。」不多時，出來說：「娘娘宣你進去。」陳公公進宮，將粧盒放在一旁，朝上跪倒，口尊：「娘娘，奴婢陳林參見。不知娘娘有何懿旨？」劉妃一言不發，手托茶杯，慢慢喫茶，半晌，方才問道：「陳林，你提這盒子往那裏去！上有皇封，是何緣故？」陳林奏道：「奉旨前往御園採揀果品，與南清宮八大王上壽，故有皇封封定。非是奴婢擅敢自專的。」劉妃聽了，瞧瞧粧盒，又看看陳林，復又說道：「裏面可有夾帶？從實說來！倘有虛偽，你喫罪不起。」陳林當此之際把生死付於度外，將心一橫，不但不怕，反倒從容答道：「並無夾帶。娘娘若是不信，請去皇封，當面開看。」說著話，就要去揭皇封。劉妃一見，連忙攔住道：「既是皇封封定，誰敢私行開看！難道你不知規矩麼？」陳林叩頭說：「不敢，不敢！」劉妃沉吟半晌，因明日果是八千歲壽辰，便說：「既是如此，去罷！」陳林起身，手提盒子，才待轉身，忽聽劉妃說：「轉來！」陳林只得轉身。劉妃又將陳林上下打量一番，見他面上顏色絲毫不漏，方緩緩的說道：「去罷。」陳林這才出宮，倒覺的心中亂跳。

出了禁門，直奔南清宮內，傳：「旨意到。」八千歲接旨入內殿，將盒供奉上面，行禮已畢。因陳林是奉旨欽差，才要賜座。只見陳林撲簌簌淚流滿面，雙膝跪倒，放聲大哭。八千歲一見，唬得驚疑不止，便問道：「伴伴，這是何故？有話起來說。」陳林目視左右。賢王心內明白，便吩咐：「左右迴避了。」陳林見沒人，便將情由細述一遍。八千歲便問：「你怎麼就知道必是太子？」陳林說：「現有龍袱包定。」賢王聽罷，急忙將粧盒打開，抱出太子一看，果有龍袱，只見太子哇的一聲，竟痛哭不止，彷彿訴苦的一般，真是聖天子百靈相助。賢王爺急忙抱入內室，並叫陳林隨入裏面，見了狄娘娘，又將原由說了一遍。大家商議，將太子暫寄南清宮撫養，候朝廷諸事安頓後，再做道理。陳林告別，回朝覆命。

誰知劉妃已將李妃產生妖孽，奏明聖上。天子大怒，立將李妃貶入冷宮下院，加封劉妃為玉宸宮貴妃。可憐無靠的李妃受此不白之冤，向誰伸訴。幸喜吉人天相，冷宮的總管姓秦名鳳，為人忠誠，素與郭槐不睦，已料此事必有奸謀。今見李妃如此，好生不忍，向前百般安慰。又吩咐小太監余忠好生服侍娘娘，不可怠慢。誰知余忠更有奇異之處，他的面貌酷肖李妃的玉容，而且素來做事豪俠，往往為他人奮不顧身；因此秦鳳更加疼愛他，雖是師徒，情如父子。他今見娘娘受此苦楚，恨不能以身代之；每欲設計救出，只是再也想不出法子來，也只得罷了。

且說劉妃此計已成，滿心歡喜，暗暗的重賞了郭槐與尤氏，並叫尤氏守自己的喜。到了十月滿足，恰恰也產了一位太子，奏明聖上。天子大喜，即將劉妃立為正宮，頒行天下。從此人人皆知國母是劉后了。待郭槐猶如開國的元勳一般；尤氏就為掌院，寇珠為主宮承御。清閒無事。

誰想樂極生悲，過了六年，劉后所生之子，竟至得病，一命嗚呼。聖上大痛，自歎半世乏嗣，好容易得了太子，偏又夭亡，焉有不心疼的呢。因為傷心過度，竟是連日未能視朝。這日八千歲進宮問安。天子召見八千歲，奏對之下，賜座閒談，問及：「世子共有幾人？年紀若干？」八千歲一一奏對，說至三世子，恰與劉后所生之子歲數相仿。天子聞聽，龍顏大悅，立刻召見，進宮見駕。一見世子，不由龍心大喜，更奇怪的，是形容態度與自己分毫不差；因此一樂，病就好了。即傳旨將三世子承嗣❻，封為東宮守缺❼太子。便傳旨叫陳林帶東宮往參見劉后，並往各宮看視。陳林領旨，引著太子，先到昭陽正院朝見劉后，並啟奏說：「聖上將八千歲之三世子，封為東宮太子，命奴婢引來朝見。」太子行禮畢。劉后見太子生的酷肖天子模樣，心內暗暗詫異。陳林又奏，還要到各宮看視。劉后說：「既如此，你就引去。快來見我，還有話說呢。」陳林答應著，隨把太子引往各宮去。

路過冷宮。陳林便向太子說：「這是冷宮，李娘娘因產生妖物，聖上將李娘娘貶入此宮。——若說

❻ 承嗣：指承繼，給沒有兒子的伯父、叔父做兒子。
❼ 守缺：指補缺。

這位娘娘，是最賢德的。」太子聞聽產生妖物一事，心中就有幾分不信。這太子乃一代帝王，何等天聰，如何信這怪異之事——可也斷斷想不到就在自己身上，便要進去看視。恰好秦鳳走出宮來，（陳林素與秦鳳最好，已將換太子之事悄悄說明，如今八千歲的世子就是抵換的太子，秦鳳聽了大喜。）先參見了太子，便轉身進宮奏明李娘娘。不多時，出來說道：「請太子進宮。」陳林一同引進，見了娘娘，他不由得淚流滿面。這正是母子天性攸關❽。陳林一見心內著忙，急將太子引出，仍回正宮去了。

劉后正在宮中悶坐細想，忽見太子進宮面有淚痕，追問何故啼哭。太子又不敢隱瞞，便說：「適從冷宮經過，見李娘娘形容憔悴，心實不忍，奏明情由，還求母后遇便在父王跟前解勸解勸，使脫了沉埋，以慰孩兒悽慘之忱❾。」說著，說著，便跪下去了。劉后聞聽，便心中一驚，假意連忙攙起，口中誇讚道：「好一個仁德的殿下！只管放心，我得便就說便了。」太子仍隨著陳林上東宮去了。

太子去後，劉后心中那裏丟得下此事，心中暗想：「適才太子進宮，猛然一見，就有些李妃形景；何至見了李妃之後，就在哀家❿跟前求情？事有可疑。莫非六年前叫寇珠抱出宮去，並未勒死，不曾丟在金水橋下？」因又轉想：「曾記那年有陳林手提粧盒從御園而來，難道寇珠擅敢將太子交與陳林，攜帶出去不成？若要明白此事，須拷問寇珠這賤人，便知分曉。」越想越覺可疑，即將寇珠喚來，剝去衣服，細細拷問，與當初言語一字不差。劉后更覺惱怒，便召陳林當面對證，也無異詞。劉后心內發焦，

❽ 攸關：緊密相關。
❾ 忱：指心情。
❿ 哀家：太后或皇后自稱。

說：「我何不以毒攻毒，叫陳林掌刑追問。他二人做的事，如今叫一人受苦，焉有不說的道理。」便命陳林掌刑，拷問寇珠。劉后雖是如此心毒，那知橫了心的寇珠，視死如歸。可憐他柔弱身軀，只打得身無完膚，也無一字招承。正在難分難解之時，見有聖旨來宣陳林。劉后惟恐耽延工夫，露了馬腳，只得打發陳林去了。寇宮人見了陳林已去，大約劉后必不干休，與其零碎受苦，莫若尋個自盡，因此觸檻而死。劉后吩咐將尸抬出，就有寇珠心腹小宮人偷偷埋在玉宸宮後。劉后因無故打死宮人，威逼自盡，不敢啟奏，也不敢追究了。劉后不得真情，其妒愈深，轉恨李妃不能忘懷，悄與郭槐商議，密訪李妃嫌隙⓫，必須置之死地方休。也是合當有事。

且說李妃自見太子之後，每日傷感，多虧秦鳳百般開解，暗將此事一一奏明。李妃聽了如夢方醒，歡喜不盡；因此每夜燒香，祈保太子平安。被奸人訪著，暗在天子前啟奏，說李妃心下怨恨，每夜降香詛咒，心懷不善，情實難宥。天子大怒，即賜白綾七尺，立時賜死。

誰知早有人將信暗暗透於冷宮。秦鳳一聞此言，膽裂魂飛，忙忙奏知李娘娘。李娘娘聞聽，登時昏迷不醒。正在忙亂，只見余忠趕至面前，說道：「事不宜遲！快將娘娘衣服脫下，與奴婢穿了。奴婢情願自身替死。」李妃蘇醒過來，一聞此言，只哭得哽氣倒噎，如何還說得出話來。余忠不容分說，自己摘下花帽，扯去網巾，將髮散開，挽了一個綹兒，又將自己衣服脫下，放在一旁，只求娘娘早將衣服賜下。秦鳳見他如此忠烈，又是心疼，又是羨慕，只得橫了心在旁催促更衣。李妃不得已，將衣脫下，與他換了，便哭說道：「你二人是我大恩人了！」說罷，又昏過去了。秦鳳不敢耽延，忙忙將李妃移至下

⓫ 嫌隙：由猜疑而形成的仇怨。三國志蜀先主傳：「嫌隙始構矣。」

房，裝作余忠臥病在床。剛然收拾完了，只見聖旨已到，欽派孟彩嬪驗看。秦鳳連忙迎出，讓至偏殿暫坐，俟娘娘歸天後，請貴人驗看就是了。孟彩嬪一來年輕不敢細看，二來感念李妃素日恩德，如今遭此凶事，心中悲慘，如何想的到是別人替死呢。不多時，報道：「娘娘已經歸天了，請貴人驗看。」孟彩嬪聞聽，早已淚流滿面，那裏還忍近前細看，便道：「我今回覆聖旨去了。」此事若非余忠與娘娘面貌彷彿，如何遮掩的過去。於是按禮埋葬。此事已畢，秦鳳便回明余忠病臥不起。郭槐原與秦公不睦，今聞余忠患病，又去了秦鳳膀臂，正中心中機關，便不容他調養，立刻逐出，回籍為民。因此秦鳳將假余忠抬出，特派心腹人役送至陳州家內去了。後文再表。

從此秦鳳踽踽涼涼⑫，悽悽慘慘，時常思念徒兒死的可憐又可敬，又惦記著李娘娘在家中怕受了委曲。這日晚間正在傷心，只見本宮四面火起。秦鳳一見已知是郭槐之計，一來要斬草除根，二來是公報私仇。「我總然逃出性命，也難免失火之罪；莫若自焚，也省的與他做對。」於是秦鳳自己燒死在冷宮之內。此火果然是郭槐放的。此後劉后與郭槐安心樂意，以為再無後患了，那知後來惡貫滿盈，自有報應呢！就是太子也不知其中詳細，誰也不敢洩漏。又奉旨欽派陳林督管東宮，總理一切，閒雜人等不准擅入。這陳林卻是八千歲在天子面前保舉的。從此太平無事了。如今將仁宗的事已敘明了，暫且擱起，後文自有交代。

便說包公降生，自離娘胎，受了多少折磨，較比仁宗，坎坷更加百倍，正所謂「天將降大任」之說。閒言少敘。單表江南廬州府合肥縣內有個包家村，住一包員外⑬，名懷，家富田多，騾馬成群，為人樂

⑫ 踽踽涼涼：孤苦零丁的樣子。踽，獨行。

善好施，安分守己。因此人人皆稱他為「包善人」，又曰「包百萬」。包懷原是謹慎之人，既有百萬之稱，自恐擔當不起。他又難以攔阻眾人，只得將包家村改為包村，一是自己謙和，二免財主名頭。院君周氏，夫妻二人皆四旬以外。所生二子，長名包山，娶妻王氏，生了一子，尚未滿月；次名包海，娶妻李氏，尚無兒女。他弟兄二人，雖是一母同胞，卻大不相同。大爺包山為人忠厚老誠，正直無私，恰恰娶了王氏，也是四德三從的人。二爺包海為人尖酸刻薄，奸險陰毒，偏偏娶了李氏，也是心地不端。虧得老員外治家有法，規範嚴肅；又喜大爺凡事寬和，諸般遜讓兄弟，再也叫二爺說不出話來；就是妯娌之間，王氏也是從容和藹，在小嬸前毫不較量，李氏雖是刁悍⓮，他也難以施展。因此一家尚為和睦，每日大家歡歡喜喜。父子兄弟春種秋收，務農為業，雖非詩書門第，卻是勤儉人家。

不意老院君周氏安人⓯年已四旬開外，忽然懷孕。員外並不樂意，終日憂愁。你說這是甚麼意思呢？原是老來得子是快樂，包員外為何不樂？只因夫妻皆是近五旬的人了，已有兩個兒子，並皆娶媳生子；如今安人又養起兒女來了。再者院君偌大年紀，今又產生，未免受傷。何況乳哺三年更覺勤勞，如何禁得起呢？因此每日憂煩，悶悶不樂，竟自時刻不能忘懷。這正是家遇吉祥反不樂，時逢喜事頓添愁。

未審後事如何？且聽下回分解。

⓭ 員外：官名。唐朝所置，是一種額外的官，可以用錢買得，所以後世稱財主、富豪為員外。

⓮ 刁悍：狡猾兇狠。

⓯ 安人：命婦封號。在宜人之下，自朝奉郎以上至朝散大夫之妻封之。明清則為六品官之妻的封號。民間稱員外之妻為安人。

第二回　奎星兆夢忠良降生　雷部宣威狐狸避難

且說包員外終日悶悶，這日獨坐書齋，正躊躇此事，不覺雙目困倦，伏几而臥。朦朧之際，只見半空中祥雲繚繞，瑞氣氤氳，猛然紅光一閃，面前落下個怪物來，頭生雙角，青面紅髮，巨口獠牙，左手拿一銀錠，右手執一硃筆，跳舞著奔落❶前來。員外大叫一聲，醒來卻是一夢，心中尚覺亂跳。正自出神，忽見丫鬟掀簾而入，報道：「員外，大喜了！方才安人產生一位公子，奴婢特來稟知。」員外聞聽，抽了一口涼氣，只唬得驚疑不止；怔了多時，咳了一聲道：「罷了，罷了！家門不幸，生此妖邪，真是冤家到了。」急忙立起身來，一步一咳，來至後院看視，幸安人無恙，略問了幾句話，連小孩也不瞧，回身仍往書房來了。這裏服侍安人的，包裹小孩的，殷實之家自然俱是便當的，不必細表。

單說包海之妻李氏抽空兒回到自己房中，只見包海坐在那裏發呆。李氏道：「好好兒的『二一添作五』的家當，如今弄成『三一三十一』了。你倒底想個主意呀。」包海答道：「我正為此事發愁。方才老當家的將我叫到書房，告訴我夢見一個青臉紅髮的怪物，從空中掉將下來，把老當家的唬醒了，誰知就生此子。我細細想來，必是咱們東地裏西瓜成了精了。」李氏聞聽，便攛掇❷道：「這還了得！若是

---

❶ 奔落：意為直奔而來。

❷ 攛掇：慫恿；勸誘。

留在家內，他必做耗❸。自古書上說，妖精入門家敗人亡的多著呢。如今何不趁早兒告訴老當家的，將他抛棄在荒郊野外，豈不省了擔著心，就是家私❹也省了『三一三十一』了。一舉兩得，你想好不好？」這婦人一套話，說得包海如夢初醒，連忙起身來到書房，一見員外，便從頭至尾的把話說了一遍，但不提起家私一事。誰知員外正因此煩惱，一聞包海之言，恰合了念頭，連聲說好。「此事就交付於你，快快辦去。將來你母親若問時，就說落草❺不多時就死了。」包海領命，回身來至臥房，託言公子已死，急忙抱出，用茶葉簍子裝好，攜至錦屏山後，見一坑深草，便將簍子放下。剛要撂❻出小兒，只見草叢裏有綠光一閃，原來是一隻猛虎眼光射將出來。包海一見，只嚇得魂不附體，連尿都嚇出來了，連簍帶小孩一同抛棄，抽身跑將回來，氣喘吁吁，不顧回稟員外，跑到自己房中，倒在炕上，連聲說道：「嚇殺我也！嚇殺我也！」李氏忙問道：「你這等見神見鬼的，不是妖精作了耗了？」包海定了定神，答道：「利害！利害！」一五一十說與李氏道：「……你說可怕不可怕？——只是那茶葉簍子沒有拿回來。」李氏笑道：「你真是『整簍灑油，滿地撿芝蔴』，大處不算小處算咧！一個簍能值幾何？一分家私省了，豈不樂嗎！」包海笑嘻嘻道：「果然是『表壯不如裏壯』，這事多虧賢妻你巧咧。這孩子這時候管保叫虎吧嗒咧。」

---

❸ 做耗：同「作耗」。意為作祟、作怪。

❹ 家私：家產。

❺ 落草：這裏指嬰兒出生。

❻ 撂：抛棄。

誰知他二人在屋內說話，不防牕外有耳。恰遇賢人王氏從此經過，一一聽去，急忙回至屋中，細想此事好生殘忍，又著急，又心疼，不覺落下淚來。正自悲泣，大爺包山從外邊進來，見此光景，便問情由。王氏將此事一一說知。包山道：「原來有這等事！不要緊，錦屏山不過五六里地，待我前去看看，再做道理。」說罷，立刻出房去了。王氏自丈夫去後，耽驚害怕，惟恐猛虎傷人，又恐找不著三弟，心中好生委決不下❼。

且言包山急急忙忙奔到錦屏山後，果見一片深草。四下找尋，只見茶葉簍子橫躺在地，卻無三弟。大爺著忙，連說：「不好，大約是被虎喫了。」又往前走了數步，只見一片草俱各倒臥在地，足有一尺多厚，上爬著個黑漆漆、亮油油、赤條條的小兒。大爺一見滿心歡喜，急忙打開衣服，將小兒抱起，揣在懷內，轉身竟奔家來，悄悄的歸到自己屋內。

王氏正在盼望之際，一見丈夫回來，將心放下，又見抱了三弟回來，喜不自勝，連忙將自己衣襟解開，接過包公，以胸膛偎抱。誰知包公到了賢人懷內，天生的聰俊，將頭亂拱，彷彿要乳食喫的一般；賢人即將乳頭放在包公口內，慢慢的餵哺。包山在旁，便與賢人商議：「如今雖將三弟救回，但我房中忽然有了兩個小孩，別人看見，豈不生疑？」賢人聞聽道：「莫若將自己才滿月的兒子，另寄別處，尋人撫養，妾身單單乳哺三弟，豈不兩全呢。」包山聞聽，大喜，便將自己孩兒偷偷抱出，寄於他處廝養❽。可巧就有本村的鄉民張得祿，因妻子剛生一子，未滿月已經死了，正在乳旺之時，如今得了包山之子，

❼ 委決不下：遲疑無法決定。

❽ 廝養：養育。

好生歡喜。這也是大爺夫妻一點至誠感格，故有此機會。可見人有善念，天必從之，人懷惡意，天必誅之。李氏他陷害包公，將來也必有報應的。

且說由春而夏，自秋徂冬，光陰迅速，轉瞬過了六個年頭，包公已到七歲，總以兄嫂呼為父母，起名就叫黑子。最奇怪的，是從小至七歲未嘗哭過，也未嘗笑過，每日裏哭喪著小臉兒不言不語；就是人家逗他，他也不理。因此人人皆嫌，除了包山夫妻百般護持外，人皆沒有愛他的。

一日乃周氏安人生辰，不請外客，自家家宴。王氏賢人帶領黑子與婆婆拜壽。行禮已畢，站立一旁。只見包黑跑到安人跟前，雙膝跪倒，恭恭敬敬也磕了三個頭。把個安人喜的眉開眼笑，將他抱在懷中，因說道：「曾記六年前產生一子，正在昏迷之時，不知怎麼落草就死了；若是活著，也與他一般大了。」王氏聞聽，見旁邊無人，連忙跪倒，稟道：「求婆婆恕媳婦膽大之罪。此子便是婆婆所生。媳婦恐婆婆年邁，乳食不足，擔不得乳哺操勞，故此將此子暗暗抱至自己屋內撫養，不敢明言。今因婆婆問及，不敢不以實情稟告。」賢人並不提起李氏夫妻陷害一節。周氏老安人連忙將賢人扶起，說道：「如此說來，吾兒多虧媳婦撫養，又免我劳心，真是天下第一賢德人了。但是一件，我那小孫孫現在何處？」王氏稟道：「現在別處廝養。」安人聞聽，立刻叫將小孫孫領來。面貌雖然不同，身量卻不甚分別。急將員外請至，大家言明此事。員外心中雖樂，然而想起從前情事，對不過安人，如今事已如此，也就無可奈何了。

從此包黑認過他的父母，改稱包山夫妻仍為兄嫂。安人是年老惜子，百般珍愛，改名三黑；又有包山夫妻照應，各處留神，縱然包海夫妻暗暗打算，也是不能湊手❾。轉眼之間，又過了二年，包公到了九歲之時，包海夫婦心心念念要害包公。

這一日，包海在家，便在員外跟前下了讒言，說：「咱們莊戶人總以勤儉為本，不宜遊蕩。將來閒的好喫懶做的，如何使得。現今三黑已九歲了，也不小了，應該叫他跟著村莊牧童，或是咱家的老周的兒子長保兒學習牧放牛羊，一來學本事，二來也不喫閒飯。」一片話說得員外心活，便與安人說明，猶如三黑天天跟著閒逛的一般。安人應允，便囑長工老周加意照料。老周又囑咐長保兒：「天天出去牧放牛羊，好好兒哄著三官人頑耍；倘有不到之處，我是現打不賒的。」因此三公子每日同長保出去牧放牛羊，或在村外，或在河邊，或在錦屏山畔，總不過離村五六里之遙，再也不肯遠去。

一日，驅逐牛羊來至錦屏山鵝頭峰下，見一片青草，將牛羊就在此處牧放。鄉中牧童彼此頑耍。獨有包公一人，或觀山水，或在林木之下席地而坐，或在山環之中枕石而眠，卻是無精打彩，彷彿心有所思的一般。正在山環之中石上歇息，只見陰雲四合，雷閃交加，知道必有大雨，急忙立起身來，跑至山窩古廟之中。才走至殿內，只聽得忽喇喇霹靂一聲，風雨驟至。包公在供桌前盤膝端坐，忽覺背後有人一摟，將腰抱住。包公回頭看時，卻是一個女子羞容滿面，其驚怕之態令人可憐。包公暗自想道：「不知誰家女子從此經過，遇此大雨，看他光景想來是怕雷。慢說此柔弱女子，就是我三黑聞此雷聲，也覺膽寒。」因此索性將衣服展開，遮護女子。外邊雷聲愈急，不離頂門。約有兩三刻的工夫，雨聲漸小，雷始止聲。

不多時，雲散天晴，日已夕暉，回頭看時，不見了那女子。心中納悶，走出廟來，找著長保，驅趕

---

❾ 湊手：方便；順手。

牛羊。剛才到村頭，只見服侍二嫂嫂的丫鬟秋香手托一碟油餅，說道：「這是二奶奶給三官人做點心喫的。」包公一見，便說道：「回去替我給嫂嫂道謝。」說著，拿起要喫，不覺手指一麻，將餅落在地上。才待要撿，從後來了一隻癩犬，竟自啣餅去了。長保在旁，便說：「可惜一張油餅，卻被他喫了。這是我家癩犬，等我去趕回來。」包公攔住道：「他既啣去，縱然拿回，也喫不得了。咱們且交代牛羊要緊。」說著，說著，來到老周屋內。長保將牛羊趕入圈中，只聽他在院內嚷道：「不好了！怎麼癩狗七孔流血了？」老周聞聽，同包公出得院來，只見犬倒在地，七竅流血。老周看了詫異道：「此犬乃服毒而死的。不知他喫了甚麼了？」長保在旁插言：「剛才二奶奶叫秋香送餅與三官人喫，失手落地，被咱們的癩狗喫了。」老周聞聽，心下明白，請三官人來至屋內，暗暗的囑咐：「以後二奶奶給的喫食，務要留神，不可墮入術中。」包公聞聽，不但不信，反倒嗔怪他離間叔嫂不和，賭氣別了老周回家，好生氣悶。

過了幾天，只見秋香來請，說二奶奶有要緊的事。包公只得隨他來至二嫂屋內。李氏一見，滿面笑容，說秋香昨日到後園，忽聽枯井內有人說話，因在井口往下一看，不想把金簪掉落井中，恐怕安人見怪；若叫別人打撈，井口又小，下不去，又恐聲張出來。沒奈何，故此叫他急請三官人來。問包公道：「三叔，因你身量又小，下井將金簪摸出，以免嫂嫂受責。不知三叔你肯下井去麼？」包公道：「這不打緊！待我下去，給嫂嫂摸出來就是了。」於是李氏呼秋香拿繩子，同包公來到後園井邊。包公將繩拴在腰間，手扶井口，叫李氏同秋香慢慢的放鬆。剛才繫到多一半，只聽上面說：「不好！揪不住了！」包公覺得繩子一鬆，身如敗絮一般，撲通一聲，竟自落在井底——且喜是枯井無水，卻未摔著。心中方才明白，暗暗思道：「怪不得老周叫我留神，原來二嫂嫂果有害我之心。只是如今既落井中，別人又不知道，我卻如何出的去呢？」

正在悶悶之際，只見前面忽有光明一閃。包公不知何物，暗忖道：「莫非果有金釵放光麼？」向前用手一撲，並未撲著，光明又往前去。包公詫異，又往前趕；越撲越遠，再也撲他不著。心中焦躁，滿面汗流，連說：「怪事，怪事！井內如何有許多路徑呢？」不免盡力追去，看是何物。因此撲趕有一里之遙，忽然光兒不動。包公急忙向前撲住，看時卻是古鏡一面。翻轉細看，黑暗之處再也瞧不出來。只覺得冷氣森森，透人心膽。正看之間，忽見前面明亮，忙將古鏡揣起，爬將出來。看時乃是場院後牆以外地溝。心內自思道：「原來我們後園枯井竟與此道相通。——不要管他。幸喜脫出了枯井之內，且自回家便了。」

走到家中，好生氣悶。自己坐著，無處發洩這口悶氣，走到王氏賢人屋內，撅著嘴發怔。賢人問道：「老三，你從何處而來？為著何事，這等沒好氣⑩？莫不有人欺負你了？」包公說：「我告訴嫂嫂，並無別人欺我。皆因秋香說二嫂嫂叫我，趕著去見，誰知他叫我摸簪。……」於是將賺⑪人枯井之事，一一說了一回。王氏聞聽，心中好生不平，又是難受，又無可奈何；只得解勸安慰，囑咐以後要處處留神。包公連連稱「是」。說話間，從懷中掏出古鏡交與王氏，便說是從暗中得來的，嫂嫂好好收藏，不可失落。

包公去後，賢人獨坐房中，心裏暗想：「叔叔嬸嬸所做之事，深謀密略，莫說三弟孩提之人難以揣度⑫，就是我夫妻二人也難測其陰謀。將來倘若弄出事端，如何是好！可笑他二人只為家私，卻忘倫理。」

---

⑩ 沒好氣：生氣。

⑪ 賺：音ㄗㄨㄢˋ。哄騙、詐騙。

正在嗟歎，只見大爺包山從外而入，賢人便將方才之話說了一遍。大爺聞聽，連連搖首道：「豈有此理！這必是三弟淘氣，誤掉入枯井之中，自己恐怕受責，故此揑造出這一片謊言。不可聽他。日後總叫他時時在這裏就是了，可也免許多口舌。」大爺口雖如此說，心中萬分難受，暗自思道：「二弟從前做的事體⓭我豈不知，只是我做哥哥的焉能認真，只好含糊罷了。此事若是明言，一來傷了手足的和氣，二來添妯娌疑忌。」沉吟半晌，不覺長歎一聲，便向王氏說：「我看三弟氣宇不凡，行事奇異，將來必不可限量。我與二弟已然耽擱，自幼不曾讀書，如今何不延師教訓三弟。倘上天憐念，得個一官半職，一來改換門庭，二來省受那贓官污吏的悶氣。你道好也不好！」賢人聞聽，點頭連連稱「是」。又道：「公公之前須善為說詞方好。」大爺說：「無妨，我自有道理。」

次日，大爺料理家務已畢，來見員外，便道：「孩兒面見爹爹，有一事要稟。」員外問道：「何事？」大爺說：「只因三黑並無營生，與其叫他終日牧羊，在外遊蕩，也學不出好來，何不請個先生教訓教訓呢？就是孩兒等自幼失學，雖然後來補學一二，遇見為難的帳目，還有念不下去的，被人欺哄。如今請個先生，一來教三黑些書籍；二來有為難的字帖，亦可向先生請教；再者三黑學會了，也可以管些出入帳目。」員外聞聽可管些帳目之說，便說：「使得。但是一件，不必請飽學先生，只要比咱們強些的就是了，教個三年兩載，認得字就是了。」大爺聞聽員外允了，心中大喜，即退出來，便託鄉鄰延請飽學先生，是必要叫三弟一舉成名。看官，這非是包山故違父命，只因見三弟一表非凡，終成大器，故此專

⓬ 揣度：忖度；料想。
⓭ 事體：方言。即事情。

要請一名儒教訓，以為將來顯親揚名，光宗耀祖。

閑言少敘，且表眾鄉鄰聞得「包百萬」家要請先生，誰不獻勤，這個也來說，那個也來薦。誰知大爺非名儒不請。可巧隔村有一甯老先生，此人品行端正，學問淵深，兼有一個古怪脾氣，教徒弟有三不教：笨了不教；到館中只要書僮一個，不許閒人出入；十年之內只許先生辭館，不許東家辭先生。有此三不教，束修不拘多少，故此無人敢請。一日，包山訪聽明白，急親身往謁，見面敘禮。包山一見，真是好一位老先生，滿面道德，品格端方，即將延請之事說明，並說：「老夫子三樣規矩，其二其三，小子俱是敢應的，只是恐三弟笨些，望先生善導為幸。」當下言明，即擇日上館。是日備席延請，遞贄敬束修⑭，一切禮儀自不必說。即領了包公，來至書房，拜了聖人，拜了老師。這也是前身緣分，師徒一見，彼此對看，愛慕非常。並派有伴童包興，與包公同歲，一來伺候書房茶水，二來也叫他學幾個字兒。這正是英才得遇春風入，俊傑來從喜氣生。

未審後事如何，下回分解。

---

⑭ 贄敬束修：贄敬，指舊時拜師時送的禮。束修，送給教師的報酬。贄，初次拜見長輩所送的禮物為贄。修，即「脩」。古代稱乾肉為脩。

第三回　金龍寺英雄初救難　隱逸村狐狸三報恩

且說當下開館節文已畢，甯老先生入了師位，包公呈上大學。老師點了句斷，教道：「大學之道。」包公便說：「在明明德。」老師道：「我說的是『大學之道』。」包公說：「是。難道下句不是『在明明德』麼？」老師道：「再說。」包公便道：「在新民，在止於至善。」老師聞聽，甚為詫異，叫他往下念，依然絲毫不錯；然仍不大信，疑是在家中有人教他的，或是聽人家念學就了的，尚不在懷。誰知到後來，無論甚麼書籍俱是如此，教上句便會下句，有如溫熟書的一般，真是把個老先生喜的樂不可支，自言道：「天下聰明子弟甚多，未有不教而成者，真是先就的神童，天下奇才，將來不可限量。哈哈！不想我甯某教讀半世，今在此子身上成名。這正是孟子有云，『得天下英才而教育之一樂❶也』。」遂乃給包公起了官印一個拯字，取意將來可拯民於水火之中；起字文正，取其意文與正，豈不是政字麼，言其將來理國政必為治世良臣之意。

不覺光陰荏苒❷，早過了五個年頭，包公已長成十四歲，學得滿腹經綸，詩文之佳自不必說。先生每每催促遞名送考，怎奈那包員外是個勤儉之人，恐怕赴考有許多花費。從中大爺包山不時在員外跟前

---

❶ 一樂：此處為一樂，一本作「三樂」。

❷ 荏苒：猶漸進。指時光漸漸過去。潘岳悼亡詩有「荏苒冬春謝，寒暑忽流易」句。

說道：「叫三黑赴考，若得進一步也是好的。」無奈員外不允，大爺只好向先生說：「三弟年紀太小，恐怕誤事，臨期反為不美。」於是又過了幾年，包公已長成十六歲了。

這年又逢小考，先生實在忍耐不住，急向大爺包山說道：「此次你們不送考，我可要替你們送了。」大爺聞聽，急又向員外跟前稟說道：「這不過先生要顯弄他的本領，莫若❸叫三黑去這一次；若是不中，先生也就死心塌地了。」大爺說的員外一時心活，就便允了。大爺見員外已應允許考，心中大喜，急來告知先生。先生當時寫了名字報送。即到考期，一切全是大爺張羅，員外毫不介意。大爺卻是殷殷盼望❹。到了揭曉之期，天尚未亮，只聽得一陣喧嘩，老員外以為必是本縣差役前來，不是派差，就是拿車。正在游疑❺之際，只見院公進來報喜道：「三公子中了生員了！」員外聞聽倒抽了一口氣，說道：「罷了，罷了！我上了先生的當了。這也是家運使然，活該是冤孽，再也躲不開的。」因此一煩，自己藏於密室，連親友前來賀，他也不見；就是先生他也不致謝一聲。多虧了大爺一切周旋，方將此事完結。

惟有先生暗暗的想道：「我自從到此課讀❻也有好幾年了，從沒見過本家老員外。如今教的他兒子中了秀才，何以仍不見面，連個謝字也不道，竟有如此不通情理之人，實實令人納悶了。又可氣又可惱！」

---

❸ 莫若：口語，即「莫如」。意為不如。
❹ 殷殷盼望：指殷切的期望。
❺ 游疑：即「猶疑」。疑惑不定。
❻ 課讀：指按規定的內容和分量教授，古稱課讀。白居易與元九書：「苦節讀書，二十已來，晝課賦，夜課書，間又課詩。」

每每見了包山，說了好些嗔怪的言語。包山連忙陪罪，說道：「家父事務冗繁❼，必要定日相請，懇求先生寬恕。」甯公是個道學之人，聽了此言，也就無可說了。虧得大爺暗暗求告太爺。求至再三，員外方才應允，定了日子，下了請帖，設席與先生酬謝。

是日請先生到待客廳中，員外迎接，見面不過一揖，讓至屋內，分賓主坐下。坐了多時，員外並無致謝之辭。然後擺上酒筵，將先生讓至上座，員外在主位相陪。酒至三巡，菜上五味，只見員外愁容滿面，舉止失措，連酒他也不喫。先生見此光景，忍耐不住，只得說道：「我學生在貴府打攪了六七年，雖有微勞開導指示，也是令郎天分聰明，所以方能進此一步。」員外聞聽，呆了半晌，方才說道：「好。」先生又說道：「若論令郎刻下❽學問，慢說是秀才，就是舉人進士，也是綽綽有餘的了。將來不可限量。這也是尊府上德行。」員外聽說至此，不覺雙眉緊蹙，發恨道：「什麼德行！不過家門不幸，生此敗家子。將來但能保得住不家敗人亡，就是造化了。」先生聞聽，不覺詫異道：「賢東何出此言？世上那有不望兒孫中舉作官之理呢？此話說來，真真令人不解。」員外無奈，只得將生包公之時所作惡夢，說了一遍，如今提起還是膽寒。甯公原是飽學之人，聽見此夢之形景，似乎奎星❾，又見包公舉止端方，更兼聰明過人，就知是有來歷的，將來必是大貴，暗暗點頭。員外又說道：「以後望先生不必深教小兒，

---

❼ 冗繁：冗雜，指事務繁雜。

❽ 刻下：目前；眼下。

❾ 奎星：星名，亦稱「天豕」、「封豕」，二十八宿之一，即白虎星宿之第一宿。有星十六顆，仙女星座九顆星，雙魚星座七顆星。

就是十年束修斷斷不敢少的。請放心！」一句話將個正直甯公說得面紅過耳，不悅道：「如此說來，令郎是叫他不考的了？」員外連聲道：「不考了，不考了！」先生不覺勃然大怒道：「當初你的兒子叫我教，原是由得你的；如今我的徒弟叫他考，卻是由得我的。以後不要你管，我自有主張罷了。」怒沖沖不等席完，竟自去了。

你道甯公為何如此說。他因員外是個愚魯之人，若是諫勸❿，他決不聽，而且自己徒弟又保得必作臉；莫若自己攏來，一則不至誤了包公，二則也免包山跟著為難。這也是他讀書人一片苦心。

因至鄉試年頭，全是甯公作主，與包山一同商議，硬叫包公赴試。叫包山都推在老先生身上。到了挂榜之期，誰知又高高的中了鄉魁⓫。包山不勝歡喜；惟有員外愁個不了，仍是藏著不肯見人。大爺備辦筵席，請了先生，坐了上席，所有賀喜的鄉親兩邊相陪，大家熱鬧了一天。諸事已畢，便商議叫包公上京會試，稟明員外。員外到了此時，也就沒的說了，只是不准多帶跟人，惟恐耗費了盤川⓬，就帶伴童包興一人。包公起身之時，拜別了父母，又辭了兄嫂。包山暗與了盤川。包公又到書房參見了先生。先生囑咐了多少言語，又將自己的幾兩修金送給了包公。包興備上馬，大爺包山送至十里長亭。兄弟留戀多時，方才分手。

包公認鐙乘騎，帶了包興，竟奔京師，一路上少不得饑餐渴飲，夜宿曉行。一日，到了座鎮店，主

❿ 諫勸：直言規勸，使其改正錯誤。
⓫ 鄉魁：科舉時代，每三年，各省集士子於省城，舉行考試，謂之鄉試。鄉試奪魁者，稱鄉魁。
⓬ 盤川：方言，亦作「盤纏」。即路費。

僕兩個找了一個飯店。包興將馬接過來，交與店小二餵好。找了一個座兒，包公坐在正面，包興打橫。雖係主僕；只因出外，又無外人，爺兒兩個就在一處喫了。堂官過來安放杯筷，放下小菜。包公隨便要一角酒，兩樣菜。包興斟上酒，包公剛才要飲，只見對面桌上來了一個道人坐下，要了一角酒，且自出神，拿起壺來不向杯中斟，花喇喇倒了一桌子。見他嗐聲歎氣，似有心事的一般。包公正在納悶，又見從外進來一人，武生打扮，疊暴著英雄精神，面帶著俠氣。道人見了，連忙站起，只稱：「恩公請坐。」那人也不坐下，從懷中掏出一錠大銀，遞給道人道：「將此銀暫且拿去，等晚間再見。」那道人接過銀子，爬在地下，磕了一個頭，出店去了。

包公見此人年紀約有二十上下，氣宇軒昂⓭，令人可愛，因此立起身來，執手當胸道：「尊兄請了。能不棄嫌，何不請過來彼此一敘。」那人聞聽，將包公上下打量了一番，便笑容滿面道：「既承錯愛，敢不奉命。」包興連忙站起，添分杯筷，又要了一角酒、二碟菜，滿滿斟上一杯。包興便在一旁侍立，不敢坐了。包公與那人分賓主坐了，便問：「尊兄貴姓？」那人答道：「小弟姓展名昭，字熊飛。」包公也通了名姓。二人一文一武，言語投機，不覺飲了數角。展昭便道：「小弟現有些小事情，不能奉陪尊兄。改日再會。」說罷，會了錢鈔。包公也不謙讓。包興暗道，我們三爺嘴上抹石灰⓮。那人竟自作別去了。包公也料不出他是甚麼人。

喫飯已畢，主僕乘馬登程。因店內耽誤了工夫，天色看看已晚，不知路徑。忽見牧子歸來。包興便

⓭ 氣宇軒昂：指精神飽滿，氣度不凡。

⓮ 嘴上抹石灰：歇後語。「白吃」，或「吃白食」。

向前問道：「牧童哥，這是甚麼地方？」童子答道：「由西南二十里方是三元鎮，是個大去處。如今你們走差了路了。此是正西，若要繞回去，還有不足三十里之遙呢。」包興見天色已晚，便問道：「前面可有宿處麼？」牧童道：「前面叫做沙屯兒，並無店口，只好找個人家歇了罷。」說罷，趕著牛羊去了。

包興回覆包公，竟奔沙屯兒而來。走了多時，見道旁有座廟宇，匾上大書「敕建護國金龍寺」。包公道：「與其在人家借宿，不若在此廟住宿一夕。明日布施些香資，豈不方便。」包興便下馬，用鞭子前去扣門，裏面出來了一個僧人，問明來歷，便請進了山門。包興將馬栓好，餵在槽上。和尚讓至雲堂小院，三間淨室⑮，敘禮歸座，獻罷茶湯。和尚問了包公家鄉姓氏，知是上京的舉子⑯。包公問道：「和尚上下？」回說：「僧人法名叫法本，還有師弟法明，此廟就是我二人住持。」說罷，告辭出去。

一會兒，小和尚擺上齋來，不過是素菜素飯。主僕二人用畢，天已將晚。包公即命包興將傢伙送至廚房，省得小和尚來回跑。包興聞聽，急忙把傢伙拿起。因不知廚房在那裏，出了雲堂小院，來至禪院；只見幾個年輕的婦女花枝招展，攜手嘻笑，說道：「西邊雲堂小院住下客了，咱們往後邊去罷。」包興無處可躲，只得退回，容他們過去，才將傢伙找著廚房送去，急忙回至屋內，告知包公，恐此廟不大安靜。

正說話間，只見小和尚左手拿一隻燈，右手提一壺茶，走進來賊眉賊眼，將燈放下，又將茶壺放在桌上，兩隻賊眼東瞧西看，連話也不說，回頭就走。包興一見，連說：「不好，這是個賊廟！」急來外

---

⑮ 淨室：也作「靜室」。清靜的房間。或指佛家中專供禪定的屋舍。

⑯ 舉子：科舉時代，被舉應試的士子。

邊看時，山門已經倒鎖了，又看別處竟無出路，急忙跑回。包公尚可自主，包興張口結舌，說：「三爺！偺⑰們快想出路才好！」包公道：「門已關鎖，又無別路可出，往那裏走？」包興著急道：「現有桌椅待小人搬至牆邊，公子趕緊跳牆逃生。等凶僧來時，小人與他拚命。」包公道：「我自小兒不會登梯爬高；若是有牆可跳，你趕緊逃生，回家報信，也好報仇。」包興哭道：「三官人說那裏話來。小人至死，再也離不了相公的！」包公道：「既是如此，偺主僕二人索性死在一處。等那僧人到來再作道理，只好聽命由天罷了。」包公將椅子挪在中間門口，端然正坐。包興無物可拿，將門拴擎在手中，在包公之前，說：「他若來時，我將門拴盡力向他一杵⑱，給他個冷不防。」兩隻眼直勾勾的嗔瞅著板院門。

正在凝神，忽聽門外了吊啌哧一聲，彷彿砍掉一般，門已開了，進來一人。包興嚇了一跳，門拴已然落地，渾身亂抖，堆縮在一處。只見那人渾身是青，卻是夜行打扮，包公細看不是別人，就是白日在飯店遇見的那個武生。包公猛然省悟，他與道人有晚間再見一語，此人必是俠客。

原來列位不知，白日飯店中那道人也是在此廟中的。皆因法本法明二人搶掠婦女，老和尚嗔責，二人不服，將老僧殺了。道人惟恐干連⑲，又要與老和尚報仇，因此告至當官；不想凶僧有錢，常與書吏差役人等接交，買囑通了，竟將道人重責二十大板，作為誣告良人，逐出境外。道人冤屈無處可伸，來到林中欲尋自盡，恰遇展爺行到此間，將他救下，問得明白，叫他在飯店等候。他卻暗暗採訪實在，方

⑰ 偺：咱。
⑱ 一杵：用細長的東西戳或捅。
⑲ 干連：即牽連。

趕到飯店之內，贈了道人銀兩。不想遇見包公，同飲多時，他便告辭先行，回到旅店歇息。至天交初鼓，改扮行裝。施展飛簷走壁之能，來至廟中，從外越牆而入，悄地行藏，飛至寶閣。

只見閣內有兩個凶僧，旁列四五個婦女，正在飲酒作樂，又聽得說：「雲堂小院那個舉子，等到三更時分再去下手不遲。」展爺聞聽，暗道：「我何不先救好人，後殺凶僧，還怕他飛上天去不成。」因此來到雲堂小院，用巨闕⑳寶劍削去了吊鐵環。進來看時，不料就是包公。展爺上前拉住包公，攙了包興道：「尊兄隨我來。」出了小院，從旁邊角門來至後牆，打百寶囊中掏出如意索來，繫在包公腰間，自己提了繩頭，飛身一躍上了牆頭，騎馬勢蹲住，將手輕輕一提，便將包公提在牆上，悄悄附耳說道：「尊兄下去時，便將繩子解開。待我再救尊管。」說罷，向下一放。包公兩腳落地。急忙解開繩索，展爺提將上去，又將包興救出，向外低聲道：「你主僕二人就此逃走去罷。」只見身形一晃，就不見了。

包興攙扶著包公那敢稍停，深一步，淺一步，往前沒命的好跑。好容易奔到一個村頭，天已五鼓，遠遠有一燈光。包興說：「好了！有人家了。偺們暫且歇息歇息，等到天明再走不遲。」急忙上前叫門，柴扉㉑開處，裏面走出一個老者來，問是何人。包興道：「因我二人貪趕路程，起得早了，辨不出路徑，望你老人家方便方便，俟天明便行。」老者看了包公是一儒流，又看了包興是個書僮打扮，卻無行李，只當是近處的，便說道：「既是如此，請到裏面坐。」

主僕二人來至屋中，原來是連舍三間，兩明一暗。明間安一磨盤，並方屜羅桶等物，卻是賣豆腐生

---

⑳ 巨闕：古代劍名。荀子性惡：「闔閭之干將、莫邪、巨闕、辟閭，皆古之良劍也。」

㉑ 柴扉：猶柴門。亦用以指貧寒家園。王維送別詩：「山中相送罷，日暮掩柴扉。」

理。那邊有小小土炕，讓包公坐下。包興問道：「老人家貴姓？」老者道：「老漢姓孟，還有老伴，並無兒女，以賣豆腐為生。」包興道：「老人家有熱水討一杯喫。」老者道：「我這裏有現成的豆腐漿兒，是剛出鍋的。」包興道：「如此更好。」孟老道：「待我拿個燈兒，與你們盛漿。」說罷，在壁子裏拿出一個三條腿的桌子放在炕上，又用土坯將那條腿兒支好；掀開舊布簾子，進裏屋內，拿出一個黃土泥的蠟臺；又在蓆簍子裏摸了半天，摸出一隻半截的蠟來，向油燈點著，安放在小桌上。包興一旁道：「小村中竟有肐膊粗的大蠟。」細看時，影影綽綽，原來是綠的，上面尚有「冥路」二字，方才明白是弔祭用過，孟老得來，捨不得點，預備待客的。只見孟老從鍋臺上拿了一個黃砂碗，用水洗淨，盛了一碗白亮亮熱騰騰的漿，遞與包興。包興捧與包公喝時，其香甜無比。包興在旁看著，饞的好不難受。只見孟老又盛一碗遞與包興。包興連忙接過，如飲甘露一般。他主僕勞碌了一夜，又受驚恐。今在草房之中如到天堂，喝這豆腐漿不亞如飲玉液瓊漿。不多時，大豆腐得了。孟老化了鹽水，又與每人盛了一碗，真是饑渴之下，喫下去，肚內暖烘烘的，好生快活。又與孟老閒談，問明路途，方知離三元鎮尚有不足二十里之遙。

正在敘話之間，忽見火光沖天。孟老出院看時，只看東南角上一片紅光，按方向好似金龍寺內走火㉒。包公同包興也到院中看望，心內料定必是俠士所為。只得問孟老：「這是何處走火？」孟老道：「二位不知，這金龍寺自老和尚沒後，留下這兩個徒弟無法無天，時常謀殺人命，搶掠婦女。他比殺人放火的強盜還利害呢！不想他也有今日！」說話之間，又進屋內，歇了多時。只聽雞鳴茅店，催客前行。主僕

㉒ 走火：此處指失火。

二人深深致謝了孟老，改日再來酬報。孟老道：「些小微意，何勞齒及。」送至柴扉，又指引了路徑，出了村口，過了樹林，便是三元鎮的大路了。包興道：「多承指引了。」

主僕執手告別，出了村口，竟奔樹林而來，又無行李馬匹，連盤川銀兩俱已失落。包公卻不著意，覺得兩腿酸痛，步履艱難，只得一步捱一步，往前款款行走。爺兒兩個一壁㉓走著，說著話。包公道：「從此到京尚有幾天路程，似這等走法，不知道多久才到京中？況且又無盤川，這便如何是好！」包興聽了此言，又見相公形景可慘，恐怕愁出病來，只得要撒謊安慰，便道：「這也無妨。只要到了三元鎮，我那裏有個舅舅，向他借些盤川，再叫他備辦一頭驢子與相公騎坐，小人步下跟隨，破著十天半月的工夫，焉有不到京師之理。」包公道：「若是如此，甚好了。只是難為了你了。」包興道：「這有甚麼要緊。偺們走路，彷彿閒遊一般，包管就生出樂趣，也就不覺苦了。」這雖是包興寬慰他主人，卻是至理。主僕就說著話兒，不知不覺，已離三元鎮不遠了。

看看天氣已有將午，包興暗暗打算：「真是我那裏有舅舅？已到鎮上，且同公子喫飯，先從我身上賣起。混一時是一時，只不叫相公愁煩便了。」一時來到鎮上，只見人煙稠密，鋪戶繁雜。包興不找那南北碗菜應時小賣的大館，單找那家常便飯的二葷鋪㉔，說：「相公，偺爺兒倆在此喫飯罷。」包公卻分不出那是貴賤，只不過喫飯而已。

主僕二人來到鋪內，雖是二葷鋪，俱是連脊的高樓。包興引著包公上樓，揀了個乾淨座兒，包公上

㉓ 一壁：即一邊。

㉔ 二葷鋪：中國北方一種賣簡易飯菜的小飯鋪。

座，包興仍是下邊打橫。跑堂的過來放下杯筷，也有兩碟小菜，要了隨便的酒飯。登時間，主僕飽餐已畢，包興立起身來，向包公悄悄的道：「相公在此等候，別動。小人去找找舅舅就來。」包公點頭。包興下樓出了鋪子，只見鎮上熱鬧非常，先抬頭認準了飯鋪字號，卻是望春樓，這才邁步。原打算來找當鋪。到了暗處，將自己內裏青綢袷袍蛇退皮脫下來，暫當幾串銅錢，僱上一頭驢，就說是舅舅處借來的，且混上兩天再作道理。不想四五里地長街，南北一直，再沒有一個當鋪。及至問人時，原有一個當鋪，如今卻是止當候贖了。包興聞聽，急的渾身是汗，暗暗說道：「罷咧！這便如何是好？」正在為難，只見一簇人圍繞著觀看。包興擠進去，見地下鋪一張紙，上面字跡分明。忽聽旁邊有人侉聲侉氣說道：「告白」……又說：「白老四是我的朋友，為甚麼告他呢？」包興聞聽，不由笑道：「不是這等，待我念來。上面是：『告白四方仁人君子知之。今有隱逸村內李老大人宅內小姐被妖迷住，倘有能治邪捉妖者，謝紋銀三百兩，決不食言。謹此告白。』」

包興念完，心中暗想道：「我何不如此如此。倘若事成，這一路上京便不喫苦了；即或不成，混他兩天喫喝也好。」想罷，上前。這正是難裏巧逢機會事，急中生出智謀來。

未審後事如何，下回分解。

第四回　除妖魅包文正聯姻　受皇恩定遠縣赴任

且說包興見了告白，急中生出智來。見旁邊站著一人，他即便向那人道：「這隱逸村離此多遠？」那人見問，連忙答道：「不過三里之遙。你卻問他怎的？」包興道：「不瞞你們說：只因我家相公慣能驅逐邪祟，降妖捉怪，手到病除。只是一件，我們原是外鄉之人，我家相公雖有些神通，卻不敢露頭，惟恐妖言惑眾，輕易不替人驅邪；必須來人至誠懇求。相公必然說是不會降妖，越說不會，越要懇求。他試探了來人果是真心，一片至誠，方能應允。」那人聞聽，說：「這有何難。只要你家相公應允，我就是赴湯投火也是情願的。」包興道：「既然如此，閒話少說。你將這告白收起，隨了我來。」兩旁看熱鬧之人，聞聽有人會捉妖的，不由的都要看看，後面就跟了不少的人。

包興帶領那人，來在二葷鋪門口，便向眾人說道：「眾位鄉親，倘我家相公不肯應允，欲要走時，求列位攔阻攔阻。」那人也向眾人說道：「相煩眾位高鄰，倘若法師不允，奉求幫襯幫襯。」包興將門口兒埋伏了個結實。進了飯店，又向那人說道：「你先到櫃上將我們錢會了，省得回來走時，又要耽延工夫。」那人連連稱是。來到櫃上，只見櫃內俱各執手相讓，說：「李二爺請了，許久未來到小鋪。」（誰知此人姓李名保，乃李大人宅中主管。）李保連忙答應道：「請了。借重，借重。樓上那位相公這位管家吃了多少錢文，寫在我帳上罷。」掌櫃的連忙答應，暗暗告訴跑堂的知道。包興同李保來至樓梯之前，叫李保聽咳嗽為號，急便上樓懇求。李保答應。包興方才上樓。誰知包公在樓上等的心內焦躁，眼也望穿了，再也不見包興回來，滿腹中胡思亂想。先前猶❶以為見他母舅必有許多的纏繞❷，或是借貸不遂，不好意思前來見我。後又轉想從來沒聽見他說有這門親戚，別是他見我行李盤費皆無，私自逃走了罷。或者他年輕幼小，錯走了路頭，也未可知。疑惑之間，只見包興從下面笑嘻嘻的上來。

包公一見，不由的動怒，嗔道：「你這狗才往那裏去了？叫我在此好等！」包興上前悄悄的道：「我沒找著我母舅。如今倒有一事……」便將隱逸村李宅小姐被妖迷住請人捉妖之事說了一遍。「如今請相公前去混他一混。」包公聞聽不由的大怒，說：「你這狗才！……」包興不容分說，在樓上連連咳嗽。只見李保上得樓來，對著包公雙膝跪倒，道：「相公在上。小人名叫李保，奉了主母之命，延請法官以救小姐。方才遇見相公的親隨，說相公神通廣大，法力無邊，望祈搭救我家小姐才好。」說罷磕頭，再也不肯起來。包公說道：「管家休聽我那小价❸之言，我是不會捉妖的。」包興一旁插言道：「你聽見了？說出不會來了。快磕頭罷！」李保聞聽，連連叩首，連樓板都碰了個山響。包興又道：「相公，你看他一片誠心，怪可憐的。沒奈何，相公慈悲慈悲罷。」包公聞聽，雙眼一瞪，道：「你這狗才，滿口胡說！」又向李保道：「管家你起來，我還要趕路呢。我是不會捉妖的。」李保那裏肯放，道：「相

---

❶ 猶：還；尚且。
❷ 纏繞：糾纏；攪擾。
❸ 小价：對別人稱自己僕從的謙詞。

公如今是走不的了。小人已哀告眾位鄉鄰，在樓下幫襯著小人攔阻。再者，眾鄉鄰皆知相公是法官；相公若是走了，倘被小人主母知道，小人實實吃罪不起。」說罷，又復叩首。包公被纏不過，只是暗恨包興。復又轉想，道：「此事終屬妄言，如何會有妖魅。我包某以正勝邪，莫若隨他看看，再作脫身之計便了。」想罷，向李保道：「我不會捉妖，卻不信邪。也罷，我隨你去看看就是了。」

李保聞聽包公應允，滿心歡喜，磕了頭，站起來，在前引路。包公下得樓來，只見鋪子門口人山人海，俱是看法官的。李保一見，連忙向前說道：「有勞列位鄉親了。且喜我李保一片至誠，法官業已應允，不勞眾位攔阻。望乞眾位閃閃，讓開一條路，實為方便。」說罷，奉了一揖。眾人聞聽，往兩旁一閃，當中讓出一條胡同來。仍是李保引路，包公隨著，後面是包興。只聽眾人中有稱讚的道：「好相貌！好神氣！怪道有此等法術。只這一派的正氣，也就可以避邪了。」其中還有好事兒的，不辭勞苦，跟隨到隱逸村的也就不少。不知不覺進了村頭，李保先行稟報去了。

且說這李大人不是別人，乃吏部天官李文業，告老退歸林下。就是這隱逸村名，也是李大人起的，不過是退歸林下之意。夫人張氏，膝下無兒，只生一位小姐。因遊花園，偶然中了邪祟，原是不准聲張。無奈夫人疼愛女兒的心盛，特差李保前去各處，覓請法師退邪。李老爺無可奈何，只得應允。

這日正在臥房，夫妻二人講論小姐之病。只見李保稟道：「請到法師，是個少年儒流。」老爺聞聽，心中暗想：「既是儒流讀聖賢之書，焉有攻乎異端之理。待我出去責備他一番。」想罷，叫李保請至書房。

李保回身來至大門外，將包公主僕引至書房。獻茶後，復進來說道：「家老爺出見。」包公連忙站起。從外面進來一位鬢髮半白、面若童顏的官長。包公見了，不慌不忙，向前一揖，口稱：「大人在上，晚生拜揖。」李大人看見包公氣度不凡，相貌清奇，連忙還禮，分賓主坐下。便問：「貴姓？仙鄉？因何來到敝處？」包公便將上京會試、路途遭劫，毫無隱匿❹，和盤說出❺。李大人聞聽，原來是個落難的書生。「你看他言語直爽，倒是忠誠之人，但不知他學問如何。」於是攀話之間，考問多少學業。包公竟是問一答十，就便是宿儒❻名流，也不及他的學問淵博。李大人不勝歡喜，暗想道：「看此子骨格清奇，又有如此學問，將來必為人上之人。」談不多時，暫且告別。並吩咐李保好生服侍包相公，不可怠慢。晚間就在書房安歇。說罷，回內去了。所有捉妖之事，一字卻也未提。

誰知夫人暗裏差人告訴李保，務必求法官到小姐屋內捉妖。如今已將小姐挪至夫人臥房去了。李保便問：「法官應用何物？趁早預備！」包興便道：「用桌子三張，椅子一張，隨圍桌椅披❼，在小姐室內設壇。所有硃砂、新筆、黃紙、寶劍、香爐、燭臺，俱要潔淨的。等我家相公定性養神，二鼓上壇便了。」李保答應去了。不多時，回來告訴包興道：「俱已齊備。」包興道：「既已齊備，叫他們拿到小姐繡房。大家幫著我設壇去。」李保聞聽，叫人抬桌搬椅。所有軟片東西，俱是自己拿著。請了包興，一同引至小姐臥房。只聞房內一股幽香。就在明間堂屋，先將兩張桌子並好，然後搭了一張擱在前面桌子上，又把椅子放在後面桌子上，繫好了圍桌，搭好了椅披，然後設擺香爐燭臺，安放墨硯紙筆寶劍等物。設擺停當，

---

❹ 隱匿：隱瞞。
❺ 和盤說出：亦作「和盤托出」。即全部說出，毫不隱瞞。
❻ 宿儒：學問廣博的讀書人。
❼ 桌椅披：披於椅背桌邊以為裝飾的彩帛。俗稱「桌披」、「椅披」。椅披，亦可稱「椅背」。

方才同李保出了繡房，竟奔書房而來。叫李保不可遠去，聽候呼喚，即便前來。李保連聲答應。

包興便進了書房，已有初更的時候。誰知包公勞碌了一夜，又走了許多路程，困乏已極，雖未安寢，已經睏的前仰後合。包興一見說：「我們相公吃飽了，就睏；也不怕存住食❽。」便走到跟前，叫了一聲「相公」。包公驚醒，見包興，說：「你來的正好，服侍我睡覺罷。」包興道：「相公就是這麼睡覺，還有甚麼說的？偺們不是捉妖來了嗎？」包公道：「那不是你這狗才幹的！我是不會捉妖的。」包興悄悄道：「相公也不想想，小人費了多少心機，給相公找了這樣住處，又吃那樣的美饌，喝那樣好陳紹酒，又香又陳。如今吃喝足了，就要睡覺。俗語說：『無功受祿，寢食不安。』相公也是這麼過意的去麼？偺們何不到小姐臥房看看？憑著相公正氣，或者勝了邪魅，豈不兩全其美呢？」一席話說的包公心活，再者自己也不信妖邪，原要前來看看的，只得說道：「罷了，由著你這狗才鬧罷了。」包興見包公立起身來，急忙呼喚：「快掌燈呀！」只聽外面連聲答應：「伺候下了。」

包公出了書房，李保提燈，在前引道，來至小姐臥房一看，只見燈燭輝煌，桌椅高搭，設擺的齊備，心中早已明白是包興鬧的鬼。邁步來到屋中，只聽包興吩咐李保道：「所有閒雜人等俱各迴避。最忌的是婦女窺探。」李保聞聽，連忙退出，藏躲去了。

包興拿起香來，燒放爐內，爬在地下，又磕了三個頭。包公不覺暗笑。只見他上了高桌，將硃砂墨研好，蘸了新筆，又將黃紙撕了紙條兒。剛才要寫，只覺得手腕一動，彷彿有人把著的一般。自己看時，上面寫的：「淘氣，淘氣！該打，該打！」包興心中有些發毛❾，急急在燈上燒了，忙忙的下了臺。只

---

❽ 存住食：指積食、停食。不消化的意思。

見包公端坐在那邊。包興走至跟前，道：「相公與其在這裏坐著，何不在高桌上坐著呢，豈不好？」包公無奈，只得起身，上了高臺，坐在椅子上；只見桌子上放著寶劍一口，又有硃砂黃紙筆硯等物。包公心內也暗自歡喜：「難為他想的周到。」因此不由的將筆提起，蘸了硃砂，鋪下黃紙。剛才要寫，不覺腕隨筆動，順手寫將下去。才要看時，只聽得外面哎呀了一聲，咕咚栽倒在地。

包公聞聽，急忙提了寶劍，下了高臺，來至臥房外看時，卻是李保。見他驚惶失色，說道：「法官老爺，嚇死小人了！方才來至院內，只見白光一道沖戶而出，是小人看見，不覺失色栽倒。」包公也覺納悶。進得屋來，卻不見包興。與李保尋時，只見包興在桌子底下縮作一堆，見有人來方敢出頭。卻見李保在旁，便遮飾道：「告訴你們，我家相公作法不可窺探，連我還在桌子底下藏著呢。你們何得不遵法令？幸虧我家相公法力無邊。」一片謊言說的很像，這也是他的聰明機變的好處，李保方才說道：「只因我家老爺夫人，惟恐相公深夜勞苦，叫小人前來照應，請相公早早安歇。」包公聞聽，方叫包興打了燈籠，前往書房去了。

李保叫人來拆了法臺，見有個硃砂黃紙字帖，以為法官留下的鎮壓符咒，連寶劍一同拿起，回身來到內堂，稟道：「包相公業已安歇了。這是寶劍，還有符咒，俱各交進。」丫鬟接進來。李保才待轉身，忽聽老爺說道：「且住！拿來我看。」丫鬟將黃紙字帖呈上。李老爺燈下一閱，原來不是符咒，卻是一首詩句道：「避劫山中受大恩，欺心毒餅落於塵。尋敘井底將君救，三次相酬結好姻。」李老爺細看詩中隱藏事跡，不甚明白，便叫李保暗向包興探問其中事跡，並打聽娶親不曾，明日一早回話。李保領命。

---

❾ 發毛：俗語。害怕，或發脾氣。此處是害怕的意思。

你道李老爺為何如此留心？只因昨日書房見了包公之後，回到內宅，見了夫人，連聲誇獎，說包公人品好，學問好，將來不可限量。張氏夫人聞聽道：「既然如此，他若將我孩兒治好，何不就與他結為秦晉之好❿呢？」老爺道：「夫人之言正合我意。且看我兒病體何如，再作道理。」所以老兩口兒惦記此事。又聽李保說，二鼓還要上壇捉妖，因此不敢早眠，天交二鼓，尚未安寢，特遣李保前來探聽。不意李保拿了此帖回來，故叫他細細的訪問。

到了次日，誰知小姐其病若失，竟自大愈，實是奇事。老爺夫人更加歡喜，急忙梳洗已畢，只見李保前來回話：「昨晚細問包興，說這字帖上的事跡，是他相公自幼兒遭的魔難，皆是逢凶化吉，並未遇害。並且問明尚未定親。」李老爺聞聽，滿心歡喜，心中已明白是狐狸報恩，成此一段良緣，便整衣襟來至書房。李保通報，包公迎出。只見李老爺滿面笑容道：「小女多虧賢契⓫救拔，如今沉痾⓬已愈，實為奇異。老夫無兒，只生此女，尚未婚配，意欲奉為箕箒⓭，不知賢契意下如何？」包公答道：「此事晚生實實不敢自專，須要稟明父母兄嫂，方敢聯姻。」李老爺見他不肯應允，便笑嘻嘻，從袖中掏出黃紙帖兒遞與包公，道：「賢契請看此帖便知，不必推辭了。」包公接過一看，不覺面紅過耳，暗暗思

❿ 秦晉之好：春秋時，秦晉兩國世為婚姻，後指兩姓聯姻。

⓫ 賢契：對弟子或朋友子侄輩的敬稱。

⓬ 沉痾：指長久而嚴重的病。

⓭ 箕箒：本意指灑掃之器具。國語吳語：「句踐請盟：一介嫡女，執箕箒以晐姓於王宮；一介嫡男，奉槃匜以隨諸御。」後以奉箕箒為願嫁為妻的謙稱。

道：「我晚間恍惚之間，如何寫出這些話來？」又想道：「原來我小時山中遇雨，見那女子竟是狐狸避劫，卻蒙他累次救我，他竟知恩報恩。」包興在旁著急，恨不的贊成相公應允此事，只是不敢插口。李老爺見包公沉吟⑭不語，便道：「賢契不必沉吟。據老夫看來，並非妖邪作祟，竟為賢契來作紅線來了，可見凡事自有一定道理，不可過於迂闊⑮。」包公聞聽，只得答道：「既承大人錯愛，敢不從命。只是一件，須要稟明：候晚生會試以後，回家稟明父母兄嫂，那時再行納聘⑯。」李老爺見包公應允，滿心歡喜，便道：「正當如此。大丈夫一言為定，諒賢契絕不食言。老夫竟候佳音便了。」

說話之間，排開桌椅，擺上酒飯，老爺親自相陪。飲酒之間，又談論些齊家治國之事，包公應答如流，說的有經有緯，把個李老爺樂的再不肯放他主僕就行，一連留住三日，又見過夫人。三日後備得行囊馬匹，衣服盤費，並派主管李保跟隨上京。包公拜別了李老爺後，又囑咐一番。包興此時歡天喜地，精神百倍，跟了出來。只見李保牽馬墜鐙，包公上了坐騎，李保小心伺候，事事精心。一日，來到京師，找尋了下處，所有吏部投文之事全不用包公操心，竟等臨期下場而已。

且說朝廷國政，自從真宗皇帝駕崩，仁宗皇帝登了大寶，就封劉后為太后，立龐氏為皇后，封郭槐為總管都堂，龐吉為國丈加封太師。這龐吉原是個讒佞⑰之臣，倚了國丈之勢，每每欺壓臣僚。又有一

⑭ 沉吟：（遇到複雜或疑難的事）遲疑不決，低聲自語。

⑮ 迂闊：不切合實際。

⑯ 納聘：亦稱「納彩」。古代婚禮「六禮」之一。指定親時男方送給女方的聘禮。

⑰ 讒佞：說人壞話，用花言巧語巴結人的人。

班趨炎附勢之人，結成黨羽，明欺聖上年幼，暗有擅自專權之意。誰知仁宗天子自幼歷過多少魔難，乃是英明之主。先朝元老左右輔弼，一切正直之臣照舊供職，就是龐吉也奈何不得。因此朝政法律嚴明，尚不至紊亂。

只因春闈⑱在邇⑲，奉旨欽點太師龐吉為總裁。因此會試舉子就有走門路的，打關節的，紛紛不一。惟有包公自己仗著自己學問。考罷三場，到了揭曉之期，因無門路，將包公中了第二十三名進士，翰林無分，奉旨榜下即用知縣，得了鳳陽府定遠縣知縣。包公領憑後，收拾行李，急急出京，先行回家拜見父母兄嫂，稟明路上遭險，並與李天官結親一事。員外安人又驚又喜，擇日祭祖，叩謝甯老夫子。過了數日，拜別父母兄嫂，帶了李保、包興起身赴任。將到定遠縣地界，包公叫李保押著行李慢慢行走。自己同包興改裝易服，沿途私訪。

有話即長，無話即短。一日，包公與包興暗暗進了定遠縣，找了個飯鋪打尖。正在吃飯之時，只見從外面來了一人。酒保見了，讓道：「大爺少會呀！」那人揀個座兒坐下，酒保轉身提了兩壺酒，拿了兩個杯子過來。那人便問：「我一人，如何要兩壺酒，兩個杯子呢？」酒保答道：「方才大爺身後面，一同進來有一個人，披頭散髮，血跡模糊，我只打量是你勸架，給人和事的呢！怎麼一時就不見了呢？或者是我瞧恍惚了，也未可知。」

不知那人後來如何，且聽下回分解。

⑱ 春闈：亦稱「春試」。指科舉制度中春季的考試。明清時代會試均在春季舉行，故名之。

⑲ 邇：近。

第五回　墨斗剖明皮熊犯案　烏盆訴苦別古鳴冤

且說那人一聞此言，登時驚惶失色，舉止失宜，大不像方才進來之時那等驕傲之狀。只見坐不移時，發了回怔，連那壺酒也未喫，便匆匆會了錢鈔而去。

包公看此光景，因問酒保道：「這人是誰？」酒保道：「他姓皮名熊，乃二十四名馬販之首。」包公記了姓名，喫完了飯，便先叫包興到縣傳諭，就說老爺即刻到任。包公隨後就出了飯鋪，尚未到縣，早有三班衙役、書吏人等迎接上任。到了縣內，有署印的官交了印信，並一切交代，不必細說。

包公便將秋審❶冊籍細細稽察，見其中有個沈清伽藍殿殺死僧人一案，情節支離❷。便即傳出諭去，立刻升堂審問沈清一案。所有衙役三班早知消息，老爺暗自一路私訪而來，就知這位老爺的利害，一個個兢兢業業，早已預備齊全。一聞傳喚，立刻一班班進來，分立兩旁，喊了堂威。包公入座，標了禁牌❸，便吩咐：「帶沈清。」不多時，將沈清從監內提出，帶至公堂，打去刑具，朝上跪倒。包公留神細看，只見此人不過三旬年紀，戰戰兢兢，匍匐在塵埃，不像個行凶之人。包公看罷，便道：「沈清，你為何

❶ 秋審：明清兩代復審各省死刑案件的一種制度。因為在每年秋季舉行而得名。

❷ 支離：指分散，或殘缺不全。

❸ 禁牌：亦稱「禁子」。指管監獄的人。

殺人？從實招來。」沈清哭訴道：「只因小人探親回來，天氣太晚，那日又濛濛下雨，地下泥濘，實在難行。素來又膽小，又不敢夜行；因在這縣南三里多地有個古廟，暫避風雨。誰知次日天未明，有公差在路，見小人身後有血跡一片。公差便問小人，從何而來，小人便將昨日探親回來、天色太晚、在廟內伽藍殿上存身的話，說了一遍。不想公差攔住不放，務要同小人回至廟中一看。哎呀，太爺呀！小人同差役到廟看時，見佛爺之旁有一殺死的僧人。小人實是不知僧人是誰殺的。因此二位公差將小人解至縣內，竟說小人謀殺和尚。小人真是冤枉！求青天大老爺照察❹！」包公聞聽，便問道：「你出廟時，是什麼時候？」沈清答道：「天尚未明。」包公又問道：「你這衣服，因何沾了血跡？」沈清答道：「小人原在神櫥之下，血水流過，將小人衣服沾污了。」老爺聞聽，點頭，吩咐帶下，仍然收監。立刻傳轎，打道伽藍殿。包興伺候主人上轎，安好伏手。包興乘馬跟隨。

包公在轎內暗思：「他既謀害僧人，為何衣服並無血跡，光有身後一片呢？再者雖是刀傷，彼時並無凶器。」一路盤算，來到伽藍殿，老爺下轎，吩咐跟役人等不准跟隨進去，獨帶包興進廟。至殿前，只見佛像殘朽敗壞，兩旁配像俱已坍塌。又轉到佛像背後，上下細看，不覺暗暗點頭。回身細看神櫥之下，地上果有一片血跡迷亂。忽見那邊地下放著一物，便撿起看時，一言不發，攏入袖中，即刻打道回衙。來至書房，包興獻茶，回道：「李保押著行李來了。」包公聞聽，叫他進來。李保連忙進來，給老爺叩頭。老爺便叫包興傳該值的頭目進來。包興答應。去不多時，帶了進來，朝上跪倒。「小人胡成給老爺叩頭。」包公問道：「咱們縣中可有木匠麼？」胡成應道：「有。」包公道：「你去多叫幾名來，我

---

❹ 照察：明察。

有緊要活計要做的，明早務要俱各傳到。」胡成連忙答應，轉身去了。

到了次日，胡成稟道：「小人將木匠俱已傳齊，現在外面伺候。」包公又吩咐道：「預備矮桌數張，筆硯數分，將木匠俱帶至後花廳，不可有誤。去罷。」胡成答應，連忙備辦去了。這裏包公梳洗已畢，即同包興來至花廳，吩咐木匠俱各帶進來。只見進來了九個人，俱各跪倒，口稱：「老爺在上，小的叩頭。」包公道：「如今我要做各樣的花盆架子，務要新奇式樣。你們每人畫他一個，老爺揀好的用，並有重賞。」說罷，吩咐拿矮桌筆硯來。兩旁答應一聲，登時齊備。只見九個木匠分在兩旁，各自搜索枯腸，誰不願新奇討好呢。內中就有使慣了竹筆，拿不上筆來的；也有怯官的，戰戰哆嗦畫不像樣的；竟有從容不迫，一揮而就的。包公在座上，往下細細留神觀看。不多時，俱各畫完，挨次呈遞。老爺接一張，看一張；看到其中一張，便問道：「你叫什麼名字？」那人道：「小的叫吳良。」包公便向眾木匠道：「你們散去。將吳良帶至公堂。」左右答應一聲，立刻點鼓升堂。

包公入座，將驚堂木一拍，叫道：「吳良，你為何殺死僧人？從實招來！免得皮肉受苦。」吳良聽說，唗驚不小，回道：「小人以木匠做活為生，是極安分的，如何敢殺人呢？望乞老爺詳察。」老爺道：「諒你這廝決不肯招。左右，爾等❺立刻到伽藍殿將伽藍神好好抬來。」左右答應一聲，立刻去了。不多時，將伽藍神抬至公堂。百姓們見把伽藍神泥胎抬到縣衙聽審，誰不要看看新奇的事，都來。只見包公離了公座，迎將下來，向伽藍神似有問答之狀。左右觀看，不覺好笑。連包興也暗說道：「我們老爺這是裝什麼腔兒呢？」只見包公從新入座，叫道：「吳良，適才神聖言道，你那日行凶之時，已在神聖

❺ 爾等：你們。

背後留下暗記。下去比來。」左右將吳良帶下去。只見那神聖背後肩膀以下果有左手六指兒的手印；誰知吳良左手卻是六指兒，比上時絲毫不錯。吳良嚇的魂飛膽裂，左右的人無不吐舌，說：「這位太爺真是神仙，如何就知是木匠吳良呢？」殊不知包公那日上廟驗看時，地下撿了一物，卻是個墨斗❻，又見那伽藍神身後有六指手的血印，因此想到木匠身上。

左右又將吳良帶至公堂跪倒。只見包公把驚堂木一拍，一聲斷喝，說：「吳良！如今真贓實犯，還不實說麼？」左右復又威嚇，說：「快招，快招！」吳良著忙道：「太爺不必動怒，小人實招就是了。」招房書吏在一旁寫供。

吳良道：「小人原與廟內和尚交好。這和尚素來愛喝酒，小人也是酒鬼。因那天和尚請我喝酒，誰知他就醉了。我因勸他收個徒弟，以為將來的收緣結果。他便說：『如今徒弟實在難收。就是將來收緣結果，我也不怕。這幾年的工夫，我也積攢了有二十多兩銀子了。』他原是醉後無心的話。小人便問他：『你這銀子收藏在何處呢？若是丟了，豈不白費了這幾年的工夫麼？』他說：『我這銀子是再丟不了的。放的地方人人再也想不到的。』小人就問他：『你到底擱在那裏呢？』他就說：『咱們倆這樣相好，我告訴你，你可不許告訴別人。』他方說出將銀子放在伽藍神腦袋以內。小人一時見財起意，又見他醉了，原要用斧子將他劈死了。回老爺。小人素來拿斧子劈木頭慣了，從來未劈過人。乍乍兒的劈人，不想手就軟了，頭一斧子未劈重。偏遇和尚潑皮要奪我斧子。我如何肯讓他，又將他按住，連劈幾斧，他就死了。鬧了兩手血。因此上神桌，便將左手扶住神背，右手在神聖的腦袋內掏出銀子。不意留下了個手印

❻ 墨斗：木工用來打直線的工具。從墨斗中拉出墨線，放到木材上，綳緊，提起墨線趁著彈力就打上了黑線。

子。今被太爺神明斷出，小人實實該死。」包公聞聽所供是實。又將墨斗拿出，與他看了。吳良認了是自己之物，因抽斧子落在地下。包公叫他畫供，上了刑具，收監。沈清無故遭屈，賞官銀十兩，釋放。

剛要退堂，只聽有擊鼓喊冤之聲。包公即著帶進來。但見從角門進來二人，一個年紀二十多歲，一個有四十上下。來到堂上，二人跪倒。年輕的便道：「小人名叫匡必正。有一叔父開緞店，名叫匡天佑。只因小人叔父有一個珊瑚扇墜，重一兩八錢，遺失三年未有下落。不想今日遇見此人，他腰間佩的正是此物。小人原要借過來看看，怕的是認錯了。誰知他不但不借給看，開口就罵，還說小人訛他，扭住小人不放。太爺詳察。」又只見那人道：「我姓呂名佩。今日狹路相逢，遇見這個後生，將我攔住，硬說我腰間佩的珊瑚墜子是他的。青天白日，竟敢攔路打搶。這後生實實可惡！求太爺與我判斷。」

包公聞聽，便將珊瑚墜子要來一看，果然是真的，淡紅，光潤無比，便向匡必正道：「你方才說此墜重多少？」匡必正道：「重一兩八錢。倘若不對，或者東西一樣的極有，小人再不敢訛人。」包公又問呂佩道：「你可知道，此墜重多少？」呂佩道：「此墜乃友人送的，並不曉得多少分兩。」包公回頭，叫包興取戥子❼來。包興答應，連忙取戥平了，果然重一兩八錢。包公便向呂佩道：「此墜若按分兩，是他說的不差，理應是他的。」呂佩著急道：「噯呀，太爺呀！此墜原是我的，好朋友送我的，又平什麼分兩呢？吾們江蘇人是不敢撒謊的。」包公道：「既是你相好朋友送的，他叫什麼名字？實說！」

❼ 戥子：測定貴重物品或藥品重量的器具。構造和原理跟桿秤相同，盛物體的部分是一個小盤子，最大單位是兩，小的到分釐。戥，音ㄉㄥˇ。

呂佩道：「我這朋友姓皮名熊，他是馬販頭兒，人所共知。」包公猛然聽皮熊二字，觸動心事，吩咐將他二人帶下去，立刻出籤❽傳皮熊到案。包公暫且退堂，用了酒飯。

不多時，人來回話：「皮熊傳到。」包公復又升堂：「帶皮熊。」皮熊上堂跪倒，口稱：「太爺在上，傳小人有何事故？」包公道：「聞聽你有珊瑚扇墜，可是有的？」皮熊道：「有的。那是三年前小人撿的。」包公道：「此墜你可送過人麼？」皮熊道：「小人不知何人失落，如何敢送人呢？」包公便問：「此墜尚在何處？」皮熊道：「現在小人家中。」包公吩咐將皮熊帶在一邊，叫把呂佩帶來。包公問道：「方才問過皮熊。他並未曾送你此墜，此墜如何到了你手？快說！」呂佩一時慌張，方說出是皮熊之妻柳氏給的。包公就知話內有因，連問道：「柳氏他如何給你此墜呢？實說！」呂佩便不言語。包公吩咐掌嘴。兩旁人役剛要上前，只見呂佩搖手道：「唔呀！老爺不必動怒。吾說就是了。」便將與柳氏通姦，是柳氏私贈此墜的話，說了一遍。皮熊在旁，聽見他女人和人通姦，很覺不彀瞧的。包公立刻將柳氏傳到。誰知柳氏深恨丈夫在外宿姦，不與自己一心一計，因此來到公堂，不用審問，便說出丈夫皮熊素與楊大成之妻畢氏通姦。「此墜從畢氏處攜來，交與小婦人收了二三年。小婦人與呂佩相好，私自贈他的。」包公立刻出籤，傳畢氏到案。

正在審問之際，忽聽得外面又有擊鼓之聲，暫將眾人帶在一旁，先帶擊鼓之人上堂。只見此人年有五旬，原來就是匡必正之叔匡天佑；因聽見有人將他姪兒扭結到官，故此急急趕來，稟道：「只因三年前不記日子，託楊大成到緞店取緞子，將此墜做為執照。過了幾日，小人到鋪問時，並未見楊大成到鋪，

❽籤：舊時官府交給差役拘捕犯人的憑證。

也未見此墜。因此小人到楊大成家內。誰知楊大成就是那日晚間死了；也不知此墜的下落，只得隱忍不言。不料小人姪兒，今日看見此墜，被人告到太爺臺前。惟求太爺明鏡高懸，伸此冤枉！」說罷，磕下頭去。

包公聞聽，心下明白，叫天佑下去，即帶皮熊畢氏上堂。便問畢氏：「你丈夫是何病死的？」畢氏尚未答言。皮熊在旁答道：「是心疼病死的。」包公便將驚堂木一拍，喝聲：「該死的狗才！他丈夫心疼病死的，你如何知道？明是因姦謀命。快把怎生謀害楊大成致死情由，從實招來！」兩旁一齊威嚇：「招，招，招！」皮熊驚慌，說道：「小人與畢氏通姦是實，並無謀害楊大成之事。」包公聞聽，說：「你這刁嘴的奴才！曾記得前在飯店之中，後面跟著帶血之人，酒保說出，嚇的你酒也未敢吃，立時會錢鈔而去。舉止失措，酒也未曾喫完。今日公堂之上，還敢支吾！左右，抬上刑來。」皮熊只嚇得啞口無言，暗暗自思道：「這位太爺連喝酒之事俱已知道，別的諒也瞞不過他去；莫若實說，也免得皮肉受苦。」想罷，連連叩頭，道：「太爺不必動怒，小人願招。」包公道：「招來。」皮熊道：「只因小人與畢氏通姦，情投意合，惟恐楊大成知道，將我二人拆散；因此定計，將他灌醉，用刀殺死，暗用棺木盛殮，只說心疼暴病而死。彼時因見珊瑚墜，小人拿回家去，交付妻子收了。即此便是實情。」包公聞聽，叫他畫供。即將畢氏定了凌遲❾，皮熊定了斬決，將呂佩責四十板釋放，柳氏官賣，匡家叔姪將珊瑚墜領回無事。因此人人皆知包公斷事如神，各處傳揚。就傳到了行俠尚義的一個老者耳內。

---

❾ 凌遲：古代一種最殘酷的死刑。先分割犯人的肢體，然後割斷咽喉。宋史刑法志：「凌遲者，先斷其支（肢）體，乃抉其吭，當時之極法也。」

且說小沙窩內有一老者姓張行三，為人梗直，好行俠義，因此人都稱他為別古。（與眾不同謂之「別」，不合時宜謂之「古」。）原是打柴為生；皆因他有了年紀，挑不動柴草，眾人就叫他看著過秤，得了利息大家平分。這也是他素日為人拿好兒換來的。

一日，閒暇無事，偶然想起：「三年前東塔窪趙大欠我一擔柴錢四百文。我若不要了，有點對不過眾夥計們。他們不疑惑我使了，我自己居心實在的過意不去。今日無事，何不走走呢。」於是拄了竹杖，鎖了房門，竟往東塔窪而來。

到了趙大門首，只見房舍煥然一新，不敢敲門。問了問鄰右之人，方知趙大發財了，如今都稱「趙大官人」了。老頭子聞聽，不由心中不悅，暗想道：「趙大這小子，長處掐，短處捏，那一種行為，連柴火錢都不想著還。他怎麼配發財呢？」轉到門口，便將竹杖敲門，口中道：「趙大，趙大。」只聽裏面答應道：「是誰，這末『趙大』『趙二』的？」說話間，門已開了。張三看時，只見趙大衣冠鮮明，果然不是先前光景。趙大見是張三，連忙說道：「我道是誰，原來是張三哥。」張三道：「你先少合我論哥兒們。你欠我的柴火錢，也該給我了。」趙大聞聽道：「這有什麼要緊。老弟老兄的，請到家裏坐。」張三道：「我不去，我沒帶著錢。」趙大說：「這是什麼話？」張三道：「正經話。我若有錢，肯找你來要帳嗎？」正說著，只見裏面走出一個婦人來，打扮的怪模怪樣的，問道：「官人，你同誰說話呢？」張三一見，說：「好呀！趙大，你幹這營生呢。怨的發財呢。」趙大道：「休得胡說。這是你弟妹小嬸。」又向婦人道：「這不是外人，是張三哥到了。」婦人便上前萬福。張三道：「恕我腰疼，不能還禮。」趙大說：「還是這等愛頑。還請裏面坐罷。」張三只得隨著進來，到了屋內，只見一路一路的盆子堆的不少，彼此讓坐。趙大叫婦人倒茶。張三道：「我不喝茶，你也不用鬧酸款❿。欠我的四百多錢總要還我的。不用鬧這個軟局子⓫。」趙大說：「張三哥，你放心。我那就短了你四百文呢。」說話間，趙大拿了四百錢遞與張三。張三接來揣在懷內，站起身來說道：「不是我愛小便宜。我上了年紀，夜來時常愛起夜。你把那小盆給我一個，就算折了欠我的零兒罷。從此兩下開交，彼此不認得，卻使得。」趙大道：「你這是何苦！這些盆子俱是挑出來的，沒沙眼。拿一個就是了。」張三挑了一個趣黑的烏盆，挾在懷中，轉身就走，也不告別，竟自出門去了。

這東塔窪離小沙窩也有三里之遙。張三滿懷不平。正遇著深秋景況，夕陽在山之時，來到樹林之中，耳內只聽一陣陣秋風颯颯，敗葉飄飄。猛然間滴溜溜一個旋風，只覺得汗毛眼裏一冷。老頭子將脖子一縮，腰兒一躬，剛說一個「好冷！……」不防將懷中盆子掉在塵埃，在地下咕嚕嚕亂轉，隱隱悲哀之聲，說：「摔了我的腰了。」張三聞聽，連連唾了兩口，撿起盆子往前就走，有年紀之人如何跑的動。只聽後面說道：「張伯伯，等我一等。」回頭又不見人，自己怨恨道：「真是時衰鬼弄人，我張三平生不做虧心之事。如何白日就會有鬼？想是我不久於人世了。」一邊想，一邊走，好容易奔至草房，急忙放下盆子，撂了竹杖；開了鎖兒，拿了竹杖，拾起盆子，進得屋來將門頂好。覺得困乏已極，自己說：「管他甚麼鬼不鬼的，且夢周公。」剛才說完，只聽得悲悲切切，口呼：「伯伯，我死的好苦也！」張三聞聽，道：「怎麼的竟自把鬼關在屋裏了？」別古秉性忠直，不怕鬼邪，便說道：「你說罷。我這裏聽著

---

❿ 酸款：指窮酸而又要擺闊。

⓫ 軟局子：以款待等手段行騙的騙局。

呢。」隱隱說道：「我姓劉名世昌，在蘇州閶門外八寶鄉居住。家有老母周氏，妻子王氏，還有三歲的孩子乳名百歲。本是緞行生理。只因乘驢回家，行李沉重。那日天晚，在趙大家借宿，不料他夫妻好狠，將我殺害，謀了資財，將我血肉和泥焚化。到如今閃了老母，抛卻妻子，不能見面。九泉之下，冤魂不安，望求伯伯替我在包公前伸明此冤，報仇雪恨。就是冤魂在九泉之下，也感恩不盡。」說罷，放聲痛哭。張三聞聽他說的可憐，不由的動了他豪俠的心腸，全不畏懼，便呼道：「烏盆！」只聽應道：「有呀，伯伯。」張三道：「雖則替你鳴冤，惟恐包公不能准狀，你須跟我前去。」烏盆應道：「願隨伯伯前往。」張三見他應叫應聲，不覺滿心歡喜，道：「這去告狀，不怕包公不信。——言雖如此，我是上了年紀之人，記性平常，必須將他姓名住處記清背熟了方好。」於是從新背了一回，樣樣記明。

老頭兒為人心熱，一夜不曾合眼，不等天明，爬起來，挾了烏盆，拄起竹杖，鎖了屋門，竟奔定遠縣而來。出得門時，冷風透體，寒氣逼人，又在天亮之時。若非張三好心之人，誰肯沖寒冒冷，替人鳴冤。及至到了定遠縣，天氣過早，尚未開門；只凍得他哆哆嗦嗦，找了個避風的所在，席地而坐。喘息多時，身上覺得和暖。老頭兒又高興起來了，將盆子扣在地下，用竹杖敲著盆底兒，唱起什不閒來了。剛唱一句「八月中秋月照臺」，只聽的一聲響，門分兩扇，太爺升堂。

張三忙拿起盆子，跑向前來喊「冤枉」。就有該值的回稟，立刻帶進。包公座上問道：「有何冤枉？訴上來。」張三就把東塔窪趙大家討帳，得了一個黑盆，遇見冤魂自述的話，說了一遍；現有烏盆為證。包公聞聽，便不以此事為妄談，就在座上喚道：「烏盆。」並不見答應。又連喚兩聲，也無影響。包公見別古年老昏憒，也不動怒，便叫左右攆⑫去便了。

張老出了衙門，口呼：「烏盆。」只聽應道：「有呀，伯伯。」張老道：「你隨我訴冤，你為何不進去呢？」烏盆說道：「只因門上門神攔阻，冤魂不敢進去。求伯伯替我說明。」張老聞聽又嚷「冤枉」。該值的出來，嗔道：「你這老頭子還不走！又嚷的是什麼？」張老道：「求爺們替我回覆一聲：『烏盆有門神攔阻，不敢進見。』」該值的無奈，只得替他回稟。包公聞聽，提筆寫字一張，叫該值的拿去門前焚化，仍將老頭子帶進來，再訊二次。張老抱著盆子，上了公堂，將盆子放在當地。他跪在一旁。包公問道：「此次叫他可應了？」張老說：「是。」包公吩咐：「左右，爾等聽著。」兩邊人役應聲，洗耳靜聽。只見包公座上問道：「烏盆！」不見答應。包公不由動怒，將驚堂木一拍：「我罵你這狗才！本縣念你年老之人，方才不加責於你。如今還敢如此。本縣也是你愚弄的嗎？」用手抽籤，吩咐打責了十板，以戒下次。兩旁不容分說，將張老打了十板。鬧的老頭兒呲牙咧嘴，一拐一拐的，挾了烏盆，拿了竹杖，出衙去了。

轉過影壁，便將烏盆一扔，只聽得「噯呀」一聲，說：「碰了我腳面了！」張老道：「奇怪！你為何又不進去呢？」烏盆道：「只因我赤身露體，難見星主。沒奈何，再求伯伯替我伸訴明白。」張老道：「我已然為你挨了十大板。如今再去，我這兩條腿不用長著咧。」烏盆又苦苦哀求。張老是個心軟的人，只得拿起盆子。他卻又不敢伸冤，只得從角門溜溜秋秋往裏便走。只見那邊來了一個廚子，一眼看見，便叫：「胡頭兒，胡頭兒，那老頭兒又來了。」胡頭正在班房，談論此事說笑，忽聽老頭子又來了，連忙跑出來要拉。張老卻有主意，就勢坐在地下，叫起屈來了。

⑫ 攆：驅逐；趕走。方言中有追趕的意思。

包公那裏也聽見了，吩咐帶上來，問道：「你這老頭子為何又來？難道不怕打麼？」張老叩頭道：「方才小人出去，又問烏盆。他說赤身露體，不敢見星主之面。懇求太爺賞件衣服遮蓋遮蓋，他才敢進來。」包公聞聽，叫包興拿件衣服與他。包興連忙拿了一件袷襖，交與張老。張老拿著衣服出來。該值的說：「跟著他。看他是拐子⓭。」只見他將盆子包好，拿起來；不放心，又叫道：「烏盆，隨我進來。」只聽應道：「有呀，伯伯。我在這裏。」張老聞聽他答應，這一回留上心了，便不住叫著進來。到了公堂，仍將烏盆放在當中，自己在一旁跪倒。包公又吩咐兩邊：「仔細聽著！」兩邊答應：「是。」此所謂上命差遣，概不由己。有說老頭子有了病了的，有說太爺好性兒的，也有暗笑的。連包興在旁也不由的暗笑：「老爺今日叫瘋子磨住了。」只見包公座上呼喚：「烏盆！」不想衣內答應說：「有呀，星主。」眾人無不詫異。只見張老聽見烏盆答應了，他便忽的跳將起來，恨不能要上公案桌子。兩旁眾人吆喝，他才復又跪下。包公細細問了張老。張老彷彿背書的一般：他姓甚名誰，家住那裏，他家有何人，作何生理，怎麼遇害，是誰害的，滔滔不斷說了一回，清清楚楚。兩旁聽的無不歎息。包公聽罷，吩咐包興取十兩銀子來，賞了張老，叫他回去聽傳。別古千恩萬謝的去了。

包公立刻吩咐書吏辦文一角，行到蘇州，調取尸親前來結案，即行出籤拿趙大夫婦，登時拿到，嚴加訊問，並無口供。包公沉吟半晌，便吩咐：「趙大帶下去，不准見刁氏。」即傳刁氏上堂。包公說：「你丈夫供稱陷害劉世昌，全是你的主意。」刁氏聞聽，惱恨丈夫，便說出趙大用繩子勒死的，並言現有未用完的銀兩。即行畫招，押了手印。立刻派人將贓銀起來。復又帶上趙大，叫他女人質對。誰知這

⓭ 拐子：腿腳瘸的人稱拐子。這裏指拐騙人口、財物的人。

廝好狠，橫了心再也不招，言銀子是積攢的。包公一時動怒，請了大刑，用夾棍套了兩腿，問時仍然不招。包公一聲斷喝，說了一個「收」字。不想趙大不禁夾，就「嗚呼哀哉」了。包公見趙大一死，只得叫人搭下去。立刻辦詳，稟了本府，轉又行文上去，至京啟奏去了。

此時尸親已到。包公將未用完的銀子，俱叫他婆媳領取訖；並將趙大家私奉官折變，以為婆媳養贍⓮。婆媳感念張老替他鳴冤之恩，願帶到蘇州養老送終。張老也因受了冤魂的囑託，亦願照看孀居孤兒。因此商量停當，一同起身往蘇州去了。

要知後事如何，下回分曉。

⓮ 養贍：供給生活所需。亦作「贍養」。

第六回 罷官職逢義士高僧 應龍圖審冤魂怨鬼

且說包公斷明了烏盆，雖然遠近聞名，這位老爺正直無私斷事如神，未免犯了上司之嫉，又有趙大刑斃；故此文書到時，包公例應革職。包公接到文書，將一切事宜交代署印之人，自己住廟。李保看此光景，竟將銀兩包袱收拾收拾，逃之夭夭了。

包公臨行，百姓遮道哭送。包公勸勉了一番，方才乘馬，帶著包興，出了定遠縣，竟不知投奔何處才好。包公在馬上自己歎息，暗裏思量道：「我包某命運如此淹蹇❶，自幼受了多少的顛險❷，好容易蒙兄嫂憐愛，聘請恩師，教誨我一舉成名。不想妄動刑具，致斃人命。雖是他罪應如此，究竟是粗心浮躁❸，以至落了個革職。至死也無顏回家。無處投奔，莫若仍奔京師，再作計較。」只顧馬上嗟歎。包興跟隨，明知老爺為難，又不敢問。信馬由韁，來至一座山下，雖不是峻嶺高峰，也覺得凶惡。正在觀看之際，只聽一棒鑼響，出來了無數的僂兵，當中一個矮胖黑漢，赤著半邊身的肐膊，雄赳赳，氣昂昂，不容分說，將主僕二人拿下捆了，送上山去。誰知山中尚有三個大王，見縛了二人前來，吩咐綁在兩邊

❶ 淹蹇：沉抑而又不順利。

❷ 顛險：不幸而又受挫折。

❸ 浮躁：輕浮急躁。韓愈詩：「杳然粹而清，可以鎮浮躁。」

杜子上，等四大王到來，再行發落。不一時，只見四大王慌慌張張，喘吁吁跑了來，嚷道：「不好了！山下遇見一人好本領，強小弟十倍，才一交手，我便倒了。幸虧跑得快，不然，喫大虧了。那位哥哥去會會他？」只見大大王說：「二弟，待劣兄前往。」二大王說：「小弟奉陪。」於是二人下山，見一人氣昂昂在山坡站立。大大王近前一看，不覺哈哈大笑道：「原來是兄長，請到山中敘話。」

你道此山何名？名叫土龍崗，原是山賊窩居之所。原來張龍、趙虎誤投龐府，見他是權奸之門，不肯逗留；偶過此山，將山賊殺走，他二人便作了寨主。後因王朝、馬漢科考武場，亦被龐太師逐出，憤恨回家，路過此山。張趙兩個即請到寨，結為兄弟。王朝居長，馬漢第二，張龍第三，趙虎第四。王、馬、張、趙四人已表明來歷。

且說馬漢同定那人，來至山中，走上大廳，見兩旁杜上綁定二人，走近一看，不覺失聲道：「噯呀！縣尊為何在此？」包公睜眼看時，說道：「莫不是恩公展義士麼？」王朝聞聽，連忙上前解開，立刻讓至廳上，坐定了。展爺問及，包公一一說了。大家俱各歎息。展爺又叫王、馬、張、趙給包公陪了罪，分賓主坐下。立時擺酒，彼此談心，甚是投機。包公問道：「我看四位俱是豪傑，為何作這勾當？」王朝道：「我等皆為功名未遂，亦不過暫借此安身，不得已而為之。」展爺道：「我看眾弟兄皆是異姓骨肉。今日恰逢包公在此，雖則目下革職，將來朝廷必要擢用❹。那時眾位弟兄何不設法棄暗投明，與國出力，豈不是好？」王朝道：「我等久有此心。老爺倘蒙朝廷擢用，我等俱願效力。」包公只得答應：「豈敢，豈敢。」大家飲至四更方散。

❹ 擢用：提拔使用。

至次日，包公與展爺告辭。四人款留不住，只得送下山來。王朝素與展爺相好，又遠送幾里。包公與展爺戀戀不捨，無奈分別而去。

單言包公主僕乘馬竟奔京師。一日，來至大相國寺門前。包公頭暈眼花，竟從馬上栽將下來。包興一見，連忙下馬看時，只見包公二目雙合，牙關緊閉，人事不知。包興叫著不應，放聲大哭。驚動廟中方丈，乃得道高僧，俗家複姓諸葛名遂法，號了然，學問淵深，以至醫卜星相，無一不精，聞得廟外人聲，來到山門以外，近前，診了脈息，說：「無妨，無妨。」又問了方才如何落馬的光景，包興告訴明白。了然便叫僧眾幫扶抬到方丈東間，急忙開方抓藥。包興精心用意煎好。喫不多時，至二鼓天氣，只聽包公哎呀一聲，睜開二目，見燈光明亮，包興站在一旁，那邊椅子上坐著個僧人。包公便問：「此是何處？」包興便將老爺昏過多時，虧這位師傅慈悲用藥救活的話，說了一回。包公剛要掙扎起來致謝。和尚過來按住，道：「不可勞動，須靜靜安心養神。」

過了幾日，包公轉動如常，才致謝和尚。以至飲食用藥調理，俱已知是和尚的，心中不勝感激。了然細看包公氣色，心下明白；便問了年命，細算有百日之難，過了日子就好了，自有機緣，便留住包公在廟內居住。於是將包公改作道人打扮，每日裏與了然不是下棋，便是吟詩，彼此愛慕。將過了三個月。一日，了然求包公寫「冬季唪經❺祝國裕民」八字，叫僧人在山門兩邊粘貼。包公無事，同了然出來，一旁觀看。只見那壁廂來了一個廚子，手提菜筐，走至廟前，不住將包公上下打量，瞧了又瞧，看了又看，直瞅著包公進了廟，他才飛也似的跑了。包公卻不在意，回廟去了。

---

❺ 唪經：念經。唪，音ㄈㄥˇ。

你道此人是誰？他乃丞相府王芑的買辦廚子。只因王老大人面奉御旨，賜圖像一張，乃聖上夢中所見，醒來時宛然在目，御筆親畫了形像，特派王老大人暗暗密訪此人。丞相遵旨。回府，又叫妙手丹青照樣畫了幾張，吩咐虞候伴當❻執事人員各處留神，細細訪查。不想這日買辦從大相國寺經過，恰遇包公，急忙跑回相府，找著該值的虞候，便將此事說了一遍。虞候聞聽，不能深信，亦不敢就回，即同買辦廚子暗到廟中，閒遊的一般，各處瞻仰。後來看到方丈，果見有一道人與老僧下棋，細看相貌正是龍圖之人，心中不勝驚駭，急忙趕回相府，稟知相爺。

王大人聞聽，立刻傳轎到大相國寺拈香。一是王大人奉旨所差之事不敢耽延，二是老大人為國求賢一番苦心。不多時，來到廟內。小沙彌聞聽，急忙跑至方丈室內，報與老和尚知道。只見了然與包公對弈，全然不理。倒是包公說道：「吾師也當迎接。」了然道：「老僧不走權貴之門，迎他則甚？」包公道：「雖然如此。他乃是個忠臣，就是迎他，也不至於沾礙❼老師。」了然聞聽，方起身道：「他此來與我無沾礙，恐與足下有些瓜葛。」說罷，迎出去了。

接至禪堂，分賓主坐了。獻茶已畢，便問了然：「此廟有多少僧眾？多少道人？老夫有一心願，願施僧鞋僧襪，每人各一雙，須當面領去。」了然明白，即吩咐僧道領取，一一看過，並無此人。王大人問道：「完了麼？你廟中還有人沒有？」了然歎道：「有是還有一人，只是他未必肯要大人這一雙鞋襪。如要見這人麼，大概還須大人以禮相見。」王丞相聞聽，忙道：「就煩長老引見引見，何如？」了然答

❻ 虞候伴當：虞候，古時對侍從、下級官員的通稱。伴當，僕從。

❼ 沾礙：指牽連妨礙。

應，領至方丈。包公隔窗一看，也不能迴避了，只得上前一揖，道：「廢員參見了。」王大人舉目細看形容，與聖上御筆畫的龍圖分毫不差，不覺大驚，連忙讓坐，問道：「足下何人？」包公便道：「廢員包拯，曾任定遠縣。」因斷烏盆革職的話說了一遍。王大人道：「此案終屬妄誕❽，老夫實難憑信。」包公不覺正色，答道：「雖則理之所無，卻事之必有。自古負屈含冤之魂，憑物申訴者不可枚舉，難道都是妄誕麼？只要自己秉公斷理民情，焉肯以妄誕二字就置之不問，豈不使怨鬼含冤於泉下乎？何況廢員非攻乎異端之人，此事亦非攻乎異端之案。」王大人見包公說話梗直，忠正嚴肅，不覺滿心歡喜。立刻備馬，請包公隨至相府。進了相府，大家看大人轎後一個道士，不知甚麼緣故。當下留在書房安歇。

次日早朝，仍將包公換了縣令服色，先在朝房伺候。淨鞭三下，天子升殿。王芑出班奏明仁宗。天子大喜。「立刻宣召見朕。」包公步上金階，跪倒，三呼已畢。天子閃龍目一看，果是夢中所見之人，滿心歡喜，便問為何罷職。包公便將斷烏盆將人犯刑斃身死情由，毫無遮飾，一一奏明。王芑在班中著急，恐聖上見怪。誰知天子不但不怪，反喜道：「卿家既能斷烏盆負屈之冤魂，必能鎮皇宮作祟之邪。今因玉宸宮內每夕有怨鬼哀啼，甚屬不淨，不知是何妖邪，特派卿前往鎮壓一番。」即著王芑在內閣聽候。欽派太監總管楊忠帶領包公，至玉宸宮鎮壓。

這楊忠素來好武，膽量甚好，因此人皆稱他為「楊大膽」。奉旨賜他寶劍一口，每夜在內巡邏。今日領包公進內。他那裏瞧得起包公呢，先問了姓，後又問了名，一路稱為老黑，又叫老包。來到昭德門，說道：「進了此門，就是內廷了。想不到你七品前程如此造化！今日對了聖心，派你入宮，將來回家到

❽ 妄誕：狂妄荒謬的意思。

鄉裏說古❾去罷。是不是？老黑呀！怎麼我合❿你說話，你怎麼紡絲吊麵布裏兒⓫呢？」包公無奈，答道：「公公說的是。」楊忠又道：「你別合我鬧這個整臉兒。我是好頑好樂的。這就是你，別人還巴結不上呢。」說著話，進了鳳右門，只見有多少內侍垂手侍立。內中有一個頭領，上前執手道：「老爺今日有何貴幹？」楊忠說：「辛苦！辛苦！咱家奉旨帶領此位包先生前到玉宸宮鎮邪。此乃奉旨官差。我們完差之時，不定三更五更回來，可就不照門了；省得又勞動你們。請罷，請罷！」說罷，同定包公，竟奔玉宸宮。只見金碧交輝，光華爛漫，到了此地，不覺肅然起敬。連楊忠愛說愛笑，到了此地，也就啞口無言了。

來至殿門，楊忠止步，悄向包公道：「你是欽奉諭旨，理應進殿除邪。我就在這門檻上照看便了。」包公聞聽，輕移慢步，側身而入；來至殿內，見正中設立寶座，連忙朝上行了三跪九叩之禮。又見旁邊設立座位，包公躬身入座。楊忠見了，心下暗自佩服道：「瞧不得小小官兒竟自頗知國禮。」又見包公如對君父一般，秉正端坐，凝神養性，二目不往四下觀瞧，另有一番凛然難犯的神色，不覺的暗暗誇獎道：「怪不得聖上見了他喜歡呢。」正在思想之際，不覺的譙樓漏下。猛然間聽的呼呼風響，楊忠覺的毛髮皆豎，連忙起身，手掣寶劍，試舞一回。耍不了幾路已然氣喘，只得歸入殿內，銳氣已消，順步坐在門檻子上。包公在座上，不由的暗暗發笑。

❾ 說古：指講故事。

❿ 合：和。

⓫ 紡絲吊麵布裏兒：歇後語。「不響」。

楊忠正自發怔，只見丹墀以下起了一個旋風，滴溜溜在竹叢裏團團亂轉，又隱隱的聽得風中帶著悲泣之聲。包公閃目觀瞧，只見燈光忽暗，楊忠在外撲倒；片刻工夫，見他復起，嬝嬝婷婷⑫，走進殿來，萬福跪下。此時燈光復又明亮。包公以為楊忠戲耍，便以假作真，開言問道：「你今此來，有何冤枉？訴上來。」只聽楊忠嬌滴滴聲音，哭訴道：「奴婢寇珠原是金華宮承御，只因救主遭屈，含冤地府，於今廿載，專等星主來臨，完結此案。」便將當初定計陷害的原委，哭訴了一遍。「因李娘娘不日難滿，故特來洩機由。星主細細搜查，以報前冤，千萬不可洩漏。」包公聞聽，點頭道：「既有如此沉冤，包某必要搜查。但你必須隱形藏跡，恐驚主駕，獲罪不淺。」冤魂說道：「謹遵星主臺命。」叩頭站起，轉身出去，仍坐在門檻子上。

不多時，只見楊忠張牙欠嘴，彷彿睡醒的一般，瞧見包公仍在那邊端坐，不由悄悄的道：「老黑，你沒見甚麼動靜，咱家怎生回覆聖旨？」包公道：「鬼已審明；只是你貪睡不醒，叫我在此獃等。」楊忠聞聽，詫異道：「甚麼鬼？」包公道：「女鬼。」楊忠道：「女鬼是誰？」包公道：「名叫寇珠。」楊忠聞聽，只嚇得驚異不止，暗自思道：「寇珠之事算來將近二十年之久，他竟如何知道？」連忙陪笑道：「寇珠他為甚麼事在此作祟呢？」包公道：「你是奉旨，同我進宮除邪。誰知你貪睡。我已將鬼審明，只好明日見了聖上，我奏我的，你說你的便了。」楊忠聞聽，不由著急道：「嗳呀！包……包先生，包……包老爺，我的親親的包……包大哥，你這不把我毀透了嗎？可是你說的，聖上命我同你進宮；歸齊我不知道，睡著了，這是甚麼差使眼兒呢？怎的了！可見你老人家就不疼人了。過後就真沒有用我們

⑫ 嬝嬝婷婷：婀娜多姿；輕盈柔美。

的地方了。瞧你老爺們這個勁兒，立刻給我個眼裏插棒槌⓭，也要我們擱的住呀！好包先生你告訴我！我明日送你個小巴狗兒，這麼短的小嘴兒。」包公見他央求可憐，方告訴他道：「明日見了聖上，就說：『審明了女鬼，係金華宮承御寇珠含冤負屈，來求超度⓮他的冤魂。臣等業已相許，以後再不作祟。』」楊忠聽畢，記在心頭，並謝了包公，如敬神的一般。他也不敢言語褻瀆⓯了。

出了玉宸宮，來至內閣，見了丞相王芑，將審明的情由細述明白。少時聖上臨朝，包公合楊忠一一奏明，只說冤魂求超度，卻不提別的。聖上大悅，愈信烏盆之案。即升用開封府府尹，陰陽學士。包公謝恩。加封「陰陽」二字，從此人傳包公善於審鬼，白日斷陽，夜間斷陰，一時哄傳遍了。

包公先拜了丞相王芑，愛慕非常；後謝了了然；又至開封府上任，每日查辦事件。便差包興回家送信，並具稟替甯老夫子請安；又至隱逸村投遞書信，一來報喜，二來求婚畢姻。包興奉命，即日起身，先往包村去了。

未知後事如何，且聽下回分解。

⓭ 眼裏插棒槌：歇後語。「擱不住」。
⓮ 超度：佛教、道教用語。僧、尼、道士為人誦經拜懺，說是可以救度亡魂，超越苦難。
⓯ 褻瀆：輕視怠慢；不恭敬。

第七回　得古今盆完婚淑女　收公孫策密訪奸人

且說包興奉了包公之命，寄信回家；後又到隱逸村。這日包興回來，叩見包公，呈上書信，言：「太老爺太夫人甚是康健，聽見老爺得了府尹，歡喜非常，賞了小人五十兩銀子。小人又見大老爺大夫人，歡喜自不必說，也賞了小人三十兩銀子；惟有大夫人給小人帶了個薄薄兒包袱，囑咐小人好好收藏，到京時交付老爺。小人接在手中，雖然有些分兩，不知是何物件，惟恐路上磕碰。還是大夫人見小人為難，方才說明；此包內是一面古鏡，原是老爺井中撿的。因此鏡光芒生亮，大夫人挂在屋內。有一日，二夫人使喚的秋香走至大夫人門前滑了一交，頭已跌破，進屋內就在挂鏡處一照。誰知血滴鏡面，忽然雲翳開豁。秋香大叫一聲，回頭跑在二夫人屋內，冷不防按住二夫人將右眼挖出；從此瘋癲，至今鎖禁，猶如活鬼一般。二夫人死去兩三番，現在延醫❶調治，尚未痊愈。小人見二老爺，他無精打彩的，也賞了小人二兩銀子。」說著話，將包袱呈上。包公也不開看，吩咐好好收訖。

包興又回道：「小人又見甯師老爺看了書信十分歡喜，說，叫老爺好好辦事，盡忠報國，還教導了小人好些好話。小人在家住了一天，即到隱逸村報喜投書。李大人大喜，滿口應承，隨後便送小姐前來就親。賞了小人一個元寶，兩疋尺頭；並回書一封。」即將信呈上。包公接書看畢。原來是張氏夫人同

❶ 延醫：聘請醫師。

著小姐，於月內便可來京。立刻吩咐預備住處，仍然派人前去迎接。便叫包興暫且歇息，次日再商量辦喜事一節。

不多幾日，果然張氏夫人帶領小姐俱各到了。一切定日迎娶事務，俱是包興盡心備辦妥當。到了吉期，也有多少官員前來賀喜，不必細表。

包公自畢姻後，見李氏小姐幽閒貞靜，體態端莊，誠不失大家閨範❷，滿心歡喜。而且妝奩中有一寶物，名曰「古今盆」，上有陰陽二孔，堪稱希世奇珍。包公卻不介意。過了三朝滿月，張氏夫人別女回家。臨行又將自己得用的一個小廝名喚李才，留下服侍包公，與包興同為內小廝心腹。

一日，放告坐堂。見有個鄉民年紀約有五旬上下，口稱「冤枉」。立刻帶至堂上。包公問道：「你姓甚名誰？有何冤枉？訴上來。」那人向上叩頭，道：「小人姓張名致仁，在七里村居住。有一族弟名叫張有道，以貨郎為生，相離小人不過數里之遙。有一天，小人到族弟家中探望，誰知三日前竟自死了！問我小嬸劉氏，是何病症？為何連信也不送呢？劉氏回答，是心疼病死的。因家中無人，故此未能送信。小人因有道死的不明，在祥符縣中訴情由，情願開棺檢驗。縣太爺准了小人狀子。及至開棺檢驗，誰知並無傷痕。劉氏他就放起刁來，說了許多誣賴❸的話。縣太爺將小人責了二十大板，討保回家。越想此事，實實張有道死的不明。無奈何投到大老爺臺前，求青天與小人作主。」說罷，眼淚汪汪，匍匐在地。包公便問道：「你兄弟素來有病麼？」張致仁說：「並無疾病。」包公又問道：「你幾時沒見張有

❷ 閨範：指婦女所應遵守的道德規範。晉書列女傳序：「具宣閨範，有裨陰訓。」

❸ 誣賴：毫無根據地說別人做了壞事或說了壞話。

道？」致仁道：「素來弟兄和睦，小人常到他家，他也常來小人家。五日前尚在小人家中。小人因他五六天沒來，因此小人找到他家，誰知三日前竟自死了。」包公聞聽，想到五日前尚在他家，他第六天去探望，又是三日前死的；其中相隔一兩天，必有緣故。包公想罷，准了狀詞，立刻出籤傳劉氏到案。暫且退了堂。來至書房，細看呈子，好生納悶。包興與李才旁邊侍立。忽聽外邊有腳步聲響。包興連忙迎出，卻是外班，手持書信一封，說：「外面有一儒流求見。此書乃了然和尚的。」包興聞聽，接過書信，進內回明，呈上書信。包公是極敬了然和尚的，急忙將書拆閱。原來是封薦函，言此人學問品行都好。包公看罷，即命包興去請。

包興出來看時，只見那人穿戴的衣冠，全是包公在廟時換下衣服，又肥又長，勒里勒得❹的，並且帽子上面還捏著摺兒，包興看罷，知是當初老爺的衣服，必是了然和尚與他穿戴的，也不說明，便向那人說道：「我家老爺有請。」只見那人斯斯文文，隨著包興進來。到了書房，包興掀簾。只見包公立起身來，那人向前一揖，包公答了一揖，讓坐。包公便問：「先生貴姓？」那人答道：「晚生複姓公孫名策，因久困場屋❺，屢落孫山❻，故流落在大相國寺。多承了然禪師優待，特具書信前來，望祈老公祖

---

❹ 勒里勒得：形容衣服不合身，行動不利索。

❺ 場屋：舊時科舉考試的地方。亦稱「科場」。資治通鑑唐會昌六年：「（李）景莊老於場屋。」註：「唐人謂貢院為場屋，至今猶然。」

❻ 屢落孫山：指多次沒有考中。范公偁過庭錄：「吳人孫山，滑稽才子也。赴舉他郡，鄉人托以子偕往；鄉人子失意，山綴榜末，先歸。鄉人問其子得失，山曰：『解名盡處是孫山，賢郎更在孫山外。』」

推情收錄。」包公見他舉止端詳，言語明晰，又問了些書籍典故；見他對答如流，學問淵博，竟是個不得第的才子。包公大喜。

正談之間，只見外班稟道：「劉氏現已傳到。」包公吩咐「伺候」。便叫李才陪侍公孫先生。自己帶了包興，立刻升堂。入了公座，便叫：「帶劉氏。」應役之人接聲喊道：「帶劉氏！帶劉氏！」只見從外角門進來一個婦人，年紀不過二十多歲，面上也無懼色，口中尚自言自語，說道：「好端端的人，死了叫他翻尸倒骨的，不知前生作了什麼孽了！如今又把我傳到這裏來，難道還生出什麼巧招兒來嗎？」一邊說，一邊上堂，也不東瞧西看，他便嬝嬝婷婷朝上跪倒，是一個久慣打官司的樣兒。包公便問道：「你就是張劉氏麼？」婦人答道：「小婦人劉氏，嫁與貨郎張有道為妻。」包公又問道：「你丈夫是什麼病死的？」劉氏道：「那一天晚上，我丈夫回家，喫了晚飯，一更之後便睡了。到了二更多天，忽然說心裏怪疼的。小婦人嚇的了不得，急忙起來。便嚷『疼的利害！』誰知不多一會就死了。害的小婦人好不苦也！」說罷，淚流滿面。包公把驚堂木一拍，喝道：「你丈夫到底是什麼病死的？講來！」站堂喝道：「快講！」劉氏向前跪爬半步，說道：「老爺，我丈夫實是害心疼病死的。小婦人焉敢撒謊。」包公喝道：「既是害病死的，你為何不給他哥哥張致仁送信？實對你說，現在張致仁在本府堂前已經首告。實實招來，免得皮肉受苦！」劉氏道：「不給張致仁送信，一則小婦人煩不出人來，二則也不敢給他送信。」包公聞聽道：「這是為何？」劉氏道：「因小婦人丈夫在日，他時常到小婦人家中，每每見無人，他言來語去，小婦人總不理他。就是前次他到小婦人家內，小婦人告訴他兄弟已死，不但不哭，反倒向小婦人胡說八道，連小婦人如今直學不出口來。當時被小婦人連嚷帶罵，他才走了。誰知他惱羞成怒，在縣告了，說他兄弟死的不明，要開棺檢驗。後來太爺到底檢驗了，並無傷痕，才將他打了二十板。不想他不肯歇心，如今又告到老爺臺前。可憐小婦人丈夫死後，受如此罪孽❼，小婦人又擔如此醜名，實實冤枉！懇求老青天與小婦人作主啊！」說著，說著，就哭起來了。

包公見他口似懸河，牙如利劍，說的有情有理，暗自思道：「此婦聽他言語，必非善良。若與張致仁質對，我看他那誠樸老實形景，必要輸與婦人口角之下。須得查訪實在情形，婦人方能服輸。」想罷，向劉氏說道：「如此說來，你竟是無故被人誣賴了。張致仁著實可惡。我自有道理。你且下去，三日後聽傳罷了。」劉氏叩頭下去，似有得色。包公更覺生疑。

退堂之後，來到書房，便將口供呈詞與公孫策觀看。公孫策看畢，躬身說道：「據晚生看此口供，張致仁疑的不差。只是劉氏言語狡猾，必須探訪明白，方能折服婦人。」不料包公心中所思主見，公孫策一言道破，不覺歡喜，道：「似此如之奈何？」公孫策正欲作進見之禮，連忙立起身來，道：「待我晚生改扮行裝，暗裏訪查訪查，如有機緣❽，再來稟復。」包公聞聽道：「如此說，有勞先生了。」叫包興：「將先生盤川並要何物件，急忙預備，不可誤了。」包興答應，跟隨公孫策來至書房。公孫策告訴明白，包興連忙辦理去了。不多時，俱各齊備。原來一個小小藥箱兒，一個招牌，還有道衣絲縧鞋襪等物。公孫策通身換了，背起藥箱，連忙從角門暗暗溜出，到七里村查訪。

誰知乘興而來，敗興而返，鬧了一天並無機緣可尋。看看天晚，又覺得腹中饑餓，只得急忙且回開

---

❼ 罪孽：應受到報應的罪惡。

❽ 機緣：佛教謂眾生皆有善根，時機成熟，起信佛之緣，而得正果。機，時機。緣，因緣。

封府再做道理。不料忙不擇路，原是往北，他卻往東南岔下去了。多走數里之遙，好容易奔至鎮店，問時知是榆林鎮，找了興隆店投宿，又乏又餓。正要打算吃飯，只見來了一群人，數匹馬，內中有一黑矮之人，高聲嚷道：「憑他是誰，快快與我騰出！若要惹惱了你老爺的性兒，連你這店俱各給你拆了。」旁有一人說道：「四弟不可。凡事有個先來後到，就是叫人家騰挪也要好說，不可如此的囉唕❾。」又向店主人道：「東人，你去說說看。皆因我們人多，兩下住著不便，奉託❿奉託！」店東無奈，走到上房，向公孫策說道：「先生沒有什麼說的，你老將就將就我們！說不得屈尊你老，在東間居住。把外間這兩間讓給我們罷！」說罷，深深一揖。公孫策道：「來時原不要住上房，是你們小二再三說，我才住此房內。如今來的客既是人多，我情願將三間滿讓。店東給我個單房，我住就是了。皆是行路，縱有大廈千間，不過占七尺眠，何必為此吵鬧呢。」正說之間，只見進來了黑凜凜一條大漢，滿面笑容道：「使不得！使不得！老先生請自尊便罷。這外邊兩間承情讓與我等，足已彀了。我等從人俱叫他們下房居住，再不敢勞動了。」公孫策再三謙遜，那大漢只是不肯，只得挪在東間去了。

那大漢叫從人搬下行李。揭下鞍韂，俱各安放妥協。又見上人卻是四個，其餘五六個俱是從人，要淨面水，喚開水壺，吵嚷個不了。又見黑矮之人先自呼酒要菜。店小二一陣好忙，鬧的公孫策竟喝了一壺空酒，菜總沒來，又不敢催。忽聽黑矮人說道：「我不怕別的，明日到了開封府恐他記念前仇，不肯收錄，那卻如何是好？」又聽黑臉大漢道：「四弟放心。我看包公決不是那樣之人。」公孫策聽至此處，

---

❾ 囉唕：騷擾的意思。

❿ 奉託：拜託的敬詞。

不由站起身來，出了東間，對著四人舉手道：「四位原是上開封的，小弟不才，願作引進之人。」四人聽了，連忙站起身來。仍是那大漢說道：「足下何人？請過來坐，方好講話。」公孫策又謙遜再三，方才坐下。各通姓名。

原來這四人正是土龍崗的王朝、馬漢、張龍、趙虎，四條好漢。聽說包公作了府尹，當初原有棄暗投明之言，故將山上僂儸糧草金銀俱各分散，只帶了得用伴當五六人，前來開封府投效⓫，以全信行⓬。他們又問公孫策。公孫策答道：「小可現在開封府。因目下有件疑案，故此私行暗暗查訪。不想在此得遇四位，實實三生有幸了。」彼此談論多時，真是文武各盡其妙。大家歡喜非常。惟獨趙四爺粗俗，卻有酒量頗豪。王朝恐怕他酒後失言，叫外人聽之不雅，只得速速要飯。大家吃畢，閒談飲茶。天到二更以後，大家商議，今晚安歇後，明日可早早起來，還行路呢。這正是只因清正聲名遠，致使英雄跋涉來。

未審明日王、馬、張、趙投奔開封府如何，且聽下回分解。

⓫ 投效：自請效力。官場現形記第二十三回：「這兩天，各省投效的人一天總有好幾起來稟見。」

⓬ 信行：誠實的行為。後漢書高詡傳：「以信行清操知名。」

第八回　救義僕除凶鐵仙觀　訪疑案得線七里村

且說四爺趙虎因多貪了幾杯酒，大家閒談，他連一句也插不上，一旁前仰後合，不覺的瞌睡起來，困因酒後，酒因困魔。後來索性放倒頭，酣睡如雷。因打呼，方把大家提醒。王朝說：「只顧說話兒，天已三更多了。先生也乏了，請安歇罷。」大家方才睡下。誰知趙四爺心內惦著上開封府，睡的容易，醒的剪絕❶。外邊天氣不過四鼓之半，他便一咕嚕身爬起來，亂嚷道：「天亮了！快些起來趕路！」又叫從人備馬捎行李，把大家吵醒。誰知公孫策心中有事尚未睡著，也只得隨大家起來。這老先生算煙袋鋪鐵絲兒，通了杆了，只見大爺將從人留下一個，騰出一匹馬，叫公孫策乘坐。叫那人將藥箱兒招牌，俟天亮時背至開封府，不可違誤。吩咐已畢，叫店小二開了門，大家乘馬，趁著月色，迤邐而行。天氣尚未五更。正走之間，過了一帶林子，卻是一座廟宇。猛見牆角邊人影一晃。再細看時，卻是一個女子，身穿紅衣，到了廟門捱身而入，大家看的明白，口稱「奇怪」。張龍說：「深夜之間，女子入廟，必非好事。天氣尚早，咱們何不到廟看看呢？」馬漢說：「半夜三更，無故敲打山門，見了僧人怎麼說呢？」王朝說道：「不妨，就說貪趕路程，口渴得很，討杯茶喫，有何不可。」公孫策道：「既如此，就將馬匹行李叫從人在樹林等候，省得僧人見了兵刃生疑。」大家聞聽，齊說：「有理，有理。」於是大家下

❶ 剪絕：原意斬斷，此處引申為乾淨俐落。

馬，叫從人在樹林看守。從人答應。五位老爺邁步竟奔山門而來。

到了廟門，趁著月光，看的明白，匾上大書「鐵仙觀」。公孫策道：「那女子捱身而入，未聽見他插門，如何是關著呢？」趙虎上前，掄起拳頭，在山門上就是「噹」「噹」「噹」的三拳，口中嚷道：「道爺開門來！」口中嚷著，隨手又是三拳，險些兒把山門砸掉。只聽裏面道：「是誰？是誰？半夜三更怎麼說！」只聽花拉一聲，山門開處，見個道人。公孫策連忙上前施禮，道：「道爺，多有驚動了。我們一行人貪趕路程，口渴舌乾，欲借寶剎歇息歇息，討杯茶吃，自有香資奉上。望祈方便。」那道人聞聽，便道：「等我稟明白了院長，再來相請。」正說之間，只見走出一個濃眉大眼、膀闊腰粗、怪肉橫生的道士來，說道：「既是眾位要吃茶，何妨請進來。」王朝等聞聽，一擁而入，來至大殿，只見燈燭輝煌，彼此遜坐。見道人凶惡非常，並且酒氣噴人，已知是不良之輩。

張龍、趙虎二人悄地出來，尋那女子，來至後面，並無蹤跡。又到一後院，只見一口大鐘，並無別物。行至鐘邊，只聽有人呻吟之聲。趙虎說：「在這裏呢。」張龍說：「賢弟，你去掀鐘。我拉人。」趙虎挽挽袖子，單手抓住鐘上鐵爪，用力向上一掀。張龍說：「賢弟吃住勁，不可鬆手！等我把住底口。」往上一挺，就把鐘內之人露將出來。趙爺將手一鬆，仍將鐘扣在那邊，仔細看此人時，卻不是女子，是個老者，捆做一堆。口內塞著棉花，急忙掏出。鬆了捆綁。那老者乾嘔做一團，定了定神，方才說：「噯喲，苦死我也！」張龍便問：「你是何人？因何被他們扣在鐘下❷？」那老頭兒道：「小人名喚田忠，乃陳州人氏，只因龐太師之子安樂侯龐昱奉旨前往賑濟❸。不想龐昱到了那裏，並不放賑，在彼蓋造花

❷ 下：應作「內」。

園，搶掠民間女子。我主人田起元，主母金氏玉仙因婆婆染病，在廟裏許下願心。老太太病好，主母上廟還願，不意被龐昱窺見，硬行搶去。又將我主人送縣監禁。老太太一聞此信時，生生嚇死。是我將老主母埋葬已畢。想此事一家被害，非上京控告不可。因此貪趕路程，過了宿頭，於四更後投至此廟，原為歇息。誰知道人見我行李沉重，欲害小人。正在動手之時，忽聽眾位爺們敲門，便將小人扣在鐘下，險些兒傷了性命。」

正在說話間，只見那邊有一道人探頭縮腦。趙四爺急忙趕上，兜的一腳，踢翻在地，將拳向面上一晃：「你嚷，我就是一拳！」那賊道看見柳斗大的皮鍾，那裏還有魂咧。趙四爺便將他按住在鐘邊。

不想這前邊凶道名喚蕭道智，在殿上張羅烹茶，不見了張、趙二人，叫道人去請也不見回來，便知事有不妥，悄悄的退出殿來，到了自己屋內，將長衣甩去，手提一把明亮亮的撲刀，竟奔後院而來。恰入後門，就瞧見老者已放，趙虎按著道人，不由心頭火起，手舉撲刀撲了張龍。張爺手急眼快，斜刺裏就是一腿。道人將將躲過，一刀照定張龍面門削來。張爺手無寸鐵，全仗步法巧妙，身體靈便，一低頭將刀躲過，順手就是一掌。惡道惟恐是暗器，急待側身時，張爺下邊又是一掃堂腿❹。好惡道！金絲繞腕勢躲過，回手反背又是一刀。究竟有兵刃的氣壯，無傢伙的膽虛，張龍支持了幾個照面，看看不敵。

正在危急之際，只見王朝、馬漢二人見張龍受敵。王朝趕近前來，虛晃一掌，左腿飛起直奔脅下。

---

❸ 賑濟：以財物救濟。抱朴子君道：「緩賑濟而急聚斂，勤畋弋而忽稼穡。」賑，一本作「振」。

❹ 掃堂腿：亦稱「掃蕩腿」。指人成蹲姿，一腿斜伸，以另一條腿為軸心，猛力旋轉，以攻擊對方。這種用腿方法稱之謂掃堂腿。

惡道閃身時，馬漢後邊又是一拳打在背後。惡道往後一撲，急轉身，摔手就是一刀。虧得馬漢眼快，歪身一閃，剛然躲過，惡道倒垂勢又奔了王朝而來。三個人赤著手，剛剛敵的住——就是防他的刀便了。王朝見惡道奔了自己，他便推月勢等刀臨切近，將身一撒。惡道把身使空，身往旁邊一閃，後面張龍照腰就是一腳。惡道覺得後面有人，趁著月影也不回頭，伏身將腳往後一登。張龍腳剛落地，恰被惡道在迎面骨上登了一腳，力大勢猛，身子站立不住，不由的跌倒在地。趙虎在旁看見，連忙叫道：「三哥，你來擋住那個道人。」張龍連忙起來擋住道人。只見趙虎站起來，竟奔東角門前邊去了。張龍以為四爺必是到樹林取兵刃去了。

遲了不多時，卻見趙虎從西角門進來。張龍想道：「他取兵刃不能這麼快，他必是解了解手兒回來了。」眼瞧著他，迎面撲了惡道，將左手一揚（是個虛晃架式），右手對準面門一摔，口中說：「惡道，看我的法寶取你！」只見白撲撲一股稠雲❺打在惡道面上，登時二目難睜，鼻口倒噎，連氣也喘不過來。馬漢又在小肚上儘力的一腳，惡道站立不住，咕咚栽倒在地，將刀扔在一邊。趙虎趕進步，一跪腿，用磕膝蓋按住胸膛，左手按膀背，將右袖從新向惡道臉上一路亂抖。原來趙虎繞到前殿，將香爐內香灰裝在袖內。俗語說的好，「光棍眼內揉不下沙子去」，何況是一爐香灰，惡道如何禁得起。四個人一齊動手，將兩個道人捆縛，預備送到祥符縣去。此係祥符地面之事，由縣解府，按劫掠殺命定案。四人復又搜尋，並無人煙。後又搜至旁院之中，卻是菩薩殿三間，只見佛像身披紅袍。大家方明白，紅衣女子乃是菩薩現化，可見田忠有救，道人惡貫已滿，報應不爽。此時公孫策已將樹林內伴當叫來，拿獲道人。便派從

❺ 稠雲：指稠密的雲。

人四名，將惡道交送縣內。立刻祥符縣申報到府。大家帶了田忠，一同出廟，此時天已大亮，竟奔開封府而來。暫將四人寄在下處。

公孫策進內參見包公，言訪查之事尚未確實。今有土龍崗王、馬、張、趙四人投到；並鐵仙觀救了田忠，捉拿惡道交祥符縣，不日解到的話說了一遍。復又立起身來，說：「晚生還要訪查劉氏案去。」當下辭了包公，至茶房。此時藥箱招牌俱已送到。公孫策先生打扮停當，仍從角門去了。

且說包公見公孫策去後暗叫包興將田忠帶至書房，問他替主明冤一切情形，叫左右領至茶房居住，不可露面，恐走漏了風聲，龐府知道。又吩咐包興將四勇士暫在班房居住，俟有差聽用。

且說公孫策離了衙門，復至七里村沿途暗訪。心下自思：「我公孫策時乖運蹇❻，屢試不第，幸虧了然和尚一封書信薦至開封府，偏偏頭一天到來就遇見這一段公案，不知何日方能訪出。總是我的運氣不好，以致諸事不順。」越思越想，心內越煩，不知不覺出了七里村。忽然想起，自己叫著自己說：「公孫策，你好獃！你是作什麼來了？就是這麼走著，有誰知你是醫生呢？既不知道你是醫生，你又焉能打聽出來事情呢？實實獃的可笑！」原來公孫策只顧思索，忘了搖串鈴了。這時想起，連忙將鈴兒搖起，口中說道：「有病早來治，莫要多延遲。養病如養虎，虎大傷人的。凡有疑難大症，管保手到病除。貧不計利。」正在念誦，可巧那一邊一個老婆子喚道：「先生，這裏來，這裏來。」公孫策聞聽，向前問道：「媽媽喚我麼？」那婆子道：「可不是。只因我媳婦身體有病，求先生醫治醫治。」公孫策聞聽，

---

❻ 時乖運蹇：亦作「時乖命蹇」。指時運不好。元白樸牆頭馬上第二折：「早是抱閑怨，時乖運蹇。又添這害相思，月值年災。」時，時運。乖，不順利。蹇，一足偏廢。引申為不順利。

說：「既是如此，媽媽引路。」

那婆子引進柴扉，掀起了蒿子桿的簾子，將先生請進。看時，卻是三間草房，一明兩暗。婆子又掀起西裏間單布簾子，請先生土炕上坐了。公孫策放了藥箱，倚了招牌，剛然坐下，只見婆子搬了個不帶背三條腿椅子在地下相陪。婆子便說道：「我姓尤，丈夫早已去世。有個兒子名叫狗兒，在大戶陳應杰家做長工。只因我的兒媳婦得病，有了半月了。他的精神短少，飲食懶進，還有點午後發燒。求先生看看脈，喫點藥兒。」公孫策道：「令媳現在那屋？」婆子道：「在東屋裏呢。待我告訴他。」說著，站起，往東屋裏去了。只聽說道：「媳婦，我給你請個先生來，求他老看看，管保就好咧。」只聽婦人道：「母親，不看也好。一來我沒有什麼大病；二來家無錢鈔，何苦妄費錢文。」婆子道：「噯喲，媳婦呵！你沒聽見先生說麼，『貧不計利』；再者『養病如養虎』。好孩子，請先生瞧瞧罷！你早些好了，也省得老娘懸心。我就是倚靠你。我那兒子也不指望他了！」說至此，婦人便道：「母親請先生過來看看就是了。」婆子聞聽，說：「還是我這孩子聽說。好個孝順的媳婦！」一邊說著，便來到西屋，請公孫策。公孫策跟定婆子來至東間，與婦人診脈。

原來醫生有「望」、「聞」、「問」、「切」四條，但給右科看病也不可不望，不過一目了然。又道：「醫者易也，易者移也。」故有移重就輕之法。假如給老年人看準脈息不好，必要安慰，說道：「不要緊。立個方兒，吃與不吃均可。」後至出來，方向本家說道：「老人家脈息不好得很，趕緊預備後事罷。」本家問道：「先生，你為何方才不說？」醫家道：「我若不開導著說，上年紀的人聽說利害，痰向上一湧，那不登時交代了麼？」此是移重就輕之法。

閒言少敘。且說公孫策與婦人看病，雖是私訪，他素來原有實學，所有醫理，先生盡皆知曉。診完脈息，已知病源。站起身來，仍然來至西間坐下，說道：「我看令媳之脈，乃是雙脈❼。」尤氏聞聽，道：「哎喲！何嘗不是。他大約有四五個月沒見……」公孫策又道：「據我看來：病源因氣惱所致，鬱悶不舒，竟是個氣裹胎❽了。若不早治，恐入癆症❾。必須將病源說明，方好用藥。」婆子聞聽，不由的吃驚。「先生真是神仙！誰說不是氣惱上得的呢。待我細細告訴先生：只因我兒子在陳大戶家做長工，素日多虧大戶幫些銀錢。那一天，忽然我兒子拿了兩個元寶回來。……」說至此處，只聽東屋婦人道：「此事不必說了。」公孫策忙說道：「用藥必須說明。我聽的確，下藥方能見效。」婆子道：「孩子，你養你的病，這怕什麼？」又說道：「我見元寶，不免生疑，便問這元寶從何而來。我兒子說，只因大戶與七里村張有道之妻不大清楚。這一天陳大戶到張家去了，可巧叫他男人撞見；因此大戶要害他男人，給我兒兩個元寶……」說至此，東屋婦人又道：「母親不消說了。此事如何說得！」婆子道：「兒呀，先生也不是外人，說明了好用藥呀。」公孫策道：「正是，正是。若不說明，藥斷不靈。」婆子接說：「交給我兒兩個元寶，是叫他找甚麼東西的。原是我媳婦勸他不依，後來跪在地下央求。誰知我不肖的兒子，不但不聽，反將媳婦踢了幾腳，揣起元寶，賭氣走了未回。後來果然聽說張有道死了。又聽見說接三的那日，晚上棺材裏連響了三陣，彷彿炸尸的一般，連和尚都嚇跑了。因此我媳婦更加憂悶。這便

❼ 雙脈：俗語。亦稱「喜脈」。中醫學上稱「滑脈」。

❽ 氣裹胎：肝氣不舒時懷的孕，稱氣裹胎。

❾ 癆症：即癆病，現稱肺結核。

是得病的原由。」

公孫策聽畢，提起筆來寫了一方，遞與婆子。婆子接來一看，道：「先生，我看別人方子有許多的字，怎麼先生的方兒只一行字呢？」公孫策答道：「藥用當而通神。我這方乃是獨門奇方。用紅棉一張，陰陽瓦焙了，無灰老酒沖服，最是安胎活血的。」婆子即聽，記下。公孫策又道：「你兒子做成此事，難道大戶也無謝禮麼？」

公孫策問及此層，他算定此案一明，尤狗兒必死，婆媳二人全無養贍，就勢要給他婆媳二人想出個主意。這也是公孫策文人妙用。話已說明。且說婆子說道：「聽說他許給我兒子六畝地。」先生道：「這六畝地可有字樣麼？」婆子道：「那有字樣呢，還不定他給不給呢。」先生道：「這如何使得！給他辦此大事，若無字據⑩，將來你如何養贍呢。也罷，待我替你寫張字兒。倘若到官時，即以此字合他要地。」真是鄉裏人好哄⑪，當時婆子樂極了，說：「多謝先生！只是沒有紙，可怎麼好呢？」公孫策道：「不妨，我這裏有紙。」打開藥箱，拿出一大張紙來，立刻寫就，假畫了中保⑫，押了個花押⑬，交給婆子。婆子深深謝了。

先生背起藥箱，拿了招牌，起身便走。婆子道：「有勞先生！又無謝禮，連杯茶也沒吃，叫婆子好

---

⑩ 字據：書面憑證。
⑪ 好哄：指容易受哄騙。
⑫ 中保：指中人和保人。
⑬ 花押：亦稱「畫押」。舊時公文契約上的簽字（名）。

過意不去。」公孫策道：「好說，好說。」出了柴扉，此時精神百倍，快樂非常。原是屢試不第，如今彷彿金榜標名似的，連乏帶餓全忘了，兩腳如飛，竟奔開封府而來。這正是心歡訪得希奇事，意快聽來確實音。

未審後事如何，下回分解。

第九回　斷奇冤奏參封學士　造御刑查賑赴陳州

且說公孫策回到開封府，仍從角門悄悄而入，來至茶房，放下藥箱招牌，找著包興，回了包公。立刻請見。公孫策見禮已畢，便將密訪的情由，如此如此，這般這般，細細述了一遍。包公聞聽歡喜，暗暗想此人果有才學，實在難為他訪查此事。便叫包興與公孫策更衣，預備酒飯，請先生歇息。又叫李才將外班傳進，立刻出籤拿尤狗兒到案。外班答應。去不多時，前來回說：「尤狗兒帶到。」

老爺點鼓升堂，叫「帶尤狗兒」，上堂跪倒。包公問道：「你就是尤狗兒麼？」回道：「老爺，小人叫驢子。」包公一聲斷喝：「哇！你明是狗兒，你為何叫驢子呢？」狗兒回道：「老爺，小人原叫狗兒來著。只因他們說狗的個兒小，改叫驢子，豈不大些兒呢？因此就改了叫驢子。老爺若不愛叫驢子，還叫狗兒就是了。」兩旁喝道：「少說，少說！」包公叫道：「狗兒。」應道：「有。」「只因張有道的冤魂告到本府臺前，說你與陳大戶主僕定計，將他謀死。但此事皆是陳大戶要圖謀張有道的妻子劉氏。你不過是上人差遣，概不由己；雖然受了兩個元寶，也是小事。你可要從實招來，自有本府與你作主，出脫❶你的罪名便了。你不必忙，慢慢的講來。」

狗兒聽見冤魂告狀，不由的心中害怕。後又見老爺和顏悅色的出脫他的罪名，與他作主，放了心了。

❶ 出脫：有出落、出挑、更換的意思。這裏是開脫的意思。

即向上叩頭，道：「老爺既施天恩，與小人作主，小人只得實說。因小人當家的與張有道的女人有交情，可合張有道沒有交情。那一天被張有道撞見了，他跑回來就病了，總想念劉氏。他又不敢去。因此想出一個法子來，須得將張有道害了，他或上劉氏家去，或將劉氏娶到家裏來，方才遂心。故此將小人叫到跟前說：『我託付你一宗事情。』我說：『當家的，有什麼事呢？』他說：『這宗事情不容易，你須用心搜尋才有。』我就問：『找什麼呢？』他說：『這宗東西叫尸龜，彷彿金頭蟲兒，尾巴上發亮，有蠖蟲❷大小。』我就問：『這宗東西出在那裏呢？』他說：『須在墳裏找。總要尸首肉都化了，才有這蟲兒。』小人一聽，就為了難了，說：『這可怎麼找法呢？』他見小人為難，便給小人兩個元寶，叫小人且自拿著：『事成之後，我給你六畝地。不論日子總要找了來。白日也不做活，養著精神，夜裏好找。』可是老爺說的，『上人差遣，概不由己。』又說：『受人之託，當終人之事。』因此小人每夜出去刨墳，刨到第十七個上，好容易得了此蟲，曬成乾，研了末；或茶或飯灑上，必是心疼而死，並無傷痕。惟有眉攢中間有小小紅點，便是此毒。後來聽見張有道死了，大約就是這宗東西害的。求老爺與小人作主。」包公聽罷此話，大約無甚虛假。書吏將供單呈上，包公看了，拿下去，叫狗兒畫了招。立刻出籤，將陳應杰拿來。老爺又吩咐狗兒道：「少時陳大戶到案，你可要當面質對。老爺好與你作主。」狗兒應允。包公點頭，吩咐：「帶下去。」

只見差人當堂跪倒，稟道：「陳應杰拿到。」包公又吩咐，傳劉氏並尤氏婆媳，先將陳大戶帶上堂來。當堂去了刑具。包公問道：「陳應杰，為何謀死張有道？從實招來！」陳大戶聞聽，嚇得驚疑不止，

---

❷ 蠖蟲：「尺蠖」的簡稱。尺蠖蛾的幼蟲。北方稱「步曲」，南方稱「造橋蟲」。蠖，音ㄏㄨㄛˋ。

連忙說道：「並無此事呀，青天老爺！」包公將驚堂木一拍，道：「你這大膽的奴才，在本府堂前還敢支吾麼？左右，帶狗兒。」立刻將狗兒帶上堂來，與陳應杰當面對證。大戶只嚇得抖衣而戰，半晌，方說道：「小人與劉氏通姦是實情，並無謀死有道之事。這都是狗兒一片虛詞，老爺千萬莫信。」包公大怒，吩咐：「看大刑伺候。」左右一聲喊，將三木往堂上一撂，把陳大戶嚇的膽裂魂飛，連忙說道：「願招，願招。」便將狗兒找尋尸龜悄悄交與劉氏，叫或茶或飯灑上，立刻心疼而死，並告訴他放心，並無一點傷痕，連血跡也無有，從頭至尾說了一遍。包公看了供單，叫他畫了招。

只見差役稟道：「劉氏與尤氏婆媳俱各傳到。」包公吩咐先帶劉氏。只見劉氏仍是洋洋得意，上得堂來，一眼瞧見陳大戶，不覺朱顏更變，形色張皇，免不得向上跪倒。包公卻不問他，便叫陳大戶與婦人當面質對。陳大戶對著劉氏哭道：「你我幹此事，以為機密，再也無人知道。誰知張有道冤魂告到老爺臺前。事已敗露，不能不招。我已經畫招。你也畫了罷，免得皮肉受苦。」婦人聞聽，罵了一聲：「冤家！想不到你如此膿包，沒能為！你既招承，我又如何推託呢。」只得向上叩首，道：「謀死親夫張有道情實，再無別詞。就是張致仁調戲一節，也是誣賴他的。」包公也叫畫了手印。

又將尤氏婆媳帶上堂來。婆子哭訴前情，並言毫無養贍：「只因陳大戶曾許過幾畝地，婆子恐他誣賴，託人寫了一張字兒。」說著話，從袖中將字兒拿出呈上。包公一看，認得是公孫策的筆跡，心中暗笑道：「說不得這可要訛陳大戶了。」便向陳大戶道：「你許給他地畝，怎不撥給他呢？」陳大戶無可奈何，並且當初原有此言，只得應許撥給幾畝地與尤氏婆媳。包公便飭發❸該縣辦理。

❸ 飭發：猶飭令。上級命令下級。

包公又問陳大戶道：「你這尸龜的方子，是如何知道的？」陳大戶回道：「是我家教書的先生說的。」包公立刻將此先生傳來，問他如何知道的？為何教他這法子？先生費士奇回道：「小人素來學習些醫學，因知藥性。或於完了功課之時，或刮風下雨之日，不時合東人談談論論。因提及此藥不可亂用，其中有六脈八反，乃是最毒之物。才提到尸龜。小人是無心閒談，誰知東家卻是有心記憶，故此生出事來。求老爺詳察。」包公點頭，道：「此語雖是你無心說出，只是不當對匪人言論此事，亦當薄薄有罪，以為妄談之戒。」即行辦理文書，將他遞解還鄉。劉氏定了凌遲，陳大戶定了斬立決，狗兒定了絞監候❹，原告張致仁無事。

包公退了堂，來至書房，即打了摺底❺，叫公孫策謄清。公孫策剛然寫完。包興進來，手中另持一紙，向公孫策道：「老爺說咧，叫把這個謄清夾在摺內，明早隨著摺子一同具奏。」先生接過一看，不覺目瞪神癡，半晌方說道：「就照此樣寫麼？」包興道：「老爺親自寫的，叫先生謄清，焉有不照樣寫的理呢？」公孫策點頭，說：「放下，我寫就是了。」心中好不自在。原來這個夾片❻是為陳州放糧，不該信用椒房❼寵信之人，直說聖上用人不當，一味頂撞言語。公孫策焉有不耽驚之理呢？「寫只管寫了，明日若遞上去，恐怕是辭官表一道。總是我公孫策時運不順，偏偏遇的都是這些事，只好明日聽信兒再為打算罷。」

❹ 監候：清刑律判處死刑立即執行者稱立決；等候秋審再行裁定者稱監候。有斬監候與絞監候。猶今判死緩。

❺ 摺底：摺子的草稿。

❻ 夾片：亦稱「夾單」。古時官場有事欲稟報上司，照例須在名帖中夾一單片，敘述情事，名為夾片。

❼ 椒房：漢代皇后所住的宮殿，用椒和泥塗壁，取溫、香、多子之義。後泛指后妃的居室或代稱后妃。這裏暗指皇親國戚。

至次日五鼓，包公上朝。此日正是老公公陳伴伴接摺子，遞上多時，就召見包公。原來聖上見了包公摺子，初時龍心甚為不悅。後來轉又一想，此乃直言敢陳，正是忠心為國，故爾轉怒為喜，立刻召見包公。奏對之下，明係陳州放賑恐有情弊❽；因此聖上加封包公為龍圖閣大學士，仍兼開封府事務，前往陳州稽察放賑之事，並統理民情。包公並不謝恩，跪奏道：「臣無權柄，不能服眾，難以奉詔。」聖上因此又賞了御札❾三道。包公謝恩，領旨出朝。

且說公孫策自包公入朝後，他便提心弔膽，坐立不安，滿心要打點行李起身，又恐謠言惑眾，只得忍耐。忽聽一片聲喊，以為事體不妥。正在驚惶之際，只見包興先自進來告訴，老爺聖上加封龍圖閣大學士，派往陳州查賑。公孫策聞聽，這一樂真是喜出望外。包興道：「特派我前來與先生商議，打發報喜人等，不准他們在此嘈雜。」公孫策歡歡喜喜，與包興斟酌妥協，賞了報喜的去後，不多時包公下朝，大家叩喜已畢。便對公孫策道：「聖上賜我御札三道，先生不可大意。你須替我仔細參詳，莫要辜負聖恩。」說罷，包公進內去了。

這句話把個公孫策打了個悶葫蘆，回至自己屋內，千思萬想，猛然省悟，說：「是了！這是逐客之法。欲要不用我，又賴不過了然的情面，故用這樣難題目，我何不如此如此鬼混一番，一來顯顯我胸中的抱負，二來也看看包公膽量。左右是散夥罷咧！」於是研墨蘸筆，先度量了尺寸，注寫明白。後又寫了做法，並分上、中、下三品，龍、虎、狗的式樣。他用筆畫成三把鍘刀。故意的以札字做鍘字，看包

❽ 情弊：作弊情況；弊病。
❾ 御札：帝王的詔命。

公有何話說。畫畢，來至書房。包興回明了包公，請進。公孫策將畫單呈上，以為包公必然大怒，彼此一拱手就完了；誰知包公不但不怒，將單一一看明，不由春風滿面，口中急急稱讚：「先生真天才也！」立刻叫包興傳喚木匠。「就煩先生指點，務必連夜盪出樣子來，明早還要恭呈御覽。」公孫策聽了此話，楞柯柯的連話也說不出來。此時就要說這是我畫著頑的，也改不過口來了。

又見包公連催外班快傳匠役。公孫策見真要辦理此事，只得退出，從新將單子細細的搜求，又添上如何包銅葉子，如何釘金釘子，如何安鬼王頭，又添上許多樣色。不多時，匠役人等來到。公孫策先叫看了樣子，然後教他做法。眾人不知有何用處，只得按著吩咐的樣子盪起。一個個手忙腳亂，整整鬧了一夜，方才盪得。包公臨上朝時，俱各看了，吩咐用黃箱盛上，抬至朝中，預備御覽。

包公坐轎來至朝中，三呼已畢，出班奏道：「臣包拯昨蒙聖恩賜臣御札三道，臣謹遵旨，擬得式樣，不敢擅用，謹呈御覽。」說著話，黃箱已然抬到，擺在丹墀。聖上閃目觀瞧，原來是三口鍘刀的樣子，分龍、虎、狗三品。包公又奏：「如有犯法者，各按品級行法。」聖上早已明白包公用意，是借札字之音改作鍘字，做成三口鍘刀以為鎮嚇外官之用，不覺龍顏大喜，稱羨包公奇才巧思，立刻准了所奏。「不必定日請訓，俟御刑造成，急速起身。」

包公謝恩，出朝上轎。剛到街市之上，見有父老十名一齊跪倒，手持呈詞。包公在轎內看的分明，將腳一跺轎底（這是暗號），登時轎夫止步打杵⑩。包興連忙將轎簾微掀，將呈子遞進。不多時，包公吩咐掀起轎簾。包興連忙將轎簾掀起。只見包公嗤嗤將呈子撕了個粉碎，擲於地下，口中說道：「這些刁

⑩打杵：即停轎。杵，轎槓。

民！焉有此事？叫地方將他們押去城外，惟恐在城內滋生是非。」說罷，起轎竟自去了。這些父老哭哭啼啼，報報怨怨，說道：「我們不辭辛苦，奔至京師，指望伸冤報恨。誰知這位老爺也是怕權勢的，真是聞名不如見面。我等冤枉再也無處訴了。」說罷，又大哭起來。旁邊地方催促道：「走罷，別叫我們受熱⓫。大小是個差使，哭也無益，何處沒有屈死的呢？」眾人聞聽，只得跟隨地方出城。

剛到城外，只見一騎馬飛奔前來，告訴地方道：「送他們出城，你就不必管了。回去罷！」地方連忙答應，抽身便回去了。來人卻是包興，跟定父老，到無人處，方告訴他們道：「老爺不是不准呈子，因市街上耳目過多，走漏風聲，反為不美。老爺吩咐，叫你們俱不可散去，且找幽僻之處藏身，暗暗打聽老爺多偺⓬起身時，叫你們一同隨去。如今先叫兩個有年紀的，悄悄跟我進城，到衙門，有話問呢。」眾人聞聽，俱各歡喜。其中單叫兩個父老，遠遠跟定包興，到了開封府。包興進去回明，方將兩個父老帶至書房。包公又細細問了一遍。原來是十三家，其中有收監的，有不能來的。包公吩咐：「你們在外不可聲張，俟我起身時一同隨行便了。」二老者叩頭謝了，仍然出城而去。

且說包公自奏明御刑之後，便吩咐公孫策督工監造，務要威嚴赫耀，更要純厚結實。便派王、馬、張、趙四勇士服侍御刑，王朝掌刀，馬漢捲蓆捆人，張龍、趙虎抬人入鍘。公孫策每日除監造之外，便與四勇士服侍御刑，操演規矩，定了章程禮法，不可紊亂。

不數日光景，御刑打造已成。包公具摺請訓，便有無數官員前來餞行。包公將御刑供奉堂上，只等

⓫ 受熱：著急。這裏作受累解。熱，發躁；躁急。

⓬ 多偺：什麼時間。偺，音ㄗㄢˇ。

眾官員到齊，同至公堂之上，驗看御刑。眾人以為新奇，正要看看是何制度。不多時俱到公堂，只見三口御鍘上面俱有黃龍袱套，四位勇士雄糾糾，氣昂昂，上前抖出黃套，露出刑外之刑，法外之法。真是光閃閃令人毛髮皆豎，冷颼颼使人心膽俱寒。正大君子看了尚可支持，奸邪小人見了魂魄應飛，真算從古至今未有之刑也！眾人看畢，也有稱讚的，也有說奇的，也有暗說過苛的，並有暗說多事的，紛紛議論不一。大家只得告別，包公送至儀門⑬，回歸後面。所有內外執事人等忙忙亂亂，打點起身。包公又暗暗吩咐，叫田忠跟隨公孫策同行。到了起行之日，有許多同僚在十里長亭送別，也不細表。沿途上叫告狀的父老也暗暗跟隨。

這日包公走至三星鎮，見地面肅靜，暗暗想道，地方官制度有方。正自犯想⑭，忽聽喊冤之聲，卻不見人。包興早已下馬，順著聲音找去，原來在路旁空柳樹裏。及至露出身來，卻又是個婦人，頭頂呈詞，雙膝跪倒。包興連忙接過呈子。此時轎已打杵，上前將狀子遞入轎內。包公看畢，對那婦人道：「你這呈子上言家中無人，此呈卻是何人所寫？」婦人答道：「從小熟讀詩書，父兄皆是舉貢，嫁得丈夫也是秀才，筆墨常不釋手。」包公將轎內隨行紙墨筆硯，叫包興遞與婦人另寫一張；只見不加思索，援筆立就，呈上。包公接過一看，連連點頭，道：「那婦人，你且先行回去聽傳。待本閣到了公館，必與你審問此事。」那婦人磕了一個頭，說：「多謝青天大人！」當下包公起轎，直投公館去了。

未識後事如何，下回分解。

---

⑬ 儀門：明清官署第二重正門，稱儀門。

⑭ 犯想：思考。

第十回　買豬首書生遭橫禍　扮化子勇士獲賊人

且說包公在三星鎮接了婦人的呈子。原來那婦人娘家姓文，嫁與韓門為妻。自從丈夫去世，膝下只有一子，名喚瑞龍，年方一十六歲。在白家堡租房三間居住。韓文氏做些針指，訓教兒子讀書。子在東間讀書，母在西間做活。娘兒兩個將就度日，並無僕婦下人。

一日晚間，韓瑞龍在燈下念書，猛回頭見西間簾子一動，有人進入西間，是蔥綠衣衿大紅朱履，連忙立起身趕入西間，見他母親正在燈下做活。見瑞龍進來，便問道：「吾兒，晚上功課完了麼？」瑞龍道：「孩兒偶然想起個典故，一時忘懷，故此進來找書查看查看。」一壁說著，奔了書箱。雖則找書，卻暗暗留神，並不見有什麼，只得拿一本書出來，好生納悶。又怕有賊藏在暗處，又不敢聲張，恐怕母親害怕，一夜也未合眼。到了次日晚間讀書，到了初更之後，一時恍惚，又見西間簾子一動，仍是見朱履綠衫之人進入屋內。韓生連忙趕至屋中，口叫「母親」。只這一聲，倒把個韓文氏嚇了一跳，說道：「你不念書，為何大驚小怪的？」韓生見問，一時不能答對，只得實訴道：「孩兒方才見有一人進來，及至趕入屋內，卻不見了。昨晚也是如此。」韓文氏聞聽，不覺詫異。「倘有歹人窩藏，這還了得！我兒持燈照看照看便了。」韓生接過燈來，在床下一照，說：「母親，這床下土為何高起許多呢？」韓文氏連忙看時，果是浮土，便道：「且把床挪開細看。」娘兒兩個抬起床來，將浮土略略扒開，卻露出一只箱子，不覺心中一動，連忙找了鐵器將箱蓋打開，不看則可，只因一看，便是時衰鬼弄人了。

韓生見裏面滿滿的一箱子黃白之物，不由滿心歡喜，說道：「母親，原來是一箱子金銀。敢則❶是財來找人。」文氏聞聽，喝道：「胡說！焉有此事！縱然是財，也是無義之財，不可亂動。」無奈韓生年幼之人，見了許多金銀，如何割捨得下？又因母子很窮，便對文氏道：「母親，自古掘土得金的不可枚舉。況此物非是私行竊取的，又不是別人遺失撿了來的，何以謂之不義呢？這必是上天憐我母子孤苦，故爾才有此財發現。望乞母親詳察。」文氏聽了，也覺有理，便道：「既如此，明早買些三牲❷祭禮，謝過神明之後，再做道理。」韓生聞聽母親應允，不勝歡喜，便將浮土仍然掩上，又將木床暫且安好。母子各自安寢。

韓生那裏睡得著，翻來覆去，胡思亂想，好容易心血來潮，入了夢鄉，總是惦念此事。猛然驚醒，見天發亮，急忙起來稟明母親，前去買辦三牲祭禮。誰知出了門一看，只見月明如晝，天氣尚早，只得慢慢行走。來至鄭屠鋪前，見裏面卻有燈光，連忙敲門，要買豬頭。忽然燈光不見了，半晌毫無人應，只得轉身回來。剛走了幾步，只聽鄭屠門響。回頭看時，見燈光復明。又聽鄭屠道：「誰買豬頭？」韓生應道：「是我。賒個豬頭。」鄭屠道：「原來是韓相公。既要豬頭，為何不拿個傢伙來？」韓生道：「出門忙了就忘了，奈何？」鄭屠道：「不妨。拿一塊墊布包了，明日再送來罷。」因此用墊布包好，交付韓生。韓生兩手捧定，走不多時，便覺乏了；暫且放下歇息，然後又走。迎面恰遇巡更人來；見韓生兩手捧定帶血布包，又累的氣喘吁吁，未免生疑，便問：「是何物件？」韓生答道：「是豬頭。」說話氣喘，字兒不真。巡更人更覺疑心。一人說話，一人彎腰打開布包驗看，明月之下，又有燈光照的真

---

❶ 敢則：大概；莫非。
❷ 三牲：古代指用於祭祀的牛、羊、豕。後也以雞、魚、豬為「三牲」。

切，只見裹面是一顆血淋淋髮髻蓬鬆女子人頭。韓生一見，只嚇的魂飛魄散。巡更人不容分說，即將韓生解至鄞縣，俟天亮稟報。

縣官見是人命，立刻升堂，帶上韓生一看，卻是個懦弱書生，便問道：「你叫何名？因何殺死人命？」韓生哭道：「小人叫韓瑞龍，到鄭屠鋪內買豬頭，忘拿傢伙，是鄭屠用布包好遞與小人。後遇巡更之人追問，打開看時，不想是顆人頭。」說罷，痛哭不止。縣官聞聽，立刻出籤拿鄭屠到案。誰知鄭屠拿到，不但不應，他便說連買豬頭之事也是沒有的。又問他：「墊布不是你的麼？」他又說：「墊布是三日前韓生借去的，不想他包了人頭移禍於小人。」可憐年幼的書生，如何敵的過這狠心屠戶！幸虧官府明白，見韓生不像殺人行凶之輩，不肯加刑，連屠戶暫且收監，設法再問。

不想韓文氏在三星鎮遞了呈詞，包公准狀。及至來到公館，縣尹已然迎接，在外伺候。包公略為歇息，吃茶，便請縣尹相見，即問韓瑞龍之案。縣官答道：「此案尚在審訊，未能結案。」包公吩咐，將此案人證俱各帶至公館聽審。少刻，帶到。包公升堂入座。先帶韓瑞龍上堂，見他滿面淚痕，戰戰兢兢，跪倒堂前。包公叫道：「韓瑞龍，因何謀殺人命？訴上來。」韓生淚漣漣道：「只因小人在鄭屠鋪內買豬頭，忘帶傢伙，是他用墊布包好遞給小人。不想鬧出這場官司。」包公道：「住了。你買豬頭，遇見巡更之人，是什麼時候？」韓生道：「天尚未亮。」包公道：「天未亮，你就去買豬頭何用？講！」韓生到了此時，不能不說，便一五一十回明堂前，放聲大哭，「求大人超生。」包公暗暗點頭，道：「這小孩子家貧，貪財心勝。看此光景，必無謀殺人命之事。」吩咐：「帶下去。」便對縣官道：「貴縣，你帶人役到韓瑞龍家相驗板箱，務要搜查明白。」縣官答應，出了公館，乘馬，帶了人役去了。

這裏包公又將鄭屠提出，帶上堂來。見他凶眉惡眼，知是不良之輩，問他時與前供相同。包公大怒，打了二十個嘴巴，又責了三十大板。好惡賊，一言不發，真會挺刑。吩咐：「帶下去。」

只見縣官回來，上堂稟道：「卑職奉命前去韓瑞龍家驗看板箱，打開看時裏面雖是金銀，卻是冥資紙錠；又往下搜尋，誰知有一無頭死屍，卻是男子。」包公問道：「可驗明是何物所傷？」一句話把個縣尹問了個怔，只得稟道：「卑職見是無頭之尸，未及驗看是何物所傷。」包公嗔道：「既去查驗，為何不驗看明白？」縣尹連忙道：「卑職粗心，粗心。」包公吩咐：「下去！」縣尹連忙退出，嚇了一身冷汗，暗自說：「好一位利害欽差大人，以後諸事小心便了。」

再說包公吩咐再將韓瑞龍帶上來，便問道：「韓瑞龍，你住的房屋是祖積，還是自己蓋造的呢？」韓生回道：「俱不是。乃是租賃居住的，並且住了不久。」包公又問：「先前是何人居住？」韓生道：「小人不知。」包公聽罷，叫將韓生並鄭屠寄監❸。老爺退堂，心中好生憂悶，叫人請公孫先生來，彼此參詳此事。一個女子頭，一個男子身，這便如何處治？公孫先生又要暗訪。包公搖頭道：「得意不宜再往，待我細細思索便了。」公孫退出，與王、馬、張、趙大家參詳此事，俱各無有定見。公孫先生自回下處。

愣爺趙虎便對三位哥哥言道：「你我投至開封府，並無寸進之功。如今遇了為難的事，理應替老爺分憂，待小弟暗訪一番。」三人聽了不覺大笑，說：「四弟，此乃機密細事，豈是你粗魯之人幹得的？千萬莫要留個話柄！」說罷，復又大笑。四爺臉上有些下不來，搭搭訕訕的回到自己屋內，沒好氣的。倒是跟四爺的從人有機變，向前悄悄對四爺耳邊說：「小人倒有個主意。」四爺說：「你有什麼主意？」

---

❸ 寄監：暫時收監。

從人道：「他們三位不是笑話你老嗎？你老倒要賭賭氣，偏去私訪，看是如何。然而必須巧粧打扮，叫人認不出來。那時若是訪著了，固然是你老的功勞；就是訪不著，悄悄兒回來，也無人知覺，也不至於丟人。你老想好不好？」愣爺聞聽大喜，說：「好小子！好主意！你就替我辦理。」從人連忙去了，半晌，回來道：「四爺，為你老這宗事，好不費事呢。好容易才找了來了。花了十六兩五錢銀子。」四爺說：「什麼多少，只要辦的事情妥當就是了。」從人說：「管保妥當。咱們找個僻靜的地方，小人就把你老打扮起來，好不好？」四爺聞聽，滿心歡喜，跟著從人出了公館，來至靜處，打開包袱，叫四爺脫了衣衿。包袱裏面卻是鍋煙子，把四爺臉上一抹，身上手上俱各花花答答的抹了；然後拿出一頂半零不落的開花兒的帽子，與四爺戴上；又拿上一件滴零搭拉的破衣，與四爺穿上；又叫四爺脫了褲子鞋襪，又拿條少腰沒腿的破褲叉兒，與四爺穿上；腿上給四爺貼了兩貼膏藥，唾了幾口吐沫，抹了些花紅柳綠的，算是流的膿血；又有沒腳跟的榨板鞋，叫四爺他拉上；餘外有個黃磁瓦罐，一根打狗棒，叫四爺拿定，登時把四爺打扮了個花鋪蓋相似。這一身行頭別說十六兩五錢銀子，連三十六個錢誰也不要。他只因四爺大秤分金，扒堆使銀子，那裏管他多少；況且又為的是官差私訪，銀子上更不打算盤了。臨去時，從人說：「小人於起更時，仍在此處等候你老。」四爺答應，左手提罐，右手拿棒，竟奔前村而去。

走著，走著，覺得腳指扎的生疼。來到小廟前石上坐下，將鞋拿起一看，原來是鞋底的釘子透了。掄起鞋來，在石上拍搭拍搭緊摔，好容易將釘子摔下去。不想驚動了廟內的和尚，只當有人敲門，及至開門一看，是個叫化子在那裏摔鞋。四爺抬頭一看，猛然問和尚：「你可知女子之身，男子之頭，在於何處？」和尚聞聽道：「原來是個瘋子。」並不答言，關了山門進去了。

四爺忽然省悟，自己笑道：「我原來是私訪，為何順口開河？好不是東西！快些走罷。」自己又想道：「既扮做化子，應當叫化才是。這個我可沒有學過，說不得到那裏說那裏，胡亂叫兩聲便了。」便道：「可憐我一碗半碗，燒的黃的都好！」先前還高興，以為我是私訪。到後來，見無人理他，自想，似此如何打聽得事出來，未免心中著急。又見日色西斜，看看的黑了。幸喜是月望❹之後，天色雖然黑了，東方卻早一輪明月。走至前村，也是事有湊巧，只見一家後牆有個人影往裏一跳。四爺心中一動，暗說：「才黑如何便有偷兒？不要管他，我也跟進去瞧瞧。」想罷，放下瓦罐，丟了木棒，摔了破鞋，光著腳丫子，一伏身往上一縱。縱上牆頭，看牆頭有柴火垛一堆，就從柴垛順溜下去。留神一看，見有一人爬伏在那裏。愣爺便上前伸手按住。只聽那人哎喲了一聲。四爺說：「你嚷，我就捏死你。」那人道：「我不嚷！我不嚷！求爺爺饒命。」四爺道：「你叫什麼名字？偷的什麼包袱？放在那裏？快說！」只聽那人道：「我叫葉阡兒。家有八十歲的老母無養贍。我是頭次幹這營生呀，爺爺！」四爺說：「你真沒偷什麼？」一面問，一面檢查細看，只見地下露著白絹條兒。四爺一拉，土卻是鬆的，越拉越長，猛力一抖，見是一雙小小金蓮；復又將腿攥住，儘力一掀，原來是一個無頭的女尸。四爺一見道：「好呀！你殺了人，還合我鬧這個腔兒呢。實對你說，我非別個，乃開封府包大人閣下趙虎的便是。因為此事，特來暗暗私訪。」葉阡兒聞聽，只嚇的膽裂魂飛，口中哀告道：「趙爺，趙爺！小人作賊情實，並沒有殺人。」四爺說：「誰管你！且捆上再說。」就拿白絹條子綁上，又恐他嚷，又將白絹條子撕下一塊將他口內塞滿，方才說：「小子好好在這裏。老爺去去就來。」四爺順著柴垛，跳出牆外，也不顧瓦

---

❹ 月望：農曆每月十五日。

罐木棒與那破鞋，光著腳奔走如飛，直向公館而來。

此時天交初鼓，只見從人正在那裏等候，瞧著像四爺，卻聽見腳底下呱咭呱咭的山響，連忙趕上去說：「事體如何？」四爺說：「小子，好興頭得很！」說著話，就往公館飛跑。從人看此光景，必是鬧出事來了，一壁也就隨著跟來。

誰知公館之內，因欽差在此，各處俱有人把門，甚是嚴整。忽然見個化子從外面跑進，連忙上前攔阻，說道：「你這人好生撒野，這是什麼地方！」話未說完，四爺將手向左右一分，一個個一溜歪斜，幾乎栽倒。四爺已然進去。眾人才待再嚷，只見跟四爺的從人進來，說道：「別嚷。那是我們四老爺。」眾人聞聽，各皆發怔，不知什麼原故。

這位愣爺跑到裏面，恰遇包興，一伸手拉住，說：「來得甚好！」把個包興嚇了一跳，連忙問道：「你是誰？」後面從人趕到，說：「是我們四爺。」包興在黑影中看不明白，只聽趙虎說：「你替我回稟回稟大人，就說趙虎求見。」包興方才聽出聲音來。「噯喲！我的愣爺。你嚇殺我咧。」一同來至燈下，一看四爺好模樣兒，真是難畫難描，不由的好笑。四爺著急道：「你先別笑。快回老爺！你就說我有要緊事求見。快著！快著！」包興見他這般光景，必是有什麼事，連忙帶著趙爺到了包公門首。包興進內回稟，包公立刻叫：「進來。」見了趙虎這個樣子，也覺好笑，便問：「有什麼事？」趙虎便將如何私訪，如何遇著葉阡兒，如何見了無頭女尸之話，從頭至尾細述一回。包公正因此事沒有頭緒，今聞此言，不覺滿心歡喜。

未知如何，且聽下回分解。

第十一回　審葉阡兒包公斷案　遇楊婆子俠客揮金

且說包公聽趙虎拿住葉阡兒，立刻派差頭四名，著兩個看守尸首，派兩人急將葉阡兒押來。吩咐去後，方叫趙虎後面更衣，又極力誇說他一番。趙虎洋洋得意，退出門來。從人將淨面水衣服等，俱各預備妥協。四爺進了門，就賞了從人十兩銀子，說：「好小子！虧得你的主意，老爺方能立此功勞。」愣爺好生歡喜，慢慢的梳洗，安歇安歇。

且言差頭去不多時，將葉阡兒帶到，仍是捆著。大人立刻升堂，帶上葉阡兒，當面鬆綁。包公問道：「你叫何名？為何無故殺人？講來！」葉阡兒回道：「小人名叫葉阡兒，家有老母。只因窮苦難當，方才作賊。不想頭一次就被人拿住。望求老爺饒命。」包公道：「你作賊已屬不法，為何又去殺人呢？」葉阡兒道：「小人作賊是真，並未殺人。」包公將驚堂木一拍：「好個刁惡奴才！束手❶問你，斷不肯招。左右，拉下去，打二十大板。」只這二十下子，把個葉阡兒打了個橫迸，不由著急道：「我葉阡兒怎麼這末時運不順，上次是那麼著，這次又這末著，真是冤枉！」包公聞聽話裏有話，便問道：「上次是那麼著？快講！」葉阡兒自知失言，便不言語。

包公見他不語，吩咐：「掌嘴！著實的打！」葉阡兒著急道：「老爺不要動怒。我說，我說！只因

❶ 束手：比喻不動用刑具。

白家堡有個白員外，名叫白熊。他的生日之時，小人便去張羅，為的是討好兒。事完之後，得些賞錢，或得點子吃食。誰知他家管家白安比員外更小氣刻薄，事完之後，不但沒有賞錢，連雜燴菜也沒給我一點。因此小人一氣，晚上就偷他去了。」包公道：「你方才言道是頭次作賊，如今是第二次了？」葉阡兒回道：「偷白員外是頭一次。」包公道：「偷了怎麼？講！」葉阡兒道：「他家道路是小人認得的，就從大門溜進去，竟奔東屋內隱藏。這東廂房便是員外的妾名玉蕊住的。小人知道他的箱櫃東西多呢。正在隱藏之時，只聽得有人彈槅扇❷響；只見玉蕊開門，進來一人，又把槅扇關上。小人在暗處一看，卻是主管白安，見他二人笑嘻嘻的進了帳子。不多時，小人等他二人睡了，便悄悄的開了櫃子，一摸摸著木匣子，甚是沉重，便攜出，越牆回家。見上面有鎖，旁邊挂著鑰匙，小人樂的了不得。及至打開一看。——罷咧！誰知裏面是個人頭！這次又遇著這個死尸。故此小人說，『上次是那末著，這次是這末著』，這不是小人時運不順麼？」

包公便問道：「匣內人頭是男是女？講來！」葉阡兒回道：「是個男頭。」包公道：「你將此頭是埋了，還是報了官了呢？」葉阡兒道：「也沒有埋，也沒有報官。」包公道：「既沒埋，又沒報官，你將這人頭丟在何處了呢？講來！」葉阡兒道：「只因小人村內有個邱老頭子，名叫邱鳳，因小人偷他的倭瓜被他拿住，……」包公道：「偷倭瓜！這是第三次了！」葉阡兒道：「偷倭瓜才是頭一次呢。——這邱老頭子恨急了，將井繩蘸水，將小人打了個扁飽，才把小人放了；因此懷恨在心，將人頭擲在他家了。」包公便立刻出籤兩枝，差役四名，二人拿白安，二人拿邱鳳，俱於明日聽審。將葉阡兒押下去寄監。

❷槅扇：這裏指門上用木條作成網狀的格子，糊上紙成槅扇。

至次日，包公正在梳洗，尚未升堂。只見看守女尸的差人回來一名，稟道：「小人昨晚奉命看守死尸，至今早查看，誰知這院子正是鄭屠的後院，前門封鎖。故此轉來稟報。」包公聞聽，心內明白，吩咐：「知道了。」那人仍然回去。

包公立刻升堂，先帶鄭屠，問道：「你這該死的奴才！自己殺害人命，還要脫累他人。你既不知女子之頭，如何你家後院埋著女子之尸。從實招來。講！」兩旁威喝：「快說！快說！」鄭屠以為女子之尸，必是老爺派人到他鋪中搜出來的。一時驚的木塑相似，半晌說道：「小人願招。只因那天五鼓起來，剛要宰豬，聽見有人扣門求救。小人連忙開門放入。又聽得外面有追趕之聲，口中說道：『既然沒有，明早細細搜查。大約必是在那裏窩藏下了。』說著話，仍歸舊路回去了。小人等人靜後，方才點燈一看，卻是個年幼女子。小人問他，因何夤夜❸逃出。他說：『名叫錦娘。只因身遭拐騙，賣入煙花。我是良家女子，不肯依從。後來有蔣太守之子，倚仗豪勢，多許金帛，要買我為妾，我便假意殷勤，遞酒獻媚，將太守之子灌得大醉，得便脫逃出來。』小人見他美貌，又是滿頭珠翠，不覺邪心頓起。誰知女子嚷叫不從。小人順手提刀，原是威嚇他，不想刀才到脖子上，頭就掉了。小人見他已死，只得將外面衣服剝下，將尸埋在後院。回來正拔頭上簪環，忽聽有人叫門，買豬頭。小人連忙把燈吹滅了。後來一想，我何不將人頭包了，叫他替我拋了呢。總是小人糊塗慌恐，不知不覺就將人頭用墊布包好，從新點上燈，開開門，將買豬頭的叫回來——就是韓相公——可巧沒拿傢伙，因此將布包的人頭遞與他，他就走了。及至他走後，小人又後悔起來。此事如何叫人擲的呢？必要鬧出事來。復又一想，他若替我擲了也就沒

❸ 夤夜：深夜。

事；倘若鬧出事來，總給他個不應就是了。不想老爺明斷，竟把個尸首搜出來。可憐小人殺了回子人，所有的衣服等物動也沒動，就犯了事了。小人寃枉！」包公見他俱各招認，便叫他畫招。

剛然帶下去，只見差人稟道：「邱鳳拿到。」包公吩咐：「帶上來。」問他何故私埋人頭。邱老兒不敢隱瞞，只得說：「那夜聽見外面咕咚一響，怕是歹人偷盜，連忙出屋看時，見是個人頭，不由害怕，因叫長工劉三拿去掩埋。誰知劉三不肯，合小人要一百兩銀子。小人無奈，給了他五十兩銀子，他才肯埋了。」包公道：「埋在何處？」邱老說：「問劉三便知分曉。」包公又問：「劉三在何處？」邱老兒說：「現在小人家內。」包公立刻吩咐縣尹帶領差役，押著邱老，找著劉三，即將人頭刨來。

剛然去後，又有差役回來稟道：「白安拿到。」立刻帶上堂來。見他身穿華服，美貌少年。包公問道：「你就是白熊的主管白安麼？」應道：「小人是。」「我且問你，你主人待你如何？」白安道：「小人主人待小人如同骨肉，實在是恩同再造。」包公將驚堂木一拍：「好一個亂倫的狗才！既如此說，為何與你主人侍妾通姦？講！」白安聞聽，不覺心驚道：「小人素日奉公守法，並無此事呀。」

包公吩咐：「帶葉阡兒。」葉阡兒來至堂上，見了白安，說：「大叔不用分辯了。應了罷！我已然替你回明了。你那晚彈槅扇與玉蕊同進了帳子，我就在那屋裏來著。後來你們睡了，我開了櫃，拿出木匣，以為發注財，誰知裏面是個人腦袋。沒什麼說的，你們主僕作的事兒，你就從實招了罷。大約你不招，也是不行的。」一席話說的白安張口結舌，面目變色。包公又在上面催促，說：「那是誰的人頭？從實說來。」白安無奈，爬半步道：「小人招就是了。那人頭乃是小人家主的表弟，名叫李克明。因家主當初窮時，借過他紋銀五百兩，總未還他。那一天李克明到我們員外家，一來看望，二來討取舊債。

我主人相待酒飯。誰知李克明酒後失言，說他在路上遇一瘋顛和尚，名叫陶然公，說他面上有晦氣，給他一個遊仙枕，叫他給與星主。他又不知星主是誰，問我主人。我主人也不知是誰。因此要借他遊仙枕觀看。他說，裏面閬苑瓊樓❹，奇花異草，奧妙非常。我主人一來貪著遊仙枕，二來又省還他五百兩銀子，因此將他殺死，叫我將尸埋在堆貨屋子裏。我想我與玉蕊相好，倘被主人識破，如何是好；莫若將人頭割下，灌下水銀，收在玉蕊櫃內，以為將來主人識破的把柄。誰知被他偷去此頭，今日鬧出事來。」說罷，往上叩頭。包公又問道：「你埋尸首之屋，在於何處？」白安道：「自埋之後，鬧起鬼來了；因此將這三間屋子另行打出，開了門，租與韓瑞龍居住。」包公聽說，心內明白，叫白安畫了招，立刻出籤拿白熊到案。

此時縣尹已回，上堂來稟道：「卑職押解邱鳳，先找著劉三，前去刨頭，卻在井邊。劉三指地基時，裏面卻是個男子之尸，驗過額角是鐵器所傷。因問劉三。劉三方說道：『刨錯了。這邊才是埋人頭的地方。』因此又刨。果有人頭，係用水銀灌過的男子頭。卑職不敢自專，將劉三一干人證帶到聽審。」包公聞聽縣尹之言，又見他一番謹慎，不似先前的荒唐，心中暗喜，便道：「貴縣辛苦，且歇息歇息去。」叫帶劉三上堂。包公問道：「井邊男子之尸從何而來？講！」兩邊威嚇：「快說！」劉三連忙叩頭，說：「老爺不必動怒，小人說就是了。回老爺，那男子之尸不是外人，是小人的叔伯兄弟劉四。只因小人得了當家的五十兩銀子，提了人頭剛要去埋，誰知劉四跟在後面。他說：『私埋人頭，應當何罪？』

❹ 閬苑瓊樓：閬風之苑，仙人所居之境。瓊樓，瑰麗堂皇的建築物。常用以指仙界樓臺或月中宮殿。蘇東坡詞水調歌頭：「又恐瓊樓玉宇，高處不勝寒。」

小人許了他十兩銀子，他還不依；又許他對半平分，他還不依。小人問他：『要多少呢？』他說：『要四十五兩。』小人一想，通共才五十兩，小人才得五兩剩頭，氣他不過。小人於是假應，叫他幫著刨坑，要深深的。小人見他毛腰❺撮土，小人就照著太陽上一鍬頭，就勢兒先把他埋了；然後又刨一坑，才埋了人頭。不想今日陰錯陽差。」說罷，不住叩頭。包公叫他畫了招，且自帶下去。

此時白熊業已傳到，所供與白安相符，並將遊仙枕呈上。包公看了，交與包興收好。即行斷案：鄭屠與女子抵命，白熊與李克明抵命，劉三與劉四抵命，俱各判斬；白安以小犯上定了絞監候；葉阡兒充軍；邱老兒私埋人頭，畏罪行賄，定了徒罪；玉蕊官賣；韓瑞龍不聽母訓，貪財生事，理當責處❻，姑念年幼無知釋放回家，孝養孀母，上進攻書；韓文氏撫養課讀，見財思義，教子有方，著縣尹賞銀二十兩以為旌表；縣官理應奏參，念他勤勞辦事，尚肯用心，照舊供職。包公斷明此案，聲名遠振。歇息一天，才起身赴陳州。

且言常州府武進縣遇杰村南俠展昭，自從土龍崗與包公分手，獨自遨遊名山勝蹟，到處玩賞。一日歸家，見了老母甚好。多虧老家人展忠料理家務，井井有條，全不用主人操一點心，為人耿直，往往展爺常被他搶白幾句。展爺念他是個義僕，又是有年紀的人，也不計較他。惟有在老母跟前，晨昏定省，克盡孝道。一日，老母心內覺得不爽。展爺趕緊延醫調治，衣不解帶，晝夜侍奉，不想桑榆暮景❼，竟

---

❺ 毛腰：彎著腰。

❻ 責處：處罰；加刑。

❼ 桑榆暮景：指落日的餘暉照在桑樹、榆樹梢上。比喻垂老之年。

是一病不起，服藥無效，一命歸西去了。展爺呼天搶地，痛哭流血，所有喪儀一切，全是老僕展忠辦理，風風光光將老太太殯葬了。展爺在家守制遵禮。到了百日服滿，他仍是行俠作義，如何肯在家中。一切事體俱交與展忠照管。他便隻身出門，到處遊山玩水。遇有不平之事，便與人分憂解難。

有一日，遇一群逃難之人，攜男抱女，哭哭啼啼，好不傷心慘目。展爺便將鈔包銀兩分散眾人，又問他們從何處而來。眾人同聲回道：「公子爺，再休提起。我等俱是陳州良民。只因龐太師之子安樂侯龐昱奉旨放賑，到陳州，原是為救饑民。不想他倚仗太師之子，不但不放賑，他反將百姓中年輕力壯之人挑去造蓋花園，並且搶掠民間婦女，美貌的作為姬妾，蠢笨者充當服役。這些窮民本就不能活，這一茶毒❽豈不是活活要命麼？因此我等往他方逃難去，以延殘喘。」說罷，大哭去了。展爺聞聽，氣破英雄之膽，暗說道：「我本無事，何妨往陳州走走。」主意已定，直奔陳州大路而來。

這日正走之間，看見一座墳塋，有個婦人在那裏啼哭，甚是悲痛，暗暗想道：「偌大年紀，有何心事，如此悲哀？必有古怪。」欲待上前，又恐男女嫌疑。偶見那邊有一張燒紙，連忙撿起作為因由，便上前道：「老媽媽不要啼哭，這裏還有一張紙沒燒呢。」那婆子止住悲聲，接過紙去，歸入堆中燒了。展爺便搭搭訕訕問道：「媽媽貴姓？為何一人在此啼哭？」婆子流淚道：「原是好好的人家，如今鬧的剩了我一個，焉有不哭！」展爺道：「難道媽媽家中，俱遭了不幸了麼？」婆子道：「若都死了，也覺死心塌地了；惟有這不死不活的更覺難受。」說罷，又痛哭如梭。展爺見這婆子說話拉雜，不由心內著急，便道：「媽媽有什為難之事，何不對我說說呢？」婆子拭拭眼淚，又瞧了展爺是武生打扮，知道不

❽ 荼毒：比喻毒害。荼，苦菜。毒，指毒蟲、毒蛇之類。

是歹人，便說道：「我婆子姓楊，乃是田忠之妻。……」便將主人田起元夫妻遇害之事，一行鼻涕兩行淚，說了一遍。又說：「丈夫田忠上京控告，至今杳無音信。現在小主在監受罪，連飯俱不能送。」展爺聞聽，這英雄又是悽惶，又是憤恨，便道：「媽媽不必啼哭。田起元與我素日最相好。我因在外訪友，不知他遭了此事。今既饔飧不繼❾，我這裏有白銀十兩，暫且拿去使用。」說罷，拋下銀兩，竟奔皇親花園而來。

未知如何，下回分解。

---

❾ 饔飧不繼：形容生活貧苦，吃了上頓沒有下頓。杜詩言志卷七：「於是，衡門之下，環堵蕭然，饔飧不繼，過日恆饑耳。」饔，早飯。飧，晚飯。

第十二回　展義士巧換藏春酒　龐奸侯設計軟紅堂

且說展爺來至皇親花園，只見一帶簇新的粉牆，露出樓閣重重。用步丈量了一番，就在就近處租房住了。到了二更時分，英雄換上夜行的衣靠，將燈吹滅，聽了片時，寓所已無動靜，悄悄開門，回手帶好，仍然放下軟簾，飛上房，離了寓所，來到花園。（白晝間已然丈量過了。）約略遠近，在百寶囊中掏出如意絲來，用力往上一拋（是練就準頭），便落在牆頭之上，用腳尖登住磚牙，飛身而上。到了牆頭，將身爬伏。又在囊中取一塊石子輕輕拋下，側耳細聽。此名為「投石問路」。下面或是有溝，或是有水，就是落在實地，再沒有聽不出來的。又將鋼抓轉過，手摟絲絛，順手而下。兩腳落在實地，脊背貼牆，往前面與左右觀看一回，方將五爪絲絛往上一抖，收下來裝在百寶囊中。躡足潛蹤❶，腳尖兒著地，真有鷺浮鶴行之能。來至一處，見有燈光。細細看時，卻是一明兩暗，東間明亮，牕上透出人影，乃是一男一女，二人飲酒。展爺悄立牕下。只聽得男子說道：「此酒，娘子只管吃下無妨；外間案上那一瓶，斷斷動弗得哉！」又聽婦人道：「那個酒叫什麼名兒呢？」男子道：「叫作藏春酒。若是婦人吃了，慾火燒身，無不依從。只因侯爺搶了金玉仙來；這婦人至死不從，侯爺急的沒法。是我在旁說道：『可以配藥造酒，管保隨心所欲。』侯爺聞聽，立刻叫吾配酒。吾說：『此酒大費周折，須用三百兩銀子。』

❶ 躡足潛蹤：放輕腳步，隱藏蹤跡。形容行動隱蔽，小心輕捷。

那婦人便道：「什麼酒費這許多銀子？」男子道：「娘子你不曉得。侯爺他恨不能婦人一時到手，我不趁此時賺他的銀兩，如何發財呢？吾告訴你說，配這酒不過高高花上十兩頭。這個財是發定了！」說畢，哈哈大笑。又聽婦人道：「雖然發財，豈不損德呢。況且又是個貞烈之婦，你如何助紂為虐❷呢？」男子說道：「我是為窮困所使，不得已而為之。」

正在說話間，只聽外面叫道：「臧先生，臧先生。」展爺回頭，見樹梢頭露出一點燈光，便閃身進入屋內，隱在軟簾之外。又聽男子道：「是那位？」一壁起身，一壁說：「娘子你還是躲在西間去，不要拋頭露面的。」婦人往西間去了。臧先生走出門來。

這時展爺進入屋內，將酒壺提出。見外面案上放著一個小小的玉瓶，又見那邊有個紅瓶。忙將壺中之酒倒在紅瓶之內，拿起玉瓶的藏春酒倒入壺中，又把紅瓶內的好酒傾入玉瓶之內。提起酒壺，仍然放在屋內。悄地出來，盤柱而上，貼住房簷，往下觀看。

原來外面來的是跟侯爺的家丁龐福，奉了主人之命，一來取藏春酒，二來為合臧先生講帳。

這先生名喚臧能，乃是個落第的窮儒，半路兒看了些醫書，記了些偏方，投在安樂侯處作幫襯❸。當下出來，見了龐福，問道：「主管到此何事？」龐福說：「侯爺叫我來取藏春酒，叫你親身拿去，當面就兌銀子。可是先生，白花花的三百兩，難道你就獨吞嗎？我們辛辛苦苦，白跑不成？多少不拘，總要染染手兒❹呀。先生，你說怎麼樣？」臧能道：「當得，當得。不能白跑。倘若銀子到手，必要請你

---

❷ 助紂為虐：幫助商紂行暴虐之事。比喻幫助惡人做壞事。紂，即商（殷）朝末代君主，是個暴君。虐，殘暴。

❸ 幫襯：亦作「幫寸」、「幫撐」。意為幫助。這裏指幫忙的人。

吃酒的。」龐福道：「先生真是明白爽快人。好的！偺們倒要交交咧。先生取酒去罷。」臧能回身進屋，拿了玉瓶關上門，隨龐福去了，直奔軟紅堂。那知南俠見他二人去後，盤柱而下，暗暗的也就跟將下去了。

這裏婦人從西間屋內出來，到了東間，仍然坐在舊處，暗自思道：「丈夫如此傷害天理，作的都是不仁之事。」越思越想，好不愁煩。不由的拿起壺來斟了一杯，慢慢的獨酌。誰知此酒入腹之後，藥性發作，按納不住。正在胡思亂想之際，只聽有人叩門，連忙將門開放，卻是龐祿，懷中抱定三百兩銀子送來。婦人讓至屋內。龐祿將銀子交代明白，回身要走。倒是婦人留住，叫他坐下，便七長八短的說。正在說時，只聽外面咳嗽，卻是臧能回來了。龐祿出來迎接著，張口結舌說道：「這三——三百兩銀子，已交付大嫂子了。」說完，抽身就走。

臧能見此光景，忙進屋內一看；只見他女人紅撲撲的臉，仍是坐在炕上發怔，心中好生不樂。「吾呀，這是怎麼了？」說罷，在對面坐了。這婦人因方才也是一驚，一時心內清醒，便道：「你把別人的妻子設計陷害，自己老婆如此防範。你拍心想想，別人恨你不恨？」一句話，問的臧能閉口無言，便拿起壺來，斟上一杯，一飲而盡。不多時，坐立不安，心癢難抓，便道：「弗好哉！奇怪的很！」拿起壺來一聞，忙道：「了弗得❺！了弗得！快拿涼水來！」自己等不得，立起身來，急找涼水吃下，又叫婦人吃了一口，方問道：「你才吃這酒來麼？」婦人道：「因你去後，我剛吃得一杯酒，……」將下句咽下去

---

❹ 染染手兒：即沾點光（好處）。染，沾上。

❺ 了弗得：不得了的意思。弗，不。

了。又道：「不想龐祿送銀子來，才進屋內，放下銀子，你就回來了。」臧能道：「還好，還好！佛天保佑！險些兒把個綠頭巾戴上。只是這酒在小玉瓶內，為何跑在這酒壺裏來了？好生蹊蹺❻！」婦人方明白，才吃的是藏春酒，險些兒敗了名節，不由的流淚道：「全是你安心不善，用盡機謀，害人不成，反害了自己。」臧能道：「不用說了。我竟是個混帳東西！看此地也不是久居之地，如今有了這三百兩銀子，待明早託個事故，回咱老家便了。」

再說展爺隨至軟紅堂，見龐昱叫使女掌燈，自己手執白玉瓶，前往麗芳樓而去。南俠到了軟紅堂，見當中鼎內焚香，上前抓了一把香灰；又見花瓶內插著蠅刷，拿起來插在領後，穿香徑先至麗芳樓，隱在軟簾後面。只聽得眾姬妾正在那裏勸慰金玉仙，說：「我們搶來，當初也是不從。到後來弄的不死不活的，無奈順從了。倒得好吃好喝的。……」金玉仙不等說完，口中大罵：「你們這一群無恥賤人！我金玉仙有死而已！」說罷，放聲大哭。這些侍妾被他罵的閉口無言。正在發怔，只見丫鬟二名引著龐昱上得樓來，笑容滿面道：「你等勸他，從也不從？既然不從，我這裏有酒一杯，叫他吃了，便放他回去。」說罷，執杯上前。金玉仙惟恐惡賊近身，劈手奪過，擲於樓板之上。龐昱大怒，便要吩咐眾姬妾一齊下手。

只聽樓梯山響，見使女杏花上樓，喘吁吁稟道：「剛才龐福叫回稟侯爺，太守蔣完有要緊的話回稟，立刻求見。現在軟紅堂恭候著呢。」龐昱聞聽太守黑夜而來，必有要緊之事，回頭吩咐眾姬妾：「你們再將這賤人開導開導。再要扭性❼，我回來定然不饒！」說著話，站起身來，直奔樓梯。剛下到一層，

❻ 蹊蹺：亦作「蹺蹊」。奇怪；可疑。

只見毛哄哄一拂，腦後灰塵飛揚，腳底下覺得一絆，站立不穩，咕嚕嚕滾下樓去；後面兩個丫鬟也是如此。三個人滾到樓下，你拉我，我拉你，好容易才立起身來，奔至樓門。龐昱說道：「嚇殺我也！嚇殺我也！什麼東西毛哄哄的？好怕人也！」丫鬟執起燈一看，只見龐昱滿頭的香灰。龐昱見兩個丫鬟，也是如此，大叫道：「不好了！不好了！必是狐仙見了怪了。快走罷！」兩個丫鬟那裏還有魂咧。三個人不管高低，深一步，淺一步，竟奔軟紅堂而來。

迎頭遇見龐福，便問道：「有什麼事？」龐福回道：「太守蔣完說，緊急之事，要立刻求見，在軟紅堂恭候。」龐昱連忙撢去香灰，整理衣衿，大搖大擺，步入軟紅堂來。太守參見已畢，在下座坐了。龐昱問道：「太守深夜至此，有何要事？」太守回道：「卑府今早接得文書，聖上特派龍圖閣大學士包公前來查賑，算來五日內必到。卑府一聞此信，不勝驚惶，特來稟知侯爺，早為準備才好。」龐昱道：「包黑子乃吾父門生，諒不敢不迴避我。」蔣完道：「侯爺休如此說。聞得包公秉正無私，不畏權勢，又有欽差御賜御鍘三口，甚屬可畏。」又往前湊了一湊道：「侯爺所作之事，難道包公不知道麼？」龐昱聽罷，雖有些發毛，便硬著嘴道：「他知道，便把我怎麼樣麼？」蔣完著急道：「『君子防患未然』❽。這事非同小可，除非是此時包公死了，萬事皆休。」這一句話提醒了惡賊，便道：「這有何難！現在我手下有一個勇士名喚項福。他會飛簷走壁之能，即可派他前往兩三站去路上行刺，豈不完了此事？」太

❼ 扭性：這裏指違拗的意思。

❽ 君子防患未然：明智的人，在事故或災害發生之前加以防範。周易既濟：「君子以思患而豫防之。」漢書孝成趙皇后傳：「事不當時固爭，防禍於未然。」

守道：「如此甚好。必須以速為妙。」龐昱連忙叫龐福，去喚項福立刻來至堂上。惡奴去不多時，將項福帶來，參過龐昱，又見了太守。

此時南俠早在牕外竊聽，一切定計話兒俱各聽的明白了。因不知項福是何等人物，便從牕外往裏偷看；見果然身體魁梧，品貌雄壯，真是一條好漢，可惜錯投門路。只聽龐昱說：「你敢去行刺麼？」項福道：「小人受侯爺大恩，別說行刺，就是赴湯投火也是情願的。」南俠外邊聽了，不由罵道：「瞧不得這麼一條大漢，原來是一個諂諛❾的狗才。可惜他辜負了好胎骨！」正自暗想；又聽龐昱說：「太守你將此人領去，應如何派遣吩咐，務必妥協機密為妙。」蔣完連連稱「是」，告辭退出。

太守在前，項福在後。走不幾步，只聽項福說：「太守慢行，我的帽子掉了。」太守只得站住。只見項福走出好幾步，將帽子拾起。太守道：「帽子如何落得這麼遠呢？」項福道：「想是樹枝一刮，蹦出去的。」說罷，又走幾步。只聽項福說：「好奇怪！怎麼又掉了？」回頭一看，又沒人。太守也覺奇怪。一同來至門首，太守坐轎，項福騎馬，一同回衙去了。

你道項福的帽子連落二次，是何原故？這是南俠試探項福學業何如。頭次從樹旁經過，即將帽子從項福頭上提了抛去，隱在樹後，見他毫不介意；二次走至太湖石畔，又將帽子提了抛去，隱在石後，項福只回頭觀看，並不搜查左右；可見粗心，學藝不精，就不把他放在心上，且回寓所歇息便了。

未識如何，下回分解。

---

❾ 諂諛：指用不實之詞奉承人。

第十三回　安平鎮五鼠單行義　苗家集雙俠對分金

且說展爺離了花園，暗暗回寓，天已五更，悄悄的進屋，換下了夜行衣靠，包裹好了，放倒頭便睡了。至次日，別了店主，即往太守衙門前私自窺探。影壁前拴著一匹黑馬，鞍轡鮮明，後面梢繩上拴著一個小小包袱，又搭著個錢搭連❶，有一個人拿著鞭子席地而坐；便知項福尚未起身，即在對過酒樓之上，自己獨酌眺望。不多一會，只見項福出了太守衙門。那人連忙站起，拉過馬來，遞了馬鞭子，項福接過，認鐙乘上，加上一鞭，便往前邊去了。

南俠下了酒樓，悄地跟隨。到了安平鎮地方，見路西也有一座酒樓，匾額上寫著潘家樓，項福拴馬，進去打尖。南俠跟了進去，見項福坐在南面座上，展爺便坐在北面，揀了一個座頭坐下。跑堂的擦抹桌面，問了酒菜。展爺隨便要了，跑堂的傳下樓去。

展爺復又閒看，見西面有一老者昂然而坐，彷彿是個鄉宦，形景可惡，俗態不堪。不多時，跑堂的端了酒菜來，安放停當。展爺剛然飲酒，只聽樓梯聲響，又見一人上來，武生打扮，眉清目秀，年少煥然。展爺不由的放下酒杯，暗暗喝彩，又細細觀看一番，好生的羡慕。那人才要揀個座頭，只見南面項福連忙

❶ 搭連：亦作「搭褳」、「褡褳」。中間開口，兩端可裝錢物的長口袋，搭在肩上，小的也可以繫在腰間。紅樓夢第一回：「將道人肩上的搭褳搶過來背上，竟不回家。」

出席，向武生一揖，口中說道：「白兄久違了！」那武生見了項福，還禮不迭，答道：「項兄，闊別多年，今日幸會。」說著話，彼此謙遜，讓至同席。項福將上座讓了那人。那人不過略略推辭，即便坐了。

展爺看了，心中好生不樂，暗想道：「可惜這樣一個人，卻認得他，他倆真是天淵之別。」一壁細聽他二人說些什麼。只聽項福說道：「自別以來，今已三載有餘。久欲到尊府拜望，偏偏的小弟窮忙。令兄可好？」那武生聽了眉頭一皺，歎口氣道：「家兄已去世了！」項福驚訝道：「怎麼大恩人已故了！可惜，可惜！」又說了些欠情短禮沒要緊的言語。

你道此人是誰？他乃陷空島五義士，姓白名玉堂，綽號錦毛鼠的便是。當初項福原是耍拳棒賣膏藥的。因在街前賣藝，與人角持，誤傷了人命。多虧了白玉堂之兄白錦堂，見他像個漢子，離鄉在外，遭此官司，甚是可憐；因此將他極力救出，又助了盤川，叫他上京求取功名。他原想進京尋個進身之階，可巧路途之間遇見安樂侯上陳州放賑。他打聽明白，先宛轉結交龐福，然後方薦與龐昱。龐昱正要尋覓一個勇士，助己為虐，把他收留在府內。他便以為榮耀已極。似此行為，便是下賤不堪之人了。

閒言少敘。且說項福正與玉堂說話，見有個老者上得樓來，衣衫襤褸，形容枯瘦，見了西面老者，緊行幾步，雙膝跪倒，二目滔滔落淚，口中苦苦哀求。那老者仰面搖頭，只是不允。展爺在那邊看著，好生不忍。正要問時，只見白玉堂過來，問著老者道：「你為何向他如此？有何事體？何不對我說來？」那老者見白玉堂這番形景，料非常人，口稱：「公子爺有所不知：因小老兒欠了員外的私債，員外要將小女抵償❷，故此哀求員外，只是不允。求公子爺與小老兒排解排解。」白玉堂聞聽，瞅了老者一眼，

❷ 抵償：以相當的代價來償還虧欠。此處指以女兒抵債。

便道：「他欠你多少銀兩？」那老者回過頭來，見白玉堂滿面怒色，只得執手答道：「原欠我紋銀五兩，三年未給利息，就是三十兩，共欠銀三十五兩。」白玉堂聽了，冷笑道：「原來欠銀五兩！」復又向老者道：「當初他借時，至今三年，利息就是三十兩。這利息未免太輕些！」一回身，便叫跟人平三十五兩，向老者道：「當初有借約沒有？」老者聞聽，立刻還銀子，不覺立起身來道：「有借約。」忙從懷中掏出，遞與玉堂。玉堂看了。從人將銀子平來，玉堂接過，遞與老者道：「今日當著大眾，銀約兩交，卻不該你的了。」老者接過銀子，笑嘻嘻答道：「不該了！不該了！」拱拱手兒，即刻下樓去了。玉堂將借約交付老者道：「以後似此等利息銀兩，再也不可借他的了。」老者答道：「不敢借了。」說罷，叩下頭去。玉堂拖起，仍然歸座。那老者千恩萬謝而去。

剛走至展爺桌前，展爺說：「老丈不要忙。這裏有酒，請吃一杯壓壓驚，再走不遲。」那老者道：「素不相識，怎好叨擾？」展爺笑道：「別人費去銀子，難道我連一杯水酒也花不起麼？不要見外，請坐了。」那老者道：「如此承蒙抬愛了。」便坐於下首。展爺與他要了一角酒吃著，便問：「方才那老者姓什名誰？在那裏居住？」老兒說道：「他住在苗家集。他名叫苗秀。只因他兒子苗恆義在太守衙門內當經承❸，他便成了封君❹了。每每的欺負鄰黨，盤剝重利。非是小老兒受他的欺侮，便說他這些忿恨之言。不信，爺上打聽，就知我的話不虛了。」展爺聽在心裏。老者吃了幾杯酒，告別去了。

❸ 經承：清代各部院役吏的總稱。有供事、儒士、經承三類。清會典十二吏部：「部院衙門之吏，以役分名：有堂吏、門吏、都吏、書吏、知印、火房、獄典之別，統名曰經承。」

❹ 封君：領受封邑的貴族，婦人受封者，皆稱封君。這裏挖苦因兒子顯貴而自抬身價的人。

又見那邊白玉堂問項福的近況如何。項福道：「當初多蒙令兄抬愛，救出小弟，又贈銀兩，叫我上京求取功名。不想路遇安樂侯，蒙他另眼看待，收留在府。今特奉命前往天昌鎮，專等要辦宗要緊事件。」白玉堂聞聽，便問道：「那個安樂侯？」項福道：「焉有兩個呢。就是龐太師之子安樂侯龐昱。」說罷，面有得色。玉堂不聽則可，聽了登時怒氣嗔嗔，面紅過耳，微微冷笑道：「你敢則投在他門下了。好！」急喚從人會了帳❺，立起身來，回頭就走，一直下樓去了。

展爺看的明白，不由暗暗稱讚道：「這就是了。」又自忖道：「方才聽項福說，他在天昌鎮專等，我曾打聽包公還得等幾天到天昌鎮。我何不趁此時，且至苗家集走走呢。」想罷，會錢下樓去了。真是行俠作義之人，到處隨遇而安。非是他務必要拔樹搜根❻，只因見了不平之事，他便放不下，彷彿與自己的事一般，因此才不愧那個俠字。

閒言少敘，到了晚間初鼓之後，改扮行裝，潛入苗家集，來到苗秀之家。所有竄房越脊，自不必說。展爺在暗中見有待客廳三間，燈燭明亮，內有人說話。躡足潛蹤，悄立牕下，細聽正是苗秀問他兒子苗恆義道：「你如何弄了許多銀子？我今日在潘家集也發了個小財，得了三十五兩銀子。」便將遇見了一個俊哥替還銀子的話，說了一遍。說罷，大笑。苗恆義亦笑道：「爹爹除了本銀，得了三十兩銀子的利息；如今孩兒一文不費，白得了三百兩銀子。」苗秀笑嘻嘻的問道：「這是什麼緣故呢？」苗恆義道：「昨日太守打發項福起身之後，又與侯爺商議一計，說項福此去成功便罷，倘不成功，叫侯爺改扮行裝，

---

❺ 會了帳：猶「會帳」，也作「會錢」。指結帳付款。

❻ 拔樹搜根：亦作「拔樹尋根」。比喻搜尋追問根由底細。

私由東皐林悄悄入京，在太師府內藏躲，候包公查賑之後有何本章，再作道理。又打點細軟❼箱籠並搶來女子金玉仙，叫他們由觀音菴岔路上船，暗暗進京。因問本府：『沿路盤川所有船隻，須用銀兩多少？我好打點。』本府太爺那裏敢要侯爺的銀子呢，反倒躬身說道：『些須❽小事，俱在卑府身上。』因此回到衙內，立刻平了三百兩銀子，交付孩兒，叫我辦理此事。我想侯爺所行之事，全是無法無天的。如今臨走，還把搶來的婦人暗送入京。況他又有許多的箱籠。到了臨期，孩兒傳與船戶：他只管裝去，到了京中費用多少，合他那裏要；他若不給，叫他把細軟留下，作為押帳當頭❾。爹爹，想侯爺所作的俱是暗昧❿之事，一來不敢聲張，二來也難考查。這項銀兩原是本府太爺應允，給與不給，侯爺如何知道。這三百兩銀子，難道不算白得嗎？」展爺在牕外聽至此，暗自說道：「真是『惡人自有惡人磨』，再不錯的。」猛回頭見那邊又有一個人影兒一晃，及至細看，彷彿潘家樓遇見的武生，就是那替人還銀子的俊哥兒，不由暗笑道：「白日替人還銀子，夜間就討帳來了。」忽然遠遠的燈光一閃。展爺惟恐有人來，一伏身盤柱而上，貼住房簷，往下觀看，卻又不見了那個人，暗道：「他也躲了。何不也盤在那根柱子上，我們二人鬧個『二龍戲珠』呢。」正自暗笑。忽見丫鬟慌慌張張跑至廳上，說：「員外，不好了！安人不見了！」苗秀父子聞聽，吃了一驚，連忙一齊往後面跑去了。南俠急忙盤柱而下，側身進入屋內，

---

❼ 細軟：此處指輕便而易於攜帶的貴重物品。

❽ 些須：同「些子」、「些兒」、「些個」。少許；一點兒。

❾ 當頭：典押的東西。

❿ 暗昧：這裏指隱祕不正之事。有時亦作「昏暗」，真偽不明。

見桌上放著六包銀子，外有一小包。他便揣起了三包，心中說道：「三包、一小包留下給那花銀子的，叫他也得點利息。」抽身出來，暗暗到後邊去了。

原來那個人影兒，果是白玉堂。先見有人在牕外竊聽，後見他盤柱而上，貼立房簷，也自暗暗喝采，說此人本領不在他⓫下。因見燈光，他便迎將上來，恰是苗秀之妻同丫鬟執燈前來登廁。丫鬟將燈放下，回身取紙。玉堂趁空，抽刀向著安人一晃，說道：「要嚷，我就是一刀！」婦人嚇得骨軟筋酥，那裏嚷得出來。玉堂伸手將那婦人提出了茅廁，先撕下一塊裙子塞住婦人之口。好狠的玉堂！又將婦人削去雙耳，用手提起擲在廁旁糧食囤內。他卻在暗處偷看：見丫鬟尋主母不見，奔至前廳報信，聽得苗秀父子從西邊奔入。他卻從東邊轉至前廳。此時南俠已揣銀走了。玉堂進了屋內一看，桌上只剩了三封銀子，另一小包，心內明知是盤柱之人拿了一半，留下一半。暗暗承他的情，將銀子揣起，他就走之乎也。

這裏苗家父子趕至後面，一面追問丫鬟，一面執燈找尋。至糧囤旁，聽見呻吟之聲，卻是婦人；連忙攙起細看，渾身是血，口內塞著東西，急急掏出。甦醒了，半晌方才哎喲出來，便將遇害的情由說了一遍。這才瞧見兩個耳朵沒了。忙差丫鬟僕婦攙入屋內，喝了點糖水。苗恆義猛然想起待客廳上還有三百兩銀子，連說：「不好！中了賊人調虎離山之計了。」說罷，向前飛跑。苗秀聞聽也就跟在後面。到了廳上一看，那裏還有銀子咧！父子二人怔了多時，無可如何，惟有心疼怨恨而已。

未知端底⓬，且聽下回分曉。

⓫ 他：一本作「我」字。

⓬ 端底：始末的意思。

第十四回　小包興偷試遊仙枕　勇熊飛助擒安樂侯

且說苗家父子丟了銀子，因是暗昧之事，也不敢聲張，竟吃了啞叭虧了。白玉堂揣著銀子自奔前程。展爺是拿了銀子，一直奔天昌鎮去了。這且不言。

單說包公在三星鎮審完了案件，歇馬，正是無事之時。包興記念著遊仙枕，心中想道：「今晚我悄悄的睡睡遊仙枕，豈不是好。」因此到晚間伺候包公安歇之後，便囑咐李才說：「李哥，你今晚辛苦一夜。我連日未能歇息，今晚脫個空兒❶。你要警醒些。老爺要茶水時，你就伺候。明日我再替你。」李才說：「你放心去罷。有我呢。彼此都是差使，何分你我。」包興點頭一笑，即回至自己屋內，又將遊仙枕看了一番，不覺困倦，即將枕放倒。頭剛著枕，便入夢鄉。

出了屋門，見有一匹黑馬，鞍韂俱是黑的，兩邊有兩個青衣，不容分說，攙上馬去。迅速非常，來到一個所在，似開封府大堂一般。下了馬，心中納悶：「我如何還在衙門裏呢？」又見上面挂著一匾，寫著「陰陽寶殿」。正在悶悶。又見來了一個判官，說道：「你是何人？擅敢假充星主，前來鬼混！」喝聲：「拿下！」便出來了一個金甲力士，一聲斷喝，將包興嚇醒，出了一身冷汗。暗自思道：「凡事皆有先成的造化，我連一個枕頭都消受不了，判官說我假充星主；將來此枕，想是星主才睡得呢。怪不得

❶ 脫個空兒：猶抽身；脫身。

李克明要送與星主。」左思右想，那裏睡得著呢。賭氣起來，聽了聽方交四鼓，急忙來至包公住的屋內，只見李才坐在椅子上，前仰後合在那裏打盹。又見燈花結了個如意兒燒了多長，連忙用燭剪翦了一翦；只見桌上有個字帖兒，拿起一看，不覺失聲道：「這是那裏來的？」一句話將李才嚇醒，連忙說道：「我沒有睡呀。」包興說：「沒睡，這字帖兒打那裏來的？」李才尚未答言，只聽包公問道：「什麼字帖？拿來我看。」包興執燈，李才掀簾，將字帖呈上。包公接來一看，便問道：「天有什麼時候了？」包興舉燈向表上一看，說：「才交寅刻❷。」包公道：「也該起來了。」

二人服侍包公穿衣淨面時，包公便叫李才去請公孫先生。不多時，公孫先生來到。包公便將字帖與他觀看。公孫策接來，只見上面寫道：「明日天昌鎮，緊防刺客凶。分派眾人役，分為兩路行：一路東皐林，捉拿惡龐昱；一路觀音菴，救活烈婦人。要緊，要緊！」旁有一行小字：「烈婦人即金玉仙。」公孫策道：「此字從何而來呢？」包公道：「何必管他的來歷。明日到天昌鎮嚴加防範。再派人役，先生吩咐他們在兩路稽查便了。」公孫策連忙退出，與王、馬、張、趙四勇士商議。大家俱各小心留神。

你道此字從何而來？只因南俠離了苗家集奔至天昌鎮，見包公尚未到來。心中一想：恐包公匆忙來至，不及提防，莫若我迎將上去，遇便洩漏機關，包公也好早作準備。好英雄！不辭辛苦，他便趕至三星鎮。恰好三更，來至公館，見李才睡著，也不去驚動他，便溜進去將紙條兒放下，仍回天昌鎮等候去了。

且說次日包公到了天昌鎮，進了公館，前後左右搜查明白。公孫策暗暗吩咐馬快步快兩個頭兒，一

❷ 寅刻：地支的第三位。十二時辰之一，指凌晨三時至五時。

名耿春，一名鄭平，二人分為左右，稽查出入之人；叫王、馬、張、趙四人圍住老爺的住所，前後巡邏；自己同定包興、李才護持包公。倘有動靜，大家知會，一齊動手。分派已定，看看到了掌燈之時，處處燈燭照如白晝，外面巡更之人往來不斷。別人以為是欽差大人在此居住，那裏知道是提防刺客呢。內裏王、馬、張、趙四人磨拳擦掌，暗藏兵器，百倍精神，準備捉拿刺客。真是防範的嚴謹！

到了三更之後，並無動靜。只見外面巡更的，燈光明亮，照澈牆頭。裏面趙虎仰面各處裏觀瞧。順著牆外燈光，走至一株大榆樹下。趙虎忽然往上一看，便嚷道：「有人了！」只這一聲，王、馬、張三人亦皆趕到。外面巡更之人也止住步了。掌燈一齊往樹上觀看，果然有個黑影兒。先前仍以為是樹影；後來樹上之人見下面人聲嘶喊，燈火輝煌，他便動手動腳的。大家一見，便覺鼎沸起來。只聽外面人道：「跳下去了。裏面防範著！」誰知樹上之人趁著這一聲，便攥住樹梢，將身悠起，趁勢落在耳房上面，一伏身往起一縱，便到了大房前坡。趙虎嚷道：「好賊！那裏走？」話未說完，迎面飛下一垛瓦來。愣爺急閃身，雖則躲過，他用力太猛，鬧了個跟頭。房上之人趁勢揚腿，剛要越過屋脊；只聽噯喲一聲，咕嚕嚕從房上滾將下來，恰落在四爺旁邊。四爺一翻身，急將他按住。大家上前，先拔出背上的單刀，方用繩子捆了。推推擁擁，來見包公。

此時包公、公孫策便衣便帽，笑容滿面，道：「好一個雄壯的勇士！堪稱勇烈英雄。」回頭對公孫策道：「先生，你替我鬆了綁。」公孫先生會意，假作吃驚道：「此人前來行刺，如何放得？」包公笑道：「我求賢若渴，見了此等勇士，焉有不愛之理。況我與壯士又無仇恨，他如何肯害我，這無非是受小人的捉弄❸。快些鬆綁。」公孫策對那人道：「你聽見了？老爺待你如此大恩，你將何以為報？」說罷，吩咐張、趙二人與他鬆了綁。王朝見他腿上釘著一枝袖箭，趕緊替他拔出。包公又吩咐包興：「看座。」

那人見包公如此光景，又見王、馬、張、趙分立兩旁，虎勢昂昂，不由良心發現，暗暗誇道：「聞聽人說，包公正直，又目識英雄，果不虛傳。」一翻身撲倒在地，口中說道：「小人冒犯欽差大人，實實小人該死。」包公連忙說道：「壯士請起。坐下好講。」那人道：「欽差大人在此，小人焉敢就座。」包公道：「壯士只管坐了，何妨。」那人只得鞠躬坐了。包公道：「壯士貴姓尊名？到此何幹？」那人見包公如此看待，不因不由的就順口說出來了。答道：「小人名叫項福。只因奉龐昱所差……」便一五一十說了一遍。「不想大人如此厚待，使小人愧怍❹無地。」包公笑道：「這卻是聖上隆眷❺過重，使我聲名遠播於外；故此招忌❻，謗我者極多。就是將來與安樂侯對面時，壯士當面證明，庶不失我與太師師生之誼。」項福連忙稱「是」。包公便吩咐公孫策與壯士好好調養箭傷。公孫策領項福去了。

包公暗暗叫王朝來，叫他將項福明是疎放❼，暗地拘留。王朝又將袖箭呈上，說此乃南俠展爺之箭。包公聞聽道：「原來展義士暗中幫助。前日三星鎮留下字柬，必也是義士所為。」心中不勝感羨之至。

---

❸ 捉弄：跟人開玩笑，使之為難。

❹ 愧怍：即慚愧。聊齋志異雲翠山：「我又不能御窮，分郎憂衷，豈不愧怍？」

❺ 隆眷：特別器重。隆，深厚。眷，懷念；器重。

❻ 招忌：即招惹忌妒。

❼ 疎放：即放縱。

王朝退出。

此時公孫先生已分派妥當：叫馬漢帶領馬步頭目耿春、鄭平前往觀音菴截救金玉仙；又派張龍、趙虎前往東皐林，捉拿龐昱。

單說馬漢帶著耿春、鄭平竟奔觀音菴而來，只見駝轎一乘直撲廟前去了。馬漢看見，飛也似的趕來。及至趕到，見旁有一人叫道：「賢弟為何來遲？」馬漢細看，卻是南俠，便道：「兄，此轎何往？」展爺道：「劣兄已將駝轎截取，將金玉仙安頓在觀音菴內。賢弟來得正好，偺二人一同到彼。」說話間，耿春、鄭平亦皆趕到，圍繞著駝轎來至廟前，打開山門，裏面出來一個年老的媽媽，一個尼姑。這媽媽卻是田忠之妻楊氏。眾人搭下駝轎，攙出金玉仙來。主僕見面，抱頭痛哭。（原來楊氏也是南俠送信，叫他在此等候。）又將轎內細軟俱行搬下。南俠對楊氏道：「你主僕二人就在此處等候。候你家相公官司完了時，叫他到此尋你。」又對尼姑道：「師傅用心服侍，田相公來時必有重謝。」吩咐已畢，便對馬漢道：「賢弟回去，多多拜上老大人，就說：『展昭另日再為稟見，後會有期。』將金玉仙下落稟覆明白。他乃貞烈之婦，不必當堂對質。拜託，拜託！請了！」竟自揚長而去。馬漢也不敢挽留，只得同耿春、鄭平二人回歸舊路，去稟知包公。這且不言。

再說張、趙二人到了東皐林，毫不見一點動靜。趙虎道：「難道這廝先過去了不成？」張爺道：「前面一望無際，並無人行，焉有過去之理。」正說間，只見遠遠有一夥人乘馬而來。趙爺一見，說：「來咧，來咧！哥，你我如此如此，庶不至於舛錯❽。」張龍點頭，帶領差役隱在樹後。眾人催馬，剛到此

❽ 舛錯：即差錯；錯亂。舛，意為差錯；違背。

地。趙虎從馬前一過，栽倒在地。張爺從樹後轉出來，便亂喊道：「不好了！不好了！鬧死人了！」上前將龐昱馬環揪住，道：「你鬧了人，還往那裏去？」眾差役一齊擁上。眾惡奴發話道：「你這些好大膽的人，竟敢攔擋侯爺不放。」張龍道：「誰管他侯爺公爺的，只要將我們的人救活了便罷。」眾惡奴道：「好生撒野！此乃安樂侯，太師之子，改扮行裝，出來私訪。你們竟敢攔住去路，真是反了天了！」趙爺在地下聽準是安樂侯，再無舛錯，一咕嚕爬起身來，先照著說話的劈面一掌，喊道：「我們反了天了！我們竟等著反了天的人呢！」說罷，先將龐昱拿下馬來，差役掏出鎖來鎖上。眾惡奴見事不祥，個個加上一鞭，忽的一聲，俱各「桃之夭夭」了。張、趙追他不及；只顧龐昱，連追也不追。眾人押解著奸侯，竟奔公館而來。

要知端的❾，且聽下回分曉。

---

❾ 端的：果然；究竟。這裏是究竟，到底的意思。猶「端底」。

第十五回　斬龐昱初試龍頭鍘　遇國母晚宿天齊廟

且說張、趙二人押解龐昱到了公館，即行將龐昱帶上堂來。包公見他項帶鐵鎖，連忙吩咐道：「你等太不曉事。侯爺如何鎖得？還不與我卸去！」差役連忙上前，將鎖卸下。龐昱到了此時，不覺就要屈膝。包公道：「不要如此。雖則不可以私廢公，然而我與太師有師生之誼，你我乃年家❶弟兄，有通家❷之好，不過因有此案，要當面對質對質，務要實實說來，大家方有個計較。千萬不要畏罪迴避。」說畢，叫帶上十父老並田忠、田起元及搶掠的婦女，立刻提到。包公按呈子一張一張訊問。龐昱因見包公方才言語，頗有護他的意思，又見和容悅色，一味的商量，必要設法救他；莫若他從實應了，求求包黑，或者看爹爹面上往輕裏改正改正，也就沒了事了。想罷，說道：「欽差大人不必細問。這些事體俱是犯官一時不明作成，此時後悔也是遲了。惟求大人筆下超生❸，犯官感恩不盡！」包公道：「這些事既已招承。還有一事，項福是何人所差？」惡賊聞聽，不由的一怔。半晌，答道：「項福乃太守蔣完差來，犯官不知。」包公吩咐：「帶項福。」只見項福走上堂來，仍是照常形色，並非囚禁的樣子。包公道：「項

❶ 年家：科舉時代，凡是同一科考中的人，都稱「同年」，亦稱「年家」。

❷ 通家：即世交。後漢書孔融傳：「語門者曰：『我是李君通家子弟』。」

❸ 筆下超生：書寫判決書等文件時，盡量給予寬容或開脫。

福，你與侯爺當面質對。」項福上前，對惡賊道：「侯爺不必隱瞞。一切事體，小人已俱回明大人了。侯爺只管實說了，大人自有主見。」惡賊見項福如此，也只得應了是自己派來的。包公便叫他畫供。惡賊此時也不能不畫了。

畫招後，只見眾人證俱到。包公便叫各家上前廝認：也有父認女的，也有兄認妹的，也有夫認妻的，也有婆認媳的，紛紛不一，嚎哭之聲不堪入耳。包公吩咐，叫他們在堂階兩邊聽候判斷。又派人去請太守速到。

包公便對惡賊道：「你今所為之事，理應解京。我想道途遙遠，反受折磨。再者到京必歸三法司判斷，那時難免皮肉受苦。倘若聖上大怒，必要從重治罪。那時如何展轉？莫若本閣在此發放了，倒覺得爽快。你想好不好？」龐昱道：「但憑大人作主，犯官安敢不遵。」包公登時把黑臉放下，虎目一瞪，吩咐：「請御刑。」只這三個字，兩邊差役一聲喊，堂威震嚇。只見四名衙役，將龍頭鍘抬至堂上，安放周正。王朝上前抖開黃龍套，露出金煌煌、光閃閃、驚心落魄的新刑。惡賊一見膽裂魂飛。才待開言，只見馬漢早將他丟翻在地。四名衙役過來，與他口內啣了木嚼，剝去衣服，將蘆蓆鋪放，(惡賊那裏還能掙扎！)立刻捲起，用草繩束了三道。張龍、趙虎二人將他抬起，走至鍘前，放入鍘口，兩頭平均。此時馬漢、王朝黑面向裏，左手執定刀靶，右手按定刀背，直瞅座上。包公將袍袖一拂，虎項一扭，口說「行刑」二字；王朝將彪軀一蹤，兩膀用力，只聽喨喳一聲，將惡賊登時腰斬，分為兩頭一邊齊的兩段。四名差役連忙跑上堂去，各各腰束白布裙，跑至鍘前，有前有後，先將尸首往上一扶，抱將下去。張、趙二人又用白布擦抹鍘口的血跡。堂階之下，田起元主僕以及父老並田婦村姑見鍘了惡賊龐昱，方知老爺赤心為國，與民除害，有念佛的，有趁願❹的，也有膽小不敢看的。

包公上面吩咐：「換了御刑，與我將項福拿下。」聽了一個「拿」字，左右一伸手便將項福把住。此時這廝見鍘了龐昱，心內已然突突亂跳。今又見拿他，不由的骨軟筋酥，高聲說道：「小人何罪？」包公一拍堂木，喝道：「你這背反的奴才！本閣乃奉命欽差，你擅敢前來行刺。行刺欽差，即是叛朝廷，還說無罪？尚敢求生麼？」項福不能答言。左右上前，照舊剝了衣服，帶上木嚼，拉過一領粗蓆捲好。此時狗頭鍘已安放停當。將這無義賊行刑過了，擦抹御鍘，打掃血跡，收拾已畢。

只見傳知府之人上堂跪倒，稟道：「小人奉命前去傳喚知府。誰知蔣完畏罪，自縊身死。」包公聞聽道：「便宜了這廝。」另行委員前去驗看。又吩咐將田起元帶上堂來，訓誨一番：不該放妻子上廟燒香，以致生出此事，以後家門務要嚴肅，並叫他上觀音菴接取妻子；老僕田忠替主鳴冤，務要好好看待他；從此努力攻書，以求上進。所有駝轎內細軟，必係私蓄，勿庸驗看，俱著田忠領訖。又吩咐父老：「各將婦女帶回，好好安分度日。本閣還要按戶稽查花名❺，秉公放賑，以抒民困，庶不負聖上體恤❻之鴻恩。」眾人一齊叩頭，歡歡喜喜而散。老爺立刻叫公孫策打了摺底看過，並將原呈招供一齊封妥，外邊夾片一紙，請旨補放知府一缺，即日拜發，賚京啟奏去了。一面出示委員稽查戶口，放賑，真是萬民感仰，歡呼載道。

❹ 趁願：稱心遂願。

❺ 花名：此處指戶口名冊上登錄的人員。

❻ 體恤：指設身處地為別人著想，而加以照顧。一般指上對下，或長對幼而言。

一日，批摺回來，包公恭接。叩拜畢，打開一看，見硃批甚屬誇獎：「至公無私，所辦甚是。知府一缺，即著揀員補放。」包公暗自沉吟道：「聖上縱然隆眷優渥❼；現有老賊龐吉在京，見我鍘了他的愛子，他焉有輕輕放過之理。這必是他別進讒言，安慰妥了，候我進京時他再擺佈於我。一定是這個主意。老賊呀，老賊！我包某秉正無私，一心為國，焉怕你這鬼鬼祟祟。如今趁此權衡未失，放完賑後，偏要各處訪查訪查，要作幾件驚天動地之事，一來不負朝廷，二來與民除害，三來也顯顯我包某胸中的抱負。」誰知老爺想到此地，下文就真生出一件驚天動地的事來。

你道是何事件？自從包公秉正放賑已完，立意要各處訪查，便不肯從舊路回來，特特由新路而歸。一日，來至一個所在，地名草州橋東，乘轎慢慢而行。猛然聽的咯吱一陣亂響，連忙將轎落平。包興下馬仔細看時，雙桿皆有裂紋，幸喜落平實地，險些兒雙桿齊折。稟明包公，吩咐帶馬。將馬帶過，老爺摟摟扯手，翻身上馬。走不幾步，老爺將馬帶住，叫包興喚地方。

不多時，地方來到馬前，跪倒。老爺閃目觀瞧，見此人年有三旬上下，手提一根竹桿，口稱：「小人地方范宗華，與欽差大人叩頭。」包公問道：「此處是何地名？」范宗華道：「不是河，名叫草州橋。雖然有個平橋；卻沒有橋，也無有草。不知當初是怎麼起的這個名兒？連小人也鬧的納悶兒。」兩旁吆喝：「少說，少說！」老爺又問道：「可有公館沒有？」范宗華道：「此處雖是通衢大道，卻不是鎮店馬頭，也不過是荒涼幽僻的所在，如何能有公館呢？再者也不是站頭……」包興在馬上著急道：「沒公館，你就說沒公館就完了，何必這許多的話？」老爺在馬上，用鞭指著問道：「前面高大的房子是何所

❼優渥：豐足；優厚。

在？」范宗華回道：「那是天齊廟。雖然是天齊廟，裏面是菩薩殿、老爺殿、娘娘殿俱有，旁邊跨所還有土地祠。就只老道看守；因沒有什麼香火，也不能多養活人。」包興道：「你太嘮叨了。誰問你這些。」老爺吩咐：「打道天齊廟。」兩旁答應。老爺將馬一帶，竟奔天齊廟。

包興上馬一抖絲韁，先到天齊廟，攆開閒人，並告訴老道：「欽差大人打此經過，一概茶水不用。你們伺候完了香，連忙躲開。我們大人是最愛清靜的。」老道連連答應「是」。正說間，包公已到。包興連忙接馬。包公進得廟來，便吩咐李才在西殿廊下設了公座。老爺帶包興至正殿。老道將香燭預備齊全，伺候焚香已畢。包興使個眼色，老道連忙迴避。包公下殿，來至西廊，入了公位，吩咐眾人俱在廟外歇息，獨留包興在旁，暗將地方叫進來。

包興悄悄把范宗華叫到。他又給包興打了個千兒❽。包興道：「我瞧你很機靈，就是話太多了。方才大人問你。你就揀近的說就完咧。什麼枝兒葉兒的，鬧一大郎當❾，作什麼？」范宗華連忙笑著，說：「小人惟恐話回的不明白，招大人嗔怪，故此要往清楚裏說。誰知話又多了。沒什麼說的，求二太爺擔待❿小人罷！」包興道：「誰來怪你。不過告訴你，恐其話太多，反招大人嗔怪。如今大人又叫你呢。你見了大人，問什麼答應什麼，不必嘮叨了。」范宗華連連答應，跟包興來至西廊，朝上跪倒。

包公問道：「此處四面可有人家沒有？」范宗華稟道：「南通大道，東有榆樹林，西有黃土崗，北

---

❽ 打了個千兒：簡言「打千」。即垂手屈一足行禮。

❾ 一大郎當：即累累贅贅。

❿ 擔待：此處意為原諒。

邊是破窯：共有不足二十家人家。」老爺便著地方抗⓫了高腳牌，上面寫「放告」二字，叫他知會各家，如有冤枉前來天齊廟伸訴。范宗華應「是」。即抗了高腳牌，奔至榆樹林。見了張家，便問：「張大哥，你打官司不打？」見了李家，便問：「李老二，你冤枉不冤枉？」招的眾人無不大罵：「你是地方，總盼人家打官司，你好訛錢⓬！我們過的好好清靜日子，你找上門來叫打官司。沒有什麼說的，要打官(觀)音寺兒，就合你打。什麼東西！趁早兒滾開！真他媽的喪氣⓭！你怎麼配當地方呢。我告訴你馬二把打嘎，你給我走毬罷！」范宗華無奈，又到黃土崗，也是如此，被人通罵回來了。他卻不怕罵，不辭辛苦，來到破窯地方，又嚷道：「今有包大人在天齊廟宿壇放告，有冤枉的沒有？只管前去伸冤。」一言未了，只聽有人應道：「我有冤枉，領我前去。」范宗華一看，說道：「哎喲！我的媽呀！你老人家有什麼事情，也要打官司呢？」

誰知此位婆婆，范宗華他卻認得，可不知底裏，只知道是秦總管的親戚，別的不知。這是什麼緣故呢？只因當初余忠替了娘娘殉難，秦鳳將娘娘頂了余忠之名抬出宮來，派親信之人送到家中，吩咐與秦母一樣侍奉。誰知娘娘終日思想儲君，哭的二目失明。那時范宗華之父名喚范勝，當時眾人俱叫他「剩飯」，正在秦府打雜，為人忠厚老實好善。娘娘因他愛行好事，時常周濟賞賜他，故此范勝受恩極多。後來秦鳳自焚身死，秦母亦相繼而亡。所有子孫不知娘娘是何等人。所謂「人在人情在，人亡兩無交」。娘

⓫ 抗：即舉起。

⓬ 訛錢：即借端敲詐，勒索錢財。

⓭ 喪氣：指因事情不順利而情緒低落。

娘在秦宅存身不住，故此離了秦宅，無處棲身⑭。范勝欲留他在家，娘娘決意不肯。幸喜有一破窯，范勝收拾了收拾，攙扶娘娘居住。多虧他時常照拂⑮。每遇陰天下雨，他便送了飯來。又恐別人欺負他，叫兒子范宗華在窯外搭了個窩鋪，坐冷子看守。雖是他答報受德受恩之心，那裏知道此位就是落難的娘娘。

後來范勝臨危，還告訴范宗華道：「破窯內老婆婆，你要好好侍奉他。當初是秦總管派人送到家中。此人是個有來歷的，不可怠慢。」這也是他一生行好，竟得了一個孝順的兒子。范宗華自父亡之後，真是遵依父訓，侍奉不衰。平時即以老太太呼之，又叫媽媽。

現今娘娘要告狀。故問：「你老人家有什麼事情，也要告狀呢？」娘娘道：「為我兒子不孝，故要告狀。」范宗華道：「你老人家可是悖晦⑯了。這些年也沒見你老人家說有兒子，今兒虎拉巴⑰的又告起兒子來了。」娘娘道：「我這兒子，非好官不能判斷。我常聽見人說，這包公老爺善於判斷陰陽，是個清正官兒，偏偏他總不從此經過，故此耽延了這些年。如今他既來了，我若不趁此時伸訴，還要等待何時呢？」范宗華聽罷，說：「既是如此，我領了你老人家去。到了那裏，我將竹杖兒一拉，你可就跪下。好歹別叫我受罪。」說著話，拉著竹杖，領到廟前。先進內回稟，然後將娘娘領進廟內。

⑭ 棲身：泛指居住，停留（一般多指暫時的）。
⑮ 照拂：照料；照顧。
⑯ 悖晦：這裏的意思為見理不明，處事謬惑。悖，迷惑。晦，不明。
⑰ 虎拉巴：突然；忽然。

到了公座之下，范宗華將竹杖一拉，娘娘連理也不理。他又連拉了幾拉，娘娘反將竹杖往回裏一抽。范宗華好生的著急。只聽娘娘說道：「大人吩咐左右迴避，我有話說。」包公聞聽，便叫左右暫且退出。座上方說道：「左右無人，有什麼冤枉，訴將上來。」娘娘不覺失聲道：「嗳喲，包卿，苦煞哀家了。」只這一句，包公座上不勝驚訝。包興在旁，急冷冷打了個冷戰。登時包公黑臉也黃了。包興暗說：「我……我的媽呀！鬧呵，審出哀家來了！我看這事怎麼好呢？」

未識如何，且聽下回分解。

第十六回　學士懷忠假言認母　夫人盡孝祈露醫睛

且說包公見貧婆口呼包卿，自稱哀家，平人如何有這樣口氣。只見娘娘眼中流淚，便將已往之事，滔滔不斷，述說一番。包公聞聽，嚇的驚疑不止，連忙立起身來，問道：「言雖如此，不知有何證據？」娘娘從裏衣內掏出一個油漬漬的包兒，包興上前，不敢用手來接，撩起衣襟向前兜住，說道：「鬆手罷。」娘娘放手，包兒落在衣襟。包興連忙呈上。千層萬裹，裏面露出黃緞袱子來。打開袱子一看，裏面卻是金丸一粒，上刻著「玉宸宮」字樣並娘娘名號。包公看罷，急忙包好，叫包興遞過，自己離了座位。包興會意，雙手捧過包兒，來至娘娘面前，雙膝跪倒，將包兒頂在頭上，遞將過去；然後一拉竹杖，領至上座。入了座位，包公秉正參拜。娘娘吩咐：「卿家平身。哀家的冤枉，全仗卿家了。」包公奏道：「娘娘但請放心。臣敢不盡心竭力以報君乎？只是目下耳目眾多，恐有洩漏，實屬不便；望祈娘娘赦臣冒昧之罪，權且認為母子，庶免眾口紛紛，不知鳳意如何？」娘娘道：「既如此，但憑吾兒便了。」包公又往上叩頭謝恩。連忙立起，暗暗吩咐包興，如此如此。

包興便跑至廟外，只見縣官正在那裏吆喝地方呢，怪欽差大人在此宿壇，「你為何不早早稟我知道？」范宗華分辯道：「大人到此，問這個，又問那個，又派小人放告，多少差使，連一點空兒無有，難道小人還有什麼分身法不成？」一句話惹惱了縣官，一聲斷喝：「好奴才！你誤了差使，還敢強辯？就該打了你的狗腿！」說至此，恰好包興出來，便說道：「縣太爺，算了罷。老爺自己誤了，反倒怪他。他是張羅不過來呀。」縣官聽了，笑道：「大人跟前，須是不好看。」包興道：「大人也不嗔怪，不要如此了。大人吩咐咧，立刻叫貴縣備新轎一乘，要伶俐丫鬟二名，並上好衣服簪環一分，急速辦來，立等，立等！再者公館要分內外預備。所有一切用度花費的銀兩，叫太爺務必開清，俟到京時再為奉還。」又向范宗華笑道：「你起來罷，不用跪著了。方才你帶來的老婆婆，如今與大人母子相認了。老太太說你素日很照應，還要把你帶進京去呢。你就是伺候老太太的人了。」范宗華聞聽，猶如入雲端的一般，樂的他不知怎麼樣才好。包興又對縣官道：「貴縣將他的差使止了罷。大人吩咐，叫他隨著上京，沿途上伺候老太太，怎麼把他也打扮打扮才好。這可打老爺個秋豐罷。」縣官連連答應道：「使得，使得。」包興又道：「方才分派的事，太爺趕緊就辦了罷。並將他帶去，就叫他押解前來就是了。務必先將衣服首飾丫鬟，速速辦來。」縣官聞聽，趕忙去了。

包興進廟，稟覆了包公。又叫老道將雲堂小院打掃乾淨。不多時，丫鬟二名並衣服首飾一齊來到，服侍娘娘在雲堂小院沐浴更衣，不必細說。包公就在西殿內安歇。連忙寫了書信，密密封好，叫包興乘馬先行進京，路上務要小心。

包興去後，范宗華進來與包公叩頭，並回明轎馬齊備，縣官沿途預備公館之事。包公見他通身換了服色，真是人仗衣帽，卻不似先前光景。包公便吩咐他：「一路小心伺候，老太太自有丫鬟服侍，你無事不准入內。」范宗華答應退出。他卻很知規矩，以為破窯內的婆婆如今作了欽差的母親，自然非前可比。他那裏知道，那婆婆便是天下的國母呢。至次日，將轎抬至雲堂小院的門首，丫鬟服侍娘娘上轎。

包公手扶轎桿，一同出廟。只見外面預備停當，撥了四名差役跟隨老太太，范宗華隨在轎後，也有匹馬。縣官又派了官兵四名護送。包公步行有一箭多地，便說道：「母親先進公館，孩兒隨後即行。」娘娘說道：「吾兒在路行程，不必多禮。你也坐轎走罷。」包公連連稱「是」，方才退下。眾人見包公走後，一個個方才乘馬，也就起了身了。

這樣一宗大事別人可瞞過，惟有公孫先生心下好生疑惑，卻又猜不出是什麼底細。況且大人與包興機密至甚，先差包興入京送信去了。想來此事重大，不可洩漏的，因此更不敢問，也不向王、馬、張、趙提起，惟有心中納悶而已。

單說包興揣了密書，連夜趕到開封。所有在府看守之人，俱各相見。眾人跪請了老爺的鈞安❶。馬夫將馬牽去餵養刷溜，不必細表。包興來到內衙，敲響雲牌❷。裏面婦女出來問明，見是包興，連忙告訴丫鬟，稟明李氏誥命❸。誥命正因前次接了報摺，知道老爺已將龐昱鍘死，惟恐太師懷恨，欲生奸計，每日提心弔膽。今日忽見包興獨自回來，不勝驚駭，急忙傳進。見面夫人先問了老爺安好。包興急忙請安，答道：「老爺甚是平安。先打發小人送來密書一封。」說罷，雙手一呈。丫鬟接過，呈與夫人。夫人接來，先看皮面上寫著「平安」二字，即將外皮拆去，裏面卻是小小封套。正中籤上寫著「夫人密啟」。

❶ 鈞安：鈞，敬辭。幼輩對長輩，下級對上級用。

❷ 雲牌：亦作「雲板」。即一種長形扁鐵片，兩頭作雲頭形，古代官衙及官僚家中有要事報告大眾時，都敲雲牌。猶現在打鐘、搖鈴。

❸ 誥命：皇帝賜爵或授官的詔令稱誥命。這裏指誥命夫人，即包公之妻李氏。她是受有封號的貴婦。

夫人忙用金簪挑開封套，抽出書來一看，上言在陳州認了太后李娘娘，假作母子，即將佛堂東間打掃潔淨，預備娘娘住宿。夫人以婆媳禮相見，遮掩眾人耳目，千萬不可走漏風聲。後寫著：「看後付丙❹。」誥命看完，便問包興：「你還回去麼？」包興回道：「老爺吩咐小人，面遞了書信，仍然迎著回去。」夫人道：「正當如此。你回去迎著老爺，就說我按著書信內所云，俱已備辦了。請老爺放心。這也不便寫回信。」叫丫鬟拿二十兩銀子賞他。包興連忙謝賞，道：「夫人沒有什麼吩咐，小人餵餵牲口也就趕回去了。」說罷，又請了一個稟辭的安。夫人點頭，說：「去罷。好好的伺候老爺。你不用我囑咐。告訴李才，不准懶惰。眼看差竣❺就回來了。」包興連連應「是」，方才退出。自有相好眾人約他吃飯。

包興一壁道謝，一壁擦面。然後大家坐下吃飯，未免提了些官事：路上怎麼防刺客，怎麼鍘龐昱。說至此，包興便問：「朝內老龐，沒有什麼動靜呀？」夥伴答道：「可不是。他原參奏來著。上諭甚怒，將他兒子招供摔下來了。他瞧見，沒有什麼說的了，倒請了一回罪。皇上算是恩寬，也沒有降不是。大約偺們老爺這個毒兒種得不小，將來總要提防便了。」包興聽罷，點了點頭兒。又將陳州認母一節略說大概，以安眾心。惟恐娘娘轎來，大家盤詰❻之時不便。說罷，急忙吃畢。馬夫拉過馬來，包興上去，拱拱手兒，加上一鞭，他便迎了包公去了。

❹ 付丙：亦作「付丙丁」。即燒掉。古代以天干配五行，「丙」、「丁」屬火。故燒毀書札或文稿，叫「付丙」或「付丙丁」。
❺ 差竣：即完成差役。
❻ 盤詰：即仔細追問。

這裏誥命照書信預備停當，每日至至誠誠，敬候鳳駕。一日，只見前撥差役來了二名，進內衙敲響雲牌，回道：「太夫人已然進城，離府不遠了。」誥命忙換了吉服，帶領僕婦丫鬟在三堂後恭候。不多時，大轎抬至三堂落平，役人轎夫退出，掩了儀門，誥命方至轎前。早有丫鬟掀起轎簾。夫人親手去下扶手，雙膝跪倒，口稱：「不孝媳婦包拯之妻李氏接見娘親，望婆婆恕罪。」太后伸手。李氏誥命忙將雙手遞過，彼此一拉。娘娘說道：「媳婦吾兒起來。」誥命將娘娘輕輕扶出轎外，攙至佛堂淨室。娘娘入座。誥命遞茶。回頭吩咐丫鬟等，將跟老太太的丫鬟讓至別室歇息。誥命見屋內無人，復又跪下，方稱：「臣妾李氏，願娘娘千歲，千千歲。」太后伸手相攙，說道：「吾兒千萬不可如此，以後總以婆媳相稱就是了。惟恐拘了國禮，倘有洩漏，反為不美。俟包卿回來再作道理。況且哀家姓李，媳婦你也姓李。咱娘兒就是母女。你不是我媳婦，是我女兒了。」誥命連忙謝恩。娘娘又將當初遇害情由，悄悄訴說一番，不覺昏花二目又落下淚來，自言：「二目皆是思君想子哭壞了，到如今諸物莫睹，只餘透的三光，這可怎麼好？」說罷，又哭起來。誥命在旁流淚，猛想起：「一物善能治目，我何不虔誠禱告。倘能祈得天露將娘娘鳳目治好，一來是盡我一點忠心，二來也不辜負了此寶。」欲要奏明，惟恐無效；若是不奏，又恐娘娘臨期不肯洗目。想了多時，只得勉強奏道：「臣妾有一古今盆，上有陰陽二孔，取接天露，便能醫目重明。待今晚臣妾叩求天露便了。」娘娘聞聽，暗暗說道：「好一個賢德的夫人！他見我痛傷入心，就如此的寬慰於我。莫要負他的好意。」便道：「我兒，既如此，你就叩天求露，倘有至誠格天，二目復明，豈不大妙呢。」誥命領了懿旨，又敘了一回閒話。伺候晚膳已畢，諸事分派妥當，方才退出。

看看掌燈以後，誥命洗淨了手，方將古今盆拿出。吩咐丫鬟秉燭來至園中，至誠焚香禱告天地，然後捧定金盆叩求天露，真是忠心感動天地。一來是誥命至誠，二來是該國母的難滿。起初盆內潮潤，繼而攢聚露珠，猶如哈氣一般；後來漸漸大了，只見滴溜溜滿盆亂轉，彷彿滾盤珠相似，左旋右轉，皆流入陰陽孔內，便不動了。誥命滿心歡喜，手捧金盆，擎至淨室，只累的兩膀酸麻，汗下如雨。恰好娘娘尚未安寢，誥命捧上金盆。娘娘伸玉腕蘸露洗目，只覺冷颼颼通澈心腑，香馥馥透入泥丸，登時兩額角微微出了點香汗，二目中稍覺轉動。閉目息神，不多時，忽然心花開朗，胸膈暢然。眼乃心之苗，不由的將二目一睜。那知道雲翳❼早退，瞳子重生，已然黑白分明，依舊的盈盈秋水了。娘娘這一歡喜，真是非常之樂。誥命更覺歡喜。娘娘把手一拉誥命，方才細細看了一番。只見兩旁有多少丫鬟，只得說道：「虧我兒至誠感格，將老身二目醫好，都是出於媳婦孝心。」說著，說著，不由的一陣傷慘。誥命一見，連忙勸慰道：「母親此病原因傷心過度，如今初愈，只有歡喜的，不要悲傷。」娘娘點頭道：「此言甚是。我如今俱各看見了，再也不傷心了。我的兒，你也歇息去罷。有話，偺們母女明日再說罷。可是你說的，我二目甫愈❽，也該閉目養養神。」夫人見如此說，方才退出。叫丫鬟擕了金盆，並囑咐眾人好生服侍，又派兩個得用的丫鬟前來幫著。吩咐已畢，慢慢回轉臥室去了。

次日，忽見包興前來稟道：「老爺已然在大相國寺住了。明日面了聖，方能回署。」夫人說：「知道了。」包興退出。

未知如何，且聽下回分解。

---

❼ 翳：醫學用語。指眼球角膜發生病變後留下來的疤痕組織，影響視力。

❽ 甫愈：開始好轉。甫，開始。周禮春官小宗伯：「卜葬兆，甫竁亦如之。」注：「甫，始也。」

第十七回　開封府總管參包相　南清宮太后認狄妃

且說李太后自鳳目重明之後，多虧了李誥命每日百般勸慰，諸事遂心，以致飲食起居無不合意。把個老太后哄的心兒裏喜歡，已覺玉容煥發，精神倍長，迥不是破窯的形景了。惟有這包興回來說：「老爺在大相國寺住宿，明日面聖。」誥命不由的有些懸心，惟恐見了聖上，提起龐昱之事，奏對梗直，致干聖怒，心內好生放心不下。

誰知次日，包公入朝見駕，奏明一切。天子甚誇辦事正直，深為嘉賞。欽賜五爪蟒袍一襲，攢珠寶帶一條，四喜白玉班指一個，珊瑚豆大荷包一對。包公謝恩。早朝已畢，方回至開封府。所有差役人等叩安。老爺連忙退入內衙，照舊穿著朝服。誥命迎將出來。彼此見禮後，老爺對夫人說道：「欲要參見太后，有勞夫人代為啟奏。」夫人領命。知道老爺必要參見，早將僕婦丫鬟吩咐不准跟隨。引至佛堂淨室。

夫人在前，包公在後。來至明間，包公便止步。夫人掀簾入內，跪奏啟上太后：「今有龍圖閣大學士兼理開封府臣包拯，差竣回京，前來參叩鳳駕。」太后聞聽，便問：「吾兒在那裏？」夫人奏道：「現在外間屋內。」太后吩咐：「快宣來。」夫人掀簾，早見包公跪倒塵埃，口稱：「臣包拯參見娘娘，願娘娘千歲，千千歲。臣華室❶狹隘，有屈鳳駕，伏乞赦宥❷。」說罷，匍匐在地。太后吩咐：「吾兒抬起頭來。」包公秉正跪起。娘娘先前不過聞聲，如今方才見面。見包公方面大耳，闊口微鬚，黑漆漆滿面生光，閃灼灼雙睛暴露，生成福相，長成威顏，跪在地下，還有人高。真乃是「丹心耿耿沖霄漢，黑面沉沉鎮鬼神。」太后看罷，心中大喜，以為仁宗有福，方能得這樣能臣。又轉想自己受此沉冤，不覺的滴下淚來，哭道：「哀家多虧你夫婦這一番的盡心。哀家之事，全仗包卿了。」包公叩頭奏道：「娘娘且免聖慮，微臣相機而作，務要秉正除奸，以匡國典。」娘娘一壁拭淚，一壁點頭，說道：「卿家平身，歇息去罷。」包公謝恩，鞠躬退出。誥命仍將軟簾放下，又勸娘娘一番。外面丫鬟見包公退出，方敢進來伺候。娘娘又對誥命說：「媳婦呀，你家老爺剛然回來，你也去罷，不必在此伺候了。」這原是娘娘一片愛惜之心，誰知反把個誥命說得不好意思，滿面通紅起來，招的娘娘也笑了。丫鬟掀簾，夫人只得退出，回轉臥室。

只見外面搬進行李，僕婦丫鬟正在那裏接收。誥命來至屋內，只見包公在那裏吃茶，放下茶杯，立起身來，笑道：「有勞夫人，傳宣官差完了。」夫人也笑了，道了鞍馬❸勞乏。彼此寒暄一番，方才坐下。夫人便問一路光景。「為龐昱一事妾身好生耽心。」又悄悄問如何認了娘娘。包公略略述說一番，夫人也不敢細問。便傳飯，夫妻共桌而食。食罷，吃茶，閒談幾句。包公到書房料理公事。包興回道：「草州橋的衙役回去，請示老爺，有什麼分派？」包公便問：「在天齊廟所要衣服簪環，開了多少銀子？就

❶ 蓽室：猶草室；陋室。蓽，即蓽茇，亦作蓽撥。蘇東坡分類東坡詩：「江邊曳杖桄榔瘦，林下尋苗蓽撥香。」

❷ 赦宥：猶免罪。宥，寬免。

❸ 鞍馬：鞍和馬。借指騎馬或戰鬥生活，這裏指前者。

叫他帶回。叫公孫先生寫一封回書道謝。」皆因老爺今日才下馬，所有事件暫且未回。老爺也有些勞乏，便回後歇息去了。一宿不提。

至次日，老爺正在臥室梳洗，忽聽包興在廊下輕輕咳了一聲。包公便問：「什麼事？」包興隔窗稟道：「南清宮甯總管特來給老爺請安，說有話要面見。」包公從不接交內官，今見甯總管忽然親身來到，未免將眉頭一皺，說道：「他要見我作什麼？你回覆他，就說我辦理公事不能接見。如有要事，候明日朝房再見罷。」包興剛要轉身，只聽夫人說：「且慢。」包興只得站住，卻又聽不見裏面說些什麼。遲了多時，只聽包公道：「夫人說的也是。」便叫包興：「將他讓在書房待茶，說我梳洗畢，即便出迎。」包興轉身出去了。

你道夫人適才與包公悄悄相商，說些什麼？正是為娘娘之事，說：「南清宮現有狄娘娘。知道甯總管前來，為著何事呢？老爺何不見他，問問來歷。倘有機緣，娘娘若能與狄后見面，那時便好商量了。」包公方肯應允，連忙梳洗冠帶，前往書房而來。

單說包興奉命來請甯總管，說：「我們老爺正在梳洗，略為少待，便來相見。請太輔書房少坐。」老甯聽見「相見」二字，樂了個眉開眼笑，道：「有勞管家引路。我說咱家既來了，沒有不賞臉的。素來的交情，焉有不賞見之理呢。」說著說著，來至書房。李才連忙趕出掀簾。甯總管進入書房，見所有陳設毫無奢華俗態，點綴而已，不覺的嘖嘖稱羨。包興連忙點茶讓坐，且在下首相陪。甯總管知道是大人的親信，而且朝中時常見面，亦不敢小看於他。

正在攀話之際，忽聽外面老爺問道：「請進來沒有？」李才回道：「已然請至。」包興連忙迎出，已將簾子掀起，包公進屋。只見甯總管早已站立相迎，道：「咱家特來給大人請安。一路勞乏，辛辛苦苦。原要昨日就來，因大人乏乏的身子不敢起動，故此今早前來。惟恐大人飯後有事。大人可歇過乏來了？」說罷，倒地一揖。包公連忙還禮，道：「多承太輔惦念。未能奉拜，反先勞駕，心實不安。」說罷讓坐，從新點茶。包公便道：「太輔降臨，不知有何見教？望祈明示❹。」甯總管嘻嘻笑道：「咱家此來，不是什麼官事。只因六合王爺深敬大人忠正賢能，時常在狄娘娘跟前提及。娘娘聽了甚為歡喜。把新近大人為龐昱一事，先斬後奏，更顯得赤心為國，不畏權奸。我們王爺下朝，就把此事奏明娘娘。把個娘娘樂得了不得，說：『這才是匡扶社稷治世的賢臣呢。』卻又教導了王爺一番，說我們王爺年輕，總要跟著大人學習，作一個清心正直的賢王呢，庶不負聖上洪恩。我們王爺也是羨慕大人的很呢。只是無故的又不能親近。咱家一想：目下就是娘娘千秋華誕，大人何不備一分水禮前去慶壽？從此親親近近，一來不辜負娘娘一番愛喜之心，二來我們王爺也可以由此跟著大人學習些見識，豈不是件極好的事呢？故此今日我來特送此信。」

包公聞聽，暗自沉吟道：「我本不接交朝內權貴，奈因目下有太后之事。當今就知狄后是生母，那裏知道生母受如此之冤。莫如將計就計，如此如此，倘有機緣，到省了許多曲折。再者六合王亦是賢王，就是接交他，也不玷辱於我。」想罷，便問道：「但不知娘娘聖誕，在於何時？」甯總管道：「就是明日壽誕，後日生辰。不然，我們怎麼趕獐的似的呢？只因事在臨邇，故此特來送信。」包公道：「多承太輔指教挂心，敢不從命。還有一事，我想娘娘聖誕，我們外官是不能面叩的。現在家慈❺在署，明日

❹ 望祈明示：即祈求明白的指示。

先送禮，後日正期，家慈欲親身一往，豈不更親近麼？未知可否？」甯總管聞聽：「噯喲！怎麼老太太到了。如此更好。咱家回去，就在娘娘前奏明。」包公致謝道：「又要勞動太輔了。」老甯道：「好說，好說！既如此，咱家就回去了。先替我在老太太前請安罷。等後日我在宮內，再接待他老人家便了。」包公又託咐了一回：「家慈到宮時，還望照拂。」甯總管笑道：「這還用著大人吩咐？老人家前當盡心的。咱們的交情要緊。不用送，請留步罷。」包公送至儀門。甯總管再三攔阻，方才作別而去。

包公進內，見了夫人，細述一番，就叫夫人將方才之事，暗暗奏明太后。夫人領命，往淨室去了。包公又來到書房，吩咐包興備一分壽禮，明日送往南清宮去；又囑他好好看待范宗華，事畢自有道理，千萬不可洩漏底裏與他。包興也深知此事重大。慢說范宗華，就是公孫先生、王、馬、張、趙諸人也被他瞞個結實。

至次日，包興已辦成壽禮八色，與包公過了目，也無非是酒、燭、桃、麵等物，先叫差役挑往南清宮。自己隨後乘馬來至南清宮橫街。已見人夫轎馬，送禮物的，抬的抬，扛的扛，人聲嘈雜，擁擠不開。只得下馬，吩咐人役，俟這些人略散散時，再將馬溜至王府。自己步行至府門。只見五間宮門，兩邊大炕上，坐著多少官員。又見各處送禮的，俱是手捧名帖，低言回話。那些王府官們還待理不理的。包興見此光景，只得走上臺階來。至一位王官的跟前，從懷中掏出帖來，說道：「有勞老爺們，替我回稟一聲。……」才說至此，只見那人將眼一翻，說：「你是那裏的？」包興道：「我乃開封府……」才說了三個字，忽見那人站起來，說：「必是包大人送禮來的。」包興道：「正是。」那人將包興一拉，說：

❺ 家慈：對別人稱自己母親。

「好兄弟，辛苦辛苦。今早總管爺就傳出諭來，說大人那裏今日必送禮來，我這裏正等候著呢。請罷，咱們裏面坐著。」回頭又吩咐本府差役：「開封府包大人的禮物在那裏？你們倒是張羅張羅呀。」只聽見有人早已問下去：「那是包大人禮物？挑往這裏來。」

此時那王府官已將包興引至書房，點茶陪坐，說道：「我們王爺今早就吩咐了。說道：『大人若送禮來，趕緊回稟。』兄弟既來了，還是要見王爺，還是不見呢？」包興答道：「既來了，敢則是見見好。只是又要勞動大老爺了。」那人聞聽道：「好兄弟，以後把老爺收了。偺們都是好兄弟。我姓王行三，我比兄弟齒長幾歲。你就叫我三哥。兄弟再來時，你問禿王三爺就是我。皆因我卸頂太早，人人皆叫我王三禿子。」說罷，一笑。只見禮物挑進，王三爺俱瞧過了，拿上帖，辭了包興，進內回話去了。

不多時，王三爺出來，對包興道：「王爺叫。在殿上等著呢。」包興連忙跟隨王三，來至大殿，步上玉階，繞走丹墀❻，至殿門以外；但見高捲簾櫳，正面一張太師椅上，坐著一位束髮金冠蟒袍玉帶的王爺，兩邊有多少內輔伺候。包興連忙叩頭。只聽上面說道：「你回去上覆你家老爺，說我問好。如此費心多禮，我卻領了。改日朝中面見了，再謝。」又吩咐內輔：「將原帖璧回。給他謝帖，賞他五十兩銀子。」內輔忙忙交與王三。王三在旁悄悄說：「謝賞。」包興叩頭站起，仍隨王三爺，才下銀安殿。只見那旁甯總管笑嘻嘻迎來，說道：「主管，你來了麼？昨日叫你受乏。回去見了大人，就提我已在娘娘前奏明了。明日請老太太只管來。老娘娘說了，不在拜壽，為的是說說話兒。」包興答應。甯總管說：「恕我不陪了。」包興回說：「太輔請治事罷。」方隨著王三爺出來，仍要讓至書房，包興不肯。王三

---

❻ 丹墀：古代宮殿前以紅色塗飾的石階。

爺將帖子銀兩交與包興。包興道了乏，直至宮門，請王三爺留步。王三爺務必瞅著包興上馬。包興無奈，道：「恕罪。」下了臺階，馬已拉過。包興認鐙上馬，口道：「磕頭了，磕頭了。」加鞭前行。心內思想：「我們八色水禮才花了二十兩銀子。王爺倒賞了五十兩。真是待下恩寬。」

不多時，來至開封府，見了包公，將話一一回稟。包公點頭，來在後面，便問夫人：「見了太后，啟奏的如何？」夫人道：「妾身已然回明。先前聽了為難，說：『我去穿何服色？行何禮節？』妾身道：『娘娘暫屈鳳體，穿一品服色。到了那裏，大約狄娘娘斷沒有居然受禮之理。事到臨期，見景生情，就混過去了。倘有機緣，洩漏實情，明是慶壽，暗裏卻是進宮之機會。不知鳳意如何？』娘娘想了一想，方才說：『事到臨頭，也不得不如此了。只好明日前往南清宮便了。』」包公聽見太后已經應允，不勝歡喜，便告訴夫人派兩個伶俐丫鬟跟去，外面再派人護送。

至次日，仍將轎子搭至三堂之上上轎，轎夫退出，掩了儀門。此時誥命已然伺候娘娘，梳洗已畢。及至換了服色之時，娘娘不覺淚下。誥命又勸慰幾句，總以大義為要，方才換了，收拾已完。夫人吩咐丫鬟等俱在三堂伺候。眾人散出。誥命從新叩拜。此一拜不甚要緊，慢說娘娘，連誥命夫人也止不住撲簌簌淚流滿面。娘娘用手相攙，哽噎的連話也說不出來，還是誥命強忍悲痛，切囑道：「娘娘此去，關乎國典禮法，千萬見景生情，透了真實。不可因小節誤了大事。」娘娘點頭，含淚道：「哀家二十載沉冤，多虧了你夫婦二人！此去若能重入宮闈❼，那時宣召我兒，再敘心曲便了。」夫人道：「臣妾理應朝賀，敢不奉召。」說罷，攙扶娘娘出了門，慢慢步至三堂之上。誥命伺候娘娘上轎坐穩，安好扶手。

---

❼ 宮闈：即宮中后妃所居之處。闈，宮中的旁門。

丫鬟放下轎簾。只聽太后說：「媳婦我兒，回去罷。」其聲甚慘。誥命答應，退入屏後。外面轎夫進來，將轎抬起，慢慢的出了儀門。卻見包公鞠躬伺候，上前手扶轎桿，跟隨出了衙署。娘娘看得明白，吩咐：「我兒回去罷，不必遠送了。」包公答應：「是。」止住了步，看轎子落了臺階。又見那壁廂范宗華遠遠對著轎子，磕了一個頭。包公暗暗點首，道：「他不但有造化，並且有規矩，真乃福至心靈不錯的。」只見包興打著頂馬，後面擁護多人，圍隨著去了。

包公回身進內，來到後面，見夫人眼睛哭的紅紅兒的，知是方才與娘娘作別未免傷心，也不肯細問，不過悄悄的又議論一番：「娘娘此去不知見了狄后，是何光景？且自靜聽消息便了。」妄擬多時，又與誥命談了些閒話。夫人又言道：「娘娘慈善，待人厚道，不想竟受此大害！這也是前生造定？」包公點頭歎息，仍來至書房，料理官事。

不知娘娘此去如何，且聽下回分解。

第十八回　奏沉痾仁宗認國母　宣密詔良相審郭槐

且說包興跟隨太后，在前打著頂馬，來到南清宮。今日比昨日更不相同，多半盡是關防轎。所有嬪妃、貴妃、王妃以及大員的命婦，往來不絕。包興卻懂規矩，預先催馬來至王府門前下馬，將馬拴在樁上，步上宮門。恰見禿王三爺在那裏，忙執手上前道：「三老爺，我們老太太到了。」王三爺聞聽，飛跑進內。不多時，只見裏面出來了兩個內輔，對著門上眾人說道：「回事的老爺們聽著：娘娘傳諭，所有來的關防俱各道乏，一概迴避，單請開封府老太太會面。」眾人連聲答應。包興聞聽，即催本府的轎夫抬至宮門，自有這兩個內輔引進去了。然後王三爺出來張羅包興，讓至書房吃茶。今日見了，比昨日更覺親熱。

單說娘娘大轎抬至二門，早見出來了四個太監，將轎夫換出；又抬至三門，過了儀門，方才落平。早有甯總管來至轎前，揭起簾子，口中說道：「請太夫人安。」忙去了扶手，自有跟來的丫鬟攙扶下轎。娘娘也瞧了瞧甯總管，也回問了一聲：「公公好？」甯總管便在前引路，來至寢宮❶。只見狄娘娘已在門外接待，遠遠的見了太夫人，吃了一驚，不覺心裏犯想，覺得面善，熟識得很，只是一時想不起來。娘娘來至跟前，欲行參拜之禮。狄后連忙用手攔住，說：「免禮。」娘娘也就不謙讓了。彼此攜手，一同入座。

❶ 寢宮：即臥室。帝王的叫燕寢，諸侯的叫路寢，大夫以下以為廟制，士庶人的叫正寢。寢的大小廣狹，因貴賤等級差別而不同。

娘娘看狄后，比當時面目蒼老了許多。狄后此時對面細看，忽然想起好像李妃，因已賜死，再也想不到卻是當今國母，只是心裏總覺不安。獻茶已畢，敘起話來，問答如流，氣度從容，真是大家風範，把個狄后樂了個不得，甚是投緣，便留太夫人在宮住宿，多盤桓幾天。此一留正合娘娘之心，即便應允。遂叫內輔傳出：「所有轎馬人等不必等候了，娘娘留太夫人多住幾日呢。跟役人等俱各照例賞賜。」早有值日的內輔連聲答應，傳出去了。

這裏傳膳。狄后務要與太夫人並肩坐了，為的是接談❷便利。娘娘也不過讓，更顯得直爽大方。狄后尤其歡喜非常。飲酒間，狄后盛稱包公忠正賢良，這皆是夫人教訓之德。娘娘略略謙遜。狄后又問太夫人年庚。娘娘答言：「四十二歲。」又問：「令郎年歲幾何？」一句話把個娘娘問的閉口無言，登時急的滿面通紅，再也答對不來。狄后看此光景，不便追問，即以酒的冷煖遮飾過去。娘娘也不肯飲酒了。便傳飯吃畢，散坐閒談，又到各處瞻仰一番，皆是狄后相陪。越瞧越像去世的李妃，心中好生的犯疑❸，暗暗想道：「方才問他兒子的歲數，他如何答不上來？竟會急的滿面通紅！世間那有母親不記得兒子歲數之理呢？其中實有可疑。難道他竟敢欺哄我不成？也罷，既已將他留下，晚間叫他與我同眠，明是與他親熱，暗裏再細細盤詰他便了。」心中這等犯想，眼睛卻不住的看，見娘娘舉止動作益發是李妃無疑，心內更自委決不下了。

到了晚間，吃畢晚膳，仍是散坐閒話。狄后吩咐：「將淨室打掃乾淨，並將枕衾也鋪設在淨室之中，

❷ 接談：交談。
❸ 犯疑：懷疑。

我還要與夫人談心，以消永夜。」娘娘見此光景，正合心意。及至歸寢之時，所有承御之人（連娘娘丫鬟自有安排），非呼喚不敢擅入。狄后因惦念著盤問為何不知兒子的歲數呢？便從此追問，即言夫人有意欺哄，是何道理？語語究的甚是緊急。娘娘不覺失聲答道：「皇姐，你難道不認得哀家了麼？」雖然說出此語，已然悲不成❹音。狄后聞聽，不覺大驚，道：「難道夫人是李后娘娘麼？」娘娘淚流滿面，那裏還說的出話來。狄后著急催促道：「此時房內無人，何不細細言來？」娘娘止住悲聲，方將當初受害，怎麼余忠替死，怎麼送往陳州，怎麼遇包公假認為母，怎麼在開封府淨室居住，多虧李氏誥命叩天求露洗目重明，今日來給皇姐祝壽，為的是吐露真情的話，細細說了一遍，險些兒沒有放聲哭出來。

狄后聽了目瞪癡呆，不覺也落下淚來。半晌，說道：「不知有何證據？」娘娘即將金丸取出，遞將過去。狄后接在手中，燈下驗明，連忙戰兢兢將金丸遞過，便雙膝跪倒，口中說道：「臣妃不知鳳駕降臨，實屬多有冒犯，望乞太后娘娘赦宥！」李太后連忙還禮相攙，口稱：「皇姐，不要如此。如何能叫聖上知道方好。」狄后謝道：「娘娘放心。臣妃自有道理。」便說起當日劉后與郭槐定計，用狸貓換出太子。多虧承御寇珠抱出太子交付陳林，用提盒送至南清宮撫養。後來劉后之子病夭❺，方將太后太子補了東宮之缺。因太子遊宮，在寒宮見了娘娘，母子天性，面帶淚痕。劉后生疑，拷問寇珠。寇珠懷忠，觸階而死。因此劉后在先皇前進了讒言，方將娘娘賜死。這些情由說過一遍，李太后如夢方醒，不由傷心。狄后再三勸慰，太后方才止淚，問道：「皇姐，如何叫皇兒知道，使我母子重逢呢？」狄后道：「待

❹ 成：一作「泄」。

❺ 病夭：指因病夭折，短命早死。多指幼年死亡。

臣妃裝起病來，遣甯總管奏知當今，聖上必然親來。那時臣妃吐露真情便了。」娘娘稱善。一宿不提。

到了次日清晨，便派甯總管上朝奏明聖上，說：「狄后娘娘夜間偶然得病，甚是沉重。」甯總管不知底裏，不敢不去，只得遵懿旨上朝去了。狄后又將此事告知六合王。

誰知聖上夜間得一奇夢，見彩鳳一隻，翎毛不全，望聖上哀叫三聲。仁宗從夢驚醒，心裏納悶不知是何緣故？及至五鼓剛要臨朝，只見仁壽宮總管前來啟奏：說太后夜間得病，一夜無眠。天子聞聽，即先至仁壽宮請安，便悄悄吩咐不可聲張，恐驚了太后。輕輕邁步，進了寢殿，已聽見有呻吟之聲。忽聽見太后說：「寇宮人，你竟敢如此無理！」又聽噯喲一聲。此時宮人已將繡簾揭起。天子側身進內，來至御榻之前。劉后猛然驚醒，見天子在旁，便說：「有勞皇兒挂念。哀家不過偶受風寒，沒有什麼大病。且請放心。」天子問安已畢，立刻傳御醫調治。惟恐太后心內不耐煩，略略安慰幾句，即便退出。

才離了仁壽宮，剛至分宮樓，只見南清宮總管跪倒，奏道：「狄后娘娘夜間得病甚重，奴婢特來啟奏。」仁宗聞聽，這一驚非同小可，立刻吩咐親臨南清宮。只見六合王迎接聖上。先問了狄后得病的光景。六合王含糊奏對：「娘娘夜間得病，此時略覺好些。」聖上心內稍覺安慰，便吩咐隨侍的俱各在外伺候，單帶陳林跟隨。

此旨一下，暗合六合王之心，側身前引，來至寢宮以內，但見靜悄悄寂寞無聲，連個承御丫鬟一個也無有。又見御榻之上，錦帳高懸，狄后面裏而臥。仁宗連忙上前問安。狄后翻轉身來，猛然問道：「陛下，天下至重至大者，以何為先？」天子答道：「莫過於孝。」狄后歎了一口氣，道：「既是孝字為先，有為人子不知其母存亡的麼？又有人子為君而不知其母在外飄零的麼？」這兩句話問的天子茫然不懂，猶以為是狄后病中譫語❻。狄后又道：「此事臣妃盡知底蘊，惟恐陛下不信。」仁宗聽狄后自稱臣妃，不覺大驚道：「皇娘何出此言？望乞明白垂訓❼。」狄后轉身，從帳內拉出一個黃匣來，便道：「陛下可知此物的來由麼？」仁宗接過，打開一看，見是一塊玉璽龍袱，上面有先皇的親筆御記，鎮壓天狗沖犯，故此用上寶印。仁宗看罷，連忙站起。

誰知老伴伴陳林在旁，睹物傷情，想起當年，早已淚流滿面。天子猛回頭見陳林啼哭，更覺詫異，便追問此袱的來由。狄后方才說起郭槐與劉后圖謀正宮，設計陷害李后。其中多虧了兩個忠義之人，一個是金華宮承御寇珠，一個是陳林。寇珠奉劉后之命將太子抱出宮來，那時就用此袱包裹，暗暗交付陳林。仁宗聽至此，又瞅了陳林一眼。此時陳林已哭的淚人一般。狄后又道：「多虧陳林經了多少顛險，方將太子抱出，入南清宮內，在此撫養六年。陛下七歲時承嗣與先皇，補了東宮之缺。千不合，萬不合，陛下見了寒宮母親落淚，才惹起劉后疑忌，生生把個寇珠處死，又要賜死母后。其中又多虧了兩個忠臣。一個小太監余忠情願替太后殉難，秦鳳方將母后換出，送往陳州。後來秦鳳自焚，家中無主，母后不能存留，只落得破窯乞食。幸喜包卿在陳州放糧，由草橋認了母后，假稱母子，以掩耳目。昨日與臣妃作壽，方能與國母見面。」仁宗聽罷，不勝驚駭，淚如雨下，道：「如此說來，朕的皇娘現在何處？」只聽得罩壁後悲聲切切，出來了一位一品服色的夫人。仁宗見了發怔。

太后恐天子生疑，連忙將金丸取出，付與仁宗。天子接來一看，正與劉后金丸一般，只是上面刻的

---

❻ 譫語：指病中說胡話。素問熱論：「身熱不欲食，譫言。」唐王冰注：「譫言，謂妄謬而不次也。」

❼ 垂訓：敬辭，多指長者或上級對自己的教導。

是玉宸宮，下書娘娘名號。仁宗搶行幾步，雙膝跪倒，道：「孩兒不孝，苦煞皇娘了！」說至此，不由放聲大哭。母子抱頭，悲痛不已。只見狄后已然下床來，跪倒塵埃，匍匐請罪。連六合王及陳林俱各跪倒在旁，哀哀相勸。母子傷感多時。天子又叩謝了狄妃，攙扶起來；復又拉住陳林的手，哭道：「若不虧你忠心為國，焉有朕躬！」陳林已然說不出話來，惟有流淚謝恩而已。大家平身。仁宗又對太后說道：「皇娘如此受苦，孩兒枉為天子。何以對滿朝文武？豈不得罪於天下乎？」說至此，又怨又憤。狄后在旁勸道：「聖上還朝降旨，即著郭槐、陳林一同前往開封府宣讀，包學士自有辦法。」這卻是包公之計，合李誥命奏明李太后；太后告訴狄后，狄后才奏的。

當下仁宗准奏，又安慰了太后許多言語，然後駕轉回宮。立刻御筆草詔，密密封好，欽派郭槐、陳林往開封府宣讀。郭槐以為必是加封包公，欣然同定陳林，竟奔開封府而來。

且說包公自昨日伺候娘娘去後，遲不多時，包興便押空轎回來，說：「狄后將太夫人留下，要多住幾日。小人押空轎回來。那裏賞了跟役人等二十兩銀子，賞了轎上二十弔錢。」包公點頭，吩咐道：「明日五鼓，你到朝房打聽，要悄悄的。如有什麼事，急忙回來，稟我知道。」包興領命。至次日黎明時，便回來了。知道包公尚在臥室，連忙進內，在廊下輕輕咳嗽。包公便問：「你回來了？打聽有什麼事沒有？」包興稟道：「打聽得劉后夜間欠安，聖上立刻駕至仁壽宮請安；後來又傳旨，立刻親臨南清宮，說狄后娘娘也病了。大約此時聖駕還未回宮呢。」包公聽畢，說：「知道了。」包興退出。包公與夫人計議道：「這必是太后吐露真情，狄后設的計謀。」夫妻二人，暗暗歡喜。

才用完早飯，忽報聖旨到了。包公忙換朝服，接入公堂之上，只見郭槐在前，陳林在後，手捧聖旨。

郭槐自以為是都堂，應宣讀聖旨，展開御封。包公三呼已畢，郭槐便念道：「奉天承運皇帝詔曰：『今有太監郭……』」剛念至此，他看見自己的名字，便不能向下念了。

旁邊陳林接過來，宣讀道：「『今有太監郭槐謀逆不端，奸心叵測。先皇乏嗣，不思永祚之忠誠；太后懷胎，遽遭興妖之暗算。懷抱龍袱，不遵鳳詔，寇宮人之志可達天；離卻北闕，竟赴南清，陳總管之忠堪貫日。因淚痕，生疑忌，將明朗朗初吐寶珠，立斃杖下。假詛咒，進讒言，把氣昂昂一點余忠，替死梁間。致令堂堂國母，廿載沉冤，受盡了背井離鄉之苦。若非耿耿包卿一腔忠赤，焉得有還珠返璧之期。似此滅倫悖理，理當嚴審細推。按詔究問，依法重辦。事關國典，理重君親。欽交開封府嚴加審訊。上命欽哉！』望詔謝恩。」

包公口呼「萬歲」，立起身來，接了聖旨，吩咐一聲：「拿下。」只見愣爺趙虎竟奔了賢伴伴陳林，伸手就要去拿。包公連忙喝住：「大膽！還不退下。」趙爺發愣。還是王朝、馬漢將郭槐衣服冠履打去，提到當堂，向上跪倒。上面供奉聖旨。包公向左設了公座，旁邊設一側座，叫陳林坐了。當日包公入了公位，向郭槐說道：「你快將已往之事，從實招來。」

未識郭槐招與不招，且聽下回分解。

第十九回　巧取供單郭槐受戮　明頒詔旨李后還宮

且說包公將郭槐拿下，喊了堂威，入了公座，旁邊又設了個側座叫陳林坐了。包公便叫道：「郭槐，將當初陷害李后怎生抵換太子，從實招來。」郭槐說：「大人何出此言。當初係李妃產生妖孽，先皇震怒，才貶冷宮，焉有抵換之理呢？」陳林接著說道：「既無有抵換，為何叫寇承御抱出太子，用裙絲勒死，去在金水橋下呢？」郭槐聞聽道：「陳總管，你為何質證起咱家來？你我皆是進御之人，難道太后娘娘的性格你是不知道的麼？倘然回來太后懿旨到來，只怕你也吃罪不起。」包公聞聽，微微冷笑道：「郭槐，你敢以劉后欺壓本閣麼？你不提劉后便罷，既已提出，說不得可要得罪了。」吩咐：「拉下去，重責二十板。」左右答應，一聲吶喊，將他翻倒在地，打了二十。只打得皮開肉綻，呲牙咧嘴，哀聲不絕。

包公問道：「郭槐，你還不招認麼？」郭槐到了此時，豈不知事關重大，橫了心再也不招，說道：「當日原是李妃產生妖孽，自招愆尤❶，與我郭槐什麼相干。」包公道：「既無抵換之事，為何又將寇承御處死？」郭槐道：「那是因寇珠頂撞了太后，太后方才施刑。」陳林在旁，又說道：「此話你又說差了。當初拷問寇承御，還是我掌刑杖。劉后緊緊追問著他，將太子抱出置於何地？你如何說是頂撞呢？」郭槐聞聽，將雙眼一瞪，道：「既是你掌刑；生生是你下了毒手，將寇承御打的受刑不過，他才觸階而

❶ 愆尤：即罪過。王安石擬寒山拾得詩：「渠不知此機，故自認愆尤。」

死。為何反來問我呢?」包公聞聽道:「好惡賊!竟敢如此的狡賴!」吩咐:「左右,與我拶❷起來。」左右又一聲喊,將郭槐雙手併齊,套上拶子,把繩往左右一分。只聞郭槐殺豬也似的喊起來。包公問道:「郭槐,你還不招認麼?」郭槐咬定牙根道:「沒有什麼招的喲。」見他汗似蒸籠,面目更色❸。包公吩咐卸刑,鬆放拶子。時郭槐又是哀聲不絕,神魂不定,只得暫且收監,明日再問。先叫陳林將今日審問的情由,暫且覆旨。

包公退堂,來至書室,便叫包興請公孫先生。不多時,公孫策來到,已知此事的底裏,參見包公已畢,在側坐了。包公道:「今日聖旨到來宣讀之時,先生想來已明白此事了。我也不用再說了。只是郭槐再不招認。我見拶他之時,頭上出汗,面目更改,恐有他變。此乃奉旨的欽犯,他又擱不住大刑,這便如何是好?故此請了先生來,設想一個法子,只傷皮肉,不動筋骨,要叫他招承方好。」公孫策道:「待晚生思索了,畫成式樣,再為呈閱。」說罷,退出,來到自己房內,籌思多時。偶然想起,急忙提筆畫出,又擬了名兒,來到書房回稟包公。包公接來一看,上面註明尺寸,彷彿大熨斗相似,卻不是平面,上面皆是垂珠圓頭釘兒,用鐵打就;臨用時將炭燒紅,把犯人肉厚處燙炙,再也不能損傷筋骨,止於皮肉受傷而已。包公看了問道:「此刑可有名號?」公孫策道:「名曰『杏花雨』,取其落紅點點之意。」包公笑道:「這樣惡刑,卻有這等雅名。先生真人才也!」即著公孫策立刻傳鐵匠打造。次日隔了一天,此刑業已打就。到了第三日,包公便升堂提審郭槐。

---

❷ 拶:音ㄗㄢˇ。古代刑罰。以繩聯五根小木條,套入手指緊收。此種刑具稱為拶子。

❸ 面目更色:此處指因刑罰導致痛苦而改變臉色。

且說郭槐在監牢之中，又是手疼，又是板瘡，呻吟不絕，飲食懶進，兩日光景，便覺形容憔悴。他心中卻暗自思道：「我如今在此三日，為何太后懿旨還不見到來呢？」猛然又想起：「太后欠安，想來此事尚未得知。我是咬定牙根，橫了心再不招承。既無口供，包黑他也難以定案。只是聖上忽然間為何想起此事來呢？真真令人不解。」

正在犯思之際，忽然一提牢❹前來說道：「老爺升堂，請郭總管呢。」郭槐就知又要審訊了，不覺的心內突突的亂跳。隨著差役上了公堂。只見紅焰焰的一盆炭火內裏燒著一物，卻不知是何作用。只得朝上跪倒。只聽包公問道：「郭槐，當初因何定計害了李后？用物抵換太子？從實招來，免得皮肉受苦。」郭槐道：「實無此事，叫咱家從何招起。若果有此事，慢說遲滯這些年，管保早已敗露了。望祈大人詳察。」包公聞聽，不由怒髮沖冠，將驚堂木一拍，道：「惡賊，你的奸謀業已敗露，連聖上皆知，尚敢推諉。其實可惡！」吩咐：「左右，將他剝去衣服。」上來了四個差役，剝去衣服，露出脊背，左右二人把住。只見一人用個布帕連髮將頭按下去；那邊一人從火盆內攥起木把，拿起杏花雨，站在惡賊背後。只聽包公問道：「郭槐，你還不招麼？」郭槐橫了心，並不言語。包公吩咐用刑，只見杏花雨往下一落，登時皮肉皆焦，臭味難聞。只疼得惡賊渾身亂抖。先前還有哀叫之聲，後來只剩得發喘了。包公見此光景，只得吩咐住刑，容他喘息再問。左右將他扶住，郭槐那裏還掙扎得來呢，早已癱在地下。包公便叫搭下去。公孫策早已暗暗吩咐差役叫搭在獄神廟內。

---

❹ 提牢：官名。清沿明制，於刑部內設提牢主事。滿、漢各一人，於額外主事內選充，負責管理內部監獄。簡稱提牢。

郭槐到了獄神廟，只見提牢手捧蓋碗，笑容滿面，到跟前悄悄的說道：「太輔老爺，多有受驚了。小人無物可敬，覓得定痛丸藥一服，特備黃酒一盅，請太輔老爺用了，管保益氣安神。」郭槐見他勸慰殷勤，語言溫和，不由的接過來道：「生受❺你了。咱家倘有出頭之日，再不忘你便了。」提牢道：「老爺何出此言。如若離了開封，那時求太輔老爺略一伸手，小人便受攜帶多多矣。」一句話奉承的惡賊滿心歡喜，將藥並酒服下，立時覺得心神俱安。便問道：「此酒尚有否？」提牢道：「有，有。多著呢。」便叫人急速送酒來。自己接過，仍叫那人退了，又恭恭敬敬的給惡賊斟上。

郭槐見他如此光景，又精細，又周到，不勝歡喜。一壁飲酒，一壁問道：「你這幾日可曾聽見朝中有什麼事情沒有呢？」提牢道：「沒有聽見什麼咧。聽見說太后欠安，因寇宮人作祟，如今全愈了。聖上天天在仁壽宮請安。大約不過遲一二日，太后必然懿旨到來，那時太輔老爺必然無事。就是我們大人，也不敢違背懿旨。」郭槐聽至此，心內暢然，連吃了幾杯。

誰知前兩日肚內未曾吃飯，今日一連喝了幾碗空心酒，不覺的面赤心跳，二目矇朧，登時醉醺醺起來，有些前仰後合。提牢見此光景，便將酒撤去，自己也就迴避了。只落得惡賊一人，踽踽涼涼，雖然多飲，心內卻牽挂此事，不能去懷，暗暗躊躇道：「方才聽提牢說，太后欠安，卻因寇宮人作祟；幸喜如今全愈了。太后懿旨不一日也就下來了。」又想：「寇宮人死的本來冤枉，難怪他作祟。」

正在胡思亂想，覺得一陣陣涼風習習，塵沙簌簌，落在窗櫺之上。而且又在春暮之時，對此悽悽慘慘的光景。猛見前面似有人形，若近若遠，咿咿唔唔聲音。郭槐一見，不由的心中膽怯起來。才要喚人，

❺ 生受：這裏是麻煩的意思。

只見那人影兒來至面前，說道：「郭槐，你不要害怕。奴非別人，乃寇承御，特來求太輔質對一言。昨日與太后已在森羅殿證明。太后說此事皆是太輔主裁，故此放太后回宮。並且查得太后與太輔尚有陽壽一紀❻，奴家不能久在幽冥，今日特來與太輔辯明當初之事，奴便超生去也。」郭槐聞聽，毛骨悚然。又見面前之人，披髮滿面血痕，惟聞得嗓聲細氣，已知是寇宮人顯魂，正對了方才提牢之話，不由的答道：「寇宮人，真正委屈死你了。當初原是我與尤婆定計用剝皮狸貓換出太子，陷害李后。你彼時並不知情，竟自含冤而死。如今我既有陽壽一紀，倘能出獄，我請高僧高道超度你便了。」又聽女鬼哭道：「郭太輔，你既有此好心，奴家感謝不盡。少時到森羅殿，只要太輔將當初之事說明，奴家便得超生，何用僧道超度；若懺悔不至誠，反生罪孽。……」

剛言至此，忽聽鬼語啾啾，出來了兩個小鬼，手執追命索牌，說：「閻羅天子升殿，立召郭槐的生魂隨屈死的冤鬼前往質對。」說罷，拉了郭槐就走。惡賊到了此時，恍恍忽忽，不因不由跟著。彎彎曲曲，來到一座殿上，只見黑悽悽，陰慘慘，也辨不出東南西北。忽聽小鬼說道：「跪下。」惡賊連忙跪倒。便聽叫道：「郭槐，你與劉后所作之事，冊籍業已註明，理應墮入輪迴❼；奈你陽壽未終，必當回生陽世，惟有寇珠冤魂，地府不便收此游蕩女鬼。你須將當初之事訴說明白，他便從此超生。事已如此，不可隱瞞了。」郭槐聞聽，連忙朝上叩頭，便將當初劉后圖謀正宮，用剝皮狸貓抵換太子，陷害了李妃

❻ 一紀：數量單位，多指十二年為一紀。歲星（木星）繞太陽一周約需十二年，所以古代稱十二年為一紀。此外，又有以三十年、七十六年、一千五百二十年為一紀的。

❼ 輪迴：佛家認為世界眾生莫不輾轉生死於六道之中，如車輪旋轉，稱為輪迴。

的情由，述說一遍。

忽見燈光明亮，上面坐著的正是包公，兩旁衙役羅列，真不亞如森羅殿一般。早有書吏將口供呈上，又有獄神廟內書吏一名，亦將郭槐與女鬼說的言語一並呈上。包公一同看了，吩咐拿下去，叫他畫供。惡賊到了此時無奈，已知落在圈套，只得把招畫了。

你道女鬼是誰？乃是公孫策暗差耿春、鄭平到勾欄院將妓女王三巧喚來。多虧公孫策諄諄教演，便假扮女鬼套出真情，賞了他五十兩銀子，打發他回去了。

此時包公仍將郭槐寄監，派人好生看守。等次日五鼓上朝，奏明仁宗，將供招謹呈御覽。仁宗袖了供招，朝散回宮，便往仁壽宮而來。見劉后昏沉之間，手足亂動，似有招架之態。猛然醒來，見天子立在面前，便道：「郭槐係先皇老臣，望皇兒格外赦宥。」仁宗聞聽，也不答言，從袖中將郭槐的供招向劉后前一擲。劉后見此光景，拿起一看，登時膽裂魂飛，氣堵咽喉。久病之人，如何禁得住罪犯天條❽。一嚇竟自「嗚呼哀哉」了。仁宗吩咐將劉后抬入偏殿，按妃禮殯殮了，草草奉移而已。傳旨即刻打掃宮院。

次日升殿，群臣三呼已畢。聖上宣召包公，便將劉后驚懼而亡，就著包卿代朕草詔頒行天下，匡正國典。從此黎民內外臣宰，方知國母太后姓李，卻不姓劉。當時聖上著欽天監揀了吉日，齋戒沐浴，告祭各廟，然後排了鑾輿，帶領合朝文武，親詣南清宮迎請太后還宮。所有禮節自有儀典，不必細表。太后娘娘乘了御輦❾，狄后賢妃也乘了寶輿，跟隨入宮。仁宗天子請了太后之後，先行回鑾，在宮內伺候。

❽ 天條：老天爺所定的戒律。

此時王妃命婦俱各入朝，排班迎接鳳駕。太后入宮，升座受賀已畢。起身更衣。傳旨宣召龍圖閣大學士包拯之妻李氏夫人進宮。太后與狄后仍以姐妹之禮相見，重加賞賜。仁宗也有酬報，不必細表。

外面眾臣朝賀已畢。天子傳旨，將郭槐立剮。此時尤婆已死，照例戮屍❿。又傳旨在仁壽宮壽山福海地面丈量妥協，左邊敕建寇宮人祠堂名曰忠烈祠；右邊敕建秦鳳余忠祠堂，名曰雙義祠。工竣，親詣拈香。

一日，老丞相王芑遞了一本，因年老力衰，情願告老休致。聖上憐念元老，仍賞食全俸，准其養老。即將包公加封為首相。包公又奏明公孫策與四勇士累有參贊功績。仁宗于是封公孫策為主簿，四勇士俱賞六品校尉，仍在開封府供職。又奉太后懿旨，封陳林為都堂，范宗華為承信郎；將破窯改為廟宇，欽賜白銀千兩，香火地十頃，就叫范宗華為廟官，春秋兩祭，永垂不朽。

未知如何，且聽下回分解。

---

❾ 御輦：古代皇帝的坐車。

❿ 戮屍：古代酷刑，即斬戮死者的屍體。晉書王敦傳：「王敦滔天作逆……剖棺戮尸，以彰元惡。」

第二十回 受魘魔忠良遭大難 殺妖道豪傑立奇功

且說包公自升為首相，每日勤勞王事，不畏權奸，秉正條陳，聖上無有不允。就是滿朝文武，誰不欽仰，縱然素有仇隙之人，到了此時，也奈何他不得。

一日，包公朝罷，來到開封，進了書房，親自寫了一封書信，叫包興備厚禮一分，外帶銀三百兩，選了個能幹差役前往常州府武進縣遇杰村聘請南俠展熊飛；又寫了家信一並前去。

剛然去後，只見值班頭目向上跪倒：「啟上相爺，外面有男女二人，口稱冤枉，前來伸訴。」包公吩咐，點鼓升堂。立刻帶至堂上。包公見男女二人，皆有五旬年紀。先叫將婆子帶上來。婆子上前跪倒，訴說道：「婆子楊氏。丈夫姓黃，久已去世。有二個女兒，長名金香，次名玉香。我這小女兒原許與趙國盛之子為妻。昨日他家娶去，婆子因女兒出嫁，未免傷心。及至去了之後，誰知我的大女兒卻不見了。婆子又忙到各處尋找，再也沒有，急的婆子要死。老爺想，婆子一生就仗著女兒。我寡婦失業的，原打算將來兩個女婿，有半子之勞，可以照看。寡婦如今把個大女兒丟了，竟是不知去向。婆子又是急，又是傷心，正在啼哭之時；不想我們親家趙國盛找了我來，合我不依，說我把女兒抵換了。彼此分爭不清，故此前來，求老爺替我們判斷判斷，找找我的女兒才好。」包公聽罷，問道：「你家可有常來往的親眷沒有？」楊氏道：「慢說親眷，就是街坊鄰舍無事也是不常往來的。婆子孤苦的很呢。」說至此，就哭起來了。

包公吩咐，把婆子帶下去，將趙國盛帶上來。趙國盛上前跪倒，訴道：「小人趙國盛原與楊氏是親家。他有兩個女兒，大的醜陋，小的俊俏，小人與兒子定的是他小女兒。娶來一看，卻是他大女兒。因此急急趕到他家，與他分爭，為何抵換。不料楊氏他倒不依，說小人把他兩個女兒都娶去了，欺負他孀居寡婦了。因此到老爺臺前，求老爺判斷判斷。」包公問道：「趙國盛，你可認明是他大女兒麼？」趙國盛道：「怎麼認得不明呢。當初有我們親家在日，未作親時，他兩個女兒小人俱是見過的，大的極醜，小的甚俊。因小人愛他小女，才與小人兒子定了親事。那個醜的，小人斷不要的。」包公聽罷，點了點頭。便叫：「你二人且自回去，聽候傳訊。」

老爺退堂，來至書房，將此事揣度。包興倒過茶來，恭恭敬敬，送至包公面前。只見包公坐在椅上身體亂晃，兩眼發直，也不言語，也不接茶。包興見此光景，連忙放下茶杯，悄悄問道：「老爺怎麼了？」包公忽然將身子一挺，說道：「好血腥氣呀！」往後便倒，昏迷不醒。包興急急扶著，口中亂叫：「老爺，老爺！」外面李才等一齊進來，彼此攙扶，抬至床榻之上。一時傳到裏面。李氏誥命聞聽，嚇得驚疑不止，連忙趕至書房看視。李才等急迴避。只見包公躺在床上，雙眉緊皺，二目難睜，四肢全然不動，一語也不發。夫人看畢，不知是何緣故。正在納悶，包興在窗外道：「啟上夫人，公孫主簿前來與老爺診脈。」夫人聞聽，只得帶領丫鬟迴避。

包興同著公孫先生來至書房榻前。公孫策細細搜求病源。診了左脈，連說：「無妨。」又診右脈，便道：「怪事！」包興在旁，問道：「先生看相爺是何病症？」公孫策道：「據我看來，相爺六脈平和❶，並無病症。」又摸了摸頭上並心上，再聽氣息亦順，彷彿睡著的一般。包興將方才的形景述說一遍。公孫策聞得便覺納悶，並斷不出病從何處起的。只得先叫包興進內安慰夫人一番，並稟明須要啟奏。自己便寫了告病摺子，來日五鼓，上朝呈遞。

天子聞奏，欽派御醫到開封府診脈，也斷不出是何病症。一時太后也知道了，又派老伴伴陳林前來看視。此時開封府內外上下人等，也有求神問卜的，也有說偏方的。無奈包公昏迷不省，人事不知，飲食不進，止於酣睡而已。幸虧公孫先生頗曉醫理，不時在書房診脈照料。至於包興、李才，更不消說了，晝夜環繞，不離左右。就是李氏誥命，一日也是要到書房幾次。惟有外面公孫策與四勇士，個個急的擦拳摸掌，短歎長吁，竟自無法可施。

誰知一連就是五天。公孫策看包公脈息，漸漸的微弱起來，大家不由的著急。獨包興與別人不同。他見老爺這般光景，因想當初罷職之時，曾在大相國寺得病，與此次相同，那時多虧了然和尚醫治。偏偏他又雲遊去了。由此便想起，當初經了多少顛險，受了多少奔波，好容易熬到如此地步。不想舊病復發，竟自不能醫治。越想越愁，不由的淚流滿面。正在悲泣之際，只見前次派去常州的差役回來，言：「展熊飛並未在家。老僕說：『我家官人若能早晚回來，必然急急的趕赴開封，決不負相爺大恩。』」又說：「家信也送到了，現有帶來的回信。老爺府上俱各平安。」差人說了許多的話，包興他止於出神，點頭而已，把家信接過，送進去了。信內無非是「平安」二字。

---

❶ 六脈平和：中醫依據人的脈象來判斷健康與否，這裏用「六脈平和」表示從包公的脈象上查不出病症。六脈，中醫指浮、沉、長、短、滑、澀六種脈象的總稱。

你道南俠那裏去了？他乃行義之人，浪跡萍蹤，原無定向。自截了駝轎將金玉仙送至觀音菴與馬漢分別之後，他便朝遊名山，暮宿古廟。凡有不平之事，他不知又作了多少。每日閒遊，偶聞得人人傳說，處處講論，說當今國母原來姓李，卻不姓劉，多虧了包公訪查出來。現今包公入閣，拜了首相。當作一件新聞，處處傳聞。南俠聽在耳內，心中暗暗歡喜道：「我何不前往開封探望一番呢。」

一日午間，來至榆林鎮，上酒樓獨坐飲酒。正在舉杯要飲，忽見面前走過一個婦人來，年紀約有三旬上下，面黃肌瘦，形容憔悴，卻有幾分姿色。及至看他身上穿著，雖是粗布衣服，卻又極其乾淨。見他欲言不言，遲疑半晌，羞的面紅過耳，方才說道：「奴家王氏，丈夫名叫胡成，現在三寶村居住。因年荒歲旱，家無生理，不想婆婆與丈夫俱各病倒，萬分出於無奈；故此小婦人出來拋頭露面，沿街乞化，望乞貴君子周濟一二。」說罷，深深萬福，不覺落下淚來。展爺見他說的可憐，一回手❷在兜肚❸中摸出半錠銀子，放在桌上，道：「既是如此；將此銀拿去，急急回家贖帖藥餌，餘者作為養病之資，不要沿街乞化了。」婦人見是一大半錠銀子，約有三兩多，卻不敢受，便道：「貴客方便，賜我幾文錢足矣。如此厚賜，小婦人實不敢領的。」展爺道：「豈有此理！我施捨於你，你為何拒而不納呢？這卻令人不解。」婦人道：「貴客有所不知。小婦人求乞，全是出於無奈。今日但將此銀拿回家去，惟恐婆婆、丈夫反生疑忌，那時恐負貴客一番美意。」展爺聽罷，甚為有理。

誰知堂官在旁插言道：「你只管放心。這位既言施捨，你便拿回。若你婆婆、丈夫嗔怪時，只管叫

---

❷ 回手：這裏指轉過身體伸手。

❸ 兜肚：穿在胸腹間的貼身小衣。

你丈夫前來見我。我便是個證見。難道你還不放心麼？」展爺連忙稱是，道：「你只管拿去罷，不必疑惑了。」婦人又向展爺深深萬福，拿起銀子下樓。跑堂又替展爺添酒要菜，也下樓去了。

不料那邊有一人。他見展爺給了那婦人半錠銀子，便微微的說笑。此人名喚季娄兒，為人譎詐多端，極是個不良之輩。他向展爺說道：「客官不當給這婦人許多銀子。他乃故意作此生理的。前次有個人贈銀與他，後來被他丈夫訛詐，說調戲他女人了，逼索遮羞銀一百兩，方才完事。如今客官給他銀兩，惟恐少時他丈夫又來要訛詐呢。」展爺聞聽，雖不介意，不由的心中輾轉道：「若依此人所說，天下人還敢有行善的麼？他要果真訛詐，我卻不怕他；惟恐別人就要入了他的騙局了。細細想來，似這樣人也就好生可惡呢！也罷，我原是無事，何不到三寶村走走。若果有此事，將他處治一番，以戒下次。」想罷，喫了酒飯，會錢下樓，出門向人問明三寶村而來。相離不遠，見天色甚早，路旁有一道士廟，叫作通真觀。展爺便在此廟作了下處。因老道邢吉有事拜壇去，觀內只見兩個小道士，名喚談明、談月，就在二廟門外西殿內住下。

天交初鼓，展爺換了夜行衣服，離了通真觀，來到三寶村胡成家內，早已聽見婆子啼聲，男子恨怨，婦人啼哭，嘈嘈不休。忽聽婆子道：「若非有外心，何以有許多銀子呢？」男子接著說道：「母親不必說了，明日叫他娘家領回就是了。」並不聽見婦人折辯❹，惟有嗚嗚的哭泣而已。南俠聽至此，想起白日婦人在酒樓之言，卻有先見之明，歎息不止。猛抬頭忽見外有一人影，又聽得高聲說道：「既拿我的銀子，應了我的事，就該早些出來。如今既不出來，必須將銀子早早還我。」南俠聞聽，氣沖牛斗❺，

❹ 折辯：即分辯。

趕出籬門，一伸手把那人揪住。仔細看時，卻是季妻兒。季妻兒害怕，哀告道：「大王爺，饒命！」南俠也不答言，將他輕輕一提，扭至院內，也就高聲說道：「吾乃夜遊神是也。適遇日遊神，曾言午間有賢孝節婦，因婆婆丈夫染病，含羞乞化，在酒樓上遇正直君子，憐念孝婦，贈銀半錠。誰知被奸人看見，頓起不良之心，夜間前來訛詐。吾神在此，豈容奸人陷害？且隨吾神到荒郊之外，免得連累良善之家。」說罷，提了季妻兒出籬門去了。胡家母子聽了，方知媳婦得銀之故，連忙安慰王氏一番，深感賢婦不提。

且說南俠將季妻兒提至曠野，拔劍斬訖。見斜刺裏有一蚰蜒小路，以為從此可以奔至大路，信步行去。見面前一段高牆，細細看來，原來是通真觀的後閣，不由的滿心歡喜，自己暗暗道：「不想倒走近便了。我何不從後面而入，豈不省事。」將身子一縱，上了牆頭，翻身軀輕輕落在裏面，躡步悄足行來。偶見跨所內燈光閃灼，心中想道：「此時已交三鼓之半，為何尚有燈光？我何不看看呢。」用手推門，卻是關閉，只得飛身上了牆頭。見人影照在窗上，彷彿小道士談月光景。忽又聽見婦人說道：「你我雖然定下此計，但不知我姐姐頂替去了，人家依與不依。」又聽得小道士說：「他縱然不依，自有我那岳母答覆他，怕他怎的？你休要多慮，趁此美景良宵，且自同赴陽臺要緊。」說著，便立起身來。展爺聽到此處，心中暗道：「原來小道士作此暗昧之事，也就不是出家的道理了！且待明日，再作道理。」大凡夜行人，最忌的是採花，又忌的是聽。展爺剛轉身，忽又聽見婦人說道：「我問問你，你說龐太師暗害包公，此事到底是怎麼樣了？」展爺聽了此句，連忙縮腳側聽。只聽談月道：「你不知道，我師傅此

---

❺ 氣沖牛斗：亦作「氣沖斗牛」、「氣貫斗牛」、「氣沖霄漢」。指怒氣很盛，不可遏止。氣，氣勢。牛、斗，指牽牛星和北斗星。即天空。

法百發百中，現今在龐太師花園設壇，如今業已五日了；趕到七日，必然成功。那時得謝銀一千兩，我將此銀偷出，咱們遠走高飛，豈不是長久夫妻麼？」

展爺聽了，登時驚疑不止。連忙落下牆來，趕到前面殿內，束束包裹，並不換衣，也不告辭，竟奔汴梁城內而來。不過片時工夫，已至城下。見滿天星斗，聽了聽正打四更。展爺無奈何，繞過護城河，來至城下，將包袱打開，把爬城索取出，依法安好，一步一步上得城來；將爬城索取上，上面安好，墜城而下。腳落實地，將索抖下，收入包袱內，背在肩上，直奔龐太師府而來。來至花園牆外，找了棵小樹將包袱挂上，這才跳進花園。只見高結法臺，點燭焚香，有一老道披著髮在上面作法。展爺暗暗步上高臺，在老道身後，悄悄的抽出劍來。

不知老道性命如何，且聽下回分解。

第二十一回　擲人頭南俠驚佞黨　除邪祟學士審虔婆

且說邢吉正在作法，忽感到腦後寒光一縷，急將身體一閃。已然看見展爺目光炯炯，煞氣騰騰，一道陽光直奔瓶上。所謂「邪不侵正」，只聽得拍的一聲響亮，將個瓶子炸為兩半。老道見他法術已破，不覺哎喲了一聲，栽下法臺。展爺恐他逃走，翻身趕下臺來。老道剛然爬起要跑，展爺抽後就是一腳。老道往前一撲，爬在地下。展爺即上前從腦後手起劍落，已然身首異處。展爺斬了老道，從新上臺來細看，見桌上污血狼藉，當中有一個木頭人兒。連忙輕輕提出，低頭一看，見有圍桌，便扯了一塊，將木頭人兒包裹好了，揣在懷內。下得臺來，提了人頭，竟奔書房而來。此時已有五鼓之半。

且說龐吉正與龐福在書房，說道：「今日天明已是六日，明日便可成功。雖然報了殺子之讎，只是便宜他全屍而死。……」剛說至此，只聽得哓嚓的一聲，把窗戶上大玻璃打破，擲進一個毛茸茸血淋淋的人頭來。龐吉猛然吃這一嚇，幾乎在椅子上栽倒。旁邊龐福嚇得縮作一團。遲了半晌，並無動靜。龐賊主僕方才仗著膽子，掌燈看時，卻是老道邢吉的首級。龐吉忽然省悟：「這必是開封府暗遣能人❶，前來破了法術，殺了老道。」即叫龐福傳喚家人四下裏搜尋，那裏有個人影。只得叫人打掃了花園，埋了老道尸首，撤去法臺，忿忿悔恨而已。

❶ 能人：才能出眾之人。

且說南俠離了花園，來至牆外樹上，將包裹取下，拿了大衫披在身上，直奔開封。只見內外燈燭輝煌，俱是守護相爺。連忙叫人通報。公孫先生聞聽展爺到來，不勝歡喜，便同四勇士一併迎將出來。剛然見面，不及敘寒溫，展爺便道：「相爺身體欠安麼？」公孫先生詫異道：「吾兄何以知之？」展爺道：「且到裏面，再為細講。」大家拱手來至公所，將包裹放下。彼此遜坐，獻茶已畢。公孫策便問展爺：「何以知道相爺染病？請道其詳。」南俠道：「說起來話長。眾位賢弟且看此物，便知分曉。」說罷，懷中掏出一物，連忙打開，卻是一塊圍桌片兒，裏面裹定一個木頭人兒。公孫策接來，與眾人在燈下仔細端詳，不解其故。公孫策又細細看出，上面有字，彷彿是包公的名字與年庚，不覺失聲道：「噯喲！這是使的魘魔法❷兒罷。」展爺道：「還是老先生大才，猜的不錯。」眾人便問展爺，此物從何處得來。展爺才待要說，只見包興從裏跑出來道：「相爺已然醒來，今已坐起，現在書房喝粥呢。派我出來，說與展義士一同來的。叫我來請進書房一見。不知展爺來也不曾？」大家聽了，各各歡喜。原是燈下圍繞著看木頭人兒，包興未看見展爺，倒是展爺連忙站起，過來見了包興。包興只樂得心花開放，便道：「果然展爺來了。請罷！我們相爺在書房恭候呢。」

此時公孫先生同定展爺立刻來至書房，參見包公。包公連忙讓坐。展爺告坐，在對面椅子上坐下。公孫主簿在側首下位相陪。只聽包公道：「本閣屢叨❸義士救護，何以酬報。即如今若非義士，我包某幾乎一命休矣！從今後務望義士常在開封，扶助一二，庶不負渴想之誠。」展爺連說：「不敢，不敢。」

❷ 魘魔法：一種迷信的害人方法，例如在木人或草人身上寫了別人的生辰，向之詛咒等等。

❸ 屢叨：多次勞煩。

公孫策在旁答道：「前次相爺曾差人去到尊府聘請吾兄，恰值公出未回。不料吾兄今日才到。」展爺道：「小弟萍蹤無定。因聞得老爺拜了相，特來參賀。不想在通真觀聞得老爺得病原由，故此連夜趕來。果然老爺病體全愈，在下方能略盡微忱❹。這也是相爺洪福所致。」包公與公孫策聞聽展爺之言，不甚明白，問：「通真觀在那裏？如何在那裏聽得信呢？」展爺道：「通真觀離三寶村不遠。」便說起夜間在跨所聽見小道士與婦人言語，因此急急趕到太師的花園，正見老道拜壇，瓶子炸了，將老道殺死，包了木人前來。展爺滔滔不斷，述說了一遍。包公聞聽，如夢方醒。公孫策在旁道：「如此說來，黃寡婦一案也就好辦了。」一句話提醒包公，說：「是呀，前次那婆子他說不見了女兒，莫非是小道士偷拐去了不成？」公孫策連忙稱：「是，相爺所見不差。」復又站起身來，將遞摺子告病、聖上欽派陳林前來看視，並賞御醫診視，一併稟明。包公點頭道：「既如此，明日先生辦一本參奏的摺子。一來恭請聖安，銷假謝恩；二來參龐太師善用魘魔妖法，暗中謀害大臣，即以木人並殺死的老道邢吉為證。我於後日五鼓上朝呈遞。」包公吩咐已畢。公孫策連忙稱「是」。只見展爺起身告辭。因老爺初愈，惟恐勞了神思。包公便叫公孫策好生款待。二人作別，離了書房。

此時天已黎明，包公略為歇息，自有包興、李才二人伺候。外面公所內，展爺與公孫先生、王、馬、張、趙等各敘闊別之情。展爺又將得聞相爺欠安的情由，述說一遍。大家聞聽，方才省悟，不勝歡喜。雖然熬了幾夜未能安眠，到了此時，各各精神煥發，把乏困俱各忘在九霄雲外了。所謂「人逢喜事精神長」，是再不能錯的。彼此正在交談，只見伴當人等安放杯筷，擺上酒餚，極其豐盛。卻是四勇士於展爺

❹ 微忱：謙詞。即微薄的心意。

見包公之時，便吩咐廚房趕辦餚饌，與展爺接風撣塵❺；彼此大家慶賀。因這些日子相爺欠安，鬧的上下沸騰，各各愁煩焦躁，誰還拿飯當事呢，不過是喝幾杯悶酒而已。今日這一暢快，真是非常之樂。換盞傳杯，高談闊論。說到快活之時，投機之處，不由的哈哈大笑，歡呼振耳。惟有四爺趙虎比別人尤其放肆，杯杯淨，盞盞乾，樂的他手舞足蹈。

包興忽然從外面進來，大家彼此讓坐。包興滿面笑容道：「我奉相爺之命出來派差，抽空特來敬展爺一二杯。」展爺忙道：「豈敢，豈敢。適才酒已過量，斷難從命。」包興那裏肯依。趙虎在旁攛掇，定要叫展爺立飲三杯。還是王朝分解，叫包興滿滿斟上了一盞敬展爺。展爺連忙接過，一飲而盡。大家又讓包興坐下。包興道：「我是不得空兒的，還要覆命相爺。」公孫策問道：「此時相爺又派出什麼差使呢？」包興道：「相爺方才睡醒，喝了粥，吃了點心，便立刻出籤叫往通真觀捉拿談明、談月合那婦人，並傳黃寡婦、趙國盛一齊到案。大約傳到，就要升堂辦事。可見相爺為國為民，時刻在念，真不愧首相之位，實乃國家之大幸也！」包興告辭，上書房回話去了。

這裏眾人聽見相爺升堂，大家不敢多飲。惟有趙虎已經醉了，連忙用飯已畢，公孫策便約了展爺來至自己屋內，一壁說話，一壁打算參奏的摺底。

此時已將談明、談月並金香、玉香以及黃寡婦、趙國盛，俱各傳到。包公立刻升堂。喊了堂，入了座，便吩咐先帶談明。即將談明帶上堂來，雙膝跪倒。見他有三旬以上，形容枯瘦，舉止端詳，不像個作惡之人。包公問道：「你就是叫談明的麼？快將所作之事報上來。」談明向上叩頭，道：「小道士談

❺ 接風撣塵：設宴歡迎遠來或歸來之人。撣塵，也作「洗塵」。

明，師傅邢吉，在通真觀內出家。當初原是我師徒二人，我師傅邢吉每每作些暗昧之事，是小道時常諫勸，不但不肯聽勸，反加責處，因此小道憂思成病。不料後來小道有一族弟，他來看視小道。因他賭博宿娼，無所不為，鬧的甚是狼狽，原是探病為由，前來借貸。小道如何肯理他呢。他便哀求啼哭。誰知被師傅邢吉聽見，將他叫去，不知怎麼三言兩語，也出了家了。登時換了衣服鞋襪，起名叫作談月。噯喲！老爺呀！自談月到了廟中，我師傅如虎生翼。他二人作的不尷不尬❻之事，難以盡言。後來我師傅被龐太師請去，卻是談月跟隨，小道在廟看守。忽見一日夜間，有人敲門。小道連忙開了山門一看，只見談月帶了個少年小道士一同進來。小道以為是同道。不然，又不知是他師徒行的什麼鬼祟，小道也不敢管。關了山門，便自睡了。至次日，小道因談月帶了同道之人，也應當見禮。小道便到跨所，進去一看，就把小道嚇慌了。誰知不是道士，卻是個少年女子，在那裏梳頭呢。小道才要抽身，卻見談月小解回來，便道：『師兄既已看見，我也不必隱瞞，此女乃是我暗裏帶來。無事便罷；如要有事，自有我一人承當，惟求師兄不要聲張就是了。』老爺想小道素來受他的挾制❼，他如此說，小道還能管他麼？只得諾諾❽退去，求其不加害於我，便是萬幸了。自那日起，他每日又到龐太師府中去，出去時便將跨所封鎖。回來時，便同那女子吃喝耍笑。不想今日他剛要走，就被老爺這裏去了多人，將我等拿獲。這便是實在事跡。小道敢作證見，再不敢撒謊的。」老爺聽罷，暗暗點頭道：「看此道不是作惡之人，果然

❻ 不尷不尬：這裏指行為不正。
❼ 挾制：抓住對方的弱點，強制服從。
❽ 諾諾：答應之詞。有順從之意。史記商君傳：「千人之諾諾，不如一士之諤諤。」

不出所料。」便吩咐帶在一旁。

便帶談月。只見談月上堂跪倒。老爺留神細看，見他約有二旬年歲，生得甚是俏麗❾，兩個眼睛滴溜嘟嚕的亂轉，已露出是個不良之輩了。又見他滿身華裳，更不是出家的形景。老爺將驚堂木一拍，道：「談月，姦人婦女，私行拐帶，這也是你出家人作的麼?講!」談月才待開言，只見談明在旁厲聲道：「今日到了公堂之上，你可要從實招上去。我方才將你所作所為，俱各稟明了。」一句話把個談月噎的倒抽了一口氣，只得據實招道：「小道談月，因從那黃寡婦門口經過，只見有兩個女子，一個極醜，一個很俊，小道便留心。後來一來二去，漸漸的熟識。每日見那女子門前站立，彼此俱有眷戀之心，便暗定私約，悄從後門出入。不想被黃寡婦撞見，是小道多用金帛買囑黃寡婦，便應允了。誰知後來趙家要迎娶，黃寡婦著了急了，便定了計策。就那日迎娶的夜裏，趁著忙亂之際，小道算是俗家的親戚，便將玉香改粧私行逃走。彼時已與金香說明。他原是長的醜陋，無人聘娶，莫若頂替去了。到了那裏，生米已成熟飯，他也就反悔不來了。心想是個巧宗兒❿。誰知今日犯在當官。」說罷，往上磕頭。包公問道：「你用多少銀子買囑了黃寡婦?」談月道：「紋銀三百兩。」包公問道：「你一個小道士，那裏有許多銀子呢?」談月道：「是偷我師傅的。」包公道：「你師傅那有許多銀子呢?」談月道：「我師傅原有魘魔神法，百發百中。若要害人，只用桃木做個人兒，上面寫著名姓年庚，用污血裝在瓶內。我師傅作起法來，只消七日，那人便氣絕身亡。只因老包……」說至此，自己連忙啐了一口，「呸!呸!」「只因

❾ 俏麗：俊俏美麗。

❿ 巧宗兒：取巧的事。

老爺有殺龐太師之子之仇，龐太師懷恨在心，將我師傅請去。言明作成此事謝銀一千五百兩。我師傅先要五百兩，下欠一千兩，等候事成再給。」包公聽罷，便道：「怪得你還要偷你師傅一千兩，與玉香遠走高飛，作長久夫妻呢！這就是了。」談月聽了此言，吃驚不小：「此話是我與玉香說的，老爺如何知道呢？必是被談明悄悄聽去了。」他那裏知道，暗地裏有個展爺與他洩了底呢。先將他二人帶將下去，吩咐帶黃寡婦母女上堂。

不知如何審辦，且聽下回分解。

第二十二回　金鑾殿包相參太師　耀武樓南俠封護衛

且說包公審明談月，吩咐將黃寡婦母女三人帶上來。只見金香果然醜陋不堪，玉香雖則俏麗，甚是妖淫❶。包公便問黃寡婦：「你受了談月三百兩，在於何處？」黃寡婦已知談月招承，只得吐實，稟道：「現藏在家中櫃底內。」包公立刻派人前去起贓。將他母女每人拶了一拶，發在教坊司，母為虔婆❷，暗合了貪財賣姦之意；女為娼妓，又隨了倚門賣俏之心。金香自慚貌陋，無人聘娶，情願身入空門為尼。贓銀起到，償了趙國盛銀五十兩，著他另行擇娶。談明素行謹慎，即著他在通真觀為觀主。談月定了個邊遠充軍，候參奏下來，質對明白，再行起解。審判已明，包公退堂，來至書房。此時公孫先生已將摺底辦妥，請示。包公看了，又將談月的口供敘上了幾句，方叫公孫策繕寫，預備明日五鼓參奏。

至次日，天子臨軒。包公出班，俯伏金堦。仁宗一見包公，滿心歡喜，便知他病體全愈，急速宣上殿來。包公先謝了恩，然後將摺子高捧，謹呈御覽。聖上看畢，又有桃木人兒等作證，不覺心中輾轉道：「怪道包卿得病，不知從何而起。原來暗中有人陷害。」又一轉想：「龐吉你乃堂堂國戚，如何行此小人暗昧之事？豈有此理！」想至此，即將龐吉宣上殿來，仁宗便將參摺擲下。龐吉見龍顏帶怒，連忙捧

---

❶ 妖淫：豔麗嫵媚，淫蕩不羈。

❷ 虔婆：妓院的鴇母。

讀，不由的面目更色，雙膝跪倒，惟有俯首伏罪而已。聖上痛加申飭❸。念他是椒房之戚，著從寬罰俸三年。天子又安慰了包公一番，立時叫龐吉當面與包公陪罪。龐賊遵旨，不敢違背，只得向包公跟前謝過。包公亦知他是國戚，皇上眷顧，而且又將他罰俸，也就罷了。此事幸虧和事的天子，才化為烏有。二人從新又謝了恩。大家朝散，天子還宮。

包公五六日未能上朝，便在內閣料理這幾日公事。只見聖上親派內輔出來宣旨道：「聖上在修文殿宣召包公。」包公聞聽，即隨內輔進內，來至修文殿，朝了聖駕。天子賜座。包公謝恩。天子便問道：「卿六日未朝，朕如失股肱❹，不勝鬱悶。今日見了卿家，方覺暢然。」包公奏道：「臣猝然❺遘疾❻，有勞聖慮，臣何以克當❼。」天子又問道：「卿參摺上，義士展昭，不知他是何如人？」包公奏道：「此人是個俠士。臣屢蒙此人救護。」便說：「當初趕考時路過金龍寺，遇凶僧陷害，多虧了展昭將臣救出；後來奉旨陳州放賑，路過天昌鎮擒拿刺客項福，也是此人；即如前日在龐吉花園破了妖魔，也是此人。」天子聞聽，龍顏大悅，道：「如此說來，此人不獨與卿有恩，他的武藝竟是超群的了。」包公奏道：「若論展昭武藝，他有三絕：第一，劍法精奧；第二，袖箭百發百中；第三，他的縱躍法，真有飛簷走壁之

❸ 申飭：這裏指斥責，有時亦作檢點、整肅、告誡、約束解。
❹ 股肱：本意是手臂和大腿。比喻帝王左右輔佐得力的臣子。左傳昭公九年：「君之卿佐，是為股肱。」
❺ 猝然：即突然。
❻ 遘疾：這裏指發生疾病。遘，通「構」。構成之意。
❼ 何以克當：怎麼擔當得起。

能。」天子聽至此，不覺鼓掌大笑道：「朕久已要選武藝超群的，未得其人。今聽卿家之言，甚合朕意。此人可現在否？」包公奏道：「此人現在臣的衙內。」天子道：「既如此，明日卿家將此人帶領入朝。朕親往耀武樓試藝。」包公遵旨，叩辭聖駕，出了修文殿，又來到內閣。料理官事已畢，乘轎回至開封，至公堂落轎，復將官事料理一番。退堂，進了書房。包興遞茶。包公叫：「請展爺。」

不多時，展爺來到書房。包公便將今日聖上旨意一一述說。「明早就要隨本閣入朝，參見聖駕。」展爺到了此時雖不願意，無奈包公已遵旨，只是謙遜了幾句：「惟恐藝不驚人，反要辜負了相爺一番美意。」彼此又敘談了多少時，方才辭了包相，來到公所之內。此時公孫策與四勇士俱已知道展爺明日引見，一個個見了，未免就要道喜。大家又聚飲一番。

至次日五鼓，包公乘轎，展爺乘馬，一同入朝伺候。駕幸耀武樓，合朝文武扈從❽。天子來至耀武樓，升了寶座。包公便將展昭帶至丹墀，跪倒參駕。聖上見他有三旬以內年紀，氣宇不凡，舉止合宜，龍心大悅。略問了問家鄉籍貫。展昭一一奏對，甚是明晰。

天子便叫他舞劍，展爺謝恩，下了丹墀。早有公孫策與四勇士俱各暗暗跟來，將寶劍遞過。展爺抱在懷中，步上丹墀，朝上叩了頭。將袍襟略為掖了一掖，先有個開門式，只見光閃閃，冷森森，一縷銀光翻騰上下。起初時身隨劍轉，還可以注目留神；到後來竟使人眼花撩亂。其中的削砍劈剁勾挑撥刺，無一不精。合朝文武以及丹墀之下眾人，無不暗暗喝采。惟有四勇士更為關心，仰首翹望，捏著一把汗，在那裏替他用力。見他舞到妙處，不由的甘心佩服：「真不愧南俠二字。」展爺這裏施展平生學藝，著

❽ 扈從：皇帝出巡時的護駕侍從人員。司馬相如上林賦：「扈從橫行，出乎四校之中。」

著用意，處處留心。將劍舞完，仍是懷中抱月的架式收住，復又朝上磕頭。見他面不更色，氣不發喘。

天子大樂，便問包公道：「真好劍法！怪不得卿家誇獎。他的袖箭又如何試法？」包公奏道：「展昭曾言，夜間能打滅香頭之火。如今白晝，只好用較射的木牌，上面糊上白紙，聖上隨意點上三個硃點，試他的袖箭。不知聖意若何？」天子道：「甚合朕意。」誰知包公早已吩咐預備下了，自有執事人員將木牌拿來。天子驗看，上面糊定白紙，連個黑星皺紋一概沒有，由不得提起硃筆，隨意點了三個大點，叫執事人員隨展昭去，該立於何處任他自便。因袖箭乃自己練就的步數遠近，與別人的兵刃不同。展昭深體聖意，隨執事人員下了丹墀，斜行約二三十步遠近，估量聖上必看得見，方叫人把木牌立穩。左右俱各退後。

展昭又在木牌之前，對著耀武樓遙拜。拜畢，立起身來，看準紅點，翻身竟奔耀武樓。跑來約有二十步，只見他將左手一揚，右手便遞將出去，只聽木牌上「拍」的一聲；他便立住腳，正對了木牌，又是一揚手，只聽那邊木牌上又是一聲「拍」；展爺此時卻改了一個臥虎勢，將腰一躬，脖項一扭，從胳肢窩❾內將右手往外一推，只聽得「拍」，將木牌打的亂晃。展爺一伏身，來到丹墀之下，往上叩頭。此時已有人將木牌拿來，請聖上驗看。見三枝八寸長短的袖箭，俱各釘在硃紅點上，惟有末一枝已將木牌釘透。天子看了，甚覺罕然，連聲稱道：「真絕技也！」

包公又奏：「啟上吾主：展昭第三技乃縱躍法，非登高不可，須脫去長衣方能靈便。就叫他上對面五間高閣，我主可以登樓一望，看的始能真切。」天子道：「卿言甚是。」聖上起身，剛登胡梯，便傳

❾ 胳肢窩：亦作「夾肢窩」。即腋下。

旨：「所有大臣俱各隨朕登樓，餘者俱在樓下。」便有隨事內監回身傳了聖旨。包公領班，慢慢登了高樓。天子憑欄入座，眾臣環立左右。

展昭此時已將袍服脫卻，紮縛停當。四爺趙虎不知從何處煖了一盃酒來，說道：「大哥且飲一杯助助興，提提氣。」展爺道：「多謝賢弟費心。」接過一飲而盡。趙爺還要斟時，見展爺已走出數步。愣爺卻自己悄悄的飲了三盃，過來翹著腳兒，往對面閣上觀看。

單說展爺到了閣下，轉身又向耀武樓上叩拜，立起來。他便在平地上鷺伏鶴行，徘徊了幾步。忽見他身體一縮，腰背一躬，嗖的一聲，猶如雲中飛燕一般，早已輕輕落在高閣之上。這邊天子驚喜非常，道：「卿等看他，如何一轉眼間就上了高閣呢？」眾臣宰齊聲誇讚。此時展爺顯弄本領，走到高閣柱下，雙手將柱一摟，身體一飄，兩腿一飛，「噌」「噌」「噌」「噌」順柱倒爬而上。到了柁⑩頭，用左手把住，左腿盤在柱上，將虎體一挺，右手一揚，作了個探海勢。天子看了，連聲讚「好」。群臣以及樓下人等無不喝采。又見他右手抓住椽頭，滴溜溜身體一轉，把眾人唬了一跳。他卻轉過左手，找著椽頭，腳尖兒登定檀方，上面兩手倒把，下面兩腳攏步。由東邊串到西邊，由西邊又串到東邊。串來串去，串到中間，忽然把雙腳一拳，用了個捲身勢往上一番，腳跟登定瓦隴，平平的將身子翻上房去。天子看至此，不由失聲道：「奇哉！奇哉！這那裏是個人，分明是朕的御貓一般。」誰知展爺在高處業已聽見，便在房上與聖上叩頭。眾人又是歡喜，又替他害怕。

只因聖上金口說了「御貓」二字，南俠從此就得了這個綽號，人人稱他為「御貓」。此號一傳不知緊

---

⑩ 柁：屋內兩柱間的大橫梁。

要，便惹起了多少英雄好漢，人人奇材，個個豪傑。若非這些異人出仕，如何平定襄陽的大事。後文慢表。

當下仁宗天子親試了展昭的三藝，當日駕轉還宮，立刻傳旨：「展昭為御前四品帶刀護衛，就在開封府供職。」包公帶領展昭望闕⓫叩頭謝恩。諸事已畢，回轉開封。包公進了書房，立刻叫包興備了四品武職服色送與展爺。展爺連忙穿起，隨著包興來到書房，與包公行禮。包公那裏肯受，遜讓多時，只受了半禮。展爺又叫包興進內在夫人跟前代白，就說展昭與夫人磕頭。包興去了多時，回來說道：「夫人說，老爺屢蒙展老爺護救，實實感謝不盡。日後還要求展老爺時時幫助相爺。給展老爺道喜，禮是不敢當的。」展爺恭恭敬敬連連稱「是」。包公又告訴他：「明早具公服上朝。本閣替你代奏謝恩。」展爺謝道：「卑職謹依鈞命。」說罷，退出，來到公所。公孫策與四勇士俱各上前道喜。彼此遜讓一番，大家入座。不多時，擺上豐盛酒餚。這是眾人與展爺賀喜的。公孫策為首，便要安席敬酒。展爺那裏肯依，便道：「你我皆知己弟兄。若如此，便是拿我當外人看了。」大家見展爺如此，公議共敬三杯。展爺領了，謝過眾人。彼此就座。飲酒之間，又提起今日試藝。大家讚不絕口。展爺再三謙遜，毫無自滿之意，大家更為佩服。

正在飲酒之際，只見包興進來，大家讓坐。包興道：「實實不能相陪。相爺叫我來請公孫先生來了。」眾人便問何事。包興道：「方才老爺進內，吃了飯出來，便到書房，叫請公孫先生。不知為著何事。」公孫策暫向眾人告辭，同包興進內，往書房去了。這裏眾人納悶，再也測度不出是為什麼事來。不多一

⓫ 望闕：即朝著闕。闕，古代宮殿、祠廟和陵墓前高大建築物，通常左右各一，建成高臺，臺上起樓觀。以兩闕之間有空缺，故名闕或雙闕。這裏指皇宮。

會，只見公孫策出來。大家便問：「相爺呼喚，有何臺諭？」公孫策道：「不為別的。一來給展大哥辦理謝恩摺子；二來為前在修文殿召見之時，聖上說了一句幾天沒見咱家相爺，如失股肱。相爺因想起國家總以選拔人才為要。況有太后入宮大慶之典禮，宜加一科，為國求賢。叫我打個條陳摺底兒，請開恩科⑫。」展爺道：「這也是一件極好的事。既如此，偺們吃飯罷，不可耽擱了賢弟正事。」公孫策道：「一個摺底也甚容易，何必太忙。」展爺道：「雖則如此。相爺既然吩咐，想來必是等著看呢。你我朝夕聚首，何爭此一刻呢？」公孫策聽展爺說得有理，只得要飯來，大家用畢。離席，散坐吃茶。公孫先生得便來到自己屋內，略為思索，提筆一揮而就，交包興請示相爺看過，立刻繕寫清楚，預備明日呈遞。

至次日五鼓，包公帶領展爺到了朝房，伺候謝恩。眾人見了展爺，無不悄悄議論誇讚。又見展爺穿著簇新的四品武職服色，越顯得氣宇昂昂，威風凜凜，真真令人羨慕之中可畏可親。

及至聖上升殿，展爺謝過恩後，包公便將加恩科的本章遞上。天子看了甚喜，硃批依議，發到內閣，立刻出抄，頒行各省。所有各處文書一下，人人皆知。

不識後文如何，且聽下回分解。

---

⑫ 恩科：科舉制度每三年舉行鄉試及會試，稱之謂正科。如遇皇帝即位，皇室慶典加科，稱之為恩科。恩科始於宋，明清沿用此制。

第二十三回　洪義贈金夫妻遭變　白雄打虎甥舅相逢

且說恩科文書行至湖廣，便驚動了一個飽學之人。你道此人姓什名誰？他乃湖廣武昌府江夏縣南安善村居住，姓范名仲禹。妻子白氏玉蓮。孩兒金哥年方七歲，一家三口度日。他雖是飽學名士，卻是一個寒儒，家道艱難，止於餬口。

一日，會文❶回來，長吁短歎，悶悶不樂。白氏一見，不知丈夫為著何事，或者與人合了氣❷了，便向前問道：「相公今日會文回來，為何不悅呢？」范生道：「娘子有所不知：今日與同窗會文，卻未作課，見他們一個個裝束行李，張羅起身。我便問他：『如此的忙迫，要往那裏去？』同窗朋友道：『怎麼范兄，你還不知道麼？如今聖上額外的曠典❸，加了恩科，文書早已行到本省。我們尚要前去赴考，何況范兄呢。范兄若到京時，必是鰲頭獨占了。』是我聽了此言，不覺掃興而歸。娘子，你看家中一貧如洗，我學生焉能到得京中赴考呢？」說罷，不覺長歎了一聲。白氏道：「相公，原來如此。據妾心想來，此事也是徒愁無益。妾身也久有此意。我自別了母親，今已數年之久，原打算相公進京赴考時，妾

❶ 會文：指文人相聚談文論藝。
❷ 合了氣：即合氣。鬥氣、嘔氣。
❸ 曠典：罕見難逢的典禮。宋史樂志五：「有司言：『太子受封，宜湊正安之樂。』百年曠典，至是舉行。」

身意欲同相公一同起身，一來相公赴考，二來妾身也可順便探望母親。無奈事不遂心，家道艱難，也只好置之度外了。」白氏又勸慰了丈夫許多言語。范生一想，原是徒愁無益之事，也就只好丟開。

至次日清晨，正在梳洗，忽聽有人叩門。范生連忙出去，開門一看，卻是個知己的老朋友劉洪義，不勝歡喜。二人攜手，進了茅屋。因劉洪義是個年老之人，而且為人忠梗，素來白氏娘子俱是不迴避的，便上前與伯伯見禮。金哥也來拜揖。劉老者好生歡喜。遜坐烹茶。劉老者道：「我今來特為一事，與賢弟商議。當今額外曠典，加了恩科，賢弟可知道麼？」范生道：「昨日會文去，方知。」劉老者道：「賢弟既已知道，可有什麼打算呢？」范生歎道：「別人可瞞，似老兄跟前，小弟焉敢撒謊。兄看室如懸磬❹，叫小弟如之奈何？」說罷，不覺悽然。劉老一見，便道：「賢弟不要如此。但不知赴京費用可得多少呢？」范生道：「此事說來，尤其叫人為難。」便將昨日白氏欲要順便探母的話，說了一遍。劉老者聞聽，連連點頭。「人生莫大于孝，這也是該當的。如此算來，約用幾何呢？」范生答道：「昨日小弟細細盤算，若三口人一同赴京，一切用度至少也得需七八十兩。一時如何措辦得來呢？也只好丟開罷了。」劉老者聞聽，沉吟了半晌，道：「既如此，待我與你籌畫籌畫去。倘得事成，豈不是件好事呢。」范生連連稱謝。劉老者立起身來要走。范生斷不肯放，是必留下吃飯。劉老者道：「吃飯是小事，惟恐耽誤了正事。容我早早回去，張羅張羅事情要緊。」范生便不肯緊留，送出柴門。分別時，劉老者道：「就是明日罷，賢弟務必在家中聽我的信息。」說罷，告別而去。

---

❹ 室如懸磬：屋子像懸掛著的石磬一樣，空無所有。比喻窮困之極。左傳僖公二十六年：「齊侯曰：『室如懸磬，野無青草，何恃而不恐？』」

范生送了劉老者回來，心中又是歡喜，又是感歎：歡喜的是，事有湊巧；感歎的是，自己艱難卻又贅累❺朋友。又與白氏娘子望空撲影的盤算了一回。到了次日，范生如坐針氈❻一般，坐立不安，時刻盼望。好容易天將交午，只聽有人叩門。范生忙將門開了。只見劉老者拉進一頭黑驢，滿面是汗，喘吁吁的進來，說道：「好黑驢！許久不騎他，他就鬧起手來了。一路上累的老漢通身是汗。」說著話，一同來到屋內坐下。說道：「幸喜事已成就，竟是賢弟的機遇。」一壁說著，將驢上的錢褡兒從外面拿下來，放在屋內桌上，掏出兩封銀子，又放在床上。說道：「這是一百兩銀子。賢弟與弟婦帶領姪兒可以進京了。」范生此時真是喜出望外，便道：「如何用的了這許多呢？再者，不知老兄如何借來？望乞明白指示。」劉老者笑道：「賢弟不必多慮。此銀也是我相好借來的，並無利息；縱有利息，有我一面承管。再者銀子雖多，賢弟只管拿去。俗語說的好，『窮家富路』。我又說句不吉祥的話兒，倘若賢弟落了孫山，就在京中居住，不必往返跋涉。到了明年就是正科，豈不省事？總是寬餘些好。」范生聽了此言有理，知道劉老為人豪爽，也不致謝，惟有銘感❼而已。劉老又道：「賢弟起身，應用何物，也當辦理。」范生道：「如今有了銀子，便好辦了。」劉老者道：「既如此，賢弟便計慮明白。我今日也不回去了，同你上街辦理行裝。明日極好的黃道日期，就要起身才好。」范生便同劉老者牽了黑驢，出柴門，竟奔街市製辦行裝。白氏在家中，也收拾起身之物。

❺ 贅累：亦作「累贅」。即多餘；麻煩。

❻ 如坐針氈：像坐在插針的毛墊上。形容心神不安，片刻難忍。

❼ 銘感：深刻地記在心中，感激不忘。

到了晚間，劉老與范生回來，一同收拾行李，直鬧到三鼓方歇。所有粗使的傢伙以及房屋，俱託劉老者照管。劉老者上了年紀之人，如何睡的著；范生又惦念著明日行路，也是不能安睡。二人閒談。劉老者便囑咐了多少言語，范生一一謹記。

剛到黎明，車子便來，急將行李裝好。白氏拜別了劉伯伯，不覺淚下。母子二人上車。劉老者便道：「賢弟我有一言奉告。」指著黑驢道：「此驢乃我蓄養多年，我今將此驢奉送，賢弟騎上京去便了。」范生道：「既蒙兄賜，不敢推辭。」范生拉了黑驢出柴門。二人把握，難割難捨，不忍分離。范生哭的連話也說不出來。還是劉老者硬著心腸道：「賢弟請乘騎，恕我不遠送了。」說罷，竟自進了柴門。范生只得含悲去了。這裏劉老者封鎖門戶，照看房屋。這且不表。

單言范生一路赴京，無非是曉行夜宿，饑飱渴飲，卻是平平安安的到了京都，找了住所，安頓家小。范生就要到萬全山尋找岳母去，倒是白氏攔住道：「相公不必太忙。原為的是科場而來，莫若場後諸事已畢，再去不遲。一來別了數年，到了那裏，未免有許多應酬，又要分心。目下且養心神，候場務完了，我母子與你同去。二來相別許久，何爭此一時呢？」范生聽白氏說的有理，只得且料理科考，投文投卷。

到場期已近，卻是奉旨欽派包公首相的主考，真是至正無私，利弊全消。范生三場完竣，甚是得意，因想：「妻子同來，原為探望岳母。場前賢妻體諒於我，恐我分心勞神。遲到如今，我若不體諒賢妻，他母女分別數載之久，今離咫尺，不能使他母女相逢，豈不顯得我過於情薄麼？」於是備上黑驢，覓了車輛，言明送至萬全山即回。夫妻父子三人，鎖了寓所的門，一直竟奔萬全山而來。

到了萬全山，將車輛打發回去，便同妻子入山尋找白氏娘家，以為來到便可以找著，誰知問了多少行人，俱各不知。范生不由的煩躁起來，後悔不該將車打發回去。原打算既到了萬全山，總然再有幾里路程，叫妻子乘驢抱了孩兒，自己也可以步行。他卻如何料的到竟會找不著呢。因此便叫妻子帶同孩兒在一塊青石之上歇息，將黑驢放青齸草，自己便放開腳步，一直出了東山口，逢人便問，並無有一個知道白家的。心中好生氣悶，又記念著妻子，更搭著兩腿酸疼，只得慢慢踱將回來。

及至來到青石之處，白氏娘子與金哥俱各不見了。這一驚非同小可。只急得眼似金鈴，四下瞭望，那裏有個人影兒呢。到了此時，不覺高聲呼喚。聲音響處，山鳴谷應，卻有誰來答應。喚彀多時，聲啞口乾，也就沒有勁了。他就坐在石上，放聲大哭。

正在悲恐之際，只見那邊來個年老的樵人，連忙上前問道：「老丈，你可曾見有一婦人帶領個孩兒麼？」樵人道：「見可見個婦人，並沒有小孩子。」范生即問道：「這婦人在那裏？」樵人搖首道：「說起來凶的很呢。足下，你不曉得離此山五里遠，有一村名喚獨虎莊，莊中有個威烈侯名叫葛登雲。此人凶悍非常，搶掠民間婦女。方才見他射獵回來，馬上馱一個啼哭的婦人，竟奔他莊內去了。」范生聞聽，忙忙問道：「此莊在山下何方？」樵人道：「就在東南方。你看那邊遠遠一叢樹林，那裏就是。」范生聽了一看，也不作別，竟飛跑下山，投莊中去了。

你道金哥為何不見？只因葛登雲帶了一群豪奴，進山搜尋野獸，不想從深草叢中趕起一隻猛虎。虎見人多，各執兵刃，不敢揚威，他便跑下山來。恰恰從青石經過，他就一張口把金哥刁去，就將白氏嚇的昏暈過去。正遇葛登雲趕下虎來，一見這白氏，他便令人馱在馬上，回莊去了。那虎往西去了。連越兩小峰。不防那邊樹上有一樵夫正在伐柯，忽見猛虎啣一小孩，也是急中生智，將手中板斧照定虎頭拋擊下去，正打在虎背之上。那虎猛然被斧擊中，將腰一塌，口一張，將小兒便落在塵埃。樵夫見虎受傷，便跳下樹來，手急眼快，拉起扁擔照著虎的後胯就是一下，力量不小。只聽吼的一聲，那虎躥過嶺去。

樵夫忙將小兒扶起，抱在懷中。見他還有氣息，看了看雖有傷痕，卻不甚重。呼喚多時，漸漸的甦醒過來，不由的滿心歡喜。又恐再遇野獸，不是當耍的，急急摟定小兒，先尋著板斧掖在腰間，然後提了扁擔步下山來。一直竟奔西南，進了八寶村。走不多會，到了自己門首，便呼道：「母親開門，孩兒回來了。」只見裏面走出一個半白頭髮的婆婆來，將門開放，不覺失聲道：「噯喲！你從何處抱了個小兒回來？」樵夫道：「母親，且到裏面再為細述。」婆婆接過扁擔，關了門戶。樵夫進屋，將小兒輕輕放在床上，自己拔去板斧，向婆婆道：「母親，可有熱水取些來？」婆婆連忙拿過一盞。樵夫將小兒扶起，叫他喝了點熱水，方才轉過氣來，「噯喲」一聲道：「嚇死我了！」

此時那婆婆也來看視，見他雖有塵垢，卻是眉清目秀，心中疼愛的不知要怎麼樣才好。那樵夫便將從虎口救出之話，說了一回。那婆婆聽了，又不勝驚駭，便撫摩著小兒道：「你是虎口餘生，將來造化不小，富貴綿長。休要害怕，慢慢的將家鄉住處告訴於我。」小兒道：「我姓范名叫金哥，年方七歲。」婆婆見他說話明白，又問他：「可有父母沒有？」金哥道：「父母俱在。父名仲禹，母親白氏。」婆婆聽了，不覺詫異道：「你家住那裏？」金哥道：「我不是京都人，乃是湖廣武昌府江夏縣安善村居住。」婆婆聽了，連忙問道：「你母親莫非乳名叫玉蓮麼？」金哥道：「正是。」婆婆聞聽，將金哥一摟道：

「哎喲！我的乖乖呀！你可疼煞我也！」說罷，就哭起來了。金哥怔了，不知為何。旁邊樵夫道：「我告訴你，你不必發怔。我叫白雄。方才提的玉蓮，乃是我的同胞姐姐。這婆婆便是我的母親。」金哥道：「如此說來，他是我的母舅，你便是我的外祖母了。」說罷，將小手兒把婆婆一摟，也就痛哭起來。

要知如何，且聽下回分解。

第二十四回　受亂棍范狀元瘋顛　貪多杯屈鬍子喪命

且說金哥認了母舅，與外祖母摟著痛哭。白雄含淚勸慰多時，方才住聲。白老安人道：「既是你父母來京，為何不到我這裏來？」金哥道：「皆因為尋找外祖母，我才被虎刁去。」便將父母來京赴考，母親順便探母的事說了一遍：「是我父母商議定於場後尋找外祖母，故此今日來至萬全山下。誰知問人俱各不知，因此我與母親在青石之上等候，爹爹出東山口找尋去了。就在此時，猛然出來一個老虎就把我刁著走了。我也不知道了。不想被母舅救到此間。只是我父母不知此時哭到什麼地步，豈不傷感壞了呢！」說罷，又哭起來了。白雄道：「此處離萬全山有數里之遙，地名八寶村。你等在東山口找尋，如何有人知道呢？外甥不必啼哭。今日天氣已晚，待我明日前往東山口找尋你父母便了。」說罷，忙收拾飯食。又拿出刀傷藥來。白老安人與他撣塵梳洗，將藥敷了傷痕。又怕他小孩子家想念父母，百般的哄他。

到了次日黎明，白雄掖了板斧，提著扁擔，竟奔萬全山而來。到了青石之旁，左右顧盼，那裏有個人影兒。正在瞭望，忽見那邊來了一人，頭髮蓬鬆，血漬滿面，左手提著衣襟，右手執定一隻朱履，慌慌張張，竟奔前來。白雄一見，才待開言。只見那人舉起鞋來照著白雄就打，說道：「好狗頭呀！你打得老爺好！你殺得老爺好！」白雄急急閃過，仔細一看，卻像姐丈范仲禹模樣。及至問時，卻是瘋顛的，言語並不明白。白雄忽然想起：「我何不回家背了外甥來叫他認認呢？」因說道：「那瘋漢，你在此略等一等，我去去便來。」他就直奔八寶村去了。

你道那瘋漢是誰？原來就是范仲禹。只因聽了老樵人之言，急急趕到獨虎莊，硬向威烈侯門前要他的妻子。可恨葛賊暗用穩軍計留下范生，到了夜間，說他無故將他家人殺害，一聲喝令，一頓亂棍將范生打的氣絕而亡。他卻叫人弄個箱子，把范生裝在裏面，於五鼓時抬至荒郊拋棄。不想路上遇見一群報錄的人，將此箱劫去。這些報錄的，原是報范生點了頭名狀元的，因見下處無人，封鎖著門，問人時，說范生合家俱探親往萬全山去了，因此他等連夜趕來。偶見二人抬定一隻箱子，以為必是黃夜竊來的，又在曠野之間，倚仗人多，便將箱子劫下。抬箱子人跑了。眾人算發了一注❶外財，抽出繩槓，連忙開看。不料范生死而復蘇，一挺身跳出箱來，拿定朱履就是一頓亂打。眾人見他披髮帶血，情景可怕，也就一鬨而散。他便踉踉蹌蹌，信步來至萬全山，恰與白雄相遇。

再說白雄回到家中，對母親說知，背了金哥，急往萬全山而來。及至來到，瘋漢早已不知往那裏去了。白雄無可如何，只得背了金哥回轉家中。他卻不辭辛苦，問明了金哥在城內何方居住。從八寶村要到城中，也有四十多里。他那管遠近，一直竟奔城中而來。到了范生下處一看，卻是仍然封鎖，真是「乘興而來，敗興而返」。忽聽街市之上，人人傳說：「新科狀元范仲禹不知去向。」他一聽見滿心歡喜，暗道：「他既已中了狀元，自然有在官人役訪查找尋，必是要有下落的了。且自回家，報了喜信。我再細細盤問外甥一番便了。」白雄自城內回家，見了母親備述一切。金哥聞聽父母不知去向，便痛哭起來。

❶ 一注：一筆。多指錢財。

白老安人勸慰多時，方才住聲。白雄便細細盤問外甥。金哥便將母子如何坐車、父親騎驢到了山下、如何把驢放青齦草、母子如何在青石之上等候、父親如何出東山口打聽，此時就被虎刁了去的話，說了一遍。白雄都一一記在心間，等次日再去尋找便了。

你說白雄這一天辛苦，來回跑了足有一百四五十里，也真難為他。只顧說他這一邊的辛苦，就落了那一邊的正文。野史有云「一張口難說兩家話」，真是果然。就是他辛苦這一天，便有許多事故在內。你道何事？原來城中鼓樓大街西邊有座興隆木廠，卻是山西人開張。弟兄二人，哥哥名叫屈申，兄弟名叫屈良。屈申長的相貌不揚，又搭著一嘴巴扎煞鬍子，人人皆稱他為「屈鬍子」。他最愛杯中之物，每日醺醺；因此又得了個外號兒，叫「酒麴子」。他雖然好喝，卻與正事不誤，又加屈良幫助，把個買賣作了個鐵桶相似，甚為興旺。因為萬全山南，便是木商的船廠。這一天，屈申與屈良商議道：「聽說新貨已到，樂子要到那裏看看。如若對勁兒，咱倒批下些，豈不便宜呢？」屈良也甚願意，便拿褡連錢載子裝上四百兩紋銀，備了一頭醬色花白的叫驢，此驢最愛趕群。路上不見驢，他不好生走，若見了驢，他就追，也是慣了的毛病兒。屈申接過銀子褡連，搭在驢鞍上面，乘上驢，竟奔萬全山南。

到了船廠，木商彼此相熟。看了多少木料，行市全然不對。買賣中的規矩，交易不成仁義在。雖然木料沒批，酒餚是要預備的。屈申一見了酒，不覺勾起他的饞蟲來了，左一杯，右一杯，說也有，笑也有，竟自樂而忘歸。猛然一抬頭，看了看日色已然平西了。他便忙了，道：「樂（老）子還（含）要進（淨）城（沉）呢？天晚（萬）咧（拉）。天晚咧。」說著話，便起身作揖拱腰兒，連忙拉了醬色花驢，竟奔萬全山而來。

他越著急，驢越不走。左一鞭，右一鞭，罵道：「窪八日的臭屎蛋！『養軍千日，用在一朝』。老陽兒（太陽）眼看著沒拉，你含合我鬧哴哴呢！」話未說完，忽見那驢兩耳一枝愣，「嗎」的一聲就叫起來，四個蹄子亂竄飛跑。屈申知道他的毛病，必是聽見前面有驢叫喚，他必要追。因此攏住扯手由他跑去，到底比鬧哴哴（呆）強。誰知跑來跑去，果見前面有一頭驢。他這驢一見，便將前蹄揚起，連蹦帶跳。屈申坐不住鞍心，順著驢屁股掉將下來。連忙爬起，用鞭子亂打一回，只得揪住嚼子，將驢帶轉，拴在那邊一株小榆樹上。過來一看，卻是一頭黑驢，鞍韂俱全。這便是昨日范生騎來的黑驢，放青齪草，迫促之際，將他撇下。黑驢一夜未吃麩料，信步由韁，出了東山口外，故在此處仍是啃青。

屈申看了多時，便嚷道：「這是誰的黑驢？」連嚷幾聲，並無人應。自己說道：「好一頭黑驢！」又瞧了瞧口，才四個牙，膘滿肉肥，而且鞍韂鮮明，暗暗想道：「趁著無人，樂子何不換他娘的。」即將錢褡子拿過來，搭在黑驢身上，一扯扯手，翻身上去。只見黑驢迤迤❷迤迤，卻是飛快的好走兒。屈申心中歡喜，以為得了便宜。

忽然見天氣改變，狂風驟起，一陣黃沙打的二目難睜。此時已有掌燈時候。屈申心中躊躇道：「這光（官）景，城是進不去了。我還有四百兩銀（營）子，這可怎（咱）的好？前面萬全山若遇見個打悶（夢）棍的，那才是糟（早）兒糕呢！只好找個人（仍）家借個宿（休）兒。」心裏想著，只見前面有個褡連坡兒，南上坡忽見有燈光。屈申便下了黑驢，拉到上坡，來到門前。

忽聽裏面有婦人說道：「嫁漢嫁漢，穿衣吃飯。有把老婆餓起來的麼？」又聽男子說話道：「你餓

❷ 迤迤：形容連續不斷地向前走。迤，連延。杜牧詩：「檣形櫛櫛斜，浪態迤迤好。」

著，誰又吃什麼來呢？」婦人接著說道：「你沒吃什麼，你倒灌黃湯❸了。」男子又道：「誰不叫你也喝呢？」婦人道：「我要會喝，我早喝了。既弄了來，不知纙柴米，你先張羅你的酒！」男子道：「這難說，也是我的口頭福兒。」婦人道：「既愛吃現成兒的，索性明兒我掙了你吃爽利，叫你享享福兒。」男子道：「你別胡說。我雖窮，可是好朋友。」婦人道：「街市上那有你這樣的好朋友呢？」屈申聽至此，欲待不敲門，看了看四面黑，別處又無燈光，只得用鞭子敲戶道：「借光（官）兒，尋個休兒。」裏面卻不言語了。

屈申又叫了半天，方聽婦人問道：「找誰的？」屈申道：「我是行路的，因天黑（賀）了，借光（官）兒，尋個休兒。明兒重禮相謝。」婦人道：「你等等。」又遲了半天，方見有個男子出來，打著一個燈籠，問道：「作什麼的？」屈申作個揖道：「我是個走路兒的。因天晚（萬）咧（拉），難以行走，故此驚動，借個休兒。明兒重禮相謝。」男子道：「原來如此，這有什麼呢。請到家裏坐。」屈申道：「我還有一頭驢。」男子道：「只管拉進來。」將驢拴在東邊樹上，便持燈引進來，讓至屋內。

屈申提了錢褡子，隨在後面。進來一看，卻是兩明一暗，三間草房。屈申將褡子放在炕上，從新與那男子見禮。那男子還禮，道：「茅屋草舍，掌櫃的不要見笑。」屈申道：「好說。」男子便問：「尊姓？在那裏發財？」屈申道：「姓屈，名叫屈申，在城（沉）裏鼓（故）樓大街（該）開著個興（心）隆（倫）木廠。我還（含）沒領（吝）教你老貴姓（信）？」男子道：「我姓李，名叫李保。」屈申道：「原來是李大哥（過），失敬，失敬。」李保道：「好說，好說！屈大哥，久仰，久仰。」

❸ 灌黃湯：指喝酒。黃酒呈黃色，是罵人的話。

你道這李保是誰？他就是李天官派了跟包公上京赴考的李保。後因包公罷職，他以為包公再沒有出頭之日，因此將行李銀兩拐去逃走。每日花街柳巷，花了不多的日子，便將行李銀兩用盡。流落至此，投在李老頭店中。李老兒夫妻見他勤謹小心，膝下又無兒子，只有一女，便將他招贅❹，作了養老的女婿。誰知他舊性不改，仍是嫖賭吃喝，生生把李老兒夫妻氣死。他便接過店來，更無忌憚，放蕩自由，加著李氏也是個好吃懶做的女人，不上一二年便把店關了。後來鬧的實在無法，就將前面傢伙等項典賣與人，又將房屋拆毀賣了折貨❺，只剩了三間草房。到今日落得一貧如洗。偏偏遇見倒運的屈申前來投宿。

當日李保與他攀話，見燈內無油，立起身來向東間，掀起破布簾子，進內取油。只見他女人悄悄問道：「方才他往炕上一放，咕咚一聲，是什麼？」李保道：「是個錢褡子。」婦人歡喜道：「活該咱家要發財。」李保道：「怎見得？」婦人道：「我把你這傻兔子！他單單一個錢褡子而且沉重，那必是硬頭貨❻了。你如今問他，會喝不會喝？他若會喝，此事便有八分了。有的是酒，你盡力的將他灌醉了，自有道理。」

李保會意，連忙將油罐子拿出來，添上燈，撥的亮亮兒的。他便大哥長，大哥短的問話。說到熱鬧之間，便問：「屈大哥，你老會喝不會？」一句話問的個屈申口角流涎，饞不可解，答道：「這末半夜

---

❹ 招贅：亦作「入贅」。即招女婿。

❺ 折貨：以房料作舊貨。折，折合；抵作。

❻ 硬頭貨：指銀子。

三更的，那裏討酒喝（哈）呢？」李保道：「現成有酒。實對大哥說，我是最愛喝的。」屈申道：「對勁（慲）兒！我也是愛喝的。咱兩個竟是知己的好朋（盆）友了。」李保說著話，便溫起酒來，彼此對坐。一來屈申愛喝，二來李保有意，一讓兩讓連三讓，便把個屈申灌的酩酊大醉，連話也說不出來了，前仰後合。他把錢褡子往裏一推，將頭剛然上枕，便呼呼酣睡。

此時李氏已然出來。李保悄悄說道：「他醉是醉了，只是有何方法呢？」婦人道：「你找繩子來。」李保道：「要繩子作什麼？」婦人道：「我把你這獃爪日的！將他勒死，就完了事咧。」李保搖頭道：「人命關天，不是頑的。」婦人發怒道：「既要發財，卻又膽小。鬆王八！難道老娘就跟著你挨餓不成？」李保到了此時，也顧不得國法，便將繩子拿來。婦人已將破炕桌兒挪開，見李保顫顫哆嗦，知道他不能下手。惡婦便將繩子奪過來，連忙上炕，繞到屈申裏邊，輕輕兒的從他枕的錢褡之下，遞過繩頭，慢慢拴過來緊了一扣。一招手將李保叫上炕來。將一頭遞給李保，攏住了繩頭，兩個人往兩下裏一勒。婦人又將腳一登。只見屈申手腳扎煞。李保到了此時，雖然害怕，也不能不用力了。不多時，屈申便不動了，李保也就癱了。這惡婦連忙將錢褡子抽出，伸手掏時，見一封一封的卻是八包，滿心歡喜。

未知如何，且聽下回分解。

第二十五回　白氏還魂陽差陰錯　屈申附體醉死夢生

且說李保夫婦將屈申謀害。李氏將錢褡子抽出，伸手一封一封的掏出，攜燈進屋，將炕面揭開，藏於裏面。二人出來。李保便問：「屍首可怎麼樣呢？」婦人道：「趁此夜靜無人，背至北上坡，拋放廟後，又有誰人知曉？」李保無奈，叫婦人仍然上炕，將屍首扶起，李保背上。才待起身，不想屈申的身體甚重，連李保俱各栽倒。復又站起來，盡力的背。婦人悄悄的開門，左右看了看，說道：「趁此無人，快背著走罷。」李保背定，竟奔北上坡而來。

剛然走了不遠，忽見那邊有個黑影兒一晃。李保覺得眼前金花亂迸，汗毛皆乍❶，身體一閃，將死屍擲於地上。他便不顧性命的往南上坡跑來。只聽婦人道：「在這裏呢。你往那裏跑？」李保喘吁吁的道：「把我嚇糊塗了。剛然到北上坡不遠，誰知那邊有個人；因此將屍首擲於地上，就跑回來了。不想跑過去了。」婦人道：「這是你『疑心生暗鬼』。你忘了北上坡那棵小柳樹兒了。你必是拿他當作人了。」李保方才省悟，連忙道：「快關門罷。」婦人道：「門且別關，還沒有完事呢。」李保問道：「還有什麼事？」婦人道：「那頭驢怎麼樣？留在家中，豈不是個禍胎❷麼？」李保道：「是呀！依你怎麼樣？」

---

❶ 汗毛皆乍：即全身汗毛豎立。形容突然受驚。

❷ 禍胎：猶禍根。李商隱詩：「幾時拓土成王道，自古窮兵是禍胎。」

婦人道：「你連這麼個主意也沒有，把他轟出去就完了。」李保道：「豈不可惜了的？」婦人道：「你發了這麼些財，還稀罕這個驢。」李保聞聽，連忙到了院裏，將偏韁解開，拉著往外就走。驢子到了門前，再不肯走。好狠婦人！提起門閂，照著驢子的後胯就是一下。驢子負痛，往外一竄。李保順手一撒。婦人又將門閂從後面一戳，那驢子便跑下坡去了。

惡夫婦進門，這才將門關好。李保總是心跳不止。倒是婦人坦然自得，並教給李保：「明日依然照舊，只管井邊汲水。倘若北上坡有人看見死屍，你只管前去看看，省得叫別人生疑心。候事情安靜之後，偺們再慢慢受用。你說這件事情，作的乾淨不乾淨，嚴密不嚴密？」婦人一片話說的李保也壯起膽來。說著話，不覺的雞已三唱，天光發曉。路上已有行人。

有一人看見北上坡有一死屍，便慢慢的積聚多人。就有好事的給地方送信。地方聽見本段有了死屍，連忙跑來，見脖項有繩子一條，卻是極鬆的，並未環扣。地方看了道：「原來是被勒死的。眾位鄉親，大家照看些，好歹別叫野牲口嚼了。我找我們夥計去，叫他看著，我好報縣。」地方囑託了眾人，他就往西去了。

剛然走了數步，只聽眾人叫道：「苦頭兒，苦頭兒，回來，回來。活咧！活咧！」苦頭兒回頭，道：「別頑笑呀！我是燒心的事。你們這是什麼勁兒呢？」眾人道：「真的活咧，誰合你頑笑呢。」苦頭聽了只得回來，果見屍首拳手拳腳動彈，真是甦醒了。連忙將他扶起，盤上雙腿。遲了半晌，只聽得「噯喲」一聲，氣息甚是微弱。苦頭在對面蹲下，便問道：「朋友，你甦醒甦醒。有什麼話，只管對我說。」

只見屈申微睜二目，看了看苦頭兒，又瞧了瞧眾人，便道：「呀！你等是什麼人？為何與奴家對面交談？是何道理？還不與我退後些。」說罷，將袖子把面一遮，聲音極其嬌嚦❸。眾人看了不覺笑將起來，說道：「好個奴家！好個奴家！」苦頭兒忙攔道：「眾位鄉親別笑。這是他剛然甦醒，神不守舍❹之故。眾位壓靜❺，待我細細的問他。」眾人方把笑聲止住。苦頭兒道：「朋友，你被何人謀害？是誰將你勒死的？只管對我說。」只見屈申羞羞慚慚的道：「奴家是自己懸樑自盡的，並不是被人勒死的。」眾人聽了，亂說道：「這明是被人勒死的，如何說是弔死的？既是弔死，怎麼能彀項帶繩子，躺在這裏呢？」苦頭兒道：「眾位不要多言，待我問他。」便道：「朋友，你為什麼事上弔呢？」只聽屈申道：「奴家與丈夫兒子探望母親，不想遇見什麼威烈侯將奴家搶去，藏閉在後樓之上，欲行苟且❻。奴假意應允，支開了丫鬟，自盡而死。」苦頭兒聽了，向眾人道：「眾位聽見了？」便伸出個大拇指頭來。「其中又有這個主兒，這個事情怪呀！看他的外面，與他所說的話，有點底臉兒不對呀❼。」

正在詫異，忽聽腦後有人打了一下子。苦頭兒將手一摸，哎喲道：「這是誰呀？」回頭一看，見是個瘋漢，拿著一隻鞋在那裏趕打眾人。苦頭兒埋怨道：「大清早起，一個倒臥鬧不清，又挨了一鞋底子，好生的晦氣！」忽見屈申說道：「那拿鞋打人的，便是我的丈夫。求眾位爺們將他攏住。」眾人道：「好朋友！這個腦袋樣兒，你還有丈夫呢？」

---

❸ 嬌嚦：形容聲音嬌柔清脆。

❹ 神不守舍：指心神不定。舍，本意為第宅，這裏指人的軀體。

❺ 壓靜：鎮定安靜。

❻ 苟且：不循禮法；不正當。這裏指欲行不軌之事。漢書宣帝紀：「上下相安，莫有苟且之意也。」

❼ 看他的外面三句：意思為看他外形是個男人，講的話，從聲音到內容都是女人的，故說裏外（底臉）不對頭。

正在說笑，忽見有兩個人扭結在一處，一同拉著花驢，高聲亂喊：「地方！地方！我們是要打定官司了。」苦頭兒發恨道：「真他媽的！我是什麼時氣❽兒，一宗不了又一宗。」只得上前說道：「二位鬆手，有話慢慢的說。」

你道這二人是誰？一個是屈良，一個是白雄。只因白雄昨日回家一日，黎明又到萬全山，出東山口各處找尋范爺。忽見小榆樹上拴著一頭醬色花驢。白雄以為是他姐夫的驢子，（只因金哥沒說是黑驢，他也沒問是什麼毛片。）有了驢子，便可找人；因此解了驢子牽著正走，恰恰的遇見屈良。屈良因哥哥一夜未回，又有四百兩銀子甚不放心；因此等城門一開，急急的趕來，要到船廠詢問。不想遇見白雄拉著花驢，正是他哥哥屈申騎坐的。他便上前一把揪住，道：「你把我們的驢，拉著到那裏去？我哥哥呢？我們的銀子呢？」白雄聞聽，將眼一瞪，道：「這是我親戚的驢子。我還問你要我的姐夫、姐姐呢。」彼此扭結不放，是要找地方打官司呢。

恰好巧遇地方。他只得上前說道：「二位鬆手，有話慢慢的說。」不料屈良，他一眼瞧見他哥哥席地而坐，便嚷道：「好了，好了！這不是我哥哥麼。」將手一鬆，連忙過來，說道：「我哥哥，你怎的在此呢？脖子上怎的又拴著繩子呢？」忽聽屈申道：「哇！你是什等樣人，竟敢如此無禮。還不與我退後！」屈良聽他哥竟是婦人聲音，也不是山西口氣，不覺納悶道：「你這是怎的了呢？咱們山西人是好朋友。你這個光景，以後怎的見人呢？」忽見屈申向著白雄道：「你不是我兄弟白雄麼？噯喲！兄弟呀！你看姐姐好不苦也！」倒把個白雄聽了一怔。

---

❽ 時氣：即時運。氣，氣數；命運。

忽然又聽眾人說道：「快閃開，快閃開，那瘋漢又回來了。」白雄一看，正是前日山內遇見之人。又聽見屈申高聲說道：「兄弟，那邊是你姐夫范仲禹，快些將他攏住。」白雄到了此時，也就顧不得了，將花驢偏韁遞給地方。他便上前將瘋漢揪了個結實，大家也就相幫，才攏住。苦頭兒便道：「這個事情我可鬧不清。你們二位也不必分爭，只好將你們一齊送到縣裏，你們那裏說去罷。」

剛說至此，只見那邊來人。苦頭兒便道：「快來罷！我的大爺，你還慢慢的蹭❾呢。」只聽那人道：「我才聽見說，趕著就跑了來咧。」苦頭兒道：「牌頭❿，你快快的找兩輛車來。那個是被人謀害的不能走，這個是個瘋子，還有他們兩個俱是事中人。快快去罷。」老牌頭聽了，連忙轉去。不多時，果然找了兩輛車來，便叫屈申上車。屈申偏叫白雄攙扶，白雄卻又不肯。還是大家說著，白雄無奈，只得將屈申攙起。見他兩隻大腳兒，彷彿是小小金蓮一般，扭扭捏捏，一步挪不了四指兒的行走，招的眾人大笑。屈良在旁看著，實在臉上磨不開，惟有唶聲歎氣而已。屈申上了車，屈良要與哥哥同車，反被屈申叱下車來，卻叫白雄坐上。屈良只得與瘋漢同車，又被瘋漢腦後打了一鞋底子，打下車來。及至要騎花驢，地方又不讓，說：「此驢不定是你的，不是你的，還是我騎著為是。」屈良無可奈何，只得跟著車在地下跑，竟奔祥符縣而來。

正走中間，忽見來了個黑驢，花驢一見就追。地方在驢上緊勒扯手，那裏勒得住。幸虧屈良步行，

---

❾ 蹭：一步一步慢慢走。

❿ 牌頭：「腰牌」的尊稱。腰牌，用作憑證的小木板或金屬板。唐代用銀牌，宋代用金牌，後來稱腰牌。掛腰牌的有兩種人：公差、軍士。這裏指公差。

連忙上前將嚼子揪住，道：「你不知道這個驢子的毛病兒，他見驢就追。」說著話，見後面有一黑矮之人，敞著衣襟，跟著一個伴當，緊跟那驢往前去了。

你道此人是誰？原來是四爺趙虎。只因包公為新科狀元遺失，入朝奏明天子，即著開封府訪查。剛才下朝，只聽前面人聲聒耳⓫，包公便腳跺轎底，立刻打杵，問：「前面為何喧嚷？」包興等俱各下馬，連忙跑去問明：原來有個黑驢鞍轡俱全，並無人騎著，竟奔大轎而來，板棍擊打不開。包公聽罷，暗暗道：「莫非此驢有些冤枉麼？」吩咐：「不必攔阻，看他如何。」兩旁執事左右一分。只見黑驢奔至轎前，可煞⓬作怪，他將兩隻前蹄一屈，望著轎將頭點了三點。眾人道「怪」。包公看的明白，便道：「那黑驢你果有冤枉，你可頭南尾北，本閣便派人跟你前去。」包公剛才說完，那驢便站起轉過身來，果然頭南尾北。包公心下明白，即喚了聲「來」。誰知道趙虎早已欠著腳兒靜聽，估量著相爺必要叫人，剛聽個「來」字，他便趕至轎前。包公即吩咐：「跟隨此驢前去。查看有何情形異處，稟我知道。」

趙爺奉命下來，那驢便在前引路，愣爺緊緊跟隨。剛才出了城，趙爺已跑的吁吁帶喘，只得找塊石頭，坐在上面歇息。只見自己的伴當從後面追來，滿頭是汗，喘著說道：「四爺要巴結差使，也打算打算。兩條腿跟著四條腿跑，如何趕的上呢？黑驢呢？」趙爺說：「他在前面跑，我在後面追。不知他往那裏去了？」伴當道：「這是什麼差使呢？沒有驢子，如何交差呢？」正說著，只見那黑驢又跑回來了。四爺便向黑驢道：「呀，呀，呀！你果有冤枉，你須慢著些兒走，我老趙方能趕的上。不然，我騎你幾

⓫ 聒耳：聲多亂耳。
⓬ 煞：這裏作「很」解。

步，再走幾步，如何？」那黑驢果然抿耳攢蹄的不動。四爺便將他騎上，走了幾里，不知不覺，就到萬全山的褡連坡。那驢一直奔了北上坡去了。四爺走熱了，敞開衣襟，跟定黑驢，也到萬全山，見是廟的後牆，黑驢站著不動。此時伴當已來到了。四面觀望，並無形跡可疑之處。主僕二人心中納悶。

忽聽見廟牆之內，喊叫「救人」。四爺聽見，便叫伴當蹲伏著身子，四爺登定肩頭。伴當將身往上長，四爺把住牆頭將身一縱，上了牆頭，往裏一看：只見有一口薄木棺材，棺蓋倒在一旁；那邊有一個美貌婦人按著老道廝打。四爺不管高低，便跳下去，趕至跟前，問道：「你等『男女授受不親』，如何混纏廝打？」只聽婦人說道：「樂子被人謀害，圖了我的四百兩銀子。不知怎的，樂子就跑到這棺材裏頭來了。誰知老道他來打開棺材蓋，不知他安著什麼心？我不打他怎的呢？」趙虎道：「既如此，你且放他起來，待我問他。」那婦人一鬆手，站在一旁。老道爬起，向趙爺道：「此廟乃是威烈侯的家廟。昨日抬了一口棺材來，說是主管葛壽之母病故，叫我即刻埋葬。只因目下禁土⓭，暫且停於後院。今日早起忽聽棺內亂響，是小道連忙將棺蓋橇開。誰知這婦人出來，就將我一頓好打，不知是何緣故？」趙爺聽老道之言，又見那婦人雖是女形，卻是像男子的口氣，而且又是山西口音，說的都是圖財害命之言。

四爺聽了，不甚明白，心中有些不耐煩，便道：「俺老趙不管你們這些閒事。我是奉包老爺差遣前來，尋蹤覓跡。你們只好隨我到開封府說去。」說罷，便將老道束腰絲絛解下，就將老道拴上，拉著就走。叫那婦人後面跟隨。繞到廟的前門，拔去插門，開了山門。此時伴當已然牽驢來到。

不知出得廟門，有何事體，且聽下回分解。

⓭ 禁土：（這日）禁止動土。這是民俗的禁忌。

第二十六回　聆音察理賢愚立判　鑑貌辨色男女不分

且說四爺趙虎出了廟門，便將老道交與伴當，自己接過驢來。忽聽後面婦人說道：「那南上坡站立那人，彷彿是害我之人。」緊行數步，口中說道：「何嘗不是他。」一直跑至南上坡，在井邊揪住那人，嚷道：「好李保呀！你將欒子勒死，你把我的四百兩銀子藏在那裏？你趁早兒還我就完了。」只聽那人說道：「你這婦人好生無理！我與你素不相識，誰又拿了你的銀子咧？」婦人更發急道：「你這個忘八日的！圖財害命，你還合欒子鬧這個腔兒呢！」趙爺聽了不容分說，便叫從人將拴老道的絲絲那一頭兒，也把李保兒拴上，帶著就走，竟奔開封府而來。

此時祥符縣因有狀元范仲禹，他不敢質訊❶，親將此案的人證解到開封府，略將大概情形回稟了包公。包公立刻升堂，先叫將范仲禹帶上堂來，差役左右護持。只見范生到了公堂，嚷道：「好狗頭們呀！你們打得老爺好！你們殺得老爺好！」說罷，拿著鞋就要打人。卻是作公人手快，冷不防將他的朱履奪了過來。范仲禹便胡言亂語說將起來。公孫主簿在旁，看出他是氣迷瘋痰之症，便回了包公，必須用藥調理於他。包公點頭應允，叫差役押送至公孫先生那裏去了。

包公又叫帶上白雄來。白雄朝上跪倒。包公問道：「你是什麼人？作何生理？」白雄稟道：「小人

❶ 質訊：扣押審訊。

白雄，在萬全山西南八寶村居住，打獵為生。那日從虎口內救下小兒，細問姓名家鄉住處，才知是自己的外甥。因此細細盤問，說我姐夫乘驢而來；故此尋至東山口外，見小榆樹上拴著一花驢，小人以為是我姐夫騎來的。不料路上遇見個山西人，說此驢是他的，還合小人要他哥哥並銀子，因此我二人去找地方。卻見眾人圍著一人，這山西人一見說是他哥哥，向前相認。誰知他哥哥卻是婦人的聲音，不認他為兄弟，反將小人說是他的兄弟。求老爺與小人作主。」包公問道：「你姐夫叫什麼名字？」白雄道：「小人姐夫叫范仲禹，乃湖廣武昌府江夏縣人氏。」包公聽了，正與新科狀元籍貫相同，點了點頭，叫他且自下去。

帶屈良上來。屈良跪下，稟道：「小人叫作屈良，哥哥叫屈申，在鼓樓大街開一座興隆木廠。只因我哥哥帶了四百兩銀子上萬全山南批木料，去了一夜沒有回來。是小人不放心，等城門開了，趕到東山口外，只見有個人拉著我哥哥的花驢。小人問他要驢，他不但不給驢，還合小人要他的什麼姐夫；因此我二人去找地方，卻見我哥哥坐在地下。不知他怎的改了形景，不認小人是他兄弟，反叫姓白的為兄弟。求老爺與我們明斷明斷。」包公問道：「你認明花驢是你的麼？」屈良道：「怎的不認得呢。這個驢子有毛病兒，他見驢就追。」包公叫他也暫且下去，叫把屈申帶上來。左右便道：「帶屈申，帶屈申。」只見屈鬍子他卻不動。差役只得近前說道：「大人叫你上堂呢。」只見他羞羞慚慚，扭扭捏捏，走上堂來，臨跪時先用手扶地，彷彿嬝娜❷的了不得。兩邊衙役看此光景，由不得要笑，又不敢笑。只聽包公問道：「你被何人謀害？訴上來。」只見屈申稟道：「小婦人白玉蓮。丈夫范仲禹，上京科考。小婦人

---

❷ 嬝娜：指女子體態輕盈柔美。李白侍從宜春苑詩：「池南柳色半青青，縈煙嬝娜拂綺城。」

同定丈夫來京，順便探親。就于場後帶領孩兒金哥，前往萬全山，尋問我母親住處。我丈夫便進山訪問去了，我母子在青石之上等候。忽然來了一隻猛虎，將孩兒刁去。小婦人正在昏迷之際，只見一群人內有一官長，連忙說『搶』，便將小婦人拉拽上馬。到他家內，閉于樓中。是小婦人投繯自盡。恍惚之間，覺得涼風透體。睜眼看時，見圍繞多人，小婦人改變了這般模樣。」

包公看他形景，聽他言語，心中納悶，便將屈良叫上堂來，問道：「你可認得他麼？」屈良道：「是小人的哥哥。」又問屈申道：「你可認得他麼？」屈申道：「小婦人並不認得他是什麼人。」包公叫屈良下去，又將白雄叫上堂來，問道：「你可認得此人麼？」白雄回道：「小人並不認得。」忽聽屈申道：「我是你嫡親姐姐，你如何不認得？豈有此理！」白雄惟有發怔而已。包公便知是魂錯附了體了。只是如何辦理呢？只得將他們俱各帶下去。

只見愣爺趙虎上堂，便將跟了黑驢查看情形，述說了一遍，所有一干人犯俱各帶到。包公便叫將道士帶上來。道士上堂跪下，稟道：「小道乃是給威烈侯看家廟的，姓葉名苦修。只因昨日侯爺府中抬了口薄皮材來，說是主管葛壽的母親病故，叫小道即刻埋葬。小道因目下禁土，故叫他們將此棺放在後院裏。」包公聽了，道：「你這狗頭滿口胡說！此時是什麼節氣，竟敢妄言禁土！左右，掌嘴！」那道士忙了，道：「老爺不必動怒。小道實說，實說。因聽見是主管的母親，料他棺內必有首飾衣服。小道一時貪財心勝，故謊言禁土，以便撬開棺蓋，得些東西。不料剛將棺蓋開起，那婦人他就活了，把小道按住一頓好打。他卻是一口的山西話，並且力量很大。小道又是怕又是急，無奈喊叫『救人』。便見有人從牆外跳進來，就把小道拴了來了。」包公便叫他畫了招，立刻出籤，拿葛壽到案。道士帶下去。叫：帶婦人。左右一疊連聲道：「帶婦人，帶婦人。」那婦人卻動也不動。還是差役上前說道：「那婦人，老爺叫你上堂呢。」只聽婦人道：「樂子是好朋友，誰是婦人？你不要頑笑呀。」差役道：「你如今是個婦人，誰和你頑笑呢。你且上堂說去。」婦人聽了，便人又步兒走上堂來，咕咚一聲跪倒。包公道：「那婦人你有何冤枉？訴上來。」婦人道：「我不是婦人，我名叫屈申。只因帶著四百兩銀子到萬全山批木頭去，不想買賣不成。因回來晚咧，在道兒上見個沒主兒的黑驢，又是四個牙兒；因此我就把我的花驢拴在小榆樹兒上，我就騎了黑驢，以為是個便宜。誰知刮起大風來了，天又晚了，就在南坡上一個人家尋休兒。這個人名叫李保兒。他將我灌醉了，就把我勒死了。正在緩不過氣兒來之時，忽見天光一亮，卻是一個道士撬開棺蓋。我也不知怎麼跑到棺材裏面去了。我又不見了四百兩銀子，因此我才把老道打了。不想剛出廟門，卻見南坡上有個汲水的，就是害我的李保兒。我便將他揪住，一同拴了來了。我們山西人千鄉百里，也非容易。樂子是要定了四百兩銀子咧。弄的我這個樣兒，這是怎麼說呢？」

包公聽了，叫把白雄帶上來，道：「你可認的這個婦人麼？」白雄一見，不覺失聲道：「你不是我姐姐玉蓮麼？」剛要向前廝認，只聽婦人道：「誰是你姐姐，樂子是好朋友哇！」白雄聽了，反倒嚇了一跳。包公叫他下去。把屈良叫上來，問婦人道：「你可認得他麼？」此話尚未說完，只聽婦人說道：「嗳喲！我的兄弟呀！你哥哥被人害了，千萬想著偺們的銀子要緊。」屈良道：「這是怎的了？我多久有這樣兒的哥哥呢？」包公吩咐，一齊帶下去。心中早已明白是男女二魂錯附了體了。

又叫帶李保上堂來。包公一見正是逃走的惡奴。已往不究，單問他為何圖財害命。李保到了此時，看見相爺的威嚴，又見身後包興、李才俱是七品郎官的服色，自己悔恨無地，惟求速死；也不推辭，他便從實招認。包公叫他畫了招，即差人前去起贓，並帶李氏前來。

剛然去後，差人稟道：「葛壽拿到。」包公立刻吩咐帶上堂來，問道：「昨日抬到你家主的家廟內那一口棺材，死的是什麼人？」葛壽一聞此言，登時驚慌失色，道：「是小人的母親。」包公道：「你在侯爺府中當主管，自然是多年可靠之人。既是你母親，為何用薄皮材盛殮？你即或不能，也當求求家主賞賜，竟是忍心，如此潦草完事。你也太不孝了！來！」「有。」「拉下去，先打四十大板。」兩旁一聲答應，將葛壽重責四十，打的滿地亂滾。包公又問道：「你今年多大歲數了？」葛壽道：「今年三十六歲。」包公又問道：「你母親多大年紀了？」一句話，問的他張口結舌，半天，說道：「小人不……不記得了。」包公怒道：「滿口胡說！天下那有人子不記得母親歲數的道理。可見你心中無母，是個忤逆之子。來！」「有。」「拉下去，再打四十大板。」葛壽聽了，忙道：「相爺不必動怒。小人實說，實說。」包公道：「講！」左右公人催促：「快講，快講！」

惡奴到了此時，無可如何，只得說道：「回老爺：棺材裏那個死人，小人卻不認得。只因前日我們侯爺打圍❸回來，在萬全山看見一個婦人在那裏啼哭，頗有姿色。旁邊有個親信之人，他叫刁三，就在侯爺跟前獻勤，說了幾句言語，便將那婦人搶到家中，閉於樓上，派了兩僕婦勸慰於他。不想後來有個姓范的找他的妻子。也是刁三與侯爺定計，將姓范的請到書房好好看待，又應許給他找尋妻子。……」

包公便問道：「這刁三現在何處？」葛壽道：「就是那天夜裏死的。」包公道：「想是你與他有仇，將他謀害了。來！」「有。」「拉下去，打。」葛壽著忙道：「小人不曾害他，是他自己死的。」包公道：

❸打圍：打獵。圍，指圍獵。

「他如何自己死的呢！」葛壽道：「小人索性說了罷。因刁三與我們侯爺定計，將姓范的留在書房。到三更時分，刁三手持利刃，前往書房，殺姓范的去。等到五更未回。我們侯爺又派人去查看，不料刁三自不小心，被門檻子絆了一跤，手中刀正在咽喉穿透而死。我們侯爺便另差家丁一同來到書房，說姓范的無故謀殺家人，一頓亂棍就把他打死了。又用一個舊箱子將屍首裝好，趁著天未亮，就抬出去拋於山中了。」包公道：「這婦人如何又死了呢？」葛壽道：「這婦人被僕婦丫鬟勸慰的，卻應了。誰知他是假的，眼瞅不見，他就上了弔咧。我們侯爺一想，未能如意，枉自害了三條性命，因用棺木盛好女屍，假說是小人之母，抬往家廟埋葬。這是已往從前之事，小人不敢撒謊。」包公便叫他畫了招，所有人犯俱各寄監。惟白氏女身男魂，屈申男身女魂，只得在女牢分監，不准褻瀆相戲。又派王朝、馬漢前去，帶領差役捉拿葛登雲，務於明日當堂聽審。分派已畢，退了堂，大家也就陸續散去。

此時惟有地方苦頭兒最苦。自天亮時整整兒鬧了一天，不但挨餓，他又看著兩頭驢，誰也不理他。此時有人來，他便搭訕著給人道辛苦，問：「相爺退了堂了沒有？」那人應道：「退了堂了。」他剛要提那驢子，那人便走了。一連問了多少人，誰也不理他。只急的抓耳撓腮，唉聲歎氣。好容易等著跟四爺的人出來，他便上前央求。跟四爺的人見他可憐，才叫他拉了驢到馬號裏去。偏偏的花驢又有毛病兒不走，還是跟四爺的人幫著他，拉到號中，見了管號的交代明白，就在號裏餵養。方叫地方回去，叫他明兒早早來聽著。地方千恩萬謝而去。

且說包公退堂用了飯，便在書房思索此案，明知是陰錯陽差，卻想不出如何辦理的法子來。包興見相爺雙眉緊蹙，二目頻翻❹，竟自出神，口中嘟噥嘟噥，說道：「陰錯陽差，陰錯陽差，這怎麼辦呢？」

包興不由的跪下，道：「此事據小人想來，非到陰陽寶殿查去不可。」包公問道：「這陰陽寶殿在於何處？」包興道：「在陰司地府。」包公聞聽，不由的大怒，斷喝一聲：「哇！好狗才！為何滿口胡說？」

未知如何，且聽下回分解。

❹ 二目頻翻：指二眼頻繁地張合。形容思考疑難的問題。

第二十七回　仙枕示夢古鏡還魂　仲禹掄元熊飛祭祖

且說包公聽見包興說在陰司地府，便厲聲道：「你這狗才，竟敢胡說！」包興道：「小人如何敢胡說。只因小人去過，才知道的。」包公問道：「你幾時去過？」包興便將白家堡為遊仙枕害了他表弟李克明，後來將此枕當堂呈繳；因相爺在三星鎮歇馬，小人就偷試此枕，到了陰陽寶殿，說小人冒充星主之名，被神趕了回來的話，說了一遍。包公聽了「星主」二字，便想起：「當初審烏盆，後來又在玉宸宮審鬼冤魂，皆稱我為星主。如此看來，竟有些意思。」便問：「此枕現在何處？」包興道：「小人收藏。」連忙退出。不多時，將此枕捧來。包公見封固甚嚴，便叫：「打開我看。」包興打開，雙手捧至面前。包公細看了一回。彷彿一塊朽木，上面有蝌蚪文字❶，卻也不甚分明。包公看了也不說用，也不說不用，只是點了點頭。包興早已心領神會，捧了仙枕，來到裏面屋內，將帳鉤挂起，把仙枕安放周正。回身出來，又遞了一杯茶。包公坐了多時，便立起身來。包興連忙執燈，引至屋內。包公見帳鉤挂起，遊仙枕已安放周正，暗暗合了心意，便上床和衣而臥。包興放下帳子，將燈移出，寂寂無聲，在外伺候。

❶ 蝌蚪文字：即「蝌蚪文」，亦作「科斗文」。古代文字的一個種類。古代作書，以刀刻或漆書於竹簡木牘之上。用漆書寫，下筆時漆多，收尾漆少，故筆畫多頭大尾小，形如蝌蚪，故名之。起於漢鄭玄，魏晉之間，其說尤盛。

包公雖然安歇，無奈心中有事，再也睡不著。不由翻身向裏。頭剛著枕，只覺自己在丹墀之上，見下面有二青衣牽著一匹黑馬，鞍轡俱是黑的。忽聽青衣說道：「請星主上馬。」包公便上了馬，一抖絲韁。誰知此馬迅速如飛，耳內只聽風響。又見所過之地，俱是昏昏慘慘，雖然黑暗，瞧的卻又真切。只見前面有座城池，雙門緊閉。那馬竟奔城門而來。包公心內著急，說是不好，必要碰上。一轉瞬間，城門已過，進了個極大的衙門。到了丹墀，那馬便不動了。只見有兩個紅黑判官迎出來，說道：「星主升堂。」包公便下了馬，步上丹墀，見大堂之上，有匾大書「陰陽寶殿」四字，又見公位桌椅等項俱是黑的。包公不暇細看，便入公座。只聽紅判道：「星主必是為陰錯陽差之事而來。」便遞過一本冊子。包公打開看時，上面卻無一字。才待要問，只見黑判官將冊子拿起，翻上數篇，便放在公案之上。包公仔細看時，只見上面寫著恭恭正正八句粗話，起首云：「原是丑與寅，用了卯與辰。上司多誤事，因此錯還魂。若要明此事，井中古鏡存。臨時滴血照，磕破中指痕。」當下包公看了，並無別的字跡。剛然要問，兩判拿了冊子而去。那黑馬也沒有了。

包公一急，忽然驚醒，叫人。包興連忙移燈近前。包公問道：「什麼時候了？」包興回道：「方交三鼓。」包公道：「取杯茶來。」忽見李才進來，稟道：「公孫主簿求見。」包公便下了床，包興打簾，來至外面。只見公孫策參見，道：「范生之病，晚生已將他醫好。」包公聽了大悅，道：「先生用何方醫治好的？」公孫回道：「用五木湯。」包公道：「何為五木湯？」公孫道：「用桑、榆、桃、槐、柳五木熬湯，放在浴盆之內，將他搭在盆上趁熱燙洗，然後用被蓋嚴，上露著面目，通身見汗為度。他的積痰瘀血化開，心內便覺明白，現在惟有軟弱而已。」包公聽了，讚道：「先生真妙手奇方也！即煩先生，好好將他調理便了。」公孫領命，退出。包興遞上茶來。包公便叫他進內取那面古鏡，又叫李才傳外班在二堂伺候。包興將鏡取來。包公升了二堂，立刻將屈申並白氏帶至二堂。此時包興已將照膽鏡懸挂起來，包公叫他二人分男左女右，將中指磕破，把血滴在鏡上，叫他們自己來照。屈申聽了咬破右手中指，以為不是自己指頭，也不心疼，將血滴在鏡上。白氏到了此時，也無可如何，只得將左手中指咬破些，須把血也滴在鏡上。只見血到鏡面，滴溜溜亂轉，將雲翳俱各趕開，霎時光芒四射，照的二堂之上，人人二目難睜，各各心膽俱冷。包公吩咐男女二人，對鏡細看。二人及至看時，一個是上弔，一個是被勒，正是那氣堵咽喉萬箭攢心之時，那一番的難受，不覺氣悶神昏，登時一齊跌倒。但見寶鏡光芒漸收。眾人打了個冷戰。卻仍是古鏡一面。

包公吩咐將古鏡、遊仙枕並古今盆，俱各交包興好好收藏。再看他二人時，屈申動手動腳的，猛然把眼一睜，說道：「好李保呀！你偷我四百兩銀子。我合你要定咧。」說著話，他便自己上下瞧了瞧。想了多時，忽把自己下巴一摸，歡喜道：「唔！是咧，是咧！這可是我咧。」便向上叩頭。「求大人與我判判。銀子是四百兩呢，不是頑的咧。」此時白氏已然甦醒過來，便覺羞容悽慘。包公吩咐將屈申交與外班房，將白氏交內茶房婆子好生看待。包公退堂，歇息。

至次日清晨起來，先叫包興：「問問公孫先生，范生可以行動麼？」去不多時，公孫便帶領范生慢慢而來。到了書房，向前參見，叩謝大人再造之恩。包公連忙攔阻，道：「不可，不可。」看他形容雖然憔悴，卻不是先前瘋顛之狀。包公大喜，吩咐看座。公孫策與范生俱告了坐，略述梗概。又告訴他妻子無恙，只管放心調養，叫他：「無事時將場內文字抄錄出來，待本閣具本題奏，保你不失狀元就是了。」

范生聽了更加歡喜，深深的謝了。包公又囑咐公孫，好好將他調理。二人辭了包公，出外面去了。

只見王朝、馬漢進來稟道：「葛登雲今已拿到。」包公立刻升堂，訊問。葛登雲仗著勢力人情，自己又是侯爺，就是滿招了，諒包公也無可如何。他便氣昂昂的一一招認，毫無推辭。包公叫他畫了招。相爺登時把黑臉沉下來，好不怕人，說一聲：「請御刑。」王、馬、張、趙早已請示明白了，請到御刑，抖去龍袱，卻是虎頭鍘。此鍘乃初次用，想不到拿葛登雲開了張了。此時葛賊已經面如土色，後悔不來，竟死於鍘下。又換狗頭鍘，將李保鍘了。葛壽定了斬監候。李保之妻李氏定了絞監候。葉道士盜屍，發往陝西延安府充軍。屈申、屈良當堂將銀領去。因屈申貪便宜換驢，即將他的花驢入官。黑驢伸冤有功，奉官餵養。范生同定白氏玉蓮當堂叩謝了包公，同白雄一齊到八寶村居住，養息身體，再行聽旨。至於范生與兒子相會，白氏與母親見面，自有一番悲痛歡喜，不必細表。

且說包公完結此案，次日即具摺奏明：威烈侯葛登雲作惡多端，已請御刑處死；並聲明新科狀元范仲禹因場後探親，遭此冤枉，現今病未痊愈，懇恩展限❷十日，著一體❸金殿傳臚❹，恩賜瓊林筵宴❺。仁宗天子看了摺子，甚是歡喜，深嘉包公秉正除奸，俱各批了依議。又有個夾片，乃是御前四品帶刀護

---

❷ 展限：指放寬期限。

❸ 一體：一起。

❹ 傳臚：科舉時代，殿試後宣讀皇帝詔令唱名叫傳臚。

❺ 瓊林筵宴：亦作「瓊林宴」。皇帝賜新科進士的宴會。宋太宗太平興國二年賜宴新科進士於瓊林苑，因有瓊林宴之名。

衛展昭因回籍祭祖，告假兩個月。聖上也准了他的假。凡是包公所奏的，聖上無有不依從，真是君正臣良，太平景象。

且說南俠展爺既已告下假來，他便要起身。公孫策等給他餞行，又留住幾日，才束裝出了城門，到了幽僻之處，依然改作武生打扮，直奔常州府武進縣遇杰村而來。到了門前，剛然擊戶，聽得老僕在內，說道：「我這門從無人敲打的。我不欠人家帳目，又不與人通來往，是誰這等敲門呢？」及至將門開放，見了展爺，他又道：「原來大官人回來了。一去就不想回來，也不管家中事體如何，只管叫老奴經理。將來老奴要來不及了，那可怎麼樣呢？哎喲！又添了澆裹❻了。又是跟人，又是兩匹馬，要買去也得一百五六十兩銀子。連人帶牲口，這一天也耗費好些呢。」嘮嘮叨叨，聒絮❼不休。南俠也不理他，一來念他年老，二來愛他忠義持家，三來他說的句句皆是好話，又難以駁他。只得拿話岔他，說道：「房門可曾開著麼？」老僕道：「自官人去後，又無人來，開著門預備誰住呢？老奴怕的丟了東西，莫若把他鎖上，老奴也好放心。如今官人回來了，說不得書房又要開了。」又向伴當道：「你年輕，腿腳靈便，隨我進去取出鑰匙，省得我奔波。」說著話，往裏面去了。伴當隨進，取出鑰匙，開了書房，只見灰塵滿案，積土多厚。伴當連忙打掃，安放行囊。

展爺剛然坐下，又見展忠端了一碗熱茶來。展爺吩咐伴當接過來，口內說道：「你也歇歇去罷。」原是怕他說話的意思。誰知展忠說道：「老奴不乏。」又說道：「官人也該務些正事了。每日在外閒遊，

---

❻ 澆裹：方言。日常開支。

❼ 聒絮：絮叨；嚕嗦。

又無日期歸來，耽誤了多少事體。前月開封府包大人那裏打發人來請官人，又是禮物，又是聘金。老奴答言，官人不在家，不肯收禮。那人那裏肯依，他將禮物放下，他就走了。還有書子一封。」說罷，從懷中掏出，遞過去道：「官人看看，作何主意？俗語說的好，『無功受祿，寢食不安』，也該奮志才是。」南俠也不答言，接過書來拆開，看了一遍，道：「你如今放心罷。我已然在開封府，作了四品的武職官了。」展忠道：「官人又來說謊了。做官如何還是這等服色呢？」展爺聞聽，道：「你不信，看我包袱內的衣服就知道了。我告訴你說，只因我得了官，如今特特的告假回家祭祖。明日預備祭禮，到墳前一拜。」此時伴當已將包袱打開。展忠看了，果有四品武職服色，不覺歡喜非常，笑嘻嘻道：「大官人真個作了官了，待老奴與官人叩喜頭。」展爺連忙攙住，道：「你乃是有年紀之人，不要多禮。」展忠道：「官人既然作了官，總以接續香煙為重，從此要早畢婚姻，成立家業要緊。」南俠趁機道：「我也是如此想。前在杭州有個朋友，曾提過門親事，過了明日，後日我還要往杭州前去聯姻呢。」展忠聽了，道：「如此甚好，老奴且備辦祭禮去。」他就歡天喜地去了。

到了次日，便有多少鄉親鄰里前來賀喜幫忙，往墳上搬運祭禮。及至展爺換了四品服色，騎了高頭大馬，到墳前，便見男女老少俱是看熱鬧的鄉黨。展爺連忙下馬步行，伴當接鞭，牽馬在後隨行。這些人看見展爺衣冠鮮明，相貌雄壯，而且知禮，誰不羨慕，誰不歡喜。

你道如何有許多人呢？只因昨日展忠辦祭禮去，樂的他在路途上逢人便說，遇人便講，說：「我們官人作了皇家四品帶刀的御前侍衛了，如今告假回家祭祖。」因此一傳十，十傳百，所以聚集多人。

且說展爺到了墳上，展拜已畢。又細細週圍看視了一番，見墳塚樹木俱各收拾齊整，益信❽老僕的忠義持家。留戀多時，方轉身乘馬回去。便吩咐伴當幫著展忠，張羅這些幫忙鄉親。展爺回家後，又出來與眾人道乏。一個個張口結舌，竟有想不出說什麼話來的，也有見過世面的，展老爺長，展老爺短，尊敬個不了。

展爺在家一天，倒覺的分心勞神。定於次日起身上杭州，叫伴當收拾行李。到第二日，將馬扣備停當，又囑託了義僕一番，出門上馬，竟奔杭州而來。

未知如何，且聽下回分解。

❽ 益信：更加相信。益，增加。

第二十八回　許約期湖亭欣慨助　探底細酒肆巧相逢

且說展爺他那裏是為聯姻。皆因遊過西湖一次，他時刻在念，不能去懷，因此謊言，特為賞玩西湖的景致。這也是他性之所愛。

一日來至杭州，離西湖不遠，將從者馬匹寄在五柳居❶。他便慢慢步行至斷橋❷亭上，徘徊瞻眺❸，真令人心曠神怡。正在暢快之際，忽見那邊堤岸上有一老者將衣摟起，把頭一蒙，縱身跳入水內。展爺見了不覺失聲道：「哎喲不好了！有人投了水了。」自己又不會水，急的他在亭子上搓手跺腳，無法可施。猛然見有一隻小小漁舟，猶如弩箭❹一般，飛也似趕來。到了老兒落水之處，見個少年漁郎把身體向水中一順，彷彿把水刺開的一般，雖有聲息，卻不咕咚。展爺看了，便知此人水勢精通，不由的凝眸❺注視。不多時，見少年漁郎將老者托起身子，浮於水面，蕩悠悠竟奔岸邊而來。展爺滿心歡喜，下了亭

❶ 五柳居：杭州郊外的鄉村酒店名。六十一回有大夫居。

❷ 斷橋：杭州西湖十景點之一。一名段橋，又名寶祐橋。因為從孤山的來路（白堤），到此而斷，因而得名。橋處在杭州裏西湖和外西湖的分水線上。橋堤東北角有「雲水光中」水榭和「斷橋殘雪」碑亭。

❸ 瞻眺：環視遠望。

❹ 弩箭：用弩發射的箭。弩，用機械發射的弓。

❺ 凝眸：目不轉睛。

子，繞在那邊堤岸之上。見少年漁郎將老者兩足高高提起，頭向下，控出多少水來。

展爺且不看老者性命如何，他細細端詳漁郎，見他年紀不過二旬光景，英華滿面，氣度不凡，心中暗暗稱羨。又見少年漁郎將老者扶起，盤上雙膝，在對面慢慢喚道：「老丈醒來，老丈醒來。」此時展爺方看老者，見他白髮蒼髯❻，形容枯瘦，半日方哼了一聲，又吐了好些清水。哎喲了一聲，甦醒過來，微微把眼一睜，道：「你這人好生多事，為何將我救活？我是活不得的人了。」

此時已聚集許多看熱鬧之人，聽老者之言，俱各道：「這老頭子竟如此無禮。人家把他救活了，他倒抱怨。」只見漁郎兒並不動氣，反笑嘻嘻的道：「老丈不要如此。螻蟻尚且貪生，何況是人呢。有什麼委曲，何不對小可說明？倘若真不可活，不妨我再把你送下水去。」旁人聽了，俱悄悄道：「只怕難罷！你既將他救活，誰又眼睜睜的瞅著，容你把他又淹死呢。」

只聽老者道：「小老兒姓周名增，原在中天竺開了一座茶樓。只因三年前冬天大雪，忽然我鋪子門口臥倒一人。是我慈心一動，叫夥計們將他抬到屋中，煖被蓋好，又與他熱薑湯一碗。他便甦醒過來，自言姓鄭名新，父母俱亡，又無兄弟。因家業破落，前來投親，偏又不遇。一來肚內無食，遭此大雪，故此臥倒。老漢見他說的可憐，便將他留在鋪中，慢慢的將養好了。誰知他又會寫，又會算，在櫃上幫著我辦理，頗覺殷勤。也是老漢一時錯了主意。老漢有個女兒，就將他招贅為婿，料理買賣頗好。不料去年我女兒死了，又續娶了王家姑娘，就不像先前光景，也還罷了。後來因為收拾門面，鄭新便向我說：『女婿有半子之勞，惟恐將來別人不服。何不將周字改個鄭字，將來也免得人家訛賴❼。』老漢一想，

---

❻ 蒼髯：這裏指灰白色的鬍子。髯，古稱多鬢為髯。亦作頰毛解。

也可以使得，就將周家茶樓改為鄭家茶樓。誰知自改了字號之後，他們便不把我看在眼內了。一來二去，言語中漸漸露出說老漢白吃他們，他們倒養活我，是我賴他們了。一聞此言，便與他分爭。無奈他夫妻二人口出不遜，就以周家賣給鄭家為題，說老漢訛了他。因此老漢氣忿不過，在本處仁和縣將他告了一狀。他又在縣內打點通了，反將小老兒打了二十大板，逐出境外。漁哥，你想，似此還有個活頭兒麼？不如死了，在陰司把他再告下來，出出這口氣。」

漁郎聽罷，笑了，道：「老丈，你錯打了算盤了。一個人既斷了氣，如何還能出出氣呢？再者他有錢使的鬼推磨，難道他陰司就不會打麼？依我倒有個主意，莫若活著合他賭氣。你說好不好？」周老道：「怎麼合他賭氣呢？」漁郎說：「再開個周家茶樓氣氣他，豈不好麼？」周老者聞聽，把眼一睜，道：「你還是把我推下水去。老漢衣不遮體，食不充饑，如何還能彀開茶樓呢？你還是讓我死了好。」漁郎笑道：「老丈不要著急。我問你，若要開這茶樓，可要用多少銀兩呢？」周老道：「縱省儉，也要耗費三百多銀子。」漁郎道：「這不打緊。多了不能，這三四百銀子小可還可以巴結得來。」

展爺見漁郎說了此話，不由心中暗暗點頭，道：「看這漁郎好大口氣。竟能如此仗義疎財，真正難得。」連忙上前，對老丈道：「周老丈，你不要狐疑❽。如今漁哥既說此話，決不食言。你若不信，在下情願作保，如何？」只見那漁郎將展爺上下打量了一番，便道：「老丈，你可曾聽見了？這位公子爺，諒也不是謊言的。咱們就定於明日午時，千萬千萬，在那邊斷橋亭子上等我，斷斷不可過了午時。」說

❼ 訛賴：方言。訛詐。

❽ 狐疑：俗傳狐性多疑，因此指多疑無決斷。離騷：「心猶豫而狐疑兮，欲自適而不可。」

話之間，又從腰內掏出五兩一錠銀子來，托於掌上，道：「老丈，這是銀子一錠，你先拿去作為衣食之資。你身上衣服皆濕，難以行走。我那邊船上有乾淨衣服，你且換下來。待等明日午刻，見了銀兩，再將衣服對換，豈不是好！」周老兒連連稱謝不盡。那漁郎回身一點手，將小船喚至岸邊。便取衣服，叫周老換了。把濕衣服抛在船上，一拱手道：「老丈請了。千萬明日午時，不可錯過！」將身一縱，跳上小船，蕩蕩悠悠，搖向那邊去了。周老攥定五兩銀子，向大眾一揖道：「多承眾位看顧，小老兒告別了。」說罷，也就往北去了。

展爺悄悄跟在後面，見無人時，便叫道：「老丈明日午時，斷斷不可失信。倘那漁哥無銀時，有我一面承管，准准的叫你重開茶樓便了。」周老回身作謝，道：「多承公子爺的錯愛。明日小老兒再不敢失信的。」展爺道：「這便才是。請了。」急回身，竟奔五柳居而來。見了從人，叫他連馬匹俱各回店安歇。「我因遇見知己邀請，今日不回去了。你明日午時在斷橋亭接我。」從人連聲答應。

展爺回身，直往中天竺。租下客寓，問明鄭家樓，便去踏看❾門戶路徑。走不多路，但見樓房高聳，茶幌飄揚。來至切近，見匾額上字，一邊是「興隆齋」，一邊是「鄭家樓」。展爺便進了茶鋪，只見櫃堂竹椅上坐著一人，頭戴摺巾，身穿華氅，一手扶住磕膝，一手搭在櫃上；又往臉上一看，卻是形容瘦弱，尖嘴縮腮，一對瞇縫眼，兩個扎煞耳朵❿。他見展爺瞧他，他便連忙站起執手，道：「爺上欲吃茶，請登樓，又清淨，又豁亮。」展爺一執手，道：「甚好，甚好。」便手扶欄杆，慢登樓梯。來至樓上一望，

---

❾ 踏看：猶踏勘。即到現場實地調查。

❿ 扎煞耳朵：方言。俗稱「招風耳朵」，耳大招風。扎煞，亦作「挓挲」。

見一溜五間樓房，甚是寬敞，揀個座兒坐下。

茶博士過來，用代手擦抹桌面。且不問茶問酒，先向那邊端了一個方盤，上面蒙著紗罩。打開看時，卻是四碟小巧茶果，四碟精緻小菜，極其齊整乾淨。安放已畢，方問道：「爺是吃茶？是飲酒？還是會客呢？」展爺道：「卻不會客，是我要吃杯茶。」茶博士聞聽，向那邊摘下個水牌來，遞給展爺道：「請爺吩咐，吃什麼茶？」展爺接過水牌，且不點茶名，先問茶博士何名。茶博士道：「小人名字，無非是『三槐』『四槐』，若遇客官喜歡，『七槐』『八槐』都使得。」展爺道：「少了不好，多了不好，我就叫你『六槐』罷？」茶博士道：「『六槐』極好，是最合乎中的。」

展爺又問道：「你東家姓什麼？」茶博士道：「姓鄭。爺沒看見門上匾額麼？」展爺道：「我聽見說，此樓原是姓周，為何姓鄭呢？」茶博士道：「以先原是周家的，後來給了鄭家了。」展爺道：「我聽見說，周、鄭二姓還是親戚呢。」茶博士道：「爺上知道底細。他們是翁婿，只因周家的姑娘沒了，如今又續娶了。」展爺道：「續娶的可是王家的姑娘麼？」茶博士道：「何曾不是呢。」展爺道：「想是續娶的姑娘不好；但凡好麼，如何他們翁婿會在仁和縣打官司呢。」茶博士聽至此，卻不答言，惟有瞅著展爺而已。又聽展爺道：「你們東家住於何處？」茶博士道：「就在這後面五間樓上。此樓原是鉤連搭十間，在當中隔開。這面五間作客座，那面五間作住房。差不多的，都知道離住房很近，承賜顧者，到了樓上，皆不肯胡言亂道。」展爺道：「這原是理當謹言。但不知他家內還有何人？」茶博士暗想道：「此位是吃茶來咧？還是私訪來咧？」只得答道：「家中並無多人，惟有東家夫妻二人，還有個小鬟。」展爺道：「方才進門時，見櫃前竹椅兒上坐的那人，就是你們東家麼？」茶博士道：「正是，正是。」

展爺道：「我看他滿面紅光，準要發財。」茶博士道：「多謝老爺吉言。」展爺方看水牌，點了雨前茶。茶博士接過水牌，仍挂在原處。

方待下樓去泡一壺雨前茶來，忽聽樓梯響處，又上來一位武生公子，衣服鮮豔，相貌英華，在那邊揀一座，卻與展爺斜對。茶博士不敢怠慢，顯機靈，露熟識，便上前擦抹桌子，道：「公子爺一向總沒來，想是公忙。」只聽那武生道：「我卻無事，此樓我是初次才來。」茶博士見言語有些不相合，也不言語，便向那邊也端了一方盤，也用紗罩兒蒙著，依舊是八碟，安放妥當。那武生道：「我茶酒尚未用著，你先弄這個作什麼？」茶博士道：「這是小人一點敬意。公子爺愛用不用，休要介懷⓫。請問公子爺是吃茶，是飲酒，還是會客呢？」那武生道：「且自吃杯茶，我是不會客的。」茶博士便向那邊摘下水牌來，遞將過去。

忽聽下邊說道：「雨前茶泡好了。」茶博士道：「公子爺先請看水牌，小人與那位取茶去。」轉身不多時，擎了一壺茶，一個盅子，拿至展爺那邊，又應酬了幾句。回身又仍到武生桌前，問道：「公子爺吃什麼茶？」那武生道：「雨前罷。」茶博士便吆喝道：「再泡一壺雨前來！」

剛要下樓，只聽那武生喚道：「你這裏來。」茶博士連忙上前，問道：「公子爺有什麼吩咐？」那武生道：「我還沒問你貴姓？」茶博士道：「承公子爺一問，足已彀了。如何耽的起『貴』字？小人姓李。」武生道：「大號呢？」茶博士道：「小人豈敢稱大號呢，無非是『三槐』『四槐』，或『七槐』『八槐』，爺們隨意呼喚便了。」那武生道：「多了不可，少了也不妥，莫若就叫你『六槐』罷？」茶博士道：

⓫ 介懷：猶介意。放在心上。

「『六槐』就是『六槐』，總要公子爺合心。」說著話，他卻回頭望了望展爺。

又聽那武生道：「你們東家原先不是姓周麼？為何又改姓鄭呢？」茶博士聽了，心中納悶道：「怎麼今日這二位吃茶，全是問這些的呢？」他先望了望展爺，方對武生說道：「本是周家的，如今給了鄭家了。」那武生道：「周鄭兩家原是親戚，不拘誰給誰都使得。大約續娶的這位姑娘有些不好罷？」茶博士道：「公子爺如何知道這等詳細？」那武生道：「我是測度。若是好的，他翁婿如何會打官司呢？」茶博士道：「這是公子爺的明鑑。」口中雖如此說，他卻望了望展爺。那武生道：「你們東家住在那裏？」茶博士暗道：「怪事！我莫若告訴他，省得再問。」便將後面還有五間樓房、並家中無有多人、只有一個丫鬟，合盤的全說出來。說完了，他卻望了望展爺。那武生道：「方才我進門時，見你們東家滿面紅光準要發財。」茶博士聽了此言，更覺詫異，只得含糊答應，搭訕著下樓取茶。他卻回頭，狠狠的望了望展爺。

未知後文如何，且聽下回分解。

第二十九回　丁兆蕙茶鋪偷鄭新　展熊飛湖亭會周老

且說那邊展爺，自從那武生一上樓時，看去便覺熟識。後又聽他與茶博士說了許多話，恰與自己問答的一一相對。細聽聲音，再看面龐，恰就是救周老的漁郎，心中躊躇道：「他既是武生，為何又是漁郎呢？」一壁思想，一壁擎杯，不覺出神，獨自獃獃的看著那武生。忽見那武生立起，向著展爺，一拱手道：「尊兄請了。」展爺連忙放下茶杯，答禮道：「兄臺請了。若不棄嫌，何不屈駕❶這邊一敘。」那武生道：「既承雅愛，敢不領教。」於是過來，彼此一揖。展爺將前首座兒讓與武生坐了，自己在對面相陪。

此時茶博士將茶取過來，見二人坐在一處，方才明白他兩個敢是一路同來的，怨不得問的話語相同呢。笑嘻嘻將一壺雨前茶，一個茶杯，也放在那邊。那邊八碟兒外敬，算他白安放了。剛然放下茶壺，只聽武生道：「六槐，你將茶且放過一邊。我們要上好的酒，拿兩角來。菜蔬不必吩咐，只要應時配口的，拿來就是了。」六槐連忙答應，下樓去了。

那武生便問展爺道：「尊兄貴姓？仙鄉何處？」展爺道：「小弟常州府武進縣姓展名昭，字熊飛。」那武生道：「莫非新陞四品帶刀護衛欽賜『御貓』，人稱南俠展老爺麼？」展爺道：「惶恐❷，惶恐。豈

---

❶ 屈駕：敬辭。委屈大駕。

❷ 惶恐：恐懼不安。

敢，豈敢。請問兄臺貴姓？」那武生道：「小弟松江府茉花村，姓丁名兆蕙。」展爺驚道：「莫非令兄名兆蘭，人稱為雙俠丁二官人麼？」丁二爺道：「慚愧，慚愧。賤名何足挂齒。」展爺道：「久仰尊昆仲❸名譽，屢欲拜訪。不意今日邂逅❹，實為萬幸。」丁二爺道：「家兄時常思念吾兄，原要上常州地面，未得其便。後來又聽得吾兄榮陞❺，因此不敢仰攀❻。不料今日在此幸遇，實慰渴想。」展爺道：「兄臺再休提那封職。小弟其實不願意。似乎你我弟兄疎散❼慣了，尋山覓水，何等的瀟灑。今一旦為官羈絆❽，反覺心中不能暢快，實實出於不得已也。」丁二爺道：「大丈夫生於天地之間，理宜與國家出力報效。吾兄何出此言？莫非言與心違麼？」展爺道：「小弟從不撒謊。其中若非關礙著包相爺一番情意，弟早已挂冠遠隱了。」說至此，茶博士將酒饌俱已擺上。丁二爺提壺斟酒，展爺回敬，彼此略為謙遜，飲酒暢敘。展爺便問：「丁二兄，如何有漁郎裝束？」丁二爺笑道：「小弟奉母命上靈隱寺進香，行至湖畔，見此名山，對此名泉，一時技癢，因此改扮了漁郎，原為遣興作耍，無意中救了周老，也是機緣湊巧。兄臺休要見笑。」正說之間，忽見有個小童上得樓來，便道：「小人打量二官人必是在此，果然就在此間。」丁二爺道：「你來作什麼？」小童道：「方才大官人打發人來請二官人早些回去，現

---

❸ 昆仲：兄弟。
❹ 邂逅：不期而會。
❺ 榮陞：高陞。
❻ 仰攀：指結交地位高於自己的人。
❼ 疎散：這裏指散漫，沒有約束。
❽ 羈絆：比喻牽制束縛。羈，馬籠頭。絆，絆索。

有書信一封。」丁二爺接過來看了，道：「你回去告訴他說，我明日即回去。」略頓了一頓，又道：「你叫他暫且等等罷。」展爺見他有事，連忙道：「吾兄有事，何不請去。難道以小弟當外人看待麼？」丁二爺道：「其實也無什麼事。既如此，暫告別。請吾兄明日午刻，千萬到橋亭一會。」展爺道：「謹當從命。」丁二爺便將六槐叫過來，道：「我們用了多少，俱在櫃上算帳。」展爺也不謙遜，當面就作謝了。丁二爺執手告別，下樓去了。

展爺自己又獨酌了一會，方慢慢下樓，在左近❾處找了寓所。歇至二更以後，他也不用夜行衣，就將衣襟拽了一拽，袖子捲了一捲，佩了寶劍，悄悄出寓所，至鄭家後樓，見有牆角縱身上去。繞至樓邊，又一躍到了樓簷之下，見牕上燈光有婦人影兒，又聽杯箸聲音。忽聽婦人問道：「你請官人，如何不來呢？」丫鬟道：「官人與茶行兌銀兩呢。兌完了，也就來了。」又停一會，婦人道：「你再去看看。天已三更，如何還不來呢？」丫鬟答應下樓。猛又聽得樓梯亂響，只聽有人嘮叨道：「沒有銀子，要銀子；及至有了銀子，他又說黃夜之間難拿，暫且寄存，明日再拿罷。可惡的狠！上上下下，叫人費事。」說著話，只聽唧叮咕咚一陣響，是將銀子放在桌子上的光景。

展爺便臨牕牖偷看，見此人果是白晝在竹椅上坐的那人；又見桌上堆定八封銀子，俱是西紙包妥，上面影影綽綽有花押。只見鄭新一壁說話，一壁開那邊的假門兒，口內說道：「我是為交易買賣。娘子又叫丫鬟屢次請我，不知有什麼緊要事？」手中卻一封一封將銀收入槅子裏面，仍將假門兒扣好。只聽婦人道：「我因想起一宗事來，故此請你。」鄭新道：「什麼事？」婦人道：「就是為那老厭物，雖則

---

❾ 左近：附近、鄰近。

逐出境外。我細想來，他既敢在縣裏告下你來，就保不住他在別處告你，或府裏，或京控，俱是不免的。那時怎麼好呢？」鄭新聽了，半晌歎道：「若論當初，原受過他的大恩。如今將他鬧到這步田地，我也就對不過我那亡妻了！」說至此，聲音卻甚慘切。

展爺在牕外聽，暗道：「這小子尚有良心。」忽聽有摔筷箸、摜酒杯之聲；再細聽時，又有抽抽噎噎之音，敢則是婦人哭了。只聽鄭新說道：「娘子不要生氣。我不過是那麼說。」婦人道：「你既惦著前妻，就不該叫他死呀，也不該又把我娶來呀。」鄭新道：「這原是因話提話。人已死了，我還惦記作什麼？再者他要緊，你要緊呢？」說著話，便湊過婦人那邊去，央告道：「娘子，是我的不是，你不要生氣。明日再設法出脫那老厭物便了。」又叫丫鬟燙酒，與奶奶換酒。一路緊央告，那婦人方不哭了。

大凡婦人曉得三從四德，不消說那便是賢德的了。惟有這不賢之婦，他不曉三從四德為何事，他單有三個字的訣竅❿，是那三個字呢？乃「惑」、「觸」、「嚇」也。一進門時尊敬丈夫，言語和氣，丈夫說這個好，他便說妙不可言；說那個不好，他便說斷不可用，真是百依百隨，哄得丈夫心花俱開。趁著歡喜之際，他便暗下針砭⓫，這就用著蠱惑⓬了。說那個不當這麼說，這個不當這麼著，看丈夫的光景，若是有主意的男子，迎頭攔住，他這「惑」字便用不著，只好另打主意；若遇無主意的男子，聽了那蠱惑之言，漸漸的心地就貼服了婦人，婦人便大施神威，處處全以惑字當先，管保叫丈夫再也逃不出這個

---

❿ 訣竅：竅門；方法。竅，孔穴。比喻事情的關鍵。

⓫ 針砭：比喻規戒過失。古代以砭石為針治病。

⓬ 蠱惑：迷惑。使人心迷亂。

「惑」字圈兒去，此是第一個訣竅用著了。將丈夫的心籠絡住了，他便漸漸的放肆起來，稍有不合意之處，不是墩摔就是嚷鬧，故意觸怒丈夫之心，看丈夫能受不能受。若是剛強的男子，便怒上加怒，不是喝罵就是毆打，他見觸字不能行，便飲聲咽氣，趕早收起來。偏有一等不做臉兒男子，本是自己生氣來著，忽見婦人一鬧，他不但沒氣，反倒笑了，只落得婦人聒絮不休，那男子竟會無言可對，從此後再要想他不觸而不可得。至於「嚇」，又是從「觸」中生出來的變格文字，今日也觸，明日也觸，觸得丈夫全然不知不覺，習慣成自然了，他又從觸字之餘波改了嚇字之機契，三行鼻涕兩行淚，無故的關門不語，呼之不應，憑空的囑託後事，彷彿是臨終贈言。最是一等可惡者，尋刀覓剪，明說大賣，猶如明火執杖⓭的強盜相似，弄得男人抿耳攢蹄束手待斃，恨不得歃血盟誓⓮，自朝至夕，但得承一時之歡顏，不亞如放赦的一般。家庭之間若真如此，雖則男子的乾綱不振，然而婦人之能為從此已畢矣。即如鄭新之婦便是用了三絕藝，已至了惑觸之局中，尚未用嚇字之變格。

且說丫鬟奉命溫酒，剛然下樓，忽聽「哎喲」一聲，轉身就跑上樓來，只嚇得他張口結舌，驚慌失措。鄭新一見，便問道：「你是怎麼樣了？」丫鬟喘吁吁，方說道：「了……了不得，樓……樓底下火……火毬兒亂……亂滾。」婦人聽了，便接言道：「這也犯的上嚇的這個樣兒。這別是財罷？想來是那老厭物攢下的私蓄，埋藏在那裏罷。我們何不下去瞧瞧，記明白了地方兒，明日慢慢的再刨。」一席話

⓭ 明火執杖：亦作「明火執仗」。原指點著火把，拿著武器，公開搶劫。後亦形容毫無顧忌地幹壞事。

⓮ 歃血盟誓：古代舉行盟會時，嘴唇上塗上牲畜的血，以示莊嚴、誠意。歃血，以指蘸血，塗於口旁。一說，口含血。

說的鄭新貪心頓起，忙叫丫鬟點燈籠。丫鬟他卻不敢下樓取燈籠，就在蠟臺上見有個蠟頭兒，在燈上對著，手裏拿著，在前引路。婦人後面跟隨，鄭新也隨在後，同下樓來。

此時牕外展爺滿心歡喜，暗道：「我何不趁此時撬牕而入，偷取他的銀兩呢？」剛要抽劍，忽見燈光一晃卻是個人影兒，連忙從牕牖孔中一望，不禁大喜。原來不是別人，卻是救周老兒的漁郎到了，暗暗笑道：「敢則他也是向這裏挪借來了。只是他不知放銀之處，這卻如何能告訴他呢？」心中正自思想，眼睛卻望裏留神。只見丁二爺也不東瞧西望，他竟奔假門而來。將手一按，門已開放，只見他一封一封往懷裏就揣。屋裏在那裏揣，展爺在外頭記數兒，見他一連揣了九次，仍然將假門兒關上。展爺心中暗想：「銀子是八封，他卻揣了九次，不知那一包是什麼？」正自揣度，忽聽樓梯一陣亂響，有人抱怨道：「小孩子家看不真切，就這末大驚小怪的。」正是鄭新夫婦，同著丫鬟上樓來了。

展爺在牕外，不由的暗暗著急道：「他們將樓門堵住。我這朋友，他卻如何脫身呢？他若是持刀威嚇，那就不是俠客的行為了。」忽然跟前一黑，再一看時，屋內已將燈吹滅了。展爺大喜，暗暗稱妙。忽聽鄭新哎喲道：「怎麼樓上燈也滅了。你又把蠟頭兒擲了，燈籠也忘了撿起來，這還得下樓取火去。」展爺在外聽的明白，暗道：「丁二官人真好靈機，借著滅燈他就走了，真正的爽快。」忽又自己笑道：「銀兩業已到手，我還在此作什麼？難道人家偷驢，我還等著拔橛兒不成。」將身一順，早已跳下樓來，復又上了牆角落，到了外面，暗暗回到下處。真是神安夢穩，已然睡去了。

再說鄭新叫丫鬟取了火來一看，槅子門彷彿有人開了。自己過去開了一看，裏面的銀子一封也沒有了。忙嚷道：「有了賊了！」他妻子便問：「銀子失了麼？」鄭新道：「不但才拿來的八封不見了，連舊存的那一包二十兩銀子也不見了。」夫妻二人又下樓尋找了一番，那裏有個人影兒。兩口子就只齊聲叫苦。這且不言。

展熊飛直睡至次日紅日東升，方才起來梳洗，就在客寓吃了早飯，方慢慢往斷橋亭來。剛至亭上，只見周老兒坐在欄杆上打盹兒呢。展爺悄悄過去，將他扶住了，方喚道：「老丈醒來，老丈醒來。」周老猛然驚醒，見是展爺，連忙道：「公子爺來了。老漢久等多時了。」展爺道：「那漁哥還沒來麼？」周老道：「尚未來呢。」展爺暗忖道：「看他來時，是何光景？」正犯想間，只見丁二爺帶著僕從二人，竟奔亭上而來。展爺道：「送銀子的來了。」周老兒看時，卻不是漁郎，也是一位武生公子。及至來到切近，細細看時，誰說不是漁郎呢。周老者怔了一怔，方才見禮。丁二爺道：「展兄早來了麼？真信人⑮也！」又對周老道：「老丈，銀子已有在此。不知你可有地基麼？」周老道：「有地基，就在鄭家樓前一箭之地，有座書畫樓，乃是小老兒相好孟先生的。因他年老力衰，將買賣收了，臨別時就將此樓託付我了。」丁二爺道：「如此甚好。可有幫手麼？」周老道：「有幫手，就是我的外甥烏小乙。當初原是與我照應茶樓，後因鄭新改了字號，就把他攆了。」丁二爺道：「既如此，這茶樓是開定了，這口氣也是要賭準了。如今我將我的僕人留下，幫著與你料理一切事體。此人是極可靠的。」說罷，叫小童將包袱打開。展爺在旁，細細留神。

不知改換的如何，且聽下回分解。

---

⑮ 信人：誠實人。

第三十回　濟弱扶傾資助周老　交友投分邀請南俠

且說丁二爺叫小童打開包袱。仔細一看，卻不是西紙，全換了桑皮紙，而且大小不同，仍舊是八包。丁二爺道：「此八包分量不同，有輕有重，通共是四百二十兩。」展爺方明白，晚間揣了九次，原來是饒了二十兩來。周老兒歡喜非常，千恩萬謝。丁二爺道：「若有人問你，銀子從何而來？你就說鎮守雄關總兵之子丁兆蕙給的，在松江府茉花村居住。」展爺也道：「老丈若有人問，誰是保人？你就說常州府武進縣遇杰村姓展名昭的保人。」周老一一記了。又將昨日丁二爺給的那一錠銀子拿出來，雙手捧與丁二爺道：「這是昨日公子爺所賜，小老兒尚未敢動。今日奉還。」丁二爺笑道：「我曉得你的意思了。昨日我原是漁家打扮，給你銀兩，你恐使了被我訛詐。你如今放心罷。既然給你銀兩，再沒有又收回來的道理。就是這四百多兩銀子，也不合你要利息。若日後有事到了你這裏，只要好好的預備一碗香茶，那便是利息了。」周老兒連聲應道：「當得，當得。」丁二爺又叫小童將昨日的漁船喚了來，將周老的衣服業已洗淨曬乾，叫他將漁衣換了。又賞了漁船上二兩銀子。就叫僕從幫著周老兒拿著銀兩，隨去料理。周老兒便要跪倒叩頭。丁二爺與展爺連忙攙起，又囑咐道：「倘著茶樓開了之後，再不要粗心改換字號。」周老兒連說：「再不改了！再不改了！」隨著僕人，歡歡喜喜而去。

此時展爺從人已到，拉著馬匹，在一邊伺候。丁二爺問道：「那是展兄的尊騎麼？」展爺道：「正是。」丁二爺道：「昨日家兄遣人來喚小弟。小弟叫來人帶信回稟家兄，說與吾兄巧遇。家兄欲見吾兄，如渴想漿❶。弟要敦請展兄到敝莊盤桓幾日，不知肯光顧否？」展爺想了一想：「自己原是無事，況假滿尚有日期，趁此何不會會知己，也是快事。」便道：「小弟久已要到寶莊奉謁❷，未得其便。今既承雅愛，敢不從命。」便叫過從人來，告訴道：「我上松江府茉花村丁大員外、丁二員外那裏去了。我們乘舟。你將馬匹俱各帶回家去罷。不過五六日，我也就回家了。」從人連連答應。剛要轉身，展爺又喚住，悄悄的道：「展忠問時，你就說為聯姻之事去了。」從人奉命，拉著馬匹，各自回去不提。

且說展爺與丁二爺帶領小童，一同登舟，竟奔松江府，水路極近。丁二爺乘舟慣了，不甚理會；惟有展爺今日坐在船上，玩賞沿途景致，不覺就神清氣爽，快樂非常。與丁二爺說說笑笑，情投意合。彼此方敘明年庚。丁二爺小，展爺大兩歲，便以大哥呼之，展爺便稱丁二爺為賢弟。因敘話間，又提起周老兒一事。展爺問道：「賢弟奉伯母之命，前來進香，如何帶許多銀兩呢？」丁二爺道：「原是要買辦東西的。」展爺道：「如今將此銀贈了周老，又拿什麼買辦東西呢？」丁二爺道：「弟雖不才，還可以借得出來。」展爺笑道：「借得出來更好，他若不借，必然將燈吹滅，便可借來。」丁二爺聽了，不覺詫異道：「展大哥，此話怎講？」展爺笑道：「莫道人行早，還有早行人。」便將昨晚之事說明。二人鼓掌大笑。

---

❶ 如渴想漿：比喻非常想念。漿，酒。泛指飲料。周禮天官漿人：「漿人掌共王之六飲，水、漿、醴、涼、醫、酏，入于酒府，共賓客之稍禮。」

❷ 奉謁：進見。奉，敬辭。

說話間，舟已停泊，搭了跳板，二人棄舟登岸。丁二爺叫小童先由捷徑送信，他卻陪定展爺慢慢而行。展爺見一條路徑俱是三合土疊成，一半是天然，一半是人工，平平坦坦，乾乾淨淨。兩邊皆是密林，樹木叢雜。中間單有引路樹。樹下各有一人，俱是濃眉大眼，闊腰厚背。頭上無網巾，髮挽高綹，戴定蘆葦編的圈兒。身上各穿著背心，赤著雙膊，青筋暴露，抄手❸而立，卻赤著雙足，也有穿著草鞋的，俱將褲腿捲在膝蓋之上。不言不語。一對樹下有兩個人。展爺往那邊一望，一對一對的實在不少，心中納悶。便問丁二爺道：「賢弟，這些人俱是作什麼的？」丁二爺道：「大哥有所不知。只因江中有船五百餘隻，常常械鬥傷人。江中以蘆花蕩為界，每邊各管船二百餘隻，十船一小頭目，百船一大頭目，又各有一總首領。奉府內明文，蘆花蕩這邊俱是我弟兄二人掌管。除了府內的官用魚蝦，其下定行市開秤，惟我弟兄命令是從。這些人俱是頭目，特來站班朝面的。」展爺聽罷，點了點頭。

走過土基的樹林，又有一片青石魚鱗路，方是莊門。只見廣梁大門，左右站立多少莊丁伴當。臺階之上，當中立著一人，後面又圍隨著多少小童執事之人。展爺臨近，見那人降階❹迎將上來，倒把展爺嚇了一跳。

原來兆蘭弟兄乃是同胞雙生，兆蘭比兆蕙大一個時辰，因此面貌相同。從小兒兆蕙就淘氣。莊前有賣吃食的來，他吃了不給錢，抽身就走。少時賣吃食的等急了，在門前亂嚷，他便同哥哥兆蘭一齊出來，叫賣吃食的廝認。那賣吃食的竟會認不出來是誰吃的。再不然，他弟兄二人倒替❺著吃了，也竟分不出

---

❸ 抄手：雙手交叉於胸前。

❹ 降階：下臺階。表示熱情、尊敬。

是誰多吃，是誰少吃。必須賣吃的著急央告，他二人方把錢文付給，以博一笑而已。如今展爺若非與丁二官人同來，也竟分不出誰是大爺來。

彼此相見，歡喜非常，攜手剛至門前，展爺便從腰間把寶劍摘下來，遞給旁邊一個小童。一來初到友家，不當腰懸寶劍；二來又知丁家弟兄有老伯母在堂，不宜攜帶利刃，這是展爺細心處。三個人來至待客廳上，彼此又從新見禮。展爺與丁母太君請安。丁二爺正要進內請安去，便道：「大哥暫且請坐。小弟必替大哥在家母前稟明。」說罷，進內去了。廳上丁大爺相陪。又囑咐預備洗面水，烹茗獻茶。彼此暢談。

丁二爺進內，有二刻的工夫，方才出來說：「家母先叫小弟問大哥好。讓大哥歇息歇息。少時還要見面呢。」展爺連忙立起身來，恭敬答應。只見丁二爺改了面皮，不是路上的光景，嘻嘻笑笑，又是頑戲，又是刻薄，竟自放肆起來。展爺以為他到了家，在哥哥的面前嬌癡慣了，也不介意。

丁二爺便問展爺道：「可是呀，大哥。包公待你甚厚，聽說你救過他多少次。是怎麼件事情呀？小弟要領教。何不對我說說呢！」展爺道：「其實也無要緊。」便將金龍寺遇凶僧、土龍崗逢劫奪、天昌鎮拿刺客以及龐太師花園沖破邪魔之事，滔滔說了一回。道：「此事皆是你我行俠之人當作之事，不足掛齒。」二爺道：「倒也有趣，聽著怪熱鬧的。」又問道：「大哥又如何面君呢？聽說耀武樓試三絕技，敕賜『御貓』的外號兒，這又是什麼事情呢？」展爺道：「此事便是包相爺的情面了。」又說包公如何遞摺，聖上如何見面。「至於演試武藝，言之實覺可愧；無奈皇恩浩蕩，賞了『御貓』二字，又加封四品

❺ 倒替：輪流。

之職。原是個瀟灑的身子，如今倒弄的被官拘束住了。」二爺道：「大哥休出此言。想來是你的本事過的去；不然，聖上如何加恩呢？大哥提起舞劍，請寶劍一觀。」展爺道：「方才交付盛价❻了。」丁二爺回首道：「你們誰接了展老爺的劍了？拿來我看。」只見一個小童將寶劍捧過來，呈上。二爺接過來，先瞧了瞧劍鞘，然後攏住劍靶，將劍抽出，隱隱有鐘磬之音。連說：「好劍，好劍！但不知此劍何名？」展爺暗道：「看他這半天，言語嘻笑於我。我何不叫他認認此寶，試試他的目力如何。」便道：「此劍乃先父手澤❼，劣兄雖然佩帶，卻不知是何名色。正要在賢弟跟前領教。」二爺暗道：「這是難我來了。倒要細細看看。」瞧了一會道：「據小弟看，此劍彷彿是『巨闕』。」說罷，遞與展爺。展爺暗暗稱奇，道：「真好眼力！不愧他是將門之子。」便道：「賢弟說是『巨闕』，想來是『巨闕』無疑了。」便要將劍入鞘。

二爺道：「好哥哥，方才聽說舞劍，弟不勝欽仰。大哥何不試舞一番，小弟也長長學問。」展爺是斷斷不肯，二爺是苦苦相求。丁大爺在旁，卻不攔當，止於說道：「二弟不必太忙，讓大哥喝盅酒助助興，再舞不遲。」說罷，吩咐道：「快擺酒來。」左右連聲答應。

展爺見此光景，不得不舞。再要推託，便是小家氣了。只得站起身來，將袍襟掖❽了一掖，袖子挽了一挽，說道：「劣兄劍法疎略。倘有不到之處，望祈二位賢弟指教為幸。」大爺二爺連說：「豈敢，

---

❻ 盛价：對主人僕從的敬稱。
❼ 手澤：稱先人的遺墨、遺物為手澤。
❽ 掖：塞、藏。

豈敢！」一齊出了大廳，在月臺之上，展爺便舞起劍來。丁大爺在那邊，恭恭敬敬，留神細看。丁二爺卻靠著廳柱，跐著腳兒觀瞧。見舞到妙處，他便連聲叫「好」。展爺舞了多時，煞住腳步，道：「獻醜，獻醜。二位賢弟看看如何？」丁大爺連聲道好稱妙。二爺道：「大哥劍法雖好，惜乎此劍有些押手。弟有一劍，管保合式。」說罷，便叫過一個小童來，密密吩咐數語。小童去了。

此時丁大爺已將展爺讓進廳來。見桌前擺列酒餚，丁大爺便執壺斟酒，將展爺讓至上面，弟兄左右相陪。剛飲了幾杯，只見小童從後面捧了劍來。二爺接過來噌啰一聲，將劍抽出，便遞與展爺道：「大哥請看。此劍也是先父遺留，弟等不知是何名色。請大哥看看，弟等領教。」展爺暗道：「丁二真正淘氣。立刻他也來難我了。倒要看看。」接過來，彈了彈，顛了顛，便道：「好劍！此乃『湛盧』❾也。未知是與不是？」丁二爺道：「大哥所言不差。但不知此劍舞起來，又當何如？大哥尚肯賜教麼？」展爺卻瞧了瞧丁大爺，意思叫他攔阻。誰知大爺乃是個老實人，便道：「大哥不要忙，先請飲酒助助興，再舞未遲。」展爺聽了，道：「莫若舞完了，再飲罷。」出了席，來至月臺，又舞一回。丁二爺接過來道：「此劍大哥舞著，吃力麼？」展爺滿心不樂，答道：「此劍比劣兄的輕多了。」二爺道：「大哥休要多言。輕劍即是輕人。此劍卻另有個主兒，只怕大哥惹他不起。」一句話激惱了南俠，便道：「老弟，你休要害怕。任憑是誰的，自有劣兄一面承當。怕他怎的？你且說出這個主兒來。」二爺道：「大哥悄言❿，此劍乃小妹的。」展爺聽了，瞅了二爺一眼，便不言語了。大爺連忙遞酒。

❾ 湛盧：劍名。相傳春秋時歐冶子所造；又說吳王得越所獻寶劍三枚，一曰魚腸，二曰磬郢，三曰湛盧。

❿ 悄言：低聲講話。悄，靜。

忽見丫鬟出來，說道：「太君來了。」展爺聞聽，連忙出席，整衣向前參拜。丁母略略謙遜，便以子姪禮相見畢。丁母坐下。展爺將座位往側座挪了一挪，也就告坐。此時丁母又細細留神，將展爺相看了一番，比屏後看的更真切了。見展爺一表人材，不覺滿心歡喜，開口便以賢姪相稱。這卻是二爺與丁母商酌明白的。若老太太看了中意，就呼為賢姪；倘若不願意，便以貴客呼之。再者男婚女配，兩下願意。也須暗暗通個消息，妹子願意方好。二爺見母親稱呼展爺為賢姪，就知老太太是願意了。他便悄悄兒溜出，竟往小姐繡戶而來。

未知說些什麼，且聽下回分解。

第三十一回　展熊飛比劍定良姻　鑽天鼠奪魚甘陪罪

且說丁二爺到了院中，只見丫鬟抱著花瓶，換水插花。見了二爺進來，丫鬟揚聲道：「二官人進來了。」屋內月華小姐答言：「請二哥哥屋內坐。」丁二爺掀起繡簾，來至屋內，見小姐正在炕上弄針黹呢。二爺問道：「妹子做什麼活計？」小姐說：「鎖鏡邊上頭口兒呢。二哥，前廳有客，你怎麼進了裏面來了呢？」丁二爺佯問道：「妹子如何知道前廳有客呢？」月華道：「方才取劍，說有客要領教，故此方知。」丁二爺道：「再休提劍，只因這人乃常州府武進縣遇杰村姓展名昭，表字熊飛，人皆稱他為南俠，如今現作皇家四品帶刀的護衛。哥哥久已知道此人，但未會面。今日見了，果然好人品，好相貌，好本事，好武藝；未免才高必狂，藝高必傲，竟將咱們家的湛盧劍貶的不成樣子。哥哥說，此劍是另有個主兒的。他問是誰，哥哥就告訴他，是妹子的。他便鼻孔裏一笑，道：『一個閨中弱秀。焉有本領！』」月華聽至此，把臉一紅，眉頭一皺，便將活計放下了。丁二爺暗說：「有因，待我再激他一激。」又說道：「我就說：『我們將門中豈無虎女？』他就說：『雖是這麼說喲，未必有真本領。』妹子，你真有膽量，何不與他較量較量呢？倘若膽怯，也只好由他說去罷。現在老太太也在廳上，故此我來對妹妹說說。」小姐聽畢，怒容滿面，道：「既如此，二哥先請，小妹隨後就到。」

二爺得了這個口氣，便急忙來到前廳，在丁母耳邊悄悄說道：「妹子要與展哥比武。」話剛然說完，只見丫鬟報道：「小姐到。」丁母便叫，過來與展爺見禮。展爺心中納悶道：「功勛世胄❶如此家風！」只得立起身來一揖。小姐還了萬福。展爺見小姐莊靜秀美，卻是一臉的怒氣。又見丁二爺轉身過來，悄悄的道：「大哥，都是你褒貶人家劍，如今小妹出來，不依來了。」展爺道：「豈有此理？」二爺道：「什麼理不理的。我們將門虎女，焉有怕見人的理呢。」展爺聽了，便覺不悅。丁二爺卻又到小姐身後，悄悄道：「展大哥要與妹子較量呢。」小姐點頭首肯。二爺又轉到展爺身後，道：「小妹要請教大哥的武藝呢。」展爺此時更不耐煩了，便道：「既如此，劣兄奉陪就是了。」

誰知此時，小姐已脫去外面衣服，穿著繡花大紅小襖，繫定素羅百摺單裙，頭罩五色綾帕，更顯得嫵媚娉婷❷。丁二爺已然回稟丁母，說：「不過是虛耍假試，請母親在廊下觀看。」先挪出一張圈椅，丁母坐下。月華小姐懷抱寶劍，搶在東邊上首站定。展爺此時也無可奈何，只得勉強掖袍挽袖。二爺捧過寶劍。展爺接過，只得在西邊下首站了。說了一聲「請」，便各拉開架式。兆蘭、兆蕙在丁母背後站立。才對了不多幾個回合，丁母便道：「算了罷。劍對劍俱是鋒鋩，不是頑的。」二爺道：「母親放心，且再看看。不妨事的。」

只見他二人比併多時，不分勝負。展爺先前不過搪塞虛架。後見小姐頗有門路，不由暗暗誇獎，反倒高起興來。凡有不到之處，俱各點到，點到卻又抽回，來來往往。忽見展爺用了個垂花勢，斜刺裏將劍遞進，即便抽回，就隨著劍尖滴溜溜落下一物。又見小姐用了個風吹敗葉勢，展爺忙把頭一低將劍躲

❶ 世胄：猶世家。貴族的子孫。

❷ 嫵媚娉婷：姿態美好。

過。才要轉身，不想小姐一翻玉腕，又使了個推牕攆月勢，將展爺的頭巾削落。南俠一伏身跳出圈外，聲言道：「我輸了，我輸了。」丁二爺過來，拾起頭巾，撢去塵土。丁大爺過來，撿起先落的物一看，卻是小姐耳上之環，便上前對展爺道：「是小妹輸了，休要見怪。」二爺將頭巾交過。展爺挽髮整巾，連聲讚道：「令妹真好劍法也！」丁母差丫鬟即請展爺進廳。小姐自往後邊去了。

丁母對展爺道：「此女乃老身姪女，自叔叔嬸嬸亡後，老身視如親生兒女一般。久聞賢姪名望，就欲聯姻，未得其便；不意賢姪今日降臨寒舍，實乃綵絲繫足，美滿良緣。又知賢姪此處並無親眷，又請誰來相看，必要推諉；故此將小女激誘出來比劍，彼此一會。」丁大爺也過來道：「非是小弟在旁不肯攔阻，皆因弟等與家母已有定算，故此多有褻瀆。」丁二爺也陪罪道：「全是小弟之過。惟恐吾兄推諉，故用此詭計誆哄仁兄，望乞恕罪。」展爺到此時，方才明白。也是姻緣，更不推辭，慨然允許。便拜了丁母，又與兆蘭、兆蕙彼此拜了，就將巨闕、湛盧二劍彼此換了，作為定禮。

二爺手托耳環，提了寶劍，一直來到小姐臥室。小姐正自納悶：「我的耳環何時削去，竟不知道，也就險的很呢。」忽見二爺笑嘻嘻的手托耳環，道：「妹子耳環在這裏。」擲在一邊。又笑道：「湛盧劍也被人家留下了。」小姐才待發話，二爺連忙說道：「這都是太太的主意，妹子休要問我。少時問太太便知。大約妹子是大喜了。」說完，放下劍，笑嘻嘻的就跑了。小姐心下明白，也就不言語了。

丁二爺來至前廳，此時丁母已然回後去了。他三人從新入座。彼此說明，仍論舊交，不論新親。大爺二爺仍呼展爺為兄，脫了俗套，更覺親熱。飲酒喫飯，對坐閒談。

不覺展爺在茉花村住了三日，就要告別。丁氏昆仲那裏肯放。展爺再三要行。丁二爺說：「既如此，明日弟等在望海臺設一席。你我弟兄賞玩江景，暢敘一日。後日大哥再去，如何？」展爺應允。

到了次日早飯後，三人出了莊門，往西走了有一里之遙，彎彎曲曲，繞到土嶺之上，乃是極高的所在，便是丁家莊的後背。上面蓋了高臺五間，甚是寬闊。遙望江面一帶，水勢茫茫，猶如雪練一般。再看船隻往來，絡繹不絕。郎舅三人觀望江景，實實暢懷。不多時，擺上酒餚，慢慢消飲。正在快樂之際，只見來一漁人在丁大爺旁邊悄語數言。大爺吩咐：「告訴頭目辦去罷。」丁二爺也不理會。展爺更難細問，仍然飲酒。遲不多時，又見來一漁人，甚是慌張，向大爺說了幾句。此次二爺卻留神，聽了一半，就道：「這還了得！若要如此，以後還有個規矩麼？」對那漁人道：「你把他叫來我瞧瞧。」

展爺見此光景，似乎有事，方問道：「二位賢弟，為著何事？」丁二爺道：「我這松江的漁船原分兩處，以蘆花蕩為界。蕩南有一個陷空島，島內有一個盧家莊。當初有盧太公在日，樂善好施，家中巨富。待至生了盧方，此人和睦鄉黨，人人欽敬；因他有爬杆之能，大家送了他個綽號，叫做鑽天鼠。他卻結了四個朋友，共成五義：大爺就是盧方。二爺乃黃州人，名叫韓彰，是個行伍出身，會做地溝地雷，因此他的綽號兒叫做徹地鼠。三爺乃山西人，名叫徐慶，是個鐵匠出身，能探山中十八孔，因此綽號叫穿山鼠。至於四爺，身材瘦小，形如病夫，為人機巧伶便，智謀甚好，是個大客商出身，乃金陵人，姓蔣名平，字澤長，能在水中居住，開目視物，綽號人稱翻江鼠。惟有五爺，少年華美，氣宇不凡，為人陰險狠毒，卻好行俠作義，就是行事太刻毒，是個武生員，金華人氏，姓白名玉堂，因他形容秀美，文武雙全，人呼他綽號為錦毛鼠。」展爺聽說白玉堂，便道：「此人我卻認得。愚兄正要訪他。」丁二爺問道：「大哥如何認的他呢？」展爺便將苗家集之事述說一回。

正說時，只見來了一夥漁戶。其中有一人怒目橫眉，伸出掌來，說道：「二位員外看見了。他們過來搶魚，偺們攔阻，他就拒捕起來了。搶了魚不算，還把我削去四指，光光的剩了一個大拇指頭。這才是好朋友呢！」丁大爺連忙攔道：「不要多言。你等急喚船來，待我等親身前往。」眾人一聽員外要去，嗯的一聲，俱各飛跑去了。展爺道：「劣兄無事，何不一同前往。」丁二爺道：「如此甚好。」三人下了高臺，一同來至莊前，只見從人伴當伺候多人，各執器械。丁家兄弟、展爺俱各佩了寶劍。來至停泊之處，只見大船兩隻是預備二位員外坐的。大爺獨上了一隻大船，二爺同展爺上了一隻大船，其餘小船，紛紛亂亂，不計其數，竟奔蘆花蕩而來。

才至蕩邊，見一隊船皆是蕩南的字號，便知是搶魚的賊人了。大爺催船前進，二爺緊緊相隨。來至切近，見那邊船上立著一人，凶惡非常，手托七股魚叉，在那裏靜候廝殺。大爺的大船先到，便說：「這人好不曉事。我們素有舊規，以蘆花蕩為交界。你如何擅敢過蕩，搶了我們的魚，還傷了我們的漁戶？是何道理？」那邊船上那人道：「什麼交界不交界，偺全不管。只因我們那邊魚少，你們這邊魚多，今日暫且借用。你若不服偺，就比試比試。」丁大爺聽了這話，有些不說理，便問道：「你叫什麼名字？」那人道：「偺叫分水獸鄧彪。你問偺怎的？」丁大爺道：「你家員外，那個在此？」鄧彪道：「我家員外俱不在此。此一隊船隻就是偺管領的。你敢與偺合氣麼？」說著話，就要把七股叉刺來。丁大爺才待拔劍，只見鄧彪翻身落水，這邊漁戶立刻下水，將鄧彪擒住，托出水面，交到丁二爺船上。二爺卻跳在大爺船上，前來幫助。

你道鄧彪為何落水？原來大爺問答之際，丁二爺船已趕到，見他出言不遜，卻用彈丸將他打落水中。

你道什麼彈丸？這是二爺自幼練就的。用竹板一塊，長夠一尺八寸，寬有二寸五分，厚五分，上面有個槽兒，用黃蠟攙鐵渣子團成核桃大小，臨用時安上。在數步中打出，百發百中。又不是彈弓，又不是弩弓，自己纂名兒叫做竹彈丸。這原是二爺小時頑耍的小頑藝兒，今日偌大的一個分水獸，竟會叫英雄的一個小小鐵丸打下水去咧。可見本事不是吹的，這才是真本領呢。

且言鄧彪雖然落水，他原是會水之人，雖被擒，不肯服氣，連聲喊道：「好呀，好呀！你敢用暗器傷人，萬不與你們干休。」展爺聽至此句，說用暗器傷人，方才留神細看，見他眉攢裏腫起一個大紫包來，便喝道：「你既被擒，還喊什麼！我且問你，你家五員外他可姓白麼！」鄧彪答道：「姓白，怎麼樣？他如今已下山了。」展爺問道：「往那裏去了？」鄧彪道：「數日之前上東京，找什麼『御貓』去了。」展爺聞聽，不由的心下著忙。

只聽得那邊一人嚷道：「丁家賢弟呀！看我盧方之面，恕我失察之罪。我情願認罰呀。」眾人抬頭，只見一隻小船飛也似趕來，嚷的聲音漸近了。展爺留神細看來人，見他一張紫面皮，一部好髫鬚，面皮光而生亮，髫鬚潤而且長，身量魁梧，氣宇軒昂。丁氏兄弟也執手道：「盧兄請了。」盧方道：「鄧彪乃新收頭目，不遵約束，實是劣兄之過。違了成約❸，任憑二位賢弟吩咐。」丁大爺道：「他既不知，也難譴責。此次乃無心之過也。」回頭吩咐將鄧彪放了。這邊漁戶便道：「他們還搶了咱們好些魚罟❹呢。」丁二爺連忙喝住：「休要多言！」盧方聽見，急急吩咐：「快將那邊魚罟，連咱們魚罟俱給送過

❸ 成約：已經談妥的約定。

❹ 魚罟：魚網。罟，網的通稱。

去。」這邊送人，那邊送罟。盧方立刻將鄧彪革去頭目，即差人送往府裏究治❺。丁大爺吩咐：「是咱們魚罟收下。是那邊的俱各退回。」兩下裏又說了多少謙讓的言語，無非論交情，講過節❻。彼此方執手，各自歸莊去了。

未知後事如何，下回分解。

❺ 究治：追查到底，進行治罪。

❻ 過節：這裏指待人接物等方面的禮節。

第三十二回　夜救老僕顏生赴考　晚逢寒士金客揚言

且說丁氏兄弟同定展爺來至莊中，賞了削去四指的漁戶十兩銀子，叫他調養傷痕。展爺便提起：「鄧彪說白玉堂不在山中，已往東京找尋劣兄去了。刻下還望二位仁弟備隻快船，我須急急回家，趕赴東京方好。」丁家兄弟聽了展爺之言，再也難以阻留，只得應允。便於次日備了餞行之酒，殷勤送別，反覺得戀戀不捨。展爺又進內叩別了丁母。丁氏兄弟送至停泊之處，瞧著展爺上船，還要遠送。展爺攔之再三，只得罷了，送至大路，方才分手作別。

展爺真是歸心似箭。這一日天有二鼓，已到了武進縣，以為連夜可以到家。剛走到一帶榆樹林中，忽聽有人喊道：「救人呀！了不得了！有了打槓子的了。」展爺順著聲音，迎將上去，卻是個老者背著包袱，喘的連嚷也嚷不出來。又聽後面有人追著，卻喊得洪亮道：「了不得！有人搶了我的包袱去了！」展爺心下明白，便道：「老者，你且隱藏，待我攔阻。」老者才往樹後一隱，展爺便蹲下身去。後面趕的只顧往前。展爺將腿一伸，那人來的勢猛，噗哧的一聲，鬧了個嘴吃屎。展爺趕上前按住，解下他的腰間搭包❶，寒鴉兒拂水的將他捆了。見他還有一根木棍，就從腰間插入，斜擔的支起來。將老者喚出，問道：「你姓什名誰？家住那裏？慢慢講來。」老者從樹後出來，先叩謝了。此時喘已定了。道：「小

---

❶ 搭包：亦作「褡包」。長而寬的腰帶，內可裝錢物。

人姓顏，名叫顏福，在榆林村居住。只因我家相公要上京投親，差老奴到總友金必正處借了衣服銀兩。多承金相公一番好意，留下小人吃飯，臨走又交付老奴三十兩銀子，是贈我家相公作路費的。不想年老力衰，又加目力遲鈍，因此來路晚了。剛走到榆樹林之內，便遇見這人，一聲斷喝，要什麼『買路錢』。小人一聽，那裏還有魂咧，一路好跑，喘的氣也換不上來。幸虧大老爺相救。不然，我這老命必喪於他手。」展爺聽了，便道：「榆林村乃我必由之路，我就送你到家如何？」顏福復又叩謝。

展爺對那人道：「你這廝黌夜劫人，你還嚷人家搶了你的包袱去了。幸遇某家，我也不加害於你。你就在此歇歇，再等個人來救你便了。」說罷，叫老者背了包袱，出了林子，竟奔榆林村。到了顏家門首，老者道：「此處便是。請老爺裏面待茶。」一壁說話，用手叩門。只聽裏面道：「外面可是顏福回來了麼？」展爺聽的明白，便道：「我不吃茶了，還要趕路呢。」說畢，邁開大步，竟奔遇杰村而來。

單說顏福聽得是小主人的聲音，便道：「老奴回來了。」開門處，顏福提包進來，仍然將門關好。你道這小主人是誰？乃是姓顏名查散，年方二十二歲。寡母鄭氏，連老奴顏福，主僕三口度日。因顏老爺在日為人正直，作了一任縣尹，兩袖清風，一貧如洗，清如秋水，嚴似寒霜。可惜一病身亡，家業零落。顏生素有大志，總要克紹書香❷，學得滿腹經綸，屢欲赴京考試。無奈家道寒難，不能如願。因明年就是考試的年頭。還是鄭氏安人想出個計較來，便對顏生道：「你姑母家道豐富，何不投託在彼？一來可以用功，二來可以就親，豈不兩全其美呢？」顏生道：「母親想的雖是。但姑母處已有多年不通信息。父親在日還時常寄信問候。自父親亡後，遣人報信，並未見遣一人前來弔唁，至今音梗信杳❸。

❷ 克紹書香：能夠繼承（前輩的）學業。克，能。紹，承繼。

雖是老親，又是姑舅結下新親；奈目下孩兒功名未成，如今時勢，恐到那裏，也是枉然。再者孩兒這一進京，母親在家也無人侍奉，二來盤費短少，也是無可如何之事。」母子正在商議之間，恰恰的顏生膇友金生名必正特來探訪。彼此相見，顏生就將母親之意對金生說了。金生一力擔當，慨然允許，便叫顏福跟了他去，打點進京的用度。顏生好生喜歡，即稟明老人家。安人聞聽，感之不盡。母子又計議了一番。鄭氏安人親筆寫了一封書信，言言哀懇。大約姑母無有不收留姪兒之理。

娘兒兩個獃等顏福回來。天已二更，尚不見到。顏生勸老母安息，自己把卷獨對青燈，等到四更，心中正自急躁。顏福方回來了，交了衣服銀兩。顏生大悅，叫老僕且去歇息。顏福一路勞乏，又受驚恐，已然支持不住，有話明日再說，也就告退了。

到了次日，顏生將衣服銀兩與母親看了，正要商酌如何進京，只見老僕顏福進來說道：「相公進京，敢則是自己去麼？」顏生道：「家內無人，你須好好侍奉老太太，我是自己要進京的。」老僕道：「相公若是一人赴京，是斷斷去不得的。」顏生道：「卻是為何？」顏福便將昨晚遇劫之事，說了一遍。鄭氏安人聽了顏福之言，說：「是呀。若要如此，老身是不放心的。莫若你主僕二人同去方好。」顏生道：「孩兒帶了他去，家內無人。母親叫誰侍奉？孩兒放心不下。」

正在計算為難，忽聽有人叩門，老僕答應。開門看時，見是一個小童，一見面就說道：「你老人家昨晚回來好呀？也就不早了罷。」顏福尚覷著眼兒瞧他。那小童道：「你老人家瞧什麼？我是金相公那裏的，昨日給你老人家斟酒，不是我麼？」顏福道：「哦，哦！是，是。我倒忘了。你到此何事？」小

❸ 音梗信杳：音信全無。梗，阻塞。杳，遠得不見蹤影。

童道：「我們相公打發我見顏相公來了。」老僕聽了，將他帶至屋內，見了顏生，又參拜了安人。顏生便問道：「你做什麼來了？你叫什麼？」小童答道：「小人叫雨墨。我們相公知道相公無人，惟恐上京路途遙遠不便，叫小人特來服侍相公進京。又說這位老主管有了年紀，眼力不行，可以在家伺候老太太，照看門戶，彼此都可以放心。又叫小人帶來十兩銀子，惟恐路上盤川不足，是要富餘些個好。」安人與顏生聽了，不勝歡喜，不勝感激。連顏福俱樂的了不得。安人又見雨墨說話伶俐明白，便問：「你今年多大了？」雨墨道：「小人十四歲了。」安人道：「你小兒家能彀走路嗎？」雨墨笑道：「回稟老太太得知：小人自八歲上，就跟著小人的父親在外貿易。慢說走路，什麼處兒的風俗，遇事眉高眼低，那算瞞不過小人的了。差不多的道兒小人都認得。至於上京，更是熟路了。不然，我們相公會派我來跟相公麼？」安人聞聽，更覺喜歡放心。

顏生便拜別老母。安人未免傷心落淚，將親筆寫的書信交與顏生道：「你到京中祥符縣問雙星巷，便知你姑父的居址了。」雨墨在旁道：「祥符縣南有個雙星巷，又名雙星橋，小人認得的。」安人道：「如此甚好。你要好好服侍相公。」雨墨道：「不用老太太囑咐，小人知道。」顏生又吩咐老僕顏福一番，暗暗將十兩銀子交付顏福，供養老母。雨墨已將小小包裹背起來。主僕二人出門上路。

顏生是從未出過門的，走了一二十里，便覺兩腿酸疼，問雨墨道：「咱們自離家門，如今走了也有五六十里路了罷？」雨墨道：「可見相公沒有出過門。這才離家有多大工夫，就會走了五六十里？那不成飛腿了麼？告訴相公說，共總走了沒有三十里路。」顏生吃驚道：「如此說來，路途遙遠，竟自難行的很呢！」雨墨道：「相公不要著急。走道兒有個法子。越不到越急，越走不上來。必須心平氣和，不緊不慢，彷彿遊山玩景的一般。路上雖無景致，拿著一村一寺皆算是幽景奇觀，遇著一石一木也當作點綴的美景。如此走來走去，心也寬了，眼也亮了，乏也就忘了，道兒也就走的多了。」顏生被雨墨說的高起興來，真果沿途玩賞。不知不覺，又走了一二十里，覺得腹中有些饑餓，便對雨墨道：「我此時雖不覺乏，只是腹中有點空空兒的，可怎麼好？」雨墨用手一指，說：「那邊不是鎮店麼？到了那裏，買些飯食，喫了再走。」

又走了多會，到了鎮市。顏相公見個飯鋪，就要進去。雨墨道：「這裏喫，不現成。相公隨我來。」把顏生帶到二葷鋪裏去了。一來為省事，二來為省錢，這才透出他是久慣出外的油子手兒❹來了呢。主僕二人用了飯，再往前走了十多里。或樹下，或道旁，隨意歇息歇息再走。

到了天晚，來到一個熱鬧地方，地名雙義鎮。雨墨道：「相公，咱們就在此處住了罷。再往前走，就太遠了。」顏生道：「既如此，就住了罷。」雨墨道：「住是住了。若是投店，相公千萬不要多言，自有小人答覆他。」顏生點頭應允。

及至來到店門，擋槽兒的便道：「有乾淨房屋。天氣不早了。再要走，可就太晚了。」雨墨便問道：「有單間廂房沒有？或有耳房也使得。」擋槽兒的道：「請升進去看看就是了。」雨墨道：「若是有呢，我們好看哪；若沒有，我們上那邊住去。」擋槽兒的道：「請進去看看何妨。不如意，再走如何？」顏生道：「咱們且看看就是了。」雨墨道：「相公不知。咱們若進去，他就不叫出來了。店裏的脾氣我是知道的。」正說著，又出來了一個小二道：「請進去，不用游疑。訛不住你們兩位。」顏生便向裏走，

❹ 油子手兒：指閱歷多，熟悉情況而狡猾的人。

雨墨只得跟隨。只聽店小二道：「相公請看很好的正房三間，裱糊的又乾淨，又豁亮。」雨墨道：「是不是？不進來你們緊讓，及至進來就是上房三間。我們爺兒兩個又沒有許多行李，住三間上房，你這還不訛了我們呢！告訴你，除了單廂房或耳房，別的我們不住。」說罷，回身就要走。小二一把拉住道：「怎的了！我的二爺。上房三間，兩明一暗。你們二位住那暗間，我們算一間的房錢，好不好？」顏生道：「就是這樣罷。」雨墨道：「咱們先小人，後君子。說明了，我可就給一間的房錢。」小二連連答應。

主僕二人來至上房，進了暗間，將包裹放下。小二便用手擦外間桌子，道：「你們二位在外間用飯罷。不寬闊麼？」雨墨道：「你不用誘。就是外間喫飯，也是住這暗間，我也是給你一間的房錢。況且我們不喝酒。早起喫的，這時候還飽著呢。我們不過找補點就是了。」小二聽了，光景沒有什麼大來頭，便道：「悶一壺高香片茶來罷？」雨墨道：「路上灌的涼水，這時候還滿著呢。不喝。」小二道：「點個燭燈罷？」雨墨道：「怎麼你們店裏沒有油燈嗎？」小二道：「有啊！怕你們二位嫌油燈子氣，又怕油了衣服。」雨墨道：「你只管拿來。我們不怕。」小二才回身。雨墨便道：「他倒會頑。我們花錢買燭，他卻省油，敢則是裏外裏。」小二回頭瞅了一眼。取燈取了半天，方點了來。問道：「二位喫什麼？」雨墨道：「說了找補喫點。不用別的，給我們一個燴烙炸，就帶了飯來罷。」店小二估量著，沒有什麼想頭，抽身就走了，連影兒也不見了。等的急催他，他說：「沒得。」再催他，他說：「就得。已經下了杓❺了。就得，就得。」

❺ 下了杓：俗語。即下鍋。杓，半球形，有柄，有木製、鐵製。

正在等著，忽聽外面嚷道：「你這地方就敢小看人麼？小菜碟兒一個大錢，吾是照顧你，賞你們臉哪。你不讓我住，還要淩辱❻斯文。這等可惡！吾將你這狗店用火燒了。」雨墨道：「該！這倒替咱們出了氣了。」

又聽店東道：「都住滿了，真沒有屋子了。難道為你現蓋嗎？」又聽那人更高聲道：「放狗屁不臭！滿口胡說！你現蓋！現蓋也要吾等得呀。你就敢淩辱斯文。你打聽打聽，念書的人也是你敢欺負得的嗎？」顏生聽至此，不由的出了門外。雨墨道：「相公別管閒事。」剛然攔阻，只見院內那人向著顏生道：「老兄，你評評這個理。他不叫吾住使得，就將我這等一推，這不豈有此理麼？還要與我現蓋房去。這等可惡！」顏生答道：「兄臺若不嫌棄，何不將就在這邊屋內同住呢？」只聽那人道：「萍水相逢，如何打攪呢？」

雨墨一聽，暗說：「此事不好，我們相公要上當。」連忙迎出，見相公與那人已攜手登階，來至屋內，就在明間，彼此坐了。

未知如何，下回分解。

---

❻ 淩辱：欺侮；侮辱。

第三十三回　真名士初交白玉堂　美英雄三試顏查散

且說顏生同那人進屋坐下。雨墨在燈下一看，見他頭戴一頂開花儒巾，身上穿一件零碎藍衫，足下穿一雙無根底破皂靴頭兒，滿臉塵土，實在不像念書之人，倒像個無賴。正思想卻他之法，又見店東親來陪罪。那人道：「你不必如此。大人不記小人過，饒恕你便了。」

店東去後，顏生便問道：「尊兄貴姓？」那人道：「吾姓金名懋叔。」雨墨暗道：「他也配姓金。我主人才姓金呢，那是何等體面仗義。像他這個窮樣子，連銀也不配姓呀。常言說，『姓金沒有金，一定窮斷筋。』我們相公是要上他的當的。」又聽那人道：「沒領教兄臺貴姓。」顏生也通了姓名。金生道：「原來是顏兄，失敬失敬。請問顏兄，用過飯了沒有？」顏生道：「尚未。金兄可用過了？」金生道：「不曾。何不共桌而食呢？叫小二來。」此時店小二拿了一壺香片茶來，放在桌上。金生便問道：「你們這裏有什麼飯食？」小二道：「上等飯食八兩，中等飯六兩，下等飯……」剛說至此，金生攔道：「誰吃下等飯呢。就是上等飯罷。吾且問你，這上等飯是甚麼餚饌？」小二道：「兩海碗，兩鏇子，六大碗，四中碗，還有八個碟兒。無非雞鴨魚肉、翅子海參等類，調度的總要合心配口。」金生道：「可有活鯉魚麼？」小二道：「要活鯉魚是大的，一兩二錢銀子一尾。」金生道：「既要吃，不怕花錢。吾告訴你，鯉魚不過一斤的叫做『拐子』，過了一斤的才是鯉魚。不獨要活的，還要尾巴像那胭脂瓣兒相似，那才是新鮮的呢。你拿來，吾看。」又問：「酒是甚麼酒？」小二道：「不過隨便常行酒。」金生道：「不要那個。吾要喝陳年女貞陳紹❶。」小二道：「有十年蠲下❷的女貞陳紹；就是不零賣，那是四兩銀子一罎。」金生道：「你好貧哪！甚麼四兩五兩，不拘多少，你搭一罈來當面開開，吾嘗就是了。吾告訴你說，吾要那金紅顏色濃濃香，倒了碗內要挂碗❸。猶如琥珀一般，那才是好的呢。」小二道：「搭一罈來，當面錐嘗。不好不要錢，如何？」金生道：「那是自然。」

說話間，已然掌上兩支燈燭。此時店小二歡欣非常，小心殷勤，自不必說。少時端了一個腰子形兒的木盆來，裏面歡蹦亂跳、足一斤多重的鯉魚，說道：「爺上請看，這尾鯉魚何如？」金生道：「魚卻是鯉魚。你務必用這半盆水叫那魚躺著，一來顯大，二來水淺，他必撲騰，算是活跳跳的，賣這個手法兒。你不要拿著走，就在此處開了膛，省得抵換。」店小二只得當面收拾。金生又道：「你收拾好了，把他鮮汆❹著。可是你們加甚麼作料？」店小二道：「無非是香蕈口蘑，加些紫菜。」金生道：「吾是要『尖上尖』的。」小二卻不明白。金生道：「怎麼你不曉得？尖上尖就是那青笋尖兒上頭的尖兒，總要嫩切成條兒，要吃那末咯吱咯吱的才好。」店小二答應。不多時，又搭了一罈酒來，拿著錐子倒流兒，

---

❶ 女貞陳紹：加女貞子釀造，而且存放多年的紹興酒。女貞，木名，凌冬青翠不凋，枝上能養蠟蟲，以取白蠟，故亦稱蠟樹，子可入藥。

❷ 十年蠲下：沉淨多年（一般指酒）。蠲，清潔。這裏引申為純淨。

❸ 挂碗：指濃稠的液體（多指酒）挂在碗壁上。

❹ 汆：有的版本為「串」。

並有個磁盆。當面錐透，下上倒流兒，撒出酒來，果然美味真香。先舀一盅遞與金生，嘗了嘗，道：「也還罷了。」又舀了一盅遞與顏生，嘗了嘗，自然也說好。便倒了一盆灌入壺內，略燙一燙，二人對面消飲。小二放下小菜，便一樣一樣端上來。金生連箸也不動，只是就佛手疙疸慢飲，盡等吃活魚。二人飲酒閒談，越說越投機。顏生歡喜非常。少時用大盤盛了魚來。金生便拿起箸子來，讓顏生道：「魚是要吃熱的，冷了就要發腥了。」佈了顏生一塊，自己便將魚脊背拿筷子一劃。要了薑醋碟。吃一塊魚，喝一盅酒，連聲稱讚：「妙哉，妙哉！」將這面吃完，筷子往魚腮裏一插，一翻手就將魚的那面翻過來。又佈了顏生一塊，仍用筷子一劃，又是一塊魚，一盅酒，將這面也吃了。然後要了一個中碗來，將蒸食雙落一對掰在碗內，一連掰了四個。舀了魚湯，泡了個稀糟，喊嘍喊嘍吃了。又將碟子扣上，將盤子那邊支起，從這邊舀了三匙湯喝了，便道：「吾是飽了。顏兄自便，莫拘莫拘。」顏生也飽了。

二人出席。金生吩咐：「吾們就只一小童。該蒸的，該熱的，不可與他冷喫。想來還有酒，他若喝時，只管給他喝。」店小二連連答應。說著說著話，他二人便進裏間屋內去了。

雨墨此時見剩了許多東西全然不動，明日走路又拿不得，瞅著又是心疼。他那裏吃的下去，止於喝了兩盅悶酒就算了。連忙來到屋內，只見金生張牙欠口，前仰後合，已有困意。顏生道：「金兄既已乏倦，何不安歇呢？」金生道：「如此，吾就要告罪了。」說罷，往床上一躺，呱噠一聲，皂靴頭兒掉了一隻。他又將這條腿向膝蓋一敲，又聽噗哧一聲，把那隻皂靴頭兒扣在地下。不一會，已然呼聲振耳。

顏生使眼色叫雨墨將燈移出，自己也就悄悄睡了。

雨墨移出燈來，坐在明間，心中發煩，那裏睡得著。好容易睡著，忽聽有腳步之聲。睜眼看時，天已大亮。見相公悄悄從裏間出來，低言道：「取臉水去。」雨墨取來，顏生淨了面。

忽聽屋內有咳嗽之聲，雨墨連忙進來，見金生伸懶腰，打哈聲，兩隻腳卻露著黑漆漆的底板兒，敢則是沒襪底兒。忽聽他口中念道：「大夢誰先覺？平生我自知。草堂春睡足，牕外日遲遲。」念完，一咕嚕爬起來，道：「略略歇息，天就亮了。」雨墨道：「店家給金相公打臉水。」金生道：「吾是不洗臉的，怕傷水。叫店小二開開我們的帳，拿來吾看。」雨墨暗道：「有意思，他竟要會帳。」只見店小二開了單來，上面共銀十三兩四錢八分。金生道：「不多，不多。外賞你們小二竈上連打雜的二兩。」店小二謝了。金生道：「顏兄，吾也不鬧虛了。咱們京中再見，吾要先走了。」「他拉」「他拉」，竟自出店去了。

這裏顏生便喚：「雨墨，雨墨。」叫了半天，雨墨才答應：「有。」顏生道：「會了銀兩走路。」雨墨又遲了多會，答應：「哦。」賭氣拿了銀子，到了櫃上，爭爭奪奪，連外賞給了十四兩銀子，方同相公出了店。來到村外，到無人之處，便說：「相公，看金相公是個甚麼人？」顏生道：「是個念書的好人咧。」雨墨道：「如何？相公還是沒有出過門，不知路上有許多奸險呢。有誆嘴喫❺的，有拐東西的，甚至有設下圈套害人的，奇奇怪怪的樣子多著呢。相公如今拿著姓金的當好人，將來必要上他的當。據小人看來，他也不過是個篾片❻之流。」顏生正色嗔怪道：「休得胡說！小小的人造這樣的口過❼。我看金相公斯文中含著一股英雄的氣概，將來必非等閒之人。你不要管。縱然他就是誆嘴，也無非多花

---

❺ 誆嘴喫：騙吃騙喝。誆，騙取。

❻ 篾片：舊指豪門富家幫閒的清客。這裏指騙子。

❼ 口過：失言。孝經卿大夫：「言滿天下無口過。」

幾兩銀子，有什要緊？你休再來管我。」雨墨聽了相公之言，暗暗笑道：「怪道人人常言，『書獃子』，果然不錯。我原來為好，倒嗔怪起來。只好暫且由他老人家，再做道理罷了。」

走不多時，已到打尖之所。雨墨賭氣，要了個熱鬧鍋炸。喫了早飯又走。到了天晚，來到興隆鎮又住宿了，仍是三間上房，言給一間的錢。這個店小二比昨日的，卻和氣多了。剛然坐了未暖席，忽見店小二進來，笑容滿面，問道：「相公是姓顏麼？」雨墨道：「不錯。你怎麼知道？」小二道：「外面有一位金相公找來了。」顏生聞聽，說：「快請，快請。」

雨墨暗暗道：「這個得了！他是喫著甜頭兒了。但只一件，我們花錢，他出主意，未免太冤。今晚我何不如此如此呢？」想罷，迎出門來，道：「金相公來了，很好。我們相公在這裏恭候著呢。」金生道：「巧極，巧極！又遇見了。」顏生連忙執手相讓，彼此就座。今日更比昨日親熱了。

說了數語之後，雨墨在旁道：「我們相公尚未喫飯，金相公必是未曾，何不同桌而食？叫了小二來先商議，叫他備辦去呢。」金生道：「是極，是極。」正說時，小二拿了茶來，放在桌上。雨墨便問道：「你們是甚麼飯食？」小二道：「等次不同。上等飯是八兩，中等飯是六兩，下……」剛說了一個「下」字，雨墨就說：「誰喫下等飯呢。就是上等罷。我也不問甚麼餚饌，無非雞鴨魚肉、翅子海參等類。我問你，有活鯉魚沒有呢？」小二道：「有，不過貴些。」雨墨道：「既要喫，還怕花錢嗎？我告訴你，鯉魚不過一斤叫『拐子』，總得一斤多那才是鯉魚呢。必須尾巴要像胭脂瓣兒相似，那才新鮮呢。你拿來我瞧就是了。還有酒，我們可不要常行酒，要十年的女貞陳紹，管保是四兩銀子一罈。」店小二說：「是。要用多少？」雨墨道：「你好貧呀！甚麼多少，你搭一罈來當面嘗。先說明，我可要金紅顏色，濃濃香的，倒了碗內要挂碗，猶如琥珀一般。錯過了，我可不要。」小二答應。

不多時，點上燈來。小二端了魚來。雨墨上前，便道：「魚可卻是鯉魚。你務必用半盆水躺著，一來顯大，二來水淺，他必撲騰，算是歡蹦亂跳，賣這個手法兒。你就在此處開膛，省得抵換。把他鮮汆著。你們作料不過香菌口蘑紫菜。可有尖上尖沒有？你管保不明白。這尖上尖就是青笋尖兒上頭的尖兒，可要嫩切成條兒，要喫那末咯吱咯吱的。」小二答應。又搭了酒來錐開。雨墨舀了一盅，遞給金生，說道：「相公嘗，管保喝的過。」金生嘗了道：「滿好個，滿好個。」雨墨也就不叫顏生嘗了，便灌入壺中，略燙燙，拿來斟上。只見小二安放小菜。雨墨道：「你把佛手疙瘩放在這邊，這位相公愛喫。」金生瞅了雨墨一眼，道：「你也該歇歇了，他這裏上菜，你少時再來。」雨墨退出，單等魚來。小二往來端菜。不一時，拿了魚來。雨墨跟著進來，道：「帶薑醋碟兒。」小二道：「來了。」雨墨便將酒壺提起，站在金生旁邊，滿滿斟了一盅，道：「金相公，拿起筷子來。魚是要喫熱的，冷了就要發腥了。」金生又瞅了他一眼。雨墨道：「先佈我們相公一塊。」金生道：「那是自然的。」果然佈過一塊。剛要用筷子再夾，雨墨道：「金相公，還沒有用筷子一劃呢？」金生道：「吾倒忘了。」從新打魚脊背上一劃，方夾到醋碟一蘸，喫了。端起盅來，一飲而盡。雨墨道：「酒是我斟的，相公只管喫魚。」金生道：「極妙，極妙。吾倒省了事了。」仍是一盅一塊。雨墨道：「妙哉，妙哉！」金生道：「妙哉的很，妙哉的很！」雨墨道：「又該把筷子往腮裏一插了。」金生道：「那是自然的了。」將魚翻過來。「吾還是佈你們相公一塊，再用筷子一劃，省得你又提撥❽吾。」雨墨見魚剩了不多，便叫小二拿一個中碗來。

❽ 提撥：指點。

小二將碗拿到。雨墨說：「金相公，還是將蒸食雙落兒掰上四個，泡上湯。」金生道：「是的，是的。」泡了湯，啯嘍之時，雨墨便將碟子扣在那盤子上，那邊支起來，道：「金相公，從這邊舀三匙湯喝了，也就飽了，也不用陪我們相公了。」又對小二道：「我們二位相公喫完了，你瞧該熱的，該蒸的，揀下去，我可不喫涼的。酒是有在那裏，我自己喝就是了。」小二答應，便往下揀。忽聽金生道：「顏兄這個小管家，叫他跟吾倒好。吾倒省話。」顏生也笑了。

今日雨墨可想開了，倒在外頭盤膝穩坐，叫小二服侍，喫了那個，又喫這個。喫完了來到屋內，就在明間坐下，竟等呼聲。少時聞聽呼聲振耳。進裏間將燈移出，也不愁煩，竟自睡了。

至次日天亮，仍是顏生先醒，來到明間，雨墨伺候淨面水。忽聽金生咳嗽。連忙來到裏間，只見金生伸懶腰打哈聲。雨墨急念道：「大夢誰先覺？平生我自知。草堂春睡足，牕外日遲遲。」金生睜眼道：「你真聰明，都記得。好的，好的！」雨墨道：「不用給相公打臉水了，怕傷了水。叫店小二開了單來，算帳。」一時開上單來，共用銀十四兩六錢五分。雨墨道：「金相公，十四兩六錢五分不多罷？外賞他們小二竈上打雜的二兩罷。」金生道：「使得的，使得的。」雨墨道：「金相公，管保不鬧虛了。京中再見罷。有事只管先請罷。」金生道：「說的是，說的是。吾就先走了。」便對顏生執手告別，「他拉」「他拉」出店去了。

雨墨暗道：「一斤肉包的餃子，好大皮子！我打算今個擾他呢，誰知反被他擾去。」正在發笑，忽聽相公呼喚。

未知如何，且聽下回分解。

第三十四回　定蘭譜顏生識英雄　看魚書柳老嫌寒士

且說顏生見金生去了，便叫雨墨會帳。雨墨道：「銀子不彀了。短的不足四兩呢。我算給相公聽：咱們出門時共剩了二十八兩。兩天兩頓早尖連零用，共費了一兩三錢。昨晚吃了十四兩，再加今晚的十六兩六錢五分，共合銀三十一兩九錢五分。豈不是短了不足四兩麼？」顏生道：「且將衣服典當幾兩銀子，還了帳目，餘下的作盤費就是了。」雨墨道：「剛出門兩天就當當。我看除了這幾件衣服，今日當了，明日還有甚麼？」顏生也不理他。

雨墨去了多時，回來道：「衣服共當了八兩銀子，除還飯帳，下剩四兩有零。」顏生道：「咱們走路罷。」雨墨道：「不走還等甚麼呢？」出了店門，雨墨自言道：「輕鬆靈便，省得有包袱背著，怪沉的。」顏生道：「你不要多說了。事已如此，不過多費去些銀兩，有甚要緊。今晚前途，任憑你的主意就是了。」雨墨道：「這金相公也真真的奇怪。若說他是誆嘴吃的，怎的要了那些菜來，他連筷子也不動呢？就是愛喝好酒，也犯不上要一罈來，卻又酒量不很大，一罈子喝不了一零兒，就全剩下了，白便宜了店家。就是愛吃活魚，何不竟要活魚呢？說他有意要冤咱們，卻又素不相識，無仇無恨。饒❶白吃白喝，還要冤人，更無此理。小人測不出他是甚麼意思來。」顏生道：「據我看來，他是個瀟灑儒流，

---

❶ 饒：這裏作「任憑」解。

總有些放浪形骸❷之外。」

主僕二人途次❸閒談，仍是打了早尖，多歇息歇息，便一直趕到宿頭。雨墨便出主意道：「相公，咱們今晚住小店吃頓飯，每人不過花上二錢銀子，再也沒的耗費了。」顏生道：「依你，依你。」主僕二人竟投小店。

剛剛就座，只見小二進來道：「外面有位金相公找顏相公呢。」雨墨道：「很好，請進來。咱們多費上二錢銀子。這個小店也沒有甚麼主意出的了。」說話間，只見金生進來道：「吾與顏兄真是三生有幸，竟會到那裏，那裏就遇得著。」顏生道：「實實小弟與兄臺緣分不淺。」金生道：「這麼樣罷。咱們兩個結盟，拜把子罷。」雨墨暗道：「不好，他要出礦。」連忙上前道：「金相公要與我們相公結拜，這個小店備辦不出祭禮來，只好改日再拜罷。」金生道：「無妨。隔壁太和店是個大店口，什麼俱有。慢說是祭禮，就是酒飯，回來也是那邊要去。」雨墨暗暗頓足，道：「活該，活該！算是吃定我們爺兒們了。」金生也不喚雨墨，就叫本店的小二將隔壁太和店的小二叫來。他便吩咐如何先備豬頭三牲祭禮，立等要用；又如何預備上等飯，要鮮汆活魚；又如何搭一罈女貞陳紹，仍是按前兩次一樣。雨墨在旁，惟有聽著而已。又看見顏生與金生說說笑笑，真如異姓兄弟一般，毫不介意。雨墨暗道：「我們相公真是書獃子。看明早這個饑荒❹怎麼打算？」

❷ 放浪形骸：放蕩不羈的樣子。形骸，指人的形體、軀殼。

❸ 途次：半路上；旅途上的住宿處。

❹ 饑荒：這裏指虧空；拉債。原意為收成不好，缺少糧食。

不多時，三牲祭禮齊備，序齒❺燒香。誰知顏生比金生大兩歲，理應先焚香。雨墨暗道：「這個定了，把弟吃準了把兄咧。」無奈何，在旁服侍。結拜完了，焚化錢糧後，便是顏生在上首坐了，金生在下面相陪。你稱仁兄，我稱賢弟，更覺親熱。雨墨在旁聽著，好不耐煩。

少時，酒至菜來，無非還是前兩次的光景。雨墨也不多言，只等二人吃完，他便在外盤膝坐下，道：「吃也是如此，不吃也是如此。且自樂一會兒是一會兒。」便叫：「小二，你把那酒抬過來。我有個主意。你把太和店的小二也叫了來。有的是酒，有的是菜，咱們大夥兒同吃，算是我一點敬意兒。你說好不好？」小二聞聽，樂不可言，連忙把那邊的小二叫了來。二人一壁服侍著雨墨，一壁跟著吃喝。雨墨倒覺得暢快。吃喝完了，仍然進來等著，移出燈來也就睡了。

到了次日，顏生出來淨面。雨墨悄悄道：「相公昨晚不該與金相公結義。不知道他家鄉住處，不知道他是甚麼人。倘若要是個篾片，相公的名頭不壞了麼？」顏生忙喝道：「你這奴才，休得胡說！我看金相公行止奇異，談吐豪俠，決不是那流人物。既已結拜，便是患難相扶的弟兄了。你何敢在此多言！別的罷了，這是你說的嗎？」雨墨道：「非是小人多言。別的罷了，回來店裏的酒飯銀兩，又當怎麼樣呢？」

剛說至此，只見金生掀簾出來。雨墨忙迎上來道：「金相公，怎麼今日伸了懶腰，還沒有念詩，就起來呢？」金生笑道：「吾要念了，你念甚麼？原是留著你念的，不想你也誤了，竟把詩句兩耽擱了。」說罷，便叫：「小二，開了單❻來吾看。」雨墨暗道：「不好，他要起翅❼。」只見小二開了單來，上

❺ 序齒：同在一起的人按照年紀長幼來排次序。

面寫著連祭禮共用銀十八兩三錢。雨墨遞給金生。金生看了道：「不多，不多。也賞他二兩。這邊店裏沒用甚麼，賞他一兩。」說完，便對顏生道：「仁兄呀！……」旁邊雨墨吃這一驚不小，暗道：「不好。他要說『不鬧虛了』。這二十多兩銀子又往那裏弄去？」

誰知金生今日卻不說此句，他卻問顏生道：「仁兄呀！你這上京投親，就是這個樣子，難道令親那裏就不憎嫌❽麼？」顏生歎氣道：「此事原是奉母命前來，愚兄卻不願意。況我姑父、姑母又是多年不通音信的，恐到那裏未免要費些唇舌呢。」金生道：「須要打算打算方好。」

雨墨暗道：「真關心呀！結了盟，就是另一個樣兒了。」正想著，只見外面走進一個人來。雨墨才待要問：「找誰的？」話未說出，那人便與金生磕頭，道：「家老爺打發小人前來，恐爺路上缺少盤費，特送四百兩銀子，叫老爺將就用罷。」此時顏生聽的明白。見來人身量高大，頭戴雁翅大帽，身穿皂布短袍，腰束皮鞓帶，足下登一雙大曳拔靸鞋，手裏還提著個馬鞭子。只聽金生道：「吾行路，焉用許多銀兩。既承你家老爺好意，也罷，留下二百兩銀子。下剩仍然拿回去。替吾道謝。」那人聽了，放下馬鞭子，從褡連叉子裏一封一封掏出四封，擺在桌上。金生便打開一包，拿了兩個錁子❾，遞與那人道：「難為你大遠的來，賞你喝茶罷。」那人又爬在地下，磕了個頭，提了褡連馬鞭子。才要走時，忽聽金

---

❻ 開了單：指開列帳單。

❼ 起翅：這裏指要起身走。翅，指飛，引申為「走」。

❽ 憎嫌：厭惡嫌棄。

❾ 錁子：以金、銀鑄成的小錠。

生道：「你且慢著，你騎了牲口來了麼？」那人道：「是。」金生道：「很好。索性『一客不煩二主』，吾還要煩你辛苦一趟。」那人道：「不知爺有何差遣？」金生便對顏生道：「仁兄，興隆鎮的當票子放在那裏？」顏生暗想道：「我當衣服，他怎麼知道了？」便問雨墨。

雨墨此時看的都獃了，心中納悶道：「這麼個金相公，怎麼會有人給他送銀子來呢？果然我們相公眼力不差。從今我倒長了一番見識。」正在獃想，忽聽顏生問他當票子。他便從腰間掏出一個包兒來，連票子和那剩下的四兩多銀子俱擱在一處，遞將過來。金生將票子接在手中又拿了兩個錁子，對那人道：「你拿此票到興隆鎮，把他贖回來。除了本利，下剩的你作盤費就是了。你將這個褡連子放在這裏，回來再拿。吾還告訴你，你回時不必到這裏了，就在隔壁太和店，吾在那裏等你。」那人連連答應，竟拿了馬鞭子出店去了。

金生又從新拿了兩錠銀子，叫雨墨道：「你這兩天多有辛苦，這銀子賞你罷。吾可不是篾片了？」雨墨那裏還敢言語呢，只得也磕頭謝了。金生對顏生道：「仁兄呀！咱們上那邊店裏去罷。」顏生道：「但憑賢弟。」金生便叫雨墨抱著桌子上的銀子。雨墨又騰出手來，還要提那褡連。金生在旁道：「你還拿那個，你不傻了麼？你拿的動麼？叫這店小二拿著，跟咱們送過那邊去呀。你都聰明，怎麼此時又不聰明了？」說的雨墨也笑了。便叫了小二拿了褡連，主僕一同出了小店，來到太和店，真正寬闊。雨墨也不用說，竟奔上房而來，先將抱著的銀子放在桌上，又接了小二拿的褡連。顏生與金生在迎門兩邊椅子上坐了。這邊小二殷勤沏了茶來。金生便出主意，與顏生買馬，治簇新的衣服靴帽，全是使他的銀子，顏生也不謙讓。到了晚間，那人回來，將當交明，提了褡連去了。

這一天吃飯飲酒，也不像先前那樣，止於揀可吃的要來。吃剩的，不過將夠雨墨吃的。

到了次日，這二百兩銀子，除了賞項、買馬、贖當、治衣服等，並會了飯帳，共費去銀八九十兩，仍餘下一百多兩，金生便都贈了顏生。顏生那裏肯受。金生道：「仁兄只管拿去。吾路上自有相知應付吾的盤費，吾是不用銀子的，還是吾先走，咱們京都再會罷。」說罷，執手告別，「他拉」「他拉」出店去了。顏生倒覺得依戀不捨，眼巴巴的睜睜的目送出店。

此時雨墨精神百倍，裝束行囊，將銀兩收藏嚴密，祇將剩的四兩有餘帶在腰間。叫小二把行李搭在馬上，扣備停當，請相公騎馬。登時闊起來了。雨墨又把雨衣包了，小小包袱背在肩頭，以防天氣不測。顏生也給他僱了一頭驢，沿路盤腳❿。

一日，來至祥符縣，竟奔雙星橋而來。到了雙星橋，略問一問柳家，人人皆知，指引門戶。主僕來到門前一看，果然氣象不凡，是個殷實人家。

原來顏生的姑父名叫柳洪，務農為業，為人固執，有個慳吝毛病，處處好打算盤，是個顧財不顧親的人。他與顏老爺雖是郎舅，卻有些冰火不同爐。只因顏老爺是個堂堂的縣尹，以為將來必有發跡，故將自己的女兒柳金蟬自幼兒就許配了顏查散。不意後來顏老爺病故，送了信來，他就有些後悔，還關礙著顏氏安人不好意思。誰知三年前，顏氏安人又一病嗚呼了。他就絕意的要斷了這門親事，因此連信息也不通知。他續娶馮氏，又是個面善心毒之人，幸喜他很疼愛小姐。他疼愛小姐，又有他的一番意思。只因員外柳洪每每提起顏生，便嗐聲歎氣，說當初不該定這門親事，已露出有退婚之意。馮氏便暗

---

❿ 盤腳：代步。

懷著鬼胎。因他有個姪兒名喚馮君衡，與金蟬小姐年紀相仿。他打算著把自己姪兒作為養老的女婿。就是將來柳洪亡後，這一分家私也逃不出馮家之手。因此他卻疼愛小姐，又叫姪兒馮君衡時常在員外跟前獻些慇懃。員外雖則喜歡，無奈馮君衡的像貌不揚，又是一個白丁⑪，因此柳洪總未露出口吻來。

一日，柳洪正在書房，偶然想起女兒金蟬年已及笄⑫。顏生那裏杳無音信，聞得他家道艱窘⑬，難以度日，惟恐女兒過去受罪。怎麼想個法子，退了此親方好？正在煩思，忽見家人進來稟道：「武進縣的顏姑爺來了。」柳洪聽了，吃了一驚，登時就沒了主意。半天，說道：「你就回覆他，說我不在家。」那家人剛然回身，他又叫住，問道：「是什麼形相來的？」家人道：「穿著鮮明的衣服，騎著高頭大馬，帶著書僮，甚是齊整。」柳洪暗道：「顏生必是發了財了，特來就親。幸虧細心一問，險些兒誤了大事。」忙叫家人「快請」，自己也就迎了出來。

只見顏生穿著簇新大衫，又搭著俊俏的容貌，後面又跟著個伶俐小童，拉著一匹潤白大馬，不由的心中羨慕，連忙上前相見。顏生即以子姪之禮參拜。柳洪那裏肯受，謙讓至再至三，才受半禮。彼此就座，敘了寒暄，家人獻茶已畢。顏生便漸漸的說到家業零落，特奉母命投親，在此攻書，預備明年考試，並有家母親筆書信一封。說話之間，雨墨已將書信拿出來，交與顏生。顏生呈與柳洪，又奉了一揖。此

---

⑪ 白丁：文盲，不識字；不學無術或缺乏知識的人。

⑫ 及笄：古代女子滿十五歲而束髮加簪，表成年。後稱女子適婚年齡為及笄。禮內則：「女子……十有五年而笄。」笄，音ㄐㄧ。簪。

⑬ 艱窘：艱難窘迫。一般指經濟困難。

時柳洪卻把那黑臉面放下來，不是先前那等歡喜。無奈何將書信拆閱已畢，更覺煩了。便吩咐家人，將顏相公送至花園幽齋居住。顏生還要拜見姑母。老狗才道：「拙妻這幾日有些不大爽快，改日再見。」顏生看此光景，只得跟隨家人上花園去了。

幸虧金生打算替顏生治辦衣服、馬匹；不然，老狗才絕不肯納。可見金生奇異。特不知柳洪是何主意，且聽下回分解。

第三十五回　柳老賴婚狼心難測　馮生聯句狗屁不通

話說柳洪便袖了書信來到後面，憂容滿面。馮氏問道：「員外為著何事如此的煩悶？」柳洪便將顏生投親的原由，說了一遍。馮氏初時聽了也是一怔。後來便假意歡喜，給員外道喜，說道：「此乃一件好事，員外該當做的。」柳洪聞聽，不由的怒道：「什麼好事！你往日明白，今日糊塗了。你且看書信。他上面寫著叫他在此讀書，等到明年考試。這個用度須耗費多少。再者若中了，還有許多的應酬；若不中，就叫我這裏完婚。過一月後，叫我這裏將他小兩口兒送往武進縣去。你自打算打算，這注財要耗費多少銀子？歸根❶我落個人財兩空。你如何還說做得呢？這不豈有此理麼？」馮氏趁機，便探柳洪的口氣，道：「若依員外，此事便怎麼樣呢？」柳洪道：「也沒有甚麼主意。不過是想把婚姻退了，另找個財主女婿，省得女兒過去受罪，也免得我將來受累。」馮氏見柳洪吐出退婚的話來，他便隨機應變，冒出壞包❷來了。對柳洪道：「員外既有此心，暫且將顏生在幽齋冷落幾天。我保不出十日，管叫他自己退婚、叫他自去之計。」柳洪聽了，喜道：「安人果能如此，方去我心頭大病。」兩個人在屋中計議，不防被跟小姐的乳母田氏從牕外經過，將這些話一一俱各聽去。他急急的奔到

❶ 歸根：到頭來；到底。根，事物的本源、依據。

❷ 壞包：壞主意。

後樓，來到香閨，見了小姐，一五一十俱各說了，便道：「小姐不可為俗禮所拘，仍作閨門之態。一來解救顏姑爺，二來並救顏老母。此事關係非淺，不可因小節而壞大事。小姐早早拿個主意。」小姐道：「總是我那親娘去世，叫我向誰申訴呢？」田氏道：「我倒有個主意。他們商議原不出十天。咱們就在這三五日內，小姐與顏相公不論夫妻，仍論兄妹，寫一字柬叫繡紅約他在內書房夜間相會。將原委告訴明白了顏相公，小姐將私蓄贈些與他，叫他另尋安身之處。俟科考後功名成就，那時再來就親，大約員外無有不允之理。」小姐聞聽，尚然不肯。還是田氏與繡紅百般開導解勸。小姐無奈，才應允了。

大凡為人各有私念。似乳母、丫鬟這一番私念，原是為顧惜顏生，疼愛小姐，是一片好心。這個私念理應如此。竟有一等人無故一心私念，鬧的他自己亡魂失魄，彷彿熱地螞蟻一般，行蹤無定，居止不安，就是馮君衡這小子。自從聽見他姑媽有意將金蟬小姐許配於他，他便每日跑破了門，不時的往來。若遇見員外，他便卑躬下氣，假作斯文。那一宗脅肩諂笑❸，便叫人忍耐不得。員外看了，總不大合心。若是員外不在跟前，他便合他姑媽訕皮訕臉❹，百般的央告，甚至於屈膝，只要求馮氏早晚在員外跟前玉成❺其事。

偏偏的有一日湊巧，恰值金蟬小姐給馮氏問安。娘兒兩個正在閒談，這小子他就一步兒跑進來了。小姐躲閃不及。馮氏便道：「你們是表兄妹，皆是骨肉，是見得的。彼此見了。」小姐無奈，把袖子福了一福。他便作下一揖去，半天直不起腰來。那一雙賊眼，直勾勾的瞅著小姐。旁邊繡紅看不上眼，簇

---

❸ 脅肩諂笑：聳起雙肩裝出恭謹奉承的笑容。形容奉承拍馬的醜態。孟子滕文公下：「脅肩諂笑，病於夏畦。」

❹ 訕皮訕臉：像孩子那樣嬉皮笑臉。

❺ 玉成：成其好事。後稱成全為玉成。

擁著小姐回繡閣去了。他就癡呆了半晌。他這一瞧直不是人；是人，沒有那末❻瞧的。往往書上多有眉目傳情，又云眉來眼去。仔細想來，這個眉毛無用處，眼睛為的是瞧，眉毛跟在裏頭可攪什麼呢？不是這麼說嗎？要是沒有他真磕磣❼，就猶如笑話上說的：嘴和鼻說話：「咳，老鼻呀！你有甚麼本事，竟敢居在我的上頭呢？」鼻子答道：「你若不虧我聞見，如何分得出香臭來呢？」鼻子又和眼睛說話：「咳，老眼！那你有甚麼本事，竟敢居在我的上頭呢？」眼睛答道：「你若不虧我瞧見，你如何知道好歹呢？」眼睛又和眉毛說話：「咳，老眉呀！你有甚麼本事，竟敢居在我的上頭呢？」眉毛答道：「我原沒有甚麼本事，不過是你的配搭兒，你若不願意在你上頭，我就挪在你的底下去，看你得樣兒不得樣兒！」馮君衡他這一瞧，真是把眉毛錯按了位了。

自那天見了小姐之後，他便謀求的狠了，恨不得立刻到手。天天來至柳家探望。這一天剛進門來，見院內拴著一匹白馬，便問家人道：「此馬從何而來？」家人回道：「是武進縣顏姑爺騎來的。」他一聞此言，就猶如平空的打了個焦雷❽，只驚得目瞪癡呆，魂飛天外。半晌，方透過一口氣來，暗想：「此事卻怎麼處？」只得來到書房見了柳洪。見員外愁眉不展，他知道必是為此事發愁。想來顏生必然窮苦之甚，我何不見他，看看他倒是怎麼的光景。如若真不像樣，就當面奚落❾他一場，也出了我胸中惡氣。

---

❻ 末：一本作「門」。
❼ 磕磣：俗語。不順當；遇到麻煩。原意是食物中夾雜的沙土碰上牙齒。
❽ 焦雷：聲音響亮的雷。
❾ 奚落：用尖刻的話數說別人的短處，使人難堪。

想罷，便對柳洪言明，要見顏生。柳洪無奈，只得將他帶入幽齋。他原打算奚落一場。誰知見了顏生，不但衣冠鮮明，而且像貌俊美，談吐風雅，反覺得跼蹐不安⑩，自慚形穢⑪，竟自無地可容，連一句整話也說不出來。柳洪在旁觀瞧，也覺得妍媸⑫自分，暗道：「據顏生像貌才情，堪配吾女。可惜他家道貧寒，是一宗大病。」又看馮君衡聳肩縮背，擠眉弄眼，竟不知如何是可。柳洪倒覺不好意思，搭訕著道：「你二人在此攀話，我料理我的事去了。」說罷，就走開了。

馮君衡見柳洪去後，他便抓頭不是尾，險些兒沒急出毛病來。略坐一坐，便回書房去了。一進門來，自己便對穿衣鏡一照，自己叫道：「馮君衡呀，馮君衡！你瞧瞧人家是怎麼長來著，你是怎麼長來著。我也不怨別的，怨只怨我那爹娘，既要好兒子，為何不下上點好好的工夫呢？教導教導，調理調理，真是好好兒的，也不至於見了人說不出話來。」自己怨恨一番。忽又想道：「顏生也是一個人，我也是一個人，我又何必怕他呢？這不是我自損志氣麼？明日倒要仗著膽子與他盤桓盤桓，看是如何。」想罷，就在書房睡了。

到了次日，吃畢早飯，依然猶疑了半天。後來發了一個狠兒，便上幽齋而來。見了顏生，彼此坐了。馮君衡便問道：「請問你老高壽？」顏生道：「念有二歲。」馮君衡聽了不明白，便「念」呀「念」的儘著念。顏生便在桌上寫出來。馮君衡見了，道：「哦！敢則是單寫的二十呀。若是這們說，我敢則是念了。」

⑩ 跼蹐不安：處境困窘，戒慎、恐懼之至。跼，彎腰。蹐，前腳接後腳地小步走。詩經小雅正月：「謂天蓋高，不敢不局（跼）；謂地蓋厚，不敢不蹐。」故又有「跼天蹐地」之語。

⑪ 自慚形穢：自己感覺不如別人而慚愧。世說新語容止：「見玠輒歎曰：『珠玉在側，覺我形穢。』」

⑫ 妍媸：美和醜。文選文賦：「混妍蚩而成體，累良質而為瑕。」媸，亦作「蚩」。

顏生道：「馮兄尊齒二十了麼？」馮君衡道：「我的牙卻是二十八個，連槽牙。我的歲數卻是二十。」顏生笑道：「尊齒便是歲數。」馮君衡便知是自己答應錯了，便道：「顏大哥，我是個粗人，你和我總別鬧文。」顏生又問道：「馮兄在家作何功課？」馮君衡卻明白「功課」二字，便道：「我家也有個先生，可不是瞎子，也是睜眼兒先生。他教給我作甚麼詩，五個字一句，說四句是一首，還有什麼韻不韻的。我那裏弄的上來呢。後來作慣了，覺得順溜了，就只能作半截兒。任憑怎麼使勁兒，再也作不下去了。有一遭兒，先生出了個『鵝群』叫我作，我如何作的下去呢。好容易作了半截兒。……」顏生道：「可還記得麼？」馮君衡道：「記得的很呢。我好容易作的，焉有不記得呢。我記是：『遠看一群鵝，見人就下河。』」顏生道：「底下呢？」馮君衡道：「說過就作半截兒，如何能彀滿作了呢？」顏生道：「待我與你續上半截，如何？」馮君衡道：「那敢則好。」顏生道：「白毛分綠水，紅掌蕩清波。」馮君衡道：「似乎是好。念著怪有個聽頭兒的。還有一遭，因我們書房院子裏有棵枇杷，先生以此為題。我作的是：『有棵枇杷樹，兩個大椏杈。』」顏生道：「我也與你續上罷。『未結黃金果，先開白玉花。』」

馮君衡見顏生又續上了，他卻不講詩，便道：「我最愛對對子。怎麼原故呢？作詩須得論平仄押韻，對對子就平空的想出來。若有上句，按著那邊字兒一對，就得了。顏大哥，你出個對子我對。」顏生暗道：「今日重陽，而且風鳴樹吼。」便寫了一聯道：「九日重陽風落葉。」馮君衡看了半天，猛然想起，對道：「『八月中秋月照臺』。顏大哥，你看我對的如何？你再出個我對。」顏生見他無甚行止，便寫一聯道：「立品修身，誰能效子游子夏？」馮君衡按著字兒，扣了一會，便對道：「交朋結友，我敢比劉六劉七。」顏生便又寫了一聯，卻是明褒暗貶之意。馮君衡接來一看，寫的是：「三墳五典，你乃百寶箱。」便又想了，對道：「一轉兩晃，我是萬花筒。」他又魔著顏生出對。顏生實在不耐煩了，便道：「願安承教你無門。」這明是說他請教不得其門。馮君衡他卻獃想，忽然笑道：「可對上了。」便道：「不敢從命我有牕。」

他見顏生手中搖著扇子，上面有字，便道：「顏大哥，我瞧瞧扇子。」顏生遞過來。他就連聲誇道：「好字，好字，真寫了個龍爭虎鬥。」又翻著那面，卻是素紙，連聲可惜道：「這一面如何不畫上幾個人兒呢？顏大哥，你瞧我的扇子，卻是畫了一面，那一面卻沒有字。求顏大哥的大筆，寫上幾個字兒罷。」顏生道：「我那扇子是相好朋友寫了送我的，現有雙款為證，不敢虛言。我那拙筆焉能奉命，惟恐有污尊搖。」馮君衡道：「說了不鬧文麼，什麼『尊搖』不『尊搖』的呢？我那扇子也是朋友送我的，如今再求顏大哥一寫，更成全起來了。顏大哥，你看看那畫的神情兒頗好。」顏生一看，見有一隻船，上面有一婦人搖槳，旁邊跪著一個小伙拉著槳繩。馮君衡又道：「顏大哥，你看那邊岸上那一人拿著千里眼鏡兒，哈著腰兒瞧的，神情兒真是活的一般。千萬求顏大哥把那面與我寫了。我先拿了顏大哥扇子去，等寫得時再換。」顏生無奈，將他的扇子插入筆筒之內。

馮君衡告辭，轉身回了書房，暗暗想道：「顏生他將我兩次詩不用思索，開口就續上了。他的學問哪，比我強多咧。而且像貌又好。他若在此了呵，只怕我那表妹被他奪了去。這便如何是好呢？」他也不想想人家原是許過的，他卻是要圖謀人家的。可見這惡賊利慾薰心！他便思前想後，總要把顏生害了才合心意。翻來覆去，一夜不曾合眼，再也想不出計策來。到了次日，吃畢早飯，又往花園而來。

不知後文如何，且聽下回分解。

第三十六回　園內贈金丫鬟喪命　廳前盜尸惡僕忘恩

且說馮君衡來至花園，忽見迎頭來了個女子。仔細看時，卻是繡紅，心中陡然疑惑起來，便問道：「你到花園來做什麼？」繡紅道：「小姐派我來掐花兒。」馮君衡道：「掐的花兒在那裏？」繡紅道：「我到那邊看了花兒，尚未開呢，因此空手回來。你查問我做什麼？這是柳家花園，又不是你們馮家的花園，用你多管閒事！好沒來由呀。」說罷，揚長去了。氣的個馮君衡直瞪瞪的一雙賊眼，再也對答不出來。心中更加疑惑，急忙奔至幽齋。偏偏雨墨又進內烹茶去了。見顏生拿著個字帖兒，正要開看。猛抬頭見了馮君衡，連忙讓坐，順手將字帖兒掖在書內，彼此閒談。馮君衡道：「顏大哥，可有什麼淺近的詩書，借給我看看呢？」顏生因他借書，便立起身來，向書架上找書去了。馮君衡便留神，見方才掖在書內字帖兒露著個紙角兒，他便輕輕抽出，暗暗的袖了。及至顏生找了書來，急忙接過，執手告別，回轉書房而來。

進了書房，將書放下，便從袖中掏出字兒一看，只嚇的驚疑不止，暗道：「這還了得！險些兒壞了大事。」原來此字正是前次乳母與小姐商議的，定於今晚二鼓在內角門相會，私贈銀兩，偏偏的被馮賊偷了來了。他便暗暗想道：「今晚他們若相會了，小姐一定身許顏生，我的姻緣豈不付之流水！這便如何是好？」忽又轉念一想道：「無妨，無妨。如今字兒既落吾手，大約顏生恐我識破，他決不敢前去。

我何不於二鼓時假冒顏生，倘能到手，豈不仍是我的姻緣。即便露出馬腳，他若不依，就拿著此字作個見證。就是姑爺知道，也是他開門揖盜❶，卻也不能奈何於我。」心中越想，此計越妙，不由的滿心歡喜，恨不得立刻就交二鼓。

且說金蟬小姐雖則叫繡紅寄柬與顏生，他便暗暗打點了私蓄銀兩並首飾衣服；到了臨期，卻派了繡紅，持了包袱銀兩去贈顏生。田氏在旁邊勸道：「何不小姐親身一往？」小姐道：「此事已是越理之舉❷。再要親身前去，更失了閨閣體統❸。我是斷斷不肯去的。」

繡紅無奈，提了包袱銀兩，剛來到角門以外，見個人傴僂❹而來，細看形色不是顏生，便問道：「你是誰？」只聽那人道：「我是顏生。」細聽語音卻不對。忽見那人向前就要動手。繡紅見不是勢頭❺，才嚷道「有賊」二字。馮君衡著忙，急伸手，本欲蒙嘴，不意蠢夫使的力猛，丫鬟人小軟弱，往後仰面便倒。惡賊收手不及，撲跌在丫鬟身上，以至手按在繡紅喉間一擠。及至強徒起來，丫鬟已氣絕身亡，將包袱銀兩抛於地上。馮賊見丫鬟已死，急忙提了包袱，撿起銀兩包兒來，竟回書房去了。將顏生的扇子並字帖兒留於一旁。

---

❶ 開門揖盜：開了門請強盜進來。比喻引進壞人，自招其禍。揖，拱手作禮。

❷ 越理之舉：超越禮教的行止。理，禮也。

❸ 閨閣體統：指富貴人家，未出嫁女子的規矩。

❹ 傴僂：腰背彎曲。

❺ 勢頭：形勢。

小姐與乳母在樓上提心弔膽，等繡紅不見回來，好生著急。乳母便要到角門一看，誰知此時巡更之人見丫鬟倒斃在角門之外，早已稟知員外安人了。乳母聽了此信，魂飛天外，回身繡閣，給小姐送信。只見燈籠火把，僕婦丫鬟同定員外安人，竟奔內角門而來。柳洪將燈一照，果是小繡紅，見他旁邊撂著一把扇子，又見那邊地上有個字帖兒。連忙俱各撿起，打開扇子卻是顏生的，心中已然不悅；又將字帖兒一看，登時氣沖牛斗，也不言語，竟奔小姐的繡閣。馮氏不知是何緣故，便隨在後面。

柳洪見了小姐，說：「幹的好事！」將字帖兒就當面擲去。小姐此時已知繡紅已死，又見爹爹如此，真是萬箭攢心。一時難以分辯，惟有痛哭而已。虧得馮氏趕到，見此光景，忙將字帖兒拾起，看了一遍，說道：「原來為著此事。員外你好糊塗，焉知不是繡紅那丫頭幹的鬼呢？他素來筆跡原與女兒一樣。女兒現在未出繡閣，他卻死在角門以外。你如何不分皂白，就埋怨女兒來呢？只是這顏姑爺既已得了財物，為何又將丫鬟掐死呢？竟自不知是什麼意思？」一句話提醒了柳洪，便把一天愁恨俱擱在顏生身上。他就連忙寫一張呈子，說：「顏生無故殺害丫鬟」，並不提私贈銀兩之事，惟恐與自己名聲不好聽。便把顏生送往祥符縣內。

可憐顏生睡裏夢裏連個影兒也不知，幸喜雨墨機靈，暗暗打聽明白，告訴了顏生。顏生聽了，他便立了個百折不回的主意。

且說馮氏安慰小姐，叫乳母好生看顧。他便回至後邊，將計就計，在柳洪跟前竭力攛掇，務將顏生置之死地，恰恰又暗合柳洪之心。柳洪等候縣尹來相驗了，繡紅實是扣喉而死，並無別的情形。柳洪便咬定牙說是顏生謀害的，總要顏生抵命。

縣尹回至衙門，立刻升堂，將顏生帶上堂來。仔細一看，卻是個懦弱書生，不像那殺人的凶手，便有憐惜他的意思，問道：「顏查散，你為何謀害繡紅？從實招上來。」顏生稟道：「只因繡紅素來不服呼喚，屢屢逆命❻。昨又因他口出不遜，一時氣憤難當，將他趕至後角門。不想剛然扣喉，他就倒斃而亡。望祈老父母❼早早定案，犯人再也無怨的了。」說罷，向上叩頭。縣宰見他滿口應承，毫無推諉，而且情甘認罪，決無異詞，不由心下為難，暗暗思忖道：「看此光景，決非行凶作惡之人。難道他素有瘋顛不成？或者其中別有情節，礙難吐露，他情願就死，亦未可知。此事本縣倒要細細訪查，再行定案。」想罷，吩咐將顏生帶下去寄監。縣官退堂，入後，自然另有一番思索。

你道顏生為何情甘認罪？只因他憐念小姐一番好心，不料自己粗心失去字帖兒，致令繡紅遭此慘禍，已然對不過小姐了；若再當堂和盤托出，豈不敗壞了小姐名節？莫若自己應承，省得小姐出頭露面，有傷閨門的風範。這便是顏生的一番衷曲。他卻那裏知道，暗中苦了一個雨墨呢。

且說雨墨從相公被人拿去之後，他便暗暗揣了銀兩趕赴縣前，悄悄打聽，聽說相公滿口應承，當堂全認了，只嚇得他膽裂魂飛，淚流滿面。後來見顏生入監，他便上前苦苦哀求禁子，並言有薄敬奉上。禁子與牢頭相商明白，容他在內服侍相公。雨墨便將銀子交付了牢頭，囑託一切俱要看顧。牢頭見了白花花一包銀子，滿心歡喜，滿口應承。雨墨見了顏生，又痛哭，又是抱怨，說：「相公不該應承了此事。」見顏生微微含笑，毫不介意，雨墨竟自不知是何緣故。

---

❻ 逆命：違抗命令。

❼ 老父母：指縣尹。父母，父母官的簡稱。古代稱州縣等地方首長為父母官。

誰知此時柳洪那裏俱各知道顏生當堂招認了，老賊樂的滿心歡喜，彷彿去了一場大病一般。苦只苦了金蟬小姐，一聞此言，只道顏生決無生理，仔細想來，全是自己將他害了。他既無命，我豈獨生，莫若以死相酬。將乳母支出去烹茶，他便倚了繡閣，投繯自盡身亡。及至乳母端了茶來，見門戶關閉，就知不好，便高聲呼喚，也不見應。再從門縫看時，見小姐高高的懸起，只唬得他骨軟筋酥，踉踉蹌蹌，報與員外安人。

柳洪一聞此言，也就顧不得了，先帶領家人奔到樓上，打開繡戶，上前便把小姐抱住。家人忙上前解了羅帕，此時馮氏已然趕到。夫妻二人打量還可以解救，誰知香魂已緲，不由的痛哭起來。更加著馮氏數數落落，一壁裏哭小姐，一壁裏罵柳洪道：「都是你這老烏龜，老殺才！不分青紅皂白，生生兒的要了你的女兒命了！那一個剛然送縣，這一個就上了弔了。這個名聲傳揚出去才好聽呢！」柳洪聽了此言，咯噔的把淚收住道：「幸虧你提撥我。似此事如何辦理？哭是小事，且先想個主意要緊。」馮氏道：「還有別的甚麼主意嗎？只好說小姐得了個暴病，有些不妥，先著人悄悄抬個棺材來，算是預備後事，與小姐沖沖喜。卻暗暗的將小姐盛殮了，浮厝❽在花園敞廳上。候過了三朝五日，便說小姐因病身亡，也就遮了外面的耳目，也省得人家談論了。」柳洪聽了，再也想不出別的高主意，只好依計而行，便囑咐家人搭棺材去。「倘有人問，就說小姐得病甚重，為的是沖沖喜。」家人領命，去不多時，便搭了來了，悄悄抬至後樓。

❽ 浮厝：入殮後將棺材停放著待葬。

此時馮氏與乳母已將小姐穿戴齊備，所有小姐素日惜愛的簪環首飾衣服俱各盛殮了。且不下葬❾。便叫家人等暗暗抬至花園敞廳停放。員外安人又不敢放聲大哭，惟有嗚嗚悲泣而已。停放已畢，惟恐有人看見，便將花園門倒鎖起來。所有家人，每人賞了四兩銀子，以壓口舌。

誰知家人之中有一人姓牛，名喚驢子。他爹爹牛三原是柳家的老僕，只因雙目失明，柳洪念他出力多年，便在花園後門外蓋了三間草房，叫他與他兒子並媳婦馬氏一同居住，又可以看守花園。這日牛驢子拿了四兩銀子回來，馬氏問道：「此銀從何而來？」驢子便將小姐自盡，並員外安人定計，暫且停放花園敞廳，並未下葬的情由，說了一遍。「這四兩銀子便是員外賞的，叫我們嚴密此事，不可聲張。」說罷，又言小姐的盛殮的東西實在的是不少，甚麼鳳頭釵，又是甚麼珍珠花、翡翠環，這個那個說了一套。馬氏聞聽，便覺唾涎，道：「可惜了兒的這些好東西！你就是沒有膽子；你若有膽量，到了夜間，只隔著一段牆，偷偷兒的進去……」

剛說至此，只聽那屋牛三道：「媳婦，你說的這是甚麼話！偺家員外遭了此事已是不幸，人人聽見該當歎息，替他難受，怎麼你還要就熱窩兒去偷盜尸首的東西？驢兒呀，驢兒，此事是斷斷做不得的。」老頭兒說罷，恨恨不已。

誰知牛三剛說話時，驢子便對著他女人擺手兒。後來又聽見叫他不可做此事，驢子便賭氣子道：「我知道，也不過是那末說，那裏我就做了呢。」說著話，便打手式，叫他女人預備飯，自己便打酒去。少時，酒也有了，菜也得了。且不打發牛三喫，自己便先喝酒。女人一壁服侍，一壁跟著喫。卻不言語，

❾ 不下葬：不超度亡魂。下，作出。葬，舞者所執的竿。

盡打手式。到喫喝完了，兩口子便將傢伙歸著❿起來。驢子便在院內找了一把板斧，掖在腰間。等到將有二鼓，他直奔到花園後門，揀了個地勢高聳之處，扳住牆頭縱將上去。他便往裏一跳，直奔敞廳而來。

未知如何，且聽下回分解。

---

❿ 歸著：這裏作收拾。

第三十七回　小姐還魂牛兒遭報　幼童侍主俠士揮金

且說牛驢子於起更時來至花園，扳住牆頭，縱身上去，他便往裏一跳。只聽噗咚一聲，自己把自己倒唬了一跳。但見樹林中透出月色，滿園中花影搖曳，彷彿都是人影兒一般。毛手毛腳❶，賊頭賊腦，他卻認得路徑，一直竟奔敞廳而來。見棺材停放中間。猛然想起小姐入殮之時形景，不覺從脊梁骨上一陣發麻灌海，登時頭髮根根倒豎，害起怕來，又連打了幾個寒噤，暗暗說：「不好，我別要不得！」身子覺軟，就坐在敞廳欄杆踏板之上，略定了定神。回手拔出板斧，心裏想道：「我此來原為發財，這一上去打開材蓋，財帛便可到手。我卻怕他怎的？這總是自己心虛之過。慢說無鬼，就是有鬼，也不過是閨中弱女，有甚麼大本事呢？」想至此，不覺的雄心陡起，提了板斧，便來到敞廳之上。對了棺木，一時天良難昧❷，便雙膝跪倒，暗暗祝道：「牛驢子實在是個苦小子。今日暫借小姐的簪環衣服一用，日後充足了，我再多多的給小姐燒些紙錁❸罷。」祝畢起來，將板斧放下。只用雙手從前面托住棺蓋，盡力往上一起，那棺蓋就離了位了，他便往左邊一跨。又繞到後邊，也是用雙手托住，往上一起，他卻往

❶ 毛手毛腳：做事粗心大意，不沉著。
❷ 天良難昧：本來有的良知難以違背。
❸ 紙錁：紙做的金銀小錠。祭祀時當作紙錢焚化。紙，指在紙上塗上鎴、銅粉末，民間統稱錫箔紙。

右邊一跨。那材蓋便橫斜在材上。才要動手，忽聽「噯喲」一聲，便唬的他把脖子一縮，跑下廳來，格嗒嗒一個個整顫，半晌還不過氣來。又見小姐掙扎起來，口中說道：「多承公公指引。」便不言語了。驢子喘息了喘息，想道：「小姐他會還了魂了。」又一轉念：「他縱然還魂，正在氣息微弱之時，我這上去將他掐住咽喉，他依然是死，我照舊發財。有何不可呢？」想至此，又立起身來，從老遠的就將兩手比著要掐的式樣。尚未來到敞廳，忽有一物飛來正打在左手之上。驢子又不敢噯喲，只疼的他咬著牙，捽著手，在廳下打轉。

只見從太湖石後來了一人，身穿夜行衣服，竟奔驢子而來。瞧著不好，剛然要跑，已被那人一個箭步，趕上就是一腳。驢子便跌倒在地，口中叫道：「爺爺饒命！」那人便將驢子按在地上，用刀一晃，道：「我且問你，棺木內死的是誰？」驢子道：「是我家小姐，可是弔死的。」那人吃驚，道：「你家小姐如何弔死呢？」驢子道：「只因顏生當堂招認了，我家小姐就弔死了，不知是什麼緣故？只求爺爺饒命！」那人道：「你初念貪財還可饒恕，後來又生害人之心，便是可殺不可留了。」說到「可殺」二字，刀已落將下來，登時驢子入了湯鍋了。

你道此人是誰？他便是改名金懋叔的白玉堂。自從贈了顏生銀兩之後，他便先到祥符縣將柳洪打聽明白，已知道此人慳吝，必然嫌貧愛富。後來打聽顏生到此，甚是相安，正在歡喜。忽聽得顏生被祥符縣拿去，甚覺詫異，故此夤夜到此，打聽個水落石出。已知顏生負屈含冤，並不知小姐又有自縊之事。適才問了驢子，方才明白，既將驢子殺了，又見小姐還魂。本欲上前攙扶，又要避盟嫂❹之嫌疑，猛然

❹ 盟嫂：這裏指結拜兄弟之妻，有別兄嫂。

心生一計：「我何不如此如此呢？」想罷，便高聲嚷道：「你們小姐還了魂了！快來救人呀！」又向那角門上噹的一腳，連門帶框，俱各歪在一邊。他卻飛身上房，竟奔柳洪住房去了。

且說巡更之人原是四個，前後半夜倒換。這前半夜的二人正在巡更，猛聽得有人說小姐還魂之事，又聽得吭嚓一聲響亮。二人嚇了一跳，連忙順著聲音，打著燈籠一照，見花園角門連門框俱各歪在一邊。二人仗著膽子，進了花園，趁著月色，先往敞廳上一看，見棺材蓋橫在材上。連忙過去細看，見小姐坐在棺內，閉著雙睛，口內尚在咕噥。二人見了，悄悄說道：「誰說不是活了呢。快報員外安人去。」

剛然回身，只見那邊有一塊黑忽忽的，不知是甚麼。打過燈籠一照，卻是一個人。內中有個眼尖的道：「夥計，這不是牛驢子麼？他如何躺在這裏呢？難道昨日停放之後，把他落在這裏了？」又聽那人道：「這是甚麼稀濘的？跴了我一腳。噯喲！怎麼他脖子上有個口子呢？敢則是被人殺了。快快報與員外，說小姐還魂了。」

柳洪聽了，即刻叫開角門。馮氏也連忙起來，喚齊僕婦丫鬟，俱往花園而來。誰知乳母田氏一聞此言，預先跑來，扶著小姐呼喚，只聽小姐嘟噥道：「多承公公指引，叫奴家何以報答。」柳洪馮氏見了小姐果然活了，不勝歡喜。大家攙扶出來。田氏轉身背負著小姐，僕婦幫扶，左右圍隨，一直來到繡閣安放妥協，又灌薑湯少許，漸漸的甦醒過來。容小姐靜一靜，定定神。只有乳母田氏與安人、小丫鬟等在左右看顧。柳洪就慢慢的下樓去了。只見更夫仍在樓門之外伺候。柳洪便道：「你二人還不巡更，在此作甚？」二人道：「等著員外回話。還有一宗事呢。」柳洪道：「還有什麼事呢？不是要討賞麼？」二人道：「討賞忙甚麼呢。咱們花園躺著一個死人呢。」柳洪聞聽，大驚道：「如何有死人呢？」二人道：「員外隨我們看看就知道了。不是生人，卻是個熟人。」

柳洪跟定更夫進了花園，來至敞廳，更夫舉起燈籠照看。柳洪見滿地是血，戰戰兢兢看了多時，道：「這不是牛驢子嗎？他如何被人殺了呢？」又見棺蓋橫著，旁邊又有一把板斧，猛然省悟道：「別是他前來開棺盜尸罷？如何棺蓋橫過來呢？」更夫說道：「員外爺想的不錯。只是他被何人殺死呢？難道他見小姐活了，他自己抹了脖子？」柳洪無奈，只得派人看守，準備報官相驗。先叫人找了地保來，告訴他此事。地保道：「日前掐死了一個丫鬟，尚未結案；如今又殺了一個家人，所有這些喜慶事情，全出在尊府，此事就說不得了，只好員外爺辛苦辛苦，同我走一趟。」柳洪知道是故意的拿捏❺，只得進內，取些銀兩給他們就完了。

不料來至套間屋內，見銀櫃的鎖頭落地，櫃蓋已開，這一驚非同小可，連忙查對，散碎銀兩俱各未動，單單整封銀兩短了十封。心內這一陣難受，又不是疼，又不是癢，竟不知如何是好。發了會子怔，叫丫鬟去請安人，一面平了一兩六錢有零的銀算是二兩，央求地保呈報。地保得了銀子，自己去了。柳洪急回身來至屋內，不覺淚下。馮氏便問：「叫我有甚麼事？女兒活了，應當喜歡，為何反倒哭起來了呢？莫不成牛驢子死了，你心疼他嗎？」柳洪道：「那盜尸賊，我心疼他做甚麼？」馮氏道：「既不為此，你哭甚麼？」柳洪便將銀子失去十封的話，說了一遍。「因為心疼銀子，不覺流淚。這如今意欲報官，故此請你來商議商議。」馮氏聽了，也覺一驚。後來聽柳洪說要報官，連說：「不可，不可。現在僧們家有兩宗人命的大案，尚未完結。如今為丟銀子又去報官。別的都不遺失，單單的丟了十封銀子。這不

❺ 拿捏：亦作「拏捏」。故意刁難。

是提官府的醒兒嗎？可見偺家積蓄多金。他若往歪裏一問，只怕再花上十封，也未必能結案。依我說，這十封銀子只好忍個肚子疼，算是丟了罷。」柳洪聽了此言，深為有理，只得罷了。不過一時時揪著心繫子怪疼的。

且說馬氏攛掇丈夫前去盜尸，以為手到成功，不想呆呆的等了一夜未見回來，看看的天已發曉，不由的埋怨道：「這王八蛋好生可惡！他不虧我指引明路，教他發財。如今得了手且不回家，又不知填還那個小媽兒去了。少時他瞎爹若問起來，又該無故嘮叨。」正在自言自語埋怨，忽聽有人敲門，道：「牛三哥，牛三哥。」婦人答道：「是誰呀？這末早就來叫門。」說罷，將門開了一看，原來是撿糞的李二。李二一見馬氏，便道：「姪兒媳婦，你煩惱呀？」馬氏聽了，啐道：「呸！大清早起的，也不嫌個喪氣。這是怎麼說呢？」李二說：「敢則是喪氣。你們驢子叫人殺了，怎麼不喪氣？」牛三已在屋內聽見，便接言道：「李老二，你進屋裏來，明白告訴了我，這是怎麼一件事情。」李二便進屋內，見了牛三，說：「告訴哥哥說，驢子姪兒不知為何被人殺死在那邊花園子裏了。你們員外報了官。少時就要來相驗呢。」牛三道：「好呀！你們幹的好事呀！昨日那末攔你們，你們不聽，到底兒遭了殺了。這不叫員外受累嗎？李老二，你拉了我去，等著官府來了，我攔驗就是了。這不是嗎？我的兒子既死了，我那兒婦是斷不能守的，莫若叫他回娘家去罷。這才應了俗語兒了：『驢的朝東，馬的朝西。』」說著話，拿了明仗，叫李二拉著他，竟奔著員外宅裏來。見了柳洪，便將要攔驗的話說了，柳洪甚是歡喜，又教導了好些話，那個說的，那個說不的，怎麼具結❻領尸，編派❼停當。又將裝小姐的棺木挪在閒屋，算是為他買的壽木。

❻ 具結：對官署提出了結的字據。具，備；辦。

及至官府到來，牛三攔驗，情願具結領尸。官府細問情由，方准所呈。不必細表。

且說顏生在監，多虧了雨墨服侍，不至受苦。自從那日過下堂來，至今並未提審，竟不知定了案不曾，反覺得心神不定。忽見牢頭將雨墨叫將出來，在獄神廟前，便發話道：「小夥子，你今兒得出去了。我不能只是替你耽驚兒。再者你們相公，今兒晚上也該叫他受用受用了。」雨墨見不是話頭，便道：「賈大叔，可憐我家相公負屈含冤，望大叔將就將就。」賈牢頭道：「我們早已可憐過了。我們若遇見都像你們這樣打官司，我們都餓死了。你打量裏裏外外費用輕呢。就是你那點子銀子，一哄兒就結了。俗語說：『衙門的錢，下水的船。』這總要現了現。你總得想個主意才好呢。難道你們相公就沒個朋友嗎？」雨墨哭道：「我們從遠方投親而來，這裏如何有相知呢。沒奈何，還是求大叔可憐我家相公才好。」賈牢頭道：「你那是白說。我倒有個主意。你們相公有個親戚，他不是財主嗎？你為甚不弄他的錢呢？」雨墨流淚道：「那是我家相公的對頭，他如何肯資助呢？」賈牢頭道：「不是那末說。你與相公商量商量，怎麼想個法子將他的親戚咬出來。我們弄他的銀錢，好照應你們相公呀。是這麼個主意。」雨墨搖頭道：「這個主意卻難，只怕我家相公做不出來罷。」賈牢頭道：「既如此，你今兒就出去，直不准你在這裏！」雨墨見他如此神情，心中好生為難，急得淚流滿面，痛哭不止。恨不得跪在地下哀求。

忽見監門口有人叫：「賈頭兒，賈頭兒，快來喲。」賈牢頭道：「是了，我這裏說話呢。」那人又道：「你快來，有話說。」賈牢頭道：「什麼事這末忙？難道弄出錢來我一人使嗎？也是大家夥兒分。」那外面說話的，乃是禁子吳頭兒。他便問道：「你又駁辯誰呢？」賈牢頭道：「就是顏查散的小童兒。」

❼ 編派：捏造事實。

吳頭兒道：「噯喲！我的太爺。你怎麼惹他呢？人家的照應到了。此人姓白，剛才上衙門口略一點染❽，就是一百兩呀。少時就進來了。你快快好好兒的預備著，伺候著罷。」牢頭聽了，連忙回身，見雨墨還在那裏哭呢，連忙上前道：「老雨呀，你怎麼不禁嘔呢？說說笑笑，嗷嗷嘔嘔❾，這有什麼呢。你怎麼就認起真來？我問問你，你家相公可有個姓白的朋友嗎？」雨墨道：「並沒有姓白的。」賈牢頭道：「你藏奸，你還惱著我呢。我告訴你，如今外面有個姓白的，瞧你們相公來了。」

說話間，只見該值的頭目陪著一人進來，頭帶武生巾，身穿月白花氅，內襯一件桃紅襯袍，足登官鞋，另有一番英雄氣概。雨墨看了，很像金相公，卻不敢認。只聽那武生叫道：「雨墨，你敢是也在此麼？好孩子！真正難為你。」雨墨聽了此言，不覺的落下淚來，連忙上前參見，道：「誰說不是金相公呢。」暗暗忖道：「如何連音也改了呢？」他卻那裏知道金相公就是白玉堂呢。白五爺將雨墨扶起，道：「你家相公在那裏？」

不知雨墨如何回答，且聽下回分解。

---

❽ 點染：拿錢些微敷衍一下。

❾ 嗷嗷嘔嘔：即嘻嘻哈哈。

第三十八回　替主鳴冤攔輿告狀　因朋涉險寄柬留刀

且說白玉堂將雨墨扶起，道：「你家相公在那裏？」賈牢頭不容雨墨答言，他便說：「顏相公在這單間屋內，都是小人們伺候。」白五爺道：「好。你們用心服侍，我自有賞賜。」賈牢頭連連答應幾個「是」。

此時雨墨已然告訴了顏生。白五爺來至屋內，見顏生蓬頭垢面，雖無刑具加身，已然形容憔悴，連忙上前執手道：「仁兄，如何遭此冤枉？」說至此，聲音有些慘切。誰知顏生卻毫不動念，說道：「嗐！愚兄愧見賢弟。賢弟到此何幹哪？」白五爺見顏生並無憂愁哭泣之狀，惟有羞容滿面，心中暗暗點頭，誇道：「顏生真乃英雄也。」便問：「此事因何而起？」顏生道：「賢弟問他怎麼？」白玉堂道：「你我知己弟兄，非泛泛可比。難道仁兄還瞞著小弟不成？」顏生無奈，只得說道：「此事皆是愚兄之過。」便說：「繡紅寄柬，愚兄並未看明柬上是何言詞。因有人來，便將柬兒放在書內。誰知此柬遺失。到了夜間，就生出此事。柳洪便將愚兄呈送本縣。後來虧得雨墨暗暗打聽，方知是小姐一片苦心，全是為顧愚兄。愚兄自恨遺失柬約，釀成禍端❶。兄若不應承，難道還攀扯閨閣弱質，壞他的清白？愚兄惟有一死而已！」

---

❶ 禍端：禍根。即引起災難的人或事物。

白玉堂聽了顏生之言，頗覺有理。復轉念一想，道：「仁兄知恩報恩，捨己成人，原是大丈夫所為。獨不念老伯母在家懸念乎？」一句話卻把顏生的傷心招起，不由的淚如雨下。半晌，說道：「愚兄死後，望賢弟照看家母。兄在九泉之下，也得瞑目。」說罷，痛哭不止。雨墨在旁也落淚。白玉堂道：「何至如此。仁兄且自寬心。凡事還要再思，雖則為人，也當為己。聞得開封府包相斷事如神，何不到那裏去伸訴呢？」顏生道：「賢弟此言差矣。此事非是官府屈打成招的，乃是兄自行承認的，又何必向包公那裏分辯去呢？」白玉堂道：「仁兄雖如此說，小弟惟恐本縣詳文若到開封，只怕包相就不容仁兄招認了。那時又當如何？」顏生道：「書云：『匹夫不可奪志也』❷，況愚兄乎？」

白玉堂見顏生毫無回轉之心，他便另有個算計了，便叫雨墨將禁子、牢頭叫進來。雨墨剛然來到院中，只見禁子、牢頭正在那裏嘁嘁喳喳，指手畫腳。忽見雨墨出來，便有二人迎將上來，道：「老雨呀，有什麼吩咐的嗎？」雨墨道：「白老爺請你二人呢。」二人聽得此話，便狗顛屁股垂兒似的跑向前來。白五爺叫伴當拿出四封銀子，對他二人說道：「這是銀子四封：賞你二人一封，俵散❸眾人一封，餘下二封便是伺候顏相公的。從此後顏相公一切事體，全是你二人照管。倘有不到之處，我若聞知，卻是不依你們的。」二人屈膝謝賞，滿口應承。

白五爺又對顏生道：「這裏諸事妥協。小弟要借雨墨隨我幾日，不知仁兄叫他去否？」顏生道：「他也在此無事。況此處俱已安置妥協，愚兄也用他不著。賢弟只管將他帶去。」誰知雨墨早已領會白五爺

❷ 匹夫不可奪志也：語出論語子罕篇：「三軍可奪帥也，匹夫不可奪志也。」奪志，迫使改變本志。

❸ 俵散：分發；分散。

之意，便欣然叩辭了顏生，跟隨白五爺出了監中。到了無人之處，雨墨便問白五爺道：「老爺將小人帶出監來，莫非叫小人瞞著我家相公，上開封府呈控麼？」一句話問的白五爺滿心歡喜，道：「怪哉，怪哉！你小小年紀竟有如此聰明，真正罕有。我原有此意，但不知你敢去不敢去？」雨墨道：「小人若不敢去，也就不問了。自從那日我家相公招承之後，小人就要上京內開封府控告去。只因監內無人伺候，故此耽延至今。今日又見老爺話語之中，提撥我家相公，我家相公毫不省悟，故此方才老爺一說要借小人跟隨幾天，小人就明白了是為著此事。」白五爺哈哈大笑道：「我的意思，竟被你猜著了。我告訴你。你相公入了情魔了，一時也化解不開。須到開封府告去，方能打破迷關❹。你明日到開封府，就把你家相公無故招承認罪原由申訴一番，包公自有斷法。我在暗中給你安置安置。大約你家相公就可脫去此災了。」說罷，便叫伴當給他十兩銀子。雨墨道：「老爺前次賞過兩個錁子，小人還沒使呢。老爺改日再賞罷。再者小人告狀去，腰間也不好多帶銀子。」白五爺點頭道：「你說的也是。你今日就往開封府去，在附近處住下。明日好去伸冤。」雨墨連連稱「是」。竟奔開封府去了。

誰知就是此夜，開封府出了一件詫異的事。包公每日五更上朝，包興、李才預備伺候，一切冠帶袍服茶水羹湯俱各停當，只等包公一呼喚，便諸事整齊。二人正在靜候，忽聽包公咳嗽，包興連忙執燈，掀起簾子，來至裏屋內。剛要將燈往桌上一放，不覺駭目驚心，失聲道：「哎喲！」包公在帳子內，便問道：「甚麼事？」包興道：「這是那裏來的刀……刀……刀呀？」包公聽見，急披衣坐起，撩起帳子一看，果見是明晃晃的一把鋼刀橫在桌上，刀下還壓著柬帖兒，便叫包興：「將柬帖拿來我看。」包興

❹ 打破迷關：指突破迷妄，醒悟是非。迷關，迷津。迷妄的境界。

將柬帖從刀下抽出，持著燈遞給相爺。一看，見上面有四個大字寫著「顏查散冤」。包公忖度了一會，不解其意，只得淨面穿衣，且自上朝，俟散朝後再慢慢的訪查。

到了朝中，諸事已完，便乘轎而回。剛至衙門，只見從人叢中跑出個小孩子來，在轎旁跪倒，口稱「冤枉」。恰好王朝走到，將他獲住。包公轎至公堂，落下轎，立刻升堂，便叫：「帶那小孩子。」該班的傳出。此時王朝正在角門外問雨墨的名姓，忽聽叫「帶小孩子」，王朝囑咐道：「見了相爺，不要害怕，不可胡說。」雨墨道：「多承老爺教導。」王朝進了角門，將雨墨帶上堂去。雨墨便跪倒，向上叩頭。

包公問道：「那小孩子叫什麼名字？為著何事？訴上來。」雨墨道：「小人名叫雨墨，乃武進縣人。只因同我家主人到祥符縣投親……」包公道：「你主人叫什麼名字？」雨墨道：「姓顏名查散。」包公聽了顏查散三字，暗暗道：「原來果有顏查散。」便問道：「投在什麼人家？」雨墨道：「就是雙星橋柳員外家。這員外名叫柳洪，他是小主人的姑夫。誰知小主人的姑母三年前就死了，此時卻是續娶的馮氏安人。只因柳洪膝下有個姑娘名柳金蟬，是從小兒就許與我家相公為妻。小人的主人原是奉母命前來投親：一來在此讀書，預備明年科考；二來又為的是完姻。誰知柳洪將我主僕二人留在花園居住，敢則是他不懷好意。住了才四天，那日清早，便有本縣的衙役前來把我主人拿去了。說我主人無故將小姐的丫鬟繡紅掐死在內角門以外。回相爺，小人與小人的主人時刻不離左右。小人的主人並未出花園的書齋，如何會在內角門掐死了丫鬟呢？不想小人的主人被縣裏拿去，剛過頭一堂，就滿口應承，說是自己將丫鬟掐死，情願抵命。不知是什麼緣故？因此小人到相爺臺前，懇求相爺與小人的主人作主。」說罷，復又叩頭。

包公聽了，沉吟半晌，便問道：「你家相公既與柳洪是親戚，想來出入是不避的了？」雨墨道：「柳洪為人極其固執。慢說別人，就是這個續娶的馮氏也未容我家主人相見。主僕在那裏四、五天，盡在花園書齋居住。所有飯食茶水，俱是小人進內自取，並未派人服侍，很不像待親戚的道理。菜裏頭連一點兒肉腥也沒有。」包公又問道：「你可知道小姐那裏，除了繡紅還有幾個丫鬟呢？」雨墨道：「聽得說小姐那裏，就只一個丫鬟繡紅，還有個乳母田氏。這個乳母卻是個好人。」包公忙問道：「怎見得？」雨墨道：「小人進內取茶飯時，他就向小人說：『園子空落，你們主僕在那裏居住須要小心，恐有不測之事。依我說，莫若過一兩天，你們還是離了此處好。』不想果然就遭了此事了。」包公暗暗的躊躇道：「莫非乳母曉得其中原委呢？何不如此如此，看是如何。」想罷，便叫將雨墨帶下去，就在班房聽候。立刻吩咐差役：「將柳洪並他家乳母田氏分別傳來，不許串供。」又吩咐：「到祥符縣提顏查散到府聽審。」

包公暫退堂，用飯畢，正要歇息，只見傳柳洪的差役回來稟道：「柳洪到案。」老爺吩咐：「伺候升堂。」將柳洪帶上堂來，問道：「顏查散是你甚麼人？」柳洪道：「是小老兒內姪。」包公道：「他來此作甚麼來了？」柳洪道：「他在小老兒家讀書，為的是明年科考。」包公道：「聞聽得他與你女兒自幼聯姻，可是有的麼？」柳洪暗暗的納悶，道：「怨不得人說包公斷事如神。我家裏事他如何知道呢？」至此無奈，只得說道：「是從小兒定下的婚姻。他此來一則為讀書預備科考，二則為完姻。」包公道：「你可曾將他留下？」柳洪道：「留他在小老兒家居住。」包公道：「你家丫鬟繡紅，可是服侍你女兒的麼？」柳洪道：「是從小兒跟隨小女兒，極其聰明，又會寫，又會算，實實死的可惜。」包公道：「為何死的？」柳洪道：「就是被顏查散扣喉而死。」包公道：「什麼時候死的？死於何處？」柳洪道：「及至小老兒知道已有二鼓之半。卻是死在內角門以外。」包公聽罷，將驚堂木一拍，道：「我把你這老狗，滿口胡說！方才你說，及至你知道的時節已有二鼓之半，自然是你的家人報與你知道的。你並未親眼看見是誰掐死的，如何就知是顏查散相害？這明明是你嫌貧愛富，將丫鬟掐死，有意誣賴顏生。你還敢在本閣跟前支吾麼？」柳洪見包公動怒，連忙叩頭，道：「相爺請息怒，容小老兒細細的說。丫鬟被人掐死，小老兒原也不知是誰掐死的。只因死屍之旁落下一把扇子，卻是顏生的名款，因此才知道是顏生所害。」說罷，復又叩頭，包公聽了，思想了半晌：「如此看來，定是顏生作下不才之事了。」

又見差役回道：「乳母田氏傳到。」包公叫把柳洪帶下去，即將田氏帶上堂來。田氏那裏見過這樣堂威，已然嚇得魂不附體，渾身抖衣而戰。包公問道：「你就是柳金蟬的乳母麼？」田氏道：「婆……婆子便是。」包公道：「丫鬟繡紅為何死的？從實說來。」田氏到了此時，那敢撒謊，便把如何聽見員外、安人私語要害顏生，自己如何與小姐商議要救顏生，如何叫繡紅私贈顏生銀兩等話說了。「誰知顏姑爺得了財物，不知何故，竟將繡紅掐死了。偏偏的又落下一把扇子，連那個字帖兒。我家員外見了氣的了不得，就把顏姑爺送了縣了。誰知我家的小姐就上了弔了。……」包公聽至此，不覺愕然，道：「怎麼柳金蟬竟自死了麼？」田氏道：「死了之後又活了。」包公又問道：「如何又會活了呢？」田氏道：「皆因我家員外安人商量此事，說顏姑爺是頭一天進了監，第二天姑娘就弔死了——況且又是未過門之女。這要是吵嚷出去，這個名聲兒不好聽的。因此就說是小姐病的要死，買口棺材來沖一沖，卻悄悄的把小姐裝殮了，停放後花園內敞廳上。誰知半夜裏有人嚷說：『你們小姐活了，還了魂了。』大家夥兒聽見了，過去一看，誰說不是活了呢。棺材蓋也橫過來了，小姐在棺材裏坐著呢。」包公道：「棺材蓋如何會橫過來呢？」田氏道：「聽說是宅內的下人牛驢子偷偷兒盜尸去。他見小姐活了，不知怎麼，他又抹了脖子了。」

包公聽畢，暗暗思想道：「可惜金蟬一番節烈，竟被無義的顏生辜負了。可恨顏生既得財物，又將繡紅掐死，其為人的品行，就不問可知了。如何又有寄柬留刀之事，並有小童雨墨替他伸冤呢？」想至此，便叫：「帶雨墨。」左右即將雨墨帶上堂來。包公把驚堂木一拍，道：「好狗才！你小小年紀，竟敢大膽蒙混本閣，該當何罪？」雨墨見包公動怒，便向上叩頭道：「小人句句是實話，焉敢蒙混相爺。」包公一聲斷喝：「你這狗才，就該掌嘴！你說你主人並未離了書房，他的扇子如何又在內角門以外呢？講！」

不知雨墨回答甚麼言語，且聽下回分解。

第三十九回　鍘斬君衡書生開罪　石驚趙虎俠客爭鋒

且說包公一聲斷喝：「哇！你這狗才，就該掌嘴。你說你主人並未離了書房，他的扇子如何又在內角門以外呢？」雨墨道：「相爺若說扇子，其中有個情節。只因柳洪內姪名叫馮君衡，就是現在馮氏安人的姪兒，那一天合我主人談詩、對對子。後來他要我主人扇子瞧，卻把他的扇子求我主人寫。我家主人不肯寫。他不依，他就把我主人的扇子拿去。他說寫得了再換。相爺不信，打發人取來，現時仍在筆筒內插著。那把畫著船上婦人搖槳的扇子，就是馮君衡的。小人斷不敢撒謊。」包公因問出扇子的根由，心中早已明白此事，不由哈哈大笑，十分暢快。立刻出籤捉拿馮君衡到案。

此時祥符縣已將顏查散解到。包公便叫將田氏帶下去，叫雨墨跪在一旁。將顏生的招狀看了一遍，已然看出破綻，不由暗暗笑道：「一個情願甘心抵命，一個以死相酬自盡，他二人也堪稱為義夫節婦了。」便叫：「帶顏查散。」

顏生此時鐲鐐加身，來至堂上，一眼看見雨墨，心中納悶道：「他到此何幹？」左右上來去了刑具。顏生跪倒。包公道：「顏查散抬起頭來。」顏查散仰起面來。包公見他雖然蓬頭垢面，卻是形容秀美良善之人，便問：「你如何將繡紅掐死？」顏生便將在縣內口供，一字不改，訴將上去。包公點了點頭，道：「繡紅也真正的可惡。你是柳洪的親戚，又是客居他家，他竟敢不服呼喚，口出不遜，無怪你憤恨。

我且問你，你是什麼時候出了書齋？由何路徑到內角門？什麼時候掐死繡紅？他死於何處？講。」

顏生聽包公問到此處，竟不能答，暗暗的道：「好利害！好利害！我何嘗掐死繡紅，不過是恐金蟬出頭露面，名節攸關，故此我才招認掐死繡紅。如今相爺細細的審問，何時出了書齋，由何路徑到內角門，我如何說得出來？」正在為難之際，忽聽雨墨在旁哭道：「相公此時還不說明，真個就不念老安人在家懸念麼？」顏生一聞此言，觸動肝腑，又是著急，又慚愧，不覺淚流滿面，向上叩頭，道：「犯人實實罪該萬死，惟求相爺筆下超生。」說罷，痛哭不止。

包公道：「還有一事問你。柳金蟬既已寄柬與你，你為何不去，是何緣故？」顏生哭道：「哎呀！相爺呀。千錯萬錯在此處。那日繡紅送柬之後，犯人剛然要看，恰值馮君衡前來借書，犯人便將此柬掖在案頭書內。誰知馮君衡去後，遍尋不見，再也無有。犯人並不知柬中是何言詞，如何知道有內角門之約呢？」包公聽了，便覺了然❶。

只見差役回道：「馮君衡拿到。」包公便叫顏生主僕下去，立刻帶馮君衡上堂。包公見他兔耳鷹腮，蛇眉鼠眼，已知是不良之輩，把驚堂木一拍，道：「馮君衡，快將假名盜財，因姦致命，從實招來！」左右連聲催嚇：「講！講！講！」馮君衡道：「沒有什麼招的。」包公道：「請大刑。」左右將三根木望堂上一撂。馮君衡害怕，只得口吐實情，將如何換扇，如何盜柬，如何二更之時拿了扇柬冒名前去，只因繡紅要嚷，如何將他扣喉而死，又如何撇下扇柬，提了包袱銀兩回轉書房，從頭至尾，述說一遍。包公問明，叫他畫了供，立刻請御刑。王、馬、張、趙將狗頭鍘抬來，還是照舊章程，登時將馮君衡鍘

❶ 便覺了然：就完全清楚了。便，就。了然，明白；清楚。

了。丹墀之下，只唬得柳洪、田氏以及顏生主僕不敢仰視。

剛將尸首打掃完畢，御刑仍然安放。堂上忽聽包公道：「帶柳洪。」這一聲把個柳洪唬得膽裂魂飛，筋酥骨軟，好容易掙扎爬至公堂之上。包公道：「我把你這老狗！顏生受害，金蟬懸梁，繡紅遭害，驢子被殺，以及馮君衡遭刑，全由你這老狗嫌貧愛富而起，致令生者、死者、死而復生者受此大害。今將你廢於鍘下，大概不委屈你罷？」柳洪聽了，叩頭碰地，道：「實在不屈。望相爺開天地之恩，饒恕小老兒，改過自新，以贖前愆❷。」包公道：「你既知要贖罪，聽本閣吩咐。今將顏生交付與你，就在你家攻書。所有一切費用，你要好好看待。俟明年科考之後，中與不中，即便畢姻。倘顏查散稍有疎虞❸，我便把你拿來，仍然廢於鍘下。你敢應麼？」柳洪道：「小老兒願意，小老兒願意。」

包公便將顏查散、雨墨叫上堂來，道：「你讀書要明大義，為何失大義而全小節？便非志士，乃係腐儒❹。自今以後，必須改過，務要好好讀書。按日期將牎課❺送來，本閣與你看視。倘得寸進，庶不負雨墨一片為主之心。就是平素之間，也要將他好好看待。」顏生向上叩頭道：「謹遵臺命。」三個人又從新向上叩頭。柳洪攙了顏生的手，顏生攙了雨墨的手，又是歡喜，又是傷心，下了丹墀，同了田氏一齊回家去了。此案已結。包公退堂，來至書房，便叫包興：「請展護衛。」

---

❷ 愆：罪過。

❸ 疎虞：疏忽。疎，同「疏」。虞，誤。蘇東坡畫車詩：「上易下難須審細，左提右挈免疎虞。」

❹ 腐儒：迂腐無用的儒生。荀子非相：「故易曰，『括囊，無咎無譽。』腐儒之謂也。」

❺ 牎課：即作業。作為考核學習成績的作業。課，考查；考核。

你道展爺幾時回來的？他卻來在顏查散、白玉堂之先，只因騰不出筆來不能敘寫。事有緩急，況顏生之案是一氣的文字，再也間斷不得，如何還有工夫提展爺呢。如今顏查散之案已完，必須要說一番。展爺自從救了老僕顏福之後，那夜便趕到家中，見了展忠，將茉花村比劍聯姻之事，述說一回。彼此換劍作了定禮，便將湛盧寶劍給他看了。展忠滿心歡喜。展爺又告訴他，現在開封府有一件緊要之事，故此連夜趕回家中，必須早赴東京。展忠道：「作皇家官，理應報效朝廷。家中之事全有老奴照管，爺自請放心。」展爺便叫伴當收拾行李備馬，立刻起程，竟奔開封府而來。

及至到了開封府，便先見了公孫先生與王、馬、張、趙等，卻不提白玉堂來京，不過略問了問：「一向有什麼事故沒有？」大家俱言無事。又問展爺道：「大哥原告兩個月的假，如何恁早回來？」展爺道：「回家祭掃完了，在家無事，莫若早些回來，省得臨期匆忙。」也就遮掩過去。他卻參見了相爺，暗暗將白玉堂之事回了。包公聽了，吩咐嚴加防範，設法擒拿。展爺退回公所，自有眾人與他接風撢塵，一連熱鬧了幾天。展爺卻每夜防範，並不見什麼動靜。

不想由顏查散案中，生出寄柬留刀之事。包公雖然疑心，尚未知虛實，如今此案已經斷明，果係「顏查散冤」，應了柬上之言。包公想起留刀之人，退堂後來至書房，便請展爺。展爺隨著包興進了書房，參見包公。包公便提起：「寄柬留刀之人，行踪詭密，令人可疑。護衛須要嚴加防範才好。」展爺道：「卑職前日聽見主管包興述說此事，也就有些疑心。這明是給顏查散辨冤，暗裏卻是透信。據卑職想，留刀之人，恐是白玉堂了。卑職且與公孫策計議去。」包公點頭。展爺退出，來至公所，已然秉上燈燭。大家擺上酒飯，彼此就座。

公孫便問展爺道：「相爺有何見諭❻？」展爺道：「相爺為寄柬留刀之事，叫大家防範些。」王朝道：「此事原為替顏查散明冤。如今既已斷明，顏生已歸柳家去了，此時又防什麼呢？」展爺此時卻不能不告訴眾人白玉堂來京找尋之事，便將在茉花村比劍聯姻，後至蘆花蕩方知白玉堂進京來找御貓，及一聞此言，便急急趕來等情由說了一遍。張龍道：「原來大哥定了親了。還瞞著我們呢。恐怕兄弟們要喝大哥的喜酒。如今既已說出來，明日是要加倍的罰。」馬漢道：「喝酒是小事。但不知錦毛鼠是怎麼個人？」展爺道：「此人姓白名玉堂，乃五義之中的朋友。」趙虎道：「什麼五義？小弟不明白。」展爺便將陷空島的眾人說出，又將綽號兒說與眾人聽了。

公孫先生在旁聽得明白，猛然省悟道：「此人來找大哥，卻是要與大哥合氣的。」展爺道：「他與我素無仇隙❼，與我合什麼氣呢？」公孫策道：「大哥，你自想想：他們五人號稱五鼠，你卻號稱御貓。焉有貓兒不捕鼠之理？這明是嗔大哥號稱御貓之故，所以知道他要與大哥合氣。」展爺道：「賢弟所說似乎有理。但我這『御貓』乃聖上所賜，非是劣兄有意稱貓，要欺壓朋友。他若真個為此事而來，劣兄甘拜下風，從此後不稱御貓，也未為不可。」眾人尚未答言。惟趙虎正在豪飲之間，聽見展爺說出此話，他卻有些不服氣，拿著酒杯，立起身來道：「大哥，你老素昔膽量過人，今日何自餒❽如此？這『御貓』二字乃聖上所賜，如何改得？倘若是那個甚麼白糖咧黑糖咧，他不來便罷。他若來時，我燒一壺開開的

❻ 見諭：猶見教。指教；指示。

❼ 素無仇隙：向來就沒有冤仇。素，本來；向來。

❽ 自餒：失去自信而畏縮。

水把他沖著喝了，也去去我的滯氣❾。」展爺連忙擺手，說：「四弟悄言。豈不聞牕外有耳？……」剛說至此，只聽拍的一聲，從外面飛進一物，不偏不歪，正打在趙虎擎的那個酒杯之上，只聽噹啷啷一聲將酒杯打了個粉碎。趙爺嚇了一跳，眾人無不驚駭。

只見展爺早已出席，將槅扇虛掩，回身復又將燈吹滅。便把外衣脫下，裏面卻是早已結束停當的。暗暗的將寶劍拿在手中，卻把槅扇假做一開，只聽拍的一聲，又是一物打在槅扇上。展爺這才把槅扇一開，隨著勁一伏身竄將出去，只覺得迎面一股寒風，嗖的就是一刀。展爺將劍扁著往上一迎，隨招隨架。用目在星光之下仔細觀瞧，見來人穿著簇青的夜行衣靠，腳步伶俐，依稀是前在苗家集見的那人。

二人也不言語，惟聽刀劍之聲，叮噹亂響。展爺不過招架，並不還手。見他刀刀逼緊，門路精奇，南俠暗暗喝采。又想道：「這朋友好不知進退。我讓著你，不肯傷你，又何必趕盡殺絕。難道我還怕你不成。」暗道：「也叫他知道知道。」便把寶劍一橫。等刀臨近，用個鶴唳長空勢，用力往上一削，只聽噌的一聲，那人的刀已分為兩段，不敢進步。只見他將身一縱已上了牆頭，展爺一躍身也跟上去；那人卻上了耳房，展爺又躍身而上；及至到了耳房，那人卻上了大堂的房上；展爺趕至大堂房上，那人一伏身越過脊去。展爺不敢緊追，恐有暗器，卻退了幾步。從這邊房脊，剛要越過。瞥見眼前一道紅光，忙說「不好」！把頭一低，剛躲過面門，卻把頭巾打落。那物落在房上，咕嚕嚕滾將下去——方知是個石子。

原來夜行人另有一番眼力，能暗中視物，雖不真切，卻能分別。最怕猛然火光一亮，反覺眼前一黑。

❾ 滯氣：悶氣。滯，不流通。

猶如黑天在燈光之下，乍從屋內來，必須略站片時，方覺眼前光亮些。展爺方才覺眼前有火光亮一晃，已知那人必有暗器，趕緊把頭一低，所以將頭巾打落。要是些微笨點的，不是打在面門之上，重點打下房來咧。此時展爺再往脊的那邊一望，那人早已去了。

此際公所之內，王、馬、張、趙帶領差役，燈籠火把，各執器械，俱從角門繞過，遍處搜查，那裏有個人影兒呢。惟有愣爺趙虎怪叫吆喝，一路亂嚷。

展爺已從房上下來，找著頭巾，同到公所，連忙穿了衣服與公孫先生來找包興。恰遇包興奉了相爺之命來請二人。二人即便隨同包興一同來至書房，參見了包公，便說方才與那人交手情形。「未能拿獲，實卑職之過。」包公道：「黑夜之間焉能一戰成功。據我想來，惟恐他別生枝葉，那時更難拿獲，倒要大費周折呢。」又囑咐了一番，闔署⑩務要小心。展爺與公孫先生連連答應。二人退出，來至公所，大家計議。惟有趙虎撅著嘴，再也不言語了。自此夜之後，卻也無甚動靜，惟有小心而已。

未知後事如何，且聽下回分曉。

---

⑩ 闔署：整個（開封）府衙。闔，全。署，指衙門。

第四十回　思尋盟弟遣使三雄　欲盜贓金糾合五義

且說陷空島盧家莊那鑽天鼠盧方，自從白玉堂離莊，算來將有兩月，未見回來，又無音信，甚是放心不下。每日裏嗟聲歎氣，坐臥不安，連飲食俱各減了。雖有韓、徐、蔣三人勸慰，無奈盧方實心忠厚，再也解釋不開。

一日，兄弟四人同聚於待客廳上。盧方道：「自我兄弟結拜以來，朝夕相聚，何等快樂。偏是五弟少年心性，好事逞強，務必要與什麼『御貓』較量。至今去了兩月有餘，未見回來，劣兄好生放心不下。」四爺蔣平道：「五弟未免過於心高氣傲，而且不服人勸。小弟前次略略說了幾句，險些兒與我反目。據我看來，惟恐五弟將來要從這上頭受害呢。」徐慶道：「四弟再休提起。那日要不是你說他，他如何會私自賭氣走了呢。全是你多嘴的不好。那有你三哥也不會說話，也不勸他的好呢。」盧方見徐慶抱怨蔣平，惟恐他二人分爭起來，便道：「事已至此，別的暫且不必提了。只是五弟此去倘有疎虞，那時怎了？劣兄意欲親赴東京尋找尋找，不知眾位賢弟以為如何？」蔣平道：「此事又何必大哥前往。既是小弟多言，他賭氣去了，莫若小弟去尋他回來就是了。」韓彰道：「四弟是斷然去不得的。」蔣平道：「卻是為何？」韓彰道：「五弟這一去必要與姓展的分個上下，倘若得了上風，那還罷了；他若拜了下風，再想起你的前言，如何還肯回來。你是斷去不得的。」徐慶接言道：「待小弟前去如何？」盧方聽了，卻不言語，知道徐慶為人粗魯，是個渾愣❶。他這一去，不但不能找回五弟——巧咧，倒要鬧出事來。韓彰見盧方不語，心中早已明白了，便道：「三弟要去，待劣兄與你同去如何？」盧方聽韓彰要與徐慶同去，方答言道：「若得二弟同去，劣兄稍覺放心。」蔣平道：「此事因我起見。如何二哥三哥辛苦，小弟倒安逸呢？莫若小弟也同去走一遭如何？」盧方也不等韓彰、徐慶說，便答言道：「若是四弟同去，劣兄更覺放心。明日就與三位賢弟餞行便了。」

忽見莊丁進來稟道：「外面有鳳陽府柳家莊柳員外求見。」盧方聽了，便問道：「此係何人？」蔣平道：「弟知此人，他乃金頭太歲甘豹的徒弟，姓柳名青，綽號白面判官。不知他來此為著何事？」盧方道：「三位賢弟且先迴避，待劣兄見他，看是如何。」吩咐莊丁：「快請。」盧方也就迎了出去。柳青同了莊丁進來，見他身量卻不高大，衣服甚是鮮明，白馥馥一張面皮，暗含著惡態，疊暴著環睛，明露著鬼計多端。彼此相見，各通姓名。盧方便執手，讓至待客廳上，就座獻茶。

盧爺便問道：「久仰芳名，未能奉謁。今蒙降臨，有屈臺駕❷。不知有何見教？敢乞明示。」柳青道：「小弟此來不為別事。只因仰慕盧兄行俠尚義，故此斗膽前來，殊覺冒昧。大約說出此事，決不見責。只因敝處太守孫珍乃兵馬司孫榮之子，卻是太師龐吉之外孫。此人淫慾貪婪，剝削民脂，造惡多端，概難盡述。刻下為與龐吉慶壽，他備得松景八盆，其中暗藏黃金千兩，以為趨奉❸獻媚之資。小弟打聽

❶ 渾愣：糊塗魯莽的人。
❷ 臺駕：敬稱對方。臺，書信中通用為對人尊稱之詞。駕，指車輛，借用為對人的敬詞。
❸ 趨奉：討好；奉承。

得真實，意欲將此金劫下。非是小弟貪愛此金，因敝處連年荒旱，即以此金變了價，買糧米賑濟，以抒民困。奈弟獨力難成，故此不辭跋涉，仰望盧兄幫助是幸！」盧方聽了，便道：「弟蝸居❹山莊，原是本分人家❺。雖有微名，並非要結而得。至行劫竊取之事，更不是我盧方所為。足下此來，竟自徒勞。本欲款留盤桓幾日，惟恐有誤足下正事，反為不美。莫若足下早早另為打算。」說罷，一執手道：「請了。」柳青聽盧方之言，只氣的滿面通紅，把個白面判官竟成了紅面判官了，暗道：「真乃聞名不如見面。原來盧方是這等人。如此看來，義在那裏？我柳青來的不是路了。」站起身來，也說一個「請」字，頭也不回，竟出門去了。

誰知莊門卻是兩個相連，只見那邊莊門出來了一個莊丁，迎頭攔住道：「柳員外暫停貴步，我們三位員外到了。」柳青回頭一看，只見三個人自那邊過來。仔細留神，見三個人高矮不等，胖瘦不一，各具一種豪俠氣概。柳青只得止步，問道：「你家大員外既已拒絕於我，三位又係何人？請言其詳。」蔣平向前道：「柳兄不認得小弟了麼？小弟蔣平。」指著二爺三爺道：「此是我二哥韓彰，此是我三哥徐慶。」柳青道：「久仰，久仰！失敬，失敬！請了。」說罷，回身就走。

蔣平趕上前，說道：「柳兄不要如此。方才之事弟等皆知。非是俺大哥見義不為，只因這些日子心緒不定，無暇及此，誠非有意拒絕尊兄。望乞海涵。弟等情願替大哥陪罪。」說罷，就是一揖。柳青見蔣平和容悅色，殷勤勸慰，只得止步轉身，道：「小弟原是仰慕眾兄的義氣干雲，故不辭跋涉而來；不

❹ 蝸居：比喻窄小的住所。這裏有不管外界是非的意思。

❺ 本分人家：安分守己之人。

料令兄竟如此固執，使小弟好生的慚愧。」二爺韓彰道：「實是大兄長心中有事，言語梗直，多有得罪。柳兄不要介懷。弟等請柳兄在這邊一敘。」徐慶道：「有話不必在此敘談，咱們且到那邊再說不遲。」柳青只得轉步，進了那邊莊門，也有五間客廳。韓爺將柳青讓至上面，三人陪坐，莊丁獻茶。蔣平又問了一番鳳陽太守貪贓受賄，剝削民膏的過惡。又問：「柳兄既有此舉，但不知用何計策？」柳青道：「弟有師傅的蒙汗藥斷魂香。到了臨期，只須如此如此，便可成功。」蔣爺、韓爺點了點頭，惟有徐爺鼓掌大笑，連說：「好計，好計！」大家歡喜。

蔣爺又對徐、韓二位道：「二位哥哥在此陪著柳兄，小弟還要到大哥那邊一看。此事須要瞞著大哥。如今你我俱在這邊，惟恐工夫大了，大哥又要煩悶。莫若小弟去到那裏，只說二哥、三哥在這裏打點行裝。小弟在那裏陪著大哥，二位兄長在此陪著柳兄，庶乎兩便。」韓爺道：「四弟所言甚是。你就過那邊去罷。」徐慶道：「還是四弟有算計。快去，快去。」蔣爺別了柳青，與盧方解悶去了。

這裏柳青便問道：「盧兄為著何事煩惱？」韓爺道：「噯！說起此事來，全是五弟任性胡為。」柳青道：「可是呀。方才盧兄提白五兄進京去了。不知為著何事？」韓彰道：「聽得東京有個號稱御貓姓展的，是老五氣他不過，特特前去會他。不想兩月有餘，毫無信息。因此大哥又是思念，又是著急。」柳青聽至此，歎道：「原來盧兄特為五弟不耐煩。這樣愛友的朋友，小弟幾乎錯怪了。然而大哥與其徒思無益，何不前去找尋呢？」徐慶道：「何嘗不是呢。原是俺要去找老五，偏偏的二哥四弟要與俺同去。若非他二人耽擱，此時俺也走了五六十里路了。」韓爺道：「雖則耽延程途，幸喜柳兄前來，明日正好同往。一來為尋五弟，二來又可暗辦此事，豈不是兩全其美麼？」柳青道：「既如此，二位兄長就打點行裝，小弟在前途恭候。省得盧兄看見，又要生疑。」柳青笑道：「到此焉有不待酒飯之理。」韓爺道：「你我非酒肉朋友，吃喝是小事。還是在前途恭候的為是。」說罷，立起身來。韓爺徐慶也不強留。定準了時刻地方，執手告別。韓、徐二人送了柳青去後，也到這邊來。見了盧方，卻不提柳青之事。

到了次日，盧方預備了送行的酒席，弟兄四人吃喝已畢。盧方又囑咐了許多的言語，方將三人送出莊門，親看他們去了。立了多時，才轉身回去。他三人趲步向前，竟赴柳青的約會去了。

他等只顧劫取孫珍的壽禮，未免耽延時日。不想白玉堂此時在東京鬧下出類拔萃❻的亂子來了。自從開封府夤夜與南俠比試之後，悄悄回到旅店，暗暗思忖道：「我看姓展的本領果然不差。當初我在苗家集曾遇夜行之人，至今耿耿在心。今見他步法形景，頗似當初所見之人，莫非苗家集遇見的就是此人。若真是他，到是我意中朋友。再者南俠稱貓之號，原不是他出於本心，乃是聖上所賜。聖上只知他的技藝巧於貓，如何能彀知道錦毛鼠的本領呢。咻！我既到了東京，何不到皇宮內走走。倘有機緣，略略施展施展，一來使當今知道我白玉堂；二來也顯顯我們陷空島的人物；三來我做的事，聖上知道，必交開封府。既交到開封府，再沒有不叫南俠出頭的。那時我再設個計策，將他誆入陷空島奚落他一場。是貓兒捕了耗子，還是耗子咬了貓？縱然罪犯天條，斧鉞加身，也不枉我白玉堂虛生一世。那怕從此傾生，也可以名傳天下。但只一件，我在店中存身不大穩便。待我明日找個很好的去處隱了身體，那時叫他們望風捕影，也知道姓白的利害。」他既橫了心，立下此志，就不顧甚麼紀律了。

❻ 出類拔萃：形容超出眾人，不同一般。萃，原指草叢生的樣子，引申為聚集。這裏指幹出與眾不同的事。孟子公孫丑上：「出於其類，拔乎其萃。」

單說內苑萬壽山有總管姓郭名安，他乃郭槐之姪。自從郭槐遭誅之後，他也不想想所做之事，該剮不該剮。他卻自具一偏之見，每每暗想道：「當初咱叔叔謀害儲君，偏偏的被陳林救出，以致久後事犯被戮。細細想來，全是陳林之過。必是有意與郭門作對。再者當初我叔叔是都堂，他是總管，尚且被他治倒，置之死地。何況如今他是都堂，我是總管。倘或想起前仇，咱家如何逃出他的手心裏呢。以大壓小，更是容易。怎麼想個法子，將他害了，一來與叔叔報仇，二來也免得每日耽心。」

一日晚間，正然思想，只見小太監何常喜端了茶來，雙手捧至郭安面前。郭安接茶慢飲。這何太監年紀不過十五六歲，極其伶俐，郭安素來最喜歡他。他見郭安默默不語，如有所思，便知必有心事，又不敢問。只得搭訕著說道：「前日雨前茶，你老人家喝著沒味兒。今日奴婢特向都堂那裏，合夥伴們尋一瓶上用的龍井茶來，給你老人家泡了一小壺兒。你老人家喝著這個如何？」郭安道：「也還罷了。只是以後你倒要少往都堂那邊去。他那裏黑心人多。你小孩子家懂的什麼。萬一叫他們害了，豈不白白把個小命送了麼？」

何常喜聽了，暗暗展轉道：「聽他之言，話內有因。他別與都堂有甚麼拉攏罷？我何不就棍打腿❼探探呢！」便道：「敢則是這末著嗎？若不是你老人家教導，奴婢那裏知道呢。但只一件，他們是上司衙門，往往的捏個短兒，拿個錯兒。你老人家還擔的起；若是奴婢，那裏擱的住呢，一來年輕，二來又不懂事。時常去到那裏，叔叔長，大爺短，合他們鬼混。明是討他們好兒，暗裏卻是打聽他們的事情。就是他們安著壞心，也不過仗著都堂的威勢欺人罷了。」郭安聽了，猛然心內一動，便道：「你常去，

❼ 就棍打腿：趁著勢兒。

可聽見他們有什麼事沒有呢？」何常喜道：「卻倒沒有聽見甚麼事。就是昨日奴婢尋茶去，見他們拿著一匣人參，說是聖上賞都堂的。因為都堂有了年紀，神虛氣喘，咳聲不止，未免是當初操勞太過，如今百病趁虛而入。因此賞參，要加上別的藥味，配甚麼藥酒。每日早晚喝些，最是消除百病，益壽延年。」郭安聞聽，不覺發恨道：「他還要益壽延年！恨不能他立刻傾生，方消我心頭之恨。」

不知郭安怎生謀害陳林，下回分解。

第四十一回　忠烈題詩郭安喪命　開封奉旨趙虎喬妝

且說何太監聽了一征，說：「奴婢瞧都堂為人行事，卻是極好的，而且待你老人家不錯，怎麼這樣恨他呢？想來都堂是他跟的人不好，把你老人家鬧寒了心咧。」郭安道：「你小人家不懂的聖人的道理。聖人說：『父母之仇不共戴天。』他害了我的叔叔，就如父母一般，我若不報此仇，豈不被人恥笑呢？我久懷此心，未得其便。如今他既用人參作酒，這是天賜其便。」

何太監暗暗想道：「敢則與都堂原有仇隙。怨不得他每每的如有所思呢。但不知如何害法？我且問明白了，再作道理。」便道：「他用人參，乃是補氣養神的，你老人家怎麼倒說天賜其便呢？」郭安道：「我且問你，我待你如何？」常喜道：「你老人家是最疼愛我的，真是吃虱子落不下大腿，全了❶，不亞如父子一般，誰不知道呢。」郭安道：「既如此，我這一宗事也不瞞你。你若能幫著我辦成了，我便另眼看待於你。咱們就認為義父子，你心下如何呢？」

何太監聽了，暗忖道：「我若不應允，必與別人商議。那時不但我不能知道，反叫他記了我的仇了。」便連忙跪下，道：「你老人家若不憎嫌，兒子與爹爹磕頭。」郭安見他如此，真是樂的了不得，連忙扶起來，道：「好孩子，真令人可疼。往後必要提拔於你。只是此事須要嚴密，千萬不可洩漏。」何太監

❶ 吃虱子落不下大腿二句：這裏比喻關心備至。

道：「那是自然，何用你老人家囑咐呢。但不知用兒子作甚麼？」郭安道：「我有個漫毒散的方子，也是當初老太爺在日，與尤奶奶商議的，沒有用著。我卻記下這個方子。此乃最忌的是人參。若吃此藥，誤用人參，猶如火上澆油，不出七天，必要命盡無常。這都是『八反』裏頭的。如今將此藥放在酒裏請他來吃。他若吃了，回去再一喝人參酒，毒氣相攻，雖然不能七日身亡，大約他有年紀的人了，也就不能多延時日，又不露痕跡。你說好不好？」何太監說：「此事卻用兒子做甚麼呢？」郭安道：「你小人家又不明白了。你想想，跟都堂的那一個不是鬼靈精❷兒似的。若請他吃酒，用兩壺斟酒，將來有個好歹，他們必疑惑是酒裏有了毒了。那還了得麼？如今只用一把壺斟酒。這可就用著你了。」何太監道：「一個壺裏，怎麼能裝兩樣酒呢？這可悶殺人❸咧。」郭安道：「原是呀，為甚麼必得用你呢？你進屋裏去，在博古閣子上，把那把洋鏨填金的銀酒壺拿來。」

何常喜果然拿來，在燈下一看，見此壺比平常酒壺略粗些，底兒上卻有兩個窟窿。打開蓋一瞧，見裏面中間卻有一層隔膜圓桶兒。看了半天，卻不明白。郭安道：「你瞧不明白，我告訴你罷。這是人家送我的頑意兒。若要灌人的酒，叫他醉了，就用著這個了。此壺名叫『轉心壺』。待我試給你看。」將方才喝的茶還有半碗，揭開蓋，灌入左邊。又叫常喜舀了半碗涼水，順著右邊灌入。將蓋蓋好，遞與何常喜，叫他斟。常喜接過，斟了半天，也斟不出來。郭安哈哈大笑，道：「傻孩子，你拿來罷。別嘔我了。待我斟給你看。」常喜遞過壺去。郭安接來，道：「我先斟一杯水。」將壺一低，果然斟出水來。又道：

❷ 鬼靈精：亦作「鬼精靈」。伶俐乖巧。

❸ 悶殺人：讓人迷糊、疑惑不已。

「我再斟一杯茶。」將壺一低，果然斟出茶來。

常喜看了納悶，道：「這是甚麼緣故呢？好老爺子，你老細細告訴孩兒罷。」郭安笑道：「你執著壺靶，用手托住壺底。要斟左邊，你將右邊窟窿堵住；要斟右邊，將左邊窟窿堵住；再沒有斟不出來的。千萬要記明白了。你可知道了？」何太監道：「話雖如此說，難道這壺嘴兒他也不過味麼？」郭安道：「燈下難瞧。你明日細細看來，這壺嘴裏面也是有隔舌的，不過燈下斟酒，再也看不出來的。不然，如何人家能不犯疑呢？一個壺裏吃酒還有兩樣麼？那裏知道真是兩樣呢。這也是能人巧製，想出這蹊蹺法子來。且不要說這些。我就寫個帖兒，你此時就請去。明日是十五，約他在此賞月。他若果來，你可抱定酒壺，千萬記了左右窟窿，好歹別斟錯了。那可不是頑的。」何常喜答應，拿了帖子，便奔都堂這邊來了。

剛過太湖石畔，只見柳陰中驀然出來一人，手中鋼刀一晃，光華奪目。又聽那人說道：「你要嚷，就是一刀。」何常喜嚇的哆嗦作一團。那人悄悄道：「俺將你捆縛好了，放在太湖石畔柳樹之下。若明日將你交到三法司或開封府，你可要直言伸訴。倘若隱瞞，我明晚割你的首級。」何太監連連答應，束手就縛。那人一提，將他放在太湖石畔柳陰之下。又叫他張口，填了一塊棉絮。執著明晃晃的刀，竟奔郭安屋中而來。

這裏郭安猷等小太監何常喜，忽聽腳步聲響，以為是他回來，便問道：「你回來了麼？」外面答道：「俺來也。」郭安一抬頭，見一人持利刃，只嚇得嚷了一聲「有賊」，誰知頭已落地。外面巡更太監忽聽嚷了一聲，不見動靜，趕來一看，但見郭安已然被人殺死在地。這一驚非同小可，急去回稟了執事太監，不敢耽延，回稟都堂陳公公，立刻派人查驗。又在各處搜尋，於柳陰之下，救了何常喜，鬆了綁背，掏出棉絮，容他喘息。問他，他卻不敢說，止於說：「捆我的那個人曾說來，叫我到三法司或開封府方敢直言實說，若說錯了，他明晚還要取我的首級呢。」眾人見他說的話內有因，也不敢追問，便先回稟了都堂。都堂添派人好生看守，待明早啟奏便了。

次日五鼓，天子尚未臨朝。陳公公進內，請了聖安，便將萬壽山總管郭安不知被何人殺死，並將小太監何常喜被縛，一切言語，俱各奏明。仁宗聞奏，不由的詫異道：「朕之內苑如何敢有動手行凶之人？此人膽量也就不小呢。」就將何常喜交開封府審訊。陳公公領旨，才待轉身，天子又道：「今乃望日，朕要到忠烈祠拈香，老伴伴隨朕一往。」陳林領旨出來，先傳了將何常喜交開封府的旨意，然後又傳聖上到忠烈祠拈香的旨意。

掌管忠烈祠太監，知道聖上每逢朔望日必要拈香，早已預備。聖上排駕到忠烈祠，只見杆上黃旛飄蕩，兩邊鼓響鐘鳴。聖上來至內殿，陳伴伴緊緊跟隨。正面塑著忠烈寇承御之像❹，仍是宮妝打扮，卻是站像。兩邊也塑著隨侍的四個配像。天子朝上默祝拈香。雖不下拜，那一番恭敬，也就至誠的很呢。拈香已畢，仰觀金像。惟有陳公公在旁，見塑像面貌如生，不覺的滴下淚來。又不敢哭，連忙拭去。誰知聖上早已看見，便不肯注視，反仰面瞧了瞧佛門寶旛。猛回頭，見西山牆山花之內字跡淋漓，心中暗道：「此處卻有何人寫字？」不覺移步近前仰視。老伴伴見聖上仰面看視，心中也自狐疑：「此字是何人寫的呢？」幸喜字體極大，看的真切，卻是一首五言絕句詩。寫的是：「忠烈保君王，哀哉

❹ 寇承御之像：宮人寇珠塑像。

杖下亡。芳名垂不朽，博得一爐香。」詞語雖然粗俗，筆氣極其縱橫，而且言簡意深，包括不遺。聖上便問道：「此詩何人所寫？」陳林道：「奴婢不知。待奴婢問來。」轉身將管祠的太監喚來，問此詩的來由。

這人聽了，只嚇得驚疑不止，跪奏道：「奴婢等知道今日十五，聖上必要親臨。昨日帶領多人細細撢掃，拂去浮塵，各處留神，並未見有此詩句。如何一夜之間，竟有人擅敢題詩呢？奴婢實係不知。」仁宗猛然省悟道：「老伴伴，你也不必問了。朕卻明白此事。你看題詩之處，非有出奇的本領之人，再也不能題寫；郭安之死，非有出奇的本領之人，再也不能殺死。據朕想來，題詩的即是殺人的，殺人的就是題詩的。且將首相包卿宣來見朕。」

不多時，包公來到，參見了聖駕。天子便將題詩殺命的原由，說了一番。包公聽了，正因白玉堂鬧了開封府之後，這些日子並無動靜，不想他卻來在禁院來了。不好明言，只得啟奏：「待臣慢慢訪查。」卻又踏看了一番，並無形跡。便護從聖駕還宮，然後急急乘轎回衙。立刻升堂，將何常喜審問。何太監便將郭安定計如何要謀害陳林，現有轉心壺，還有茶水為證；並將捆他那人如何形相面貌衣服，說的是何言語，一字不敢撒謊，從實訴將出來。包公聽了，暫將何太監令人看守，便回轉書房，請了展爺、公孫策來，大家商酌一番。二人也說：「此事必是白玉堂所為無疑，須要細細查訪才好。」二人別了包公，來到官廳，又與四義士一同聚議。

次日包公入朝，將審何常喜的情由奏明。天子聞聽，更覺歡喜，稱讚道：「此人雖是暗昧，他卻秉公除奸，行俠作義，卻也是個好人。卿家必須細細訪查。不拘時日，務要將此人拿住，朕要親覽。」包公領旨，到了開封，又傳與眾人。誰不要建立此功，從此後處處留神，人人小心，再也毫無影響。

不料愣爺趙虎，他又想起當初扮化子訪得一案實在的興頭，如今何不照舊再走一趟呢！因此叫小子又備了行頭。此次卻不隱藏，改扮停當，他就從開封府角門內，大搖大擺的出來。招的眾人無不嘲笑。他卻鼓著腮幫子，當正經事辦，以為是私訪不可褻瀆。其中就有好性兒的跟著他，三三兩兩在背後指指戳戳。後來這三兩個人見跟的人多了，他們卻煞住腳步。別人卻跟著不離左右。趙虎一想：「可恨這些人沒有開過眼，連一個討飯的也沒瞧見過。真是可厭的很咧。」

要知如何，且聽下回分解。

第四十二回　以假為真誤拿要犯　將差就錯巧訊贓金

且說趙虎扮做化子，見跟的人多了，一時性發，他便拽開大步，飛也似的跑了二三里之遙。看了看左右無人，方將腳步放緩了，往前慢走。誰知方才眾人圍繞著，自己以為得意，卻不理會。及至剩了一人，他把一團高興也過去了，就覺著一陣陣的風涼。先前還掙扎的住，後來便合著腰兒，漸漸握住胸脯。沒奈何，又雙手抱了肩頭，往前顛跑。偏偏的日色西斜，金風透體，那裏還擱的住呢。兩隻眼睛東瞧西望，見那壁廂有一破廟，山門倒壞，殿宇坍塌，東西山牆孤立。便奔到山牆之下，蹲下身體，以避北風。自己未免後悔，不該穿著這樣單寒行頭，理應穿一分破爛的棉衣才是。凡事不可粗心。

正在思想，只見那邊來了一人，衣衫襤褸，與自己相同，卻夾著一捆乾草，竟奔到大柳樹之下，揚手將草順在裏面。卻見他扳住柳枝，將身一縱，鑽在樹窟窿裏面去了。趙虎此時見那人，覺得比自己煖和多了，恨不得也鑽在裏面暖和暖和才好，暗暗想道：「往往到了飽暖之時，便忘卻了饑寒之苦。似我趙虎每日在開封府，飽食暖衣，何等快樂。今日為私訪而來，遭此秋風，便覺得寒冷之甚。見他鑽入樹窟，又有乾草鋪墊。似這等看來，他那人就比我這六品校尉強多了。」心裏如此想，身上更覺得打噤兒。

忽見那邊又來一人，也是襤褸不堪，卻也抱著一捆乾草，也奔了這棵枯柳而來。到了跟前，不容分說，將草往裏一抛。只聽裏面人哎喲道：「這是怎麼了？」探出頭來一看，道：「你要留點神呀！為何鬧了我一頭乾草呢？」外邊那人道：「老兄恕我不知。敢則是你早來了。沒奈何，勻便勻便。偺二人將就在一處，又煖和，又不寂寞。我還有話合你說呢。」說著話，將樹枝扳住，身子一縱，也鑽入樹窟之內。只聽先前那人道：「我一人正好安眠，偏偏的你又來了，說不得只好打坐功了。」又聽後來那人道：「大廈千間，不過身眠七尺。偺二人雖則窮苦，現有乾草鋪墊，又溫又煖，也算罷了，此時管保就有不如你我的。」

趙虎聽了，暗道：「好小子！這是說我呢。我何不也鑽進去，作個不速之客呢？」剛然走到樹下，又聽那人道：「就以開封府說吧，堂堂的首相，他竟會一夜一夜大睜著眼睛，不能安睡。難道他老人家還短了煖床熱被麼？只因國事操心，日夜焦勞，把個大人愁的沒有睏了。」趙虎聽了，暗暗點頭。又聽這個問道：「相爺為甚麼睡不著呢？」那人又道：「怎麼你不知道麼？只因新近宮內不知甚麼人在忠烈祠題詩，又在萬壽山殺命，奉旨把此事交到開封府查問細訪。你說這個無影無形的事情，往那裏查去？」忽聽這個道：「此事我雖知道，我可沒那末大膽子上開封府。我怕惹亂子，不是頑的。」那人道：「這怕甚麼呢？你還丟甚麼嗎？你告訴我，我幫著你好不好。」這人道：「既是如此，我告訴你。前日咱們鼓樓大街路北，那不是吉升店麼？來了一個人，年紀不大，好俊樣兒，手下帶著從人騎著大馬，將那末一個大店滿佔了。說要等他們夥伴，聲勢很闊。因此我暗暗打聽，只是聽說此人姓孫，他與宮中有甚麼拉攏，這不是這件事麼？」趙爺聽見，不由的滿心歡喜，把冷付於九霄雲外，一口氣便跑回開封府，立刻找了包興，回稟相爺，如此如此。

包公聽了不能不信，只得多派差役跟隨趙虎，又派馬漢、張龍一同前往，竟奔吉升店門。將差役安放妥當，然後叫開店門。店裏不知為著何事，連忙開門。只見愣爺趙虎當先，便問道：「你這店內可有姓孫的麼？」小二含笑道：「正是前日來的。」四爺道：「在那裏？」小二道：「現在上房居住，業已安歇了。」愣爺道：「我們乃開封府奉相爺鈞諭，前來拿人。逃走了，惟你是問。」店小二聽罷，忙了手腳。愣爺便喚差役人等，叫小二來，將上房門口堵住。叫小二叫喚，說：「有同事人找呢。」只聽裏面應道：「想是夥計趕到了，快請。」只見跟從之人開了槅扇，趙爺當先來到屋內。從人見不是來頭，往旁邊一閃。愣爺卻將軟簾向上一掀，只見那人剛才下地，衣服尚在掩著。趙爺急上前，一把抓住，說道：「好賊呀！你的事犯了。」只聽那人道：「足下何人？放手。有話好說。」趙虎道：「我若放手，你不跑了麼？實對你說，我們乃開封府來的。」那人聽了開封府三字，便知此事不妥。趙爺道：「奉相爺鈞諭，特來拿你。若不訪查明白，敢拿人麼？有甚麼話，你只好上堂說去。」說罷，將那人往外一拉，喝聲：「捆了！」又吩咐各處搜尋，卻無別物，惟查包袱內有書信一包。趙爺卻不認得字，將書信撂在一邊。

此時馬漢、張龍知道趙爺成功，連忙進來，正見趙爺將書信撂在一邊。張龍忙拿起燈來一看，上寫「內信兩封」，中間寫「平安家報」，後面有年月日，「鳳陽府署密封」。張爺看了，就知此事有些舛錯。當著大眾不好明言，暗將書信揣起，押著此人，且回衙門再作道理。店家也不知何故，難免提心弔膽。

單言眾人來到開封府，急速稟報了相爺。相爺立刻升堂。趙虎當堂交差，當面去縛。張龍卻將書信呈上。包公看了，便知此事錯了，只得問道：「你叫何名，因何來京？講！」左右連聲催喝。那人磕頭，碰地有聲。他卻早已知道開封府非別的衙門可比，戰兢兢回道：「小人乃……乃鳳陽府太守孫……孫珍的家人，名喚松……松福，奉了我們老爺之命，押解壽禮給龐太師上壽。」包公道：「甚麼壽禮？現在那裏？」松福道：「是八盆松景。小人有個同伴之人名喚松壽，是他押著壽禮，尚在路上，還沒到呢。小人是前站，故此在吉升店住著等候。」包公聽了，已知此事錯拿無疑。只是如何開放呢？此時趙爺聽了松福之言，好生難受。

忽見包公將書皮往復看了，便問道：「你家壽禮內，你們老爺可有甚麼夾帶？從實訴上來。」只此一問，把個松福嚇的抖衣而戰，形色倉皇。包公是何等樣人，見他如此光景，把驚堂木一拍，道：「好狗才！你還不快說麼？」松福連連叩頭，道：「相爺不必動怒，小人實說，實說。」心中暗想道：「好利害！怨的人說開封府的官司難打，果不虛傳。怪道方才拿我時，說我事犯了。『若不訪查明白，如何敢拿人呢？』這些話明是知道，我如何隱瞞呢？不如實說了，省得皮肉受苦。」便道：「實係八盆松景，內暗藏著萬兩黃金。惟恐路上被人識破，故此埋在花盆之內。不想相爺神目如電，早已明察秋毫，小人再不敢隱瞞。不信，老爺看書信便知。」包公便道：「這裏面書信二封，是給何人的？」松福道：「一封是小人的老爺給小人的太老爺的，一封是給龐太師的。我們老爺原是龐太師的外孫。」包公聽了點頭，叫將松福帶下去，好生看守。

你道包公如何知道有夾帶呢？只因書皮上有「密封」二字，必有怕人知曉之事，故此揣度必有夾帶。這便是才略過人，心思活潑之處。

包公回轉書房，便叫公孫先生急繕奏摺，連書信一併封入。次日進朝，奏明聖上。天子因是包公參奏之摺，不便交開封審訊，只得著大理寺文彥博訊問。包公便將原供並松福俱交大理寺。文彥博過了一堂，口供相符，便派差役人等前去要截鳳陽太守的禮物，不准落於別人之手。立刻抬至當堂，將八盆松景從板箱抬出一看，卻是用松針紮成的「福如東海壽比南山」八個大字，卻也做的新奇。此時也顧不的松景，先將「福」字拔出，一看裏面並無黃金，卻是空的。隨即逐字看去，俱是空的，並無黃金。惟獨「山」字盆內，有一個象牙牌子，上面卻有字跡，一面寫著「無義之財」，一面寫著「有意查收」。文大人看了，便知此事詫異。即將松壽帶上堂來，問他路上卻遇何人？松壽稟道：「路上曾遇四個人帶著五六個伴當，我們一處住宿，彼此投機，同桌吃飯飲酒。不知怎麼沉醉，人事不知，竟被這些人將金子盜去。」文大人問明此事，連牙牌子回奏聖上。

聖上就將此事交包公訪查。並傳旨內閣發抄，說：「鳳陽府知府孫珍年幼無知，不稱斯職，著立刻解職來京。松福、松壽即行釋放，著無庸議。」龐太師與他女婿孫榮，知道此事，不能不遞摺請罪。聖上一概寬免。惟獨包公又添上一宗為難事，暗暗訪查，一時如何能得。就是趙虎聽了旁言誤拿了人，雖不是此案，幸喜究出藏金，也可以減去老龐的威勢。

誰知龐吉果因此事一煩，到了生辰之日，不肯見客，獨自躲在花園先月樓中去了。所有客來，全託了他女婿孫榮照料。自己在園中，也不觀花，也不玩景，惟有思前想後，歎氣嗐聲，暗暗道：「這包黑真是我的對頭。好好一樁事，如今鬧的黃金失去，還帶累外孫解職。真也難為他，如何訪查得來呢？實實令人氣他不過！」正在暗恨，忽見小童上樓稟道：「二位姨奶奶特來與太師爺上壽。」老賊聞聽，不由的滿面堆下笑來，問道：「在那裏？」小童道：「小人方才在樓下看見，剛過蓮花浦的小橋。」龐賊道：「既如此，他們來時，就叫他們上樓來罷。」小童下樓，自己卻憑欄而望，果見兩個愛妾姹紫、嫣紅，俱有丫鬟攙扶。他二人打扮的嬝嬝娜娜，整整齊齊，又搭著滿院中花紅柳綠，更顯得百媚千嬌，把個老賊樂的老老家都忘了，在樓上手舞足蹈。登時心花大放，把一天的愁悶俱散在「哈密國」去了。

不多時，二妾來到樓上，丫鬟攙扶步上胡梯。這個說：「你踩了我的裙子咧。」那個說：「你碰了我的花兒了。」一陣咭咭呱呱，方才上樓來，一個個嬌喘吁吁。先向太師萬福，稟道：「你老人家會樂呀，躲在這裏來了。叫我們兩個好找，讓我們歇歇，再行禮罷。」老賊哈哈笑道：「你二人來了就是了，又何必行甚麼禮呢？」姹紫道：「太師爺千秋，焉有不行禮的呢？」嫣紅道：「若不行禮，顯得我們來的不志誠❶了。」說話間，丫鬟已將紅氈鋪下。二人行禮畢，立起身來，又稟道：「今晚妾身二人在水晶樓備下酒餚，特與太師爺祝壽。務求老人家賞個臉兒，千萬不可辜負了我們一片志誠。」老賊道：「又叫你二人費心，我是必去的。」二人見太師應允必去，方才在左右坐了。彼此嬉笑戲謔，弄的個老賊醜態百出，不一而足❷。正在歡樂之際，忽聽小童樓下咳嗽，胡梯響亮。

不知小童又回何事，下回分解。

---

❶ 志誠：心意誠懇。

❷ 不一而足：原指不能因其一事而使之滿足。後用於形容同類的事物很多或不止一次地出現。足，充足。

第四十三回　翡翠瓶污羊脂玉穢　太師口臭美妾身亡

且說老賊龐吉正在先月樓與二妾歡語，只見小童手持著一個手本，上得樓來，遞與丫鬟，口中說道：「這是咱們本府十二位先生特與太師爺祝壽，並且求見，要親身覿面❶行禮，還有壽禮面呈。」丫鬟接來，呈與龐吉。龐吉看了，便道：「既是本府先生前來，不得不見。」對著二妾道：「你二人只好下樓迴避。」丫鬟便告訴小童先下樓去，叫先生們躲避躲避，讓二位姨奶奶走後再進來。這裏姹紫、嫣紅立起身來，向龐吉道：「倘若你老人家不去，我們是要狠狠的呪❷得你老人家心神也是不定的。」老賊聽了，哈哈大笑。二妾又叮囑一回水晶樓之約，龐賊滿口應承，必要去的。看著二妾下樓去遠，方叫小童去請師爺們，自己也不出去迎，在太師椅上端然而坐。

不多時，只見小童引路來至樓下，打起簾櫳，眾位先生衣冠齊楚，鞠躬而入，外面隨進多少僕從虞候。龐吉慢慢立起身來，執手道：「眾位先生光降，使老夫心甚不安。千萬不可行禮，只行常禮罷。」眾先生又謙讓一番，只得彼此一揖。復又各人遞各人的壽禮，也有一畫的，也有一對的，也有一字的，也有一扇的，無非俱是秀才人情而已。老龐一一謝了。此時僕從已將座位調開，仍是太師中間坐定，眾

---

❶ 覿面：當面。覿，見面。

❷ 呪：通「咒」。咒罵。

師爺分列兩旁。左右獻茶，彼此敘話，無非高抬龐吉，說些壽言壽語吉祥話頭。

談不多時，僕從便放杯箸，擺上果品。眾先生又要與龐吉安席，敬壽酒。還是老龐攔阻道：「今日乃因老夫賤辰❸，有勞眾位臺駕，理應老夫各敬一杯才是。莫若大家免了，也不用安席敬酒。彼此就座，開懷暢飲，倒覺爽快。」眾人道：「既是太師吩咐，晚生等便從命了。」說罷，各人朝上一躬，仍按次序入席。酒過三巡之後，未免脫帽露頂，舒手豁拳，呼么喝六，壺到杯乾。

正飲在半酣之際，只見僕從搭進一個盆來，說是孫姑老爺孝敬太師爺的河豚魚❹，極其新鮮，並且不少。眾先生聽說是新鮮河豚，一個個口角垂涎，俱各稱讚道：「妙哉，妙哉！河豚乃魚中至味，鮮美異常。」龐太師見大家誇獎，又是自己女婿孝敬，當著眾人頗有得色，吩咐：「搭下去。叫廚子急速做來，按桌俱要。」眾先生聽了個個喜歡，竟有立刻杯箸不動，單等吃河豚魚的。

不多時，只見從人各端了一個大盤，先從太師桌上放起，然後左右挨次放下。龐吉便舉箸向眾人讓了一聲：「請呀。」眾先生答應如流，俱各道：「請，請。」只聽杯箸一陣亂響，風捲殘雲，立刻杯盤狼藉。眾人咂嘴咂舌，無不稱妙。忽聽那邊咕咚一聲響亮。大家看時，只見麴先生連椅兒栽倒在地，俱各詫異。又聽那邊米先生嚷道：「哇呀！了弗得，了弗得！河豚有毒，河豚有毒。這是受了毒了。大家俱要栽倒的，俱要喪命呀！這還了得！怎麼一時吾就忘了有毒呢？總是口頭饞的弗好。」旁邊便有插言

---

❸ 賤辰：稱自己生日的謙詞。辰，時刻，可引申為「生日」。

❹ 河豚魚：頭圓形，口小，背部黑褐色，腹部白色，鰭常為黃色。肉鮮美細嫩。卵巢、血液和肝臟有劇毒。亦稱「魨」。

的道：「如此說來，吾們是沒得救星的了。」米先生猛然想起道：「還好，還好。有個方子可解：非金汁❺不可。如不然，人中黃❻也可。若要速快，便是糞湯更妙。」龐賊聽了，立刻叫虞候僕從：「快快拿糞湯來。」

一時間下人手忙腳亂，抓頭不是尾，拿拿這個不好，動動那個不妥。還是有個虞候有主意，叫了兩個僕從將大案上擺的翡翠碧玉鬧龍瓶，兩邊獸面啣著金環，叫二人抬起；又從多寶閣上拿起一個淨白光亮的羊脂白玉荷葉式的碗交付二人，叫他們到茅廁裏，即刻舀來，越多越好。二人問道：「要多何用？」虞候道：「你看人多吃的多，糞湯也必要多。少了是灌不過來的。」二人來到糞窖之內，握著鼻子，閉著氣，用羊脂白玉碗連屎帶尿一碗一碗舀了，往翡翠碧玉瓶裏灌。可惜這兩樣古玩落在權奸府第，也跟著遭此污穢！足足灌了個八分滿，二人提住金環，直奔到先月樓而來。虞候上前先拿白玉碗盛了一碗，奉與太師。

龐吉若要不喝，又恐毒發喪命；若要喝時，其臭難聞，實難下咽。正在猶豫，只見眾先生各自動手，也有用酒杯的；也有用小菜碟的；儒雅些的卻用羹匙；就有鹵莽的，扳倒瓶，嘴對嘴，緊趕一氣，用了個不少。龐吉看了，不因不由，端起玉碗，一連也就飲了好幾口。米先生又憐念同寅，將先倒的麴先生令人扶住，自己蹲在身旁，用羹匙也灌了幾口，以盡他疾病扶持之誼。

遲了不多時，只見麴先生甦醒過來，覺得口內臭味難當。只道是自己酒醉，出而哇❼之，那裏知道

---

❺ 金汁：中藥名。將糞便封在瓜內，之後，瓜內流出來的水稱金汁。

❻ 人中黃：中藥名，糞乾。

別人用好東西灌了他呢？米先生便問道：「麴兄，怎麼樣呢？」麴先生道：「不怎的。為何吾這口邊糞臭得緊哪？」米先生道：「麴兄，你是受了河豚毒了。是小弟用糞湯灌活吾兄，以盡朋友之情的。」那知道這位麴先生，方才因有一塊河豚被人搶去喫了，自己未能到口，心內一煩惱，犯了舊病，因此栽倒在地。今聞用糞湯灌了，他爬起來道：「哇呀！怪道——怪道臭得很！臭得很！吾是羊角瘋呀，為何用糞湯灌吾。」說罷，嘔吐不止。他這一吐不打緊，招的眾人誰不惡心，一張口洋溢氾濫。吐不及的逆流而上，從鼻孔中也就開了閘了。登時之間，先月樓中異味撲鼻，連虞候伴當僕從無不是嗉嗶喇叭，齊吹出「兒兒哇哇哇兒」的不止。好容易吐聲漸止，這才用涼水漱口，噴的滿地汪洋。米先生不好意思，抽空兒他就溜之乎也了。鬧的眾人走又不是，坐又不是。

老龐終是東人，礙不過臉去，只得吩咐：「往芍藥軒敞廳去罷。大家快快離開此地，省得聞這臭味難當。」眾人俱各來在敞廳，一時間心清目朗。又用上等雨前喝了許多，方覺的心中快活。龐賊便吩咐擺酒，索性大家痛飲，盡醉方休。眾人誰敢不遵。不多時，秉上燈燭，擺下酒饌。大家又喝起來，依然是豁拳行令，直喝至二鼓方散。龐賊醺醺酒醉，踏著明月，手扶小童，竟奔水晶樓而來，趔趔趄趄的問道：「天有幾鼓了？」小童道：「已交二鼓。」龐吉道：「二位姨奶奶等急了，不知如何盼望呢！到了那裏，不要聲張，聽他們說些甚麼？你看那邊為何發亮？」小童道：「前面是蓮花浦，那是月光照的水面。」說話間過了小橋。老龐又喫驚道：「那邊好像一個人。」小童道：「太師爺忘了，那是補栽的河柳，趁著月色搖曳，彷彿人影兒一般。」

❼ 哇：即嘔吐。

及至到了水晶樓，剛到樓下，見槅扇虛掩，不用竊聽，已聞得裏面有男女的聲音，連忙止步。只聽男子說道：「難得今日有此機會，方能遂你我之意。」又聽女子說道：「趁老賊陪客，你我且到樓上歡樂片時，豈不美哉。」隱隱聽的嘻嘻笑笑，上樓去了。龐吉聽至此，不由氣沖牛斗，暗叫小童將主管龐福喚來，叫他帶領虞候準備來拿人。自己卻輕輕推開槅扇，竟奔樓梯。上得樓來，見滿桌酒餚，杯中尚有餘酒。又見燭上結成花蕊，忙忙剪了蠟花。回頭一看，見繡帳金鉤挂起，裏面卻有男女二人相抱而臥。老賊看了，一把無明火往上一攻。見壁間懸挂寶劍，立刻抽出，對準男子用力一揮，頭已落地。嫣紅睡眼矇矓，才待起來，龐賊也揮了一劍。可憐兩個獻媚之人，無故遭此摧折。誰知男子之頭落在樓板之上，將頭巾脫落，卻也是個女子。仔細看時，卻是姹紫。老賊「哎喲」了一聲，噹啷啷寶劍落地。

此時樓的下面，龐福帶領多人俱各到了，聽得樓上又是哎喲，又是響亮，連忙跑上樓來。一看見太師殺了二妾，已然哀不成音了。

龐吉哭穀多時，又氣又惱又後悔，便吩咐龐福將二妾收拾盛殮。立刻派人請他得意門生，乃烏臺御史，官名廖天成，急速前來商議此事。自己帶了小童離了水晶樓，來到前邊大廳之上等候門生。

及至廖天成來時，天已三鼓之半。見了龐吉，師生就座。龐吉便將誤殺二妾的情由，說了一遍。這廖天成原是個諂媚之人，立刻逢迎道：「若據門生想來，多半是開封府與老師作對。他那裏能人極多，必是悄地差人探訪。見二位姨奶奶酒後戲耍酣眠，他便生出巧智，特妝男女聲音，使之聞之。叫老師聽見，焉有不怒之理。因此二位姨奶奶傾生。此計也就毒的狠呢。這明是攪亂太師家宅不安，暗裏是與老師作對。」他這幾句話，說的個龐賊咬牙切齒，忿恨難當，氣忿忿的問道：「似此如之奈何？怎麼想個法子，以消我心頭之恨？」廖天成犯想多時，道：「依門生愚見，莫若寫個摺子，直說開封府遣人殺害二命，將包黑參倒，以警將來。不知老師鈞意❽若何？」龐吉聽了，道：「若能參倒包黑，老夫生平之願足矣！即求賢契大才代擬。此處不大方便，且到內書房去。」說罷，師弟立起身來，小童持著燈，引至書房。現成筆墨，廖天成便拈筆搆思。難為他憑空立意，竟敢直陳。直是糊塗人對糊塗人，辦的糊塗事。不多時，已脫草稿。老賊看了，連說：「妥當結實。就勞賢契大筆一揮。」廖天成又端端楷楷，繕寫已畢。後面又將同黨之人添上五個，算是聯銜❾參奏。

龐吉一壁吩咐小童：「快給廖老爺倒茶。」小童領命，來至茶房，用茶盤托了兩碗現烹的香茶。剛進了月亮門，只聽竹聲亂響，仔細看時，卻見一人蹲伏在地，懷抱鋼刀。這一嚇非同小可，丟了茶盤，一疊連聲嚷道：「有賊！」就往書房跑來，連聲兒都嚷岔了。龐賊聽見，連忙放下奏摺，趕出院內。廖天成也就跟了出來。便問小童：「賊在那裏？」小童道：「在那邊月亮門竹林之下。」龐吉與廖天成竟奔月亮門而來。

此時僕從人等已然聽見，即同龐福，各執棍棒趕來一看。雖是一人，卻是捆綁停當，前面腰間插著一把宰豬的尖刀，彷彿抱著相似。大家向前將他提出。再一看時，卻是本府廚子劉三。問他不應，止于仰頭張口。連忙鬆了綁縛。他便從口內掏出一塊布來，乾嘔了半天，方才轉過氣來。龐福便問道：「倒是何人將你捆綁在此？」劉三對著龐吉叩頭道：「小人方才在廚房磕睡，忽見嗖的進來一人，穿著一身

❽ 鈞意：敬詞。您意。
❾ 聯銜：即聯名。銜，舊指官階。

青靠，年紀不過二十歲，眉清目朗，手持一把明晃晃的鋼刀。他對小人說：『你要嚷，我就是一刀。』因此小人不敢嚷。他便將小人捆了，又撕了一塊布，給小人填在口內。他把小人一提，就來在此處。臨走，他在小人胸前就把這把刀插上，不知是甚麼緣故？」龐賊聽了，便問廖天成道：「你看此事，這明是水晶樓妝男女聲音之人了。」

廖天成聞聽，忽然心機一動，道：「老師且回書房要緊。」老賊不知何故，只得跟了回來。進了書房，廖天成先拿起奏摺，逐行逐字細細看了，筆畫並未改訛，也未沾污。看罷，說道：「還好，還好。幸喜摺子未壞。」即放在黃匣之內。龐吉在旁誇獎道：「賢契細心，想的周到。」又叫各處搜查，那裏有個人影。

不多時，天已五鼓，隨便用了些點心羹湯。龐吉與廖天成一同入朝，敬候聖上臨軒，將本呈上。仁宗一看，就有些不悅。你道為何？聖上知道包、龐二人不對，偏偏今日此本又是參包公的，未免有些不耐煩。何故他二人冤仇再不解呢？心中雖然不樂，又不能不看。見開筆寫著「臣龐吉跪奏，為開封府遣人謀殺二命事」，後面敘著二妾如何被殺。仁宗看到殺妾二命，更覺詫異。因此反覆翻閱，見背後忽露出個紙條兒來。

抽出看時，不知上面寫著是何言語，且聽下回分解。

第四十四回　花神廟英雄救難女　開封府眾義露真名

且說仁宗天子細看紙條上面寫道：「可笑，可笑，誤殺反誤告。胡鬧，胡鬧，老龐害老包。」共十八個字。天子看了，這明是自殺，反要陷害別人；又看筆跡有些熟識，猛然想起忠烈祠牆上的字體，卻與此字相同。真是聰明不過帝王，暗道：「此帖又是那人寫的了。他屢次做的俱是磊磊落落之事，又為何隱隱藏藏，再也不肯當面呢？實在令人不解。只好還是催促包卿便了。」想罷，便將摺子連紙條兒俱各擲下，交大理寺審訊。龐賊見聖上從摺內翻出個紙條兒來，已然嚇得魂不附體。聯銜之人，俱各暗暗耽驚。

一時散朝之後，龐賊悄向廖天成道：「這紙條兒從何而來？」廖烏臺猛然醒悟道：「是了，是了！他捆劉三者，正為調出老師與門生來。他就於此時放在摺背後的。實是門生粗心之過。」龐吉聽了，連連點首，道：「不錯，不錯。賢契不要多心。此事如何料得到呢。」及至到了大理寺，龐吉一力擔當，從實說了，惟求文大人婉轉覆奏。文大人只得將他畏罪的情形，代為陳奏。聖上傳旨：「龐吉著罰俸三年，不准抵銷。聯銜的罰俸一年，不准抵銷。」聖上卻暗暗傳旨與包公，務必要題詩殺命之人，定限嚴拿。包公奉了此旨，回到開封，便與展爺、公孫先生計議，無法可施，只得連王、馬、張、趙俱各天天出去到處訪查，那裏有個影響。偏又值隆冬年近，轉瞬間又是新春。過了元宵佳節，看看到了二月光景，包公屢屢奉旨，總無影響。幸虧聖眷優渥，尚未嗔怪。

一日，王朝與馬漢商議道：「偺們天天出去訪查，大約無人不知。人既知道，更難探訪。莫若偺二人悄悄出城，看個動靜。賢弟以為何如？」馬漢道：「出城雖好，但不知往何方去呢？」王朝道：「偺們信步行去，自然熱鬧叢中採訪。難道反往幽僻之處去麼？」二人說畢，脫去校尉的服色，各穿便衣，離了衙門，竟往城外而來。

一路上細細賞玩豔陽景色。見了多少人帶著香袋的，執著花的，不知是往那裏去的。及至問人時，原來花神廟開廟，熱鬧非常，正是開廟正期。二人滿心歡喜，隨著眾人來到花神廟，各處遊玩。卻見後面有塊空地甚是寬闊，搭著極大的蘆棚，內中設擺著許多兵器架子。那邊單有一座客棚，裏面坐著許多人。內中有一少年公子，年紀約有三旬，橫眉立目，旁若無人。

王、馬二人見了，便向人暗暗打聽，方知此人姓嚴名奇。他乃是已故威烈侯葛登雲的外甥，極其強梁❶霸道，無惡不做。只因他愛眠花宿柳，自己起了個外號，叫花花太歲。又恐有人欺負他，便用多金請了無數的打手，自己也跟著學了些，以為天下無敵。因此廟期熱鬧非常，他在廟後便搭一蘆棚，比試棒棍拳腳。誰知設了一連幾日，並無人敢上前比試。他更心高氣傲，自以為絕無對手。二人正觀望，只見外面多少惡奴推推擁擁攙攙架架的進來一人，卻是一個女子，哭哭啼啼，被眾人簇擁著過了蘆棚，進了後面敞廳去了。王、馬二人心中納悶，不知為了何事。

忽又聽從外面進來一個婆子，嚷道：「你們這夥強盜！青天白日，就敢搶良家女子，是何道理？你

---

❶ 強梁：強橫；強暴。梁，原指冠上橫脊。

們若將他好好還我，便罷；你們若要不放，我這老命就合你們拚了。」眾惡奴一面攔擋，一面吆喝。忽見從棚內又出來兩個惡奴，說道：「方才公子說了，這女子本是府中丫鬟，私行逃走，總未找著，並且拐了好些東西。今日既然遇見，把他拿住，還要追問拐的東西呢。你這老婆子趁早兒走罷。倘若不依，公子說咧，就把你送縣。」婆子聞聽，只急的嚎啕痛哭。又被眾惡奴往外面拖拽。這婆子如何支撐得住，便腳不沾地往外去了。

王朝見此光景，便與馬漢送目❷。馬漢會意，必是跟下去打聽底細。二人隨後也就出來。剛走到二層殿的夾道，只見外面進來一人，迎頭攔住道：「有話好說。這是甚麼意思？請道其詳。」聲音洪亮，身材高大，紫微微一張面皮，黑漆漆滿部髭鬚，又是軍官打扮，更顯得威嚴壯健。王、馬二人見了，便暗暗喝采稱羨。忽聽惡奴說道：「朋友，這個事你別管。我勸你有事治事，無事趁早兒請。別討沒趣兒❸。」那軍官聽了，冷笑道：「天下人管天下事，那有管不得的道理。你們不對我說，何不對著眾人說說？你們如不肯說，何妨叫那媽媽自己說說呢？」眾惡奴聞聽道：「夥計，你們聽見了。這個光景他是管定了。」

忽聽婆子道：「軍官爺爺，快救婆子性命呀！」旁邊惡奴順手就要打那婆子。只見那軍官把手一隔，惡奴便倒退了好幾步，呲牙咧嘴把胳膊亂摔。王、馬二人看了，暗暗歡喜。又聽軍官道：「媽媽不必害怕，慢慢講來。」那婆子哭著道：「我姓王。這女兒乃是我街坊。因他母親病了，許在花神廟燒香。如

❷ 送目：指以目示意。

❸ 沒趣兒：沒有面子；難堪。

今他母親雖然好了，尚未復元，因此求我帶了他來還願。不想竟被他們搶去。求軍官爺搭救搭救。」說罷，痛哭。只見那軍官聽了，把眉一皺，道：「媽媽不必啼哭，我與你找來就是了。」

誰知眾惡奴方才見那人把手略略一隔，他們夥計就呲牙咧嘴，便知這軍官手頭兒沉。大約婆子必要說出根由，怕軍官先拿他們出氣，他們便一個個溜了，來到後面，一五一十俱告訴花花太歲。這嚴奇一聽，便氣沖牛斗，以為今日若不顯顯本領，以後別人怎肯甘心佩服呢，便一聲斷喝：「引路！」眾惡奴狐假虎威，來至前面，嚷道：「公子來了。公子來了。」眾人見嚴奇來到，一個個俱替軍官擔心，以為太歲不是好惹的。

此時王、馬二人看的明白，見惡霸前來，知道必有一番較量。惟恐軍官寡不敵眾。「若到為難之時，我二人助他一膀之力。」那知那軍官早已看見，撇了婆子，便迎將上去。眾惡奴指手畫腳道：「就是他，就是他。」嚴奇一看，不由的暗暗喫驚道：「好大身量！我別不是他的對手罷。」便發話道：「你這人好生無禮。誰叫你多管閒事？」只見那軍官抱拳陪笑道：「非是在下多管閒事。因那婆子形色倉皇，哭的可憐。惻隱之心，人皆有之。望乞公子貴手高抬，開一線之恩，饒他們去罷。」說畢，就是一揖。

嚴奇若是有眼力的，就依了此人，從此做個相識，只怕還有個好處。誰知這惡賊見軍官謙恭和藹，又是外鄉之人，以為可以欺負，竟敢拿雞蛋往鵝卵石上碰，登時把眼一翻，道：「好狗才，誰許你多管！」冷不防，嗖的就是一腳，迎面踢來。這惡賊原想著是個暗算，趁著軍官作下揖去，不能防備，這一腳定然鼻青臉腫。那知那軍官不慌不忙，瞧著腳臨切近，略一揚手，在腳面上一拂，口中說道：「公子休得無禮。」此話未完，只見公子「嗳呀」一聲，半天掙扎不起。眾惡奴一見，便嚷道：「你這廝竟敢動手！」

一擁齊上，以為好漢打不過人多。誰知那人只用手往左右一分，一個個便東倒西歪，那個還敢上前。

忽聽那邊有人喊了一聲：「閃開！俺來也。」手中木棍高揚，就照軍官劈面打來。軍官見來得勢猛，將身往旁邊一跨。不想嚴奇剛剛的站起，恰恰的太歲頭就受了此棍，吧的一聲，打了個腦漿迸裂。眾惡奴發了一聲喊道：「了不得了！公子被軍漢打死了！快拿呀，快拿呀！」早有保甲地方併本縣官役，一聲將軍官圍住。只聽那軍官道：「眾位不必動手，俺隨你們到縣就是了。」眾人齊說道：「好朋友，好朋友！敢作敢當，這才是漢子呢。」

忽見那邊走過兩個人來道：「眾位，事要公平。方才原是他用棍打人，誤打在公子頭上。難道他不隨著赴縣麼？理應一同解縣才是。」眾人聞聽道：「講得有理。」就要拿那使棍之人。那人將眼一瞪，道：「俺史丹不是好惹的！你們誰敢前來！」眾人嚇的往後倒退。只見兩個人之中有一人道：「你慢說是史丹，就是屎蛋，也要推你一推。」說時遲，那時快，順手一掠，將那棍也就逼住。攏過來往懷裏一帶，又向外一推，真成了屎蛋咧，咕哩咕嚕滾在一邊。那人上前按住，對保甲道：「將他鎖了。」你道這二人是誰？原來是王朝、馬漢。

又聽軍官說道：「俺遭逢此事所為何來，原為救那女子。如今為人不能為徹❹，這便如何是好？」王、馬二人聽了，滿口應承：「此事全在我二人身上。朋友，你只管放心。」軍官道：「既如此，就仰仗二位了。」說罷，執手隨眾人赴縣去了。

這裏王、馬二人帶領婆子到後面。此時眾惡奴見公子已死，也就一鬨而散，誰也不敢出頭。王、馬

---

❹ 為人不能為徹：幫人不能幫到底。

二人一直進了敞廳，將女子領出交付婆子，護送出廟，問明了住處姓名（恐有提問質對之事），方叫他們去了。二人不辭辛苦，直奔祥符縣而來。到了縣裏，說明姓名。門上急忙回稟了縣官。縣官立刻請二位到書房坐了。王、馬二人將始末情由說了一遍。「此事皆係我二人目睹，貴縣不必過堂，立刻解往開封府便了。」正說間，外面拿進個略節❺來，卻是此案的名姓：死的名嚴奇，軍官名張大，持棍的名史丹。縣官將略節遞與王、馬二人，便吩咐將一干人犯，多派衙役，立刻解往開封。

王、馬二人先到了開封府，見了展爺、公孫先生，便將此事說明。公孫策尚未開言，展爺忙問道：「這軍官是何形色？」王、馬二人將臉盤兒身量兒說了一番。展爺聽了大喜，道：「如此說來，別是他罷？」對著公孫先生伸出大指。公孫策道：「既如此，少時此案解來，先在外班房等候，悄悄叫展兄看看。若要不是那人，也就罷了。倘若是那人冒名，展兄不妨直呼其名，使他不好改口。」眾人聽了，俱各稱善。

王、馬二人又找了包興，來到書房，回稟了包公，深讚張大的品貌，行事豪俠。包公聽了，雖不是寄柬留刀之人，或者由這人身上也可以追出那人的下落，心中也自暗暗忖度。王、馬又將公孫策先生叫南俠偷看，也回明了。包公點了點頭，二人出來。

不多時，此案解到，俱在外班房等候。王、馬二人先換了衣服，前往班房，見放著簾子。隨後展爺已到，便掀起簾縫一瞧，不由的滿心歡喜，對著王、馬二人悄悄道：「果然是他。妙極，妙極！」王、馬二人連忙問道：「此人是誰？」展爺道：「賢弟休問。等我進去呼出名姓，二位便知。二位賢弟即隨

❺ 略節：古代官場使用的一種簡要文書，用來說明事實、證據，不簽名，不用印。

我進來。劣兄給你們彼此一引見，他也不能改口了。」王、馬二人領命。

展爺一掀簾子，進來道：「小弟打量是誰？原來是盧方兄到了。久違呀，久違！」說著，王、馬二人進來。展爺給引見道：「二位賢弟不認得麼？此位便是陷空島盧家莊，號稱鑽天鼠名盧方的盧大員外。二位賢弟快來見禮。」王、馬急速上前。展爺又向盧方道：「盧兄，這便是開封府四義士之中的王朝、馬漢兩位老弟。」三個人彼此執手作揖。盧方到了此時，也不能說我是張大，不是姓盧的。人家連家鄉住處俱各說明，還隱瞞甚麼呢？

盧方反倒問展爺道：「足下何人？為何知道盧方的賤名。」展爺道：「小弟名喚展昭。曾在茉花村蘆花蕩為鄧彪之事，小弟見過尊兄，終日渴想至甚。不想今日幸會。」盧方聽了，方才知道便是號御貓的南俠。他見展爺人品氣度和藹之甚，毫無自滿之意，便想起五弟任意胡為，全是自尋苦惱，不覺暗暗感歎。面上卻陪著笑道：「原來是展老爺。就是這二位老爺，方才在廟上多承垂青❻看顧，我盧方感之不盡。」三人聽了，不覺哈哈大笑道：「盧兄太外道❼了，何得以老爺相呼？顯見得我等不堪❽為弟了。」盧方道：「三位老爺太言重了。一來三位現居皇家護衛之職，二來盧方刻下乃人命重犯，何敢以弟兄相稱？豈不是太不知自量了麼？」展爺道：「盧兄過於能言了。」王、馬二人道：「此處不是講話的所在，請盧兄到後面一敘。」盧方道：「犯人尚未過堂，如何敢蒙如此厚待？斷難從命。」展爺道：「盧兄放

---

❻ 垂青：以青眼相待，比喻受到重視、優待。青，青眼。古人把黑眼球叫青眼。

❼ 外道：即見外。客氣用語。

❽ 不堪：這裏指不可能。

心，全在小弟等身上。請到後面，還有眾人等著要與老兄會面。」盧方不能推辭，只得隨著三人來到後面公廳，早見張、趙、公孫三位降階而迎❾。展爺便一一引見，歡若平生。

來到屋內，大家讓盧方上坐。盧方斷斷不肯，總以犯人自居，理當侍立，能彀不罰跪，足見高情。大家那裏肯依。還是愣爺趙虎道：「彼此見了，放著話不說，且自鬧這些個虛套子。盧大哥，你是遠來，你就上面坐。」說著，把盧方拉至首座。盧方見此光景，只得從權❿坐下。王朝道：「還是四弟爽快。再者盧兄從此甚麼犯人咧，老爺咧，也要免免才好，省得鬧的人怪肉麻的。」盧方道：「既是眾位兄台抬愛，拿我盧某當個人看待，我盧方便從命了。」

左右伴當獻茶已畢。還是盧方先提起花神廟之事。王、馬二人道：「我等俱在相爺台前回明。小弟二人便是證見。凡事有理，斷不能難為我兄。」只見公孫先生和展爺，彼此告過失陪，出了公所，往書房去了。

未知相爺如何，下回分解。

❾ 降階而迎：走下臺階迎接，以示尊重。

❿ 從權：即權宜之法。暫時適宜如此。

第四十五回　義釋盧方史丹抵命　誤傷馬漢徐慶遭擒

且說公孫先生同展爺去不多時，轉來道：「相爺此時已升二堂，特請盧兄一見。」盧方聞聽，只打量要過堂了，連忙立起身來道：「盧方乃人命要犯，如何這樣見得相爺？盧方豈是不知規矩的麼？」展爺連聲道「好」。一回頭吩咐伴當，快看刑具。眾人無不點頭稱羨。少時，刑具拿到，連忙與盧方上好。大家圍隨，來至二堂以下。王朝進內稟道：「盧方帶到。」忽聽包公說道：「請。」

這一聲連盧方都聽見了，自己登時反倒不得主意了，隨著王朝來至公堂，雙膝跪倒，匍匐在地。忽聽包公一聲斷喝道：「本閣著你去請盧義士，如何用刑具拿到？是何道理？還不快快卸去！」左右連忙上前，卸去刑具。包公道：「盧義士，有話起來慢慢講。」盧方那裏敢起來，連頭也不敢抬，便道：「罪民盧方身犯人命重案，望乞相爺從公判斷，感恩不盡。」包公道：「盧義士休如此迂直❶。花神廟之事本閣盡知。你乃行俠尚義，濟弱扶傾❷。就是嚴奇喪命，自有史丹對抵，與你甚麼相干？他等強惡助紂為虐，本閣已有辦法，即將史丹定了誤傷的罪名，完結此案。盧義士理應釋放無事，只管起來。本閣還有話講。」展爺向前悄悄道：「盧兄休要辜負相爺一片愛慕之心，快些起來，莫要違悖鈞諭。」盧方到

---

❶ 迂直：太拘泥固執。

❷ 濟弱扶傾：扶助弱小和處境困難的人。

了此時，概不由己，朝上叩頭。展爺順手將他扶起。包公又吩咐看座。盧方那裏敢坐，鞠躬侍立。偷眼向上觀瞧，見包公端然正坐，不怒而威，那一派的嚴肅正氣，實令人可畏而又可敬，心中暗暗誇獎。

忽見包公含笑問道：「盧義士因何來京？請道其詳。」一句話問的個盧方紫面上套著紫，半晌，答道：「罪民因尋盟弟白玉堂，故此來京。」包公又道：「是義士一人前來，還有別人？」盧方道：「上年初冬之時，罪民已遣韓彰、徐慶、蔣平三個盟弟一同來京。不料自去冬至今，杳無音信。罪民因不放心，故此親身來尋。今日方到花神廟。」包公聽盧方直言無隱，便知此人忠厚篤實❸，遂道：「原來眾義士俱各來了。義士既以實言相告，本閣也就不隱瞞了。令弟五義士在京中做了幾件出類拔萃之事，連聖上俱各知道，並且聖上還誇他是個俠義之人，欽派本閣細細訪查。如今義士既已來京，肯替本閣代為細細訪查麼？」盧方聽至此，連忙跪倒，道：「白玉堂年幼無知，惹下滔天大禍，致干聖怒，理應罪民尋找擒拿到案。任憑聖上天恩，相爺的垂照❹。」包公見他應了，便叫：「展護衛。」「有。」「同公孫先生好生款待，恕本閣不陪。留去但憑義士，不必拘束。」盧方聽了，復又叩頭起來，同定展爺出來。

到了公所之內，只見酒餚早已齊備，卻是公孫先生預先吩咐的。仍將盧方讓至上座，眾人左右相陪。飲酒之間，便提此事。盧爺是個豪爽忠誠之人，應了三日之內有與無必來覆信，酒也不肯多飲，便告別了眾人。眾人送出衙外，也無贅話煩言，彼此一執手，盧方便揚長去了。

展爺等回至公所，又議論盧方一番，為人忠厚老誠豪俠。公孫策道：「盧兄雖然誠實，惟恐別人卻

---

❸ 篤實：忠厚老實。篤，篤厚；真誠；純一。

❹ 垂照：懇求他人關照的詞語。

不似他。方才聽盧方之言，說那三義已於客冬❺之時來京，想來也必在暗中探訪。今日花神廟之事，人人皆知解到開封府。他們如何知道立刻就把盧兄釋放了呢，必以為人命重案，寄監收禁。他們若因此事夤夜前來淘氣❻，卻也不可不防。」眾人聽了，俱各稱是。「似此如之奈何？」公孫策道：「說不得大家辛苦些，出入巡邏。第一保護相爺要緊。」

此時天已初鼓，展爺先將裹衣紮縛停當，佩了寶劍，外面罩了長衣，同公孫先生竟進書房去了。這裏四勇士也就各各防備，暗藏兵刃，俱各留神小心。

單言盧方離了開封府之時，已將掌燈，又不知伴當避於何處，有了寓所不曾。自己雖然應了找尋白玉堂，卻又不知他落於何處。心內思索，竟自無處可歸。忽見迎面來了一人，天色昏黑看不真切。及至臨近一看，卻是自己伴當，滿心歡喜。伴當見了盧方，反倒一怔，悄悄問道：「員外如何能彀回來？小人已知員外解到開封，故此急急進京城內，找了下處，安放了行李，帶上銀兩，特要到開封府去與員外安置。不想員外竟會回來了。」盧方道：「一言難盡。且到下處再講。」伴當道：「小人還有一事，也要告稟員外呢。」

說著話，伴當在前引路，主僕二人來到下處。盧方擅塵淨面之時，酒飯已然齊備。盧方入座，一壁飲酒，一壁對伴當悄悄說道：「開封府遇見南俠，給我引見了多少朋友，真是人人義氣，個個豪傑。多虧了他們在相爺跟前竭力分析，全推在那姓史的身上，我是一點事兒沒有。」又言：「包公相待甚好，義士長、義士短的稱呼，賜坐說話。我便偷眼觀瞧相爺，真好品貌，真好氣度，實在是國家的棟梁，萬

---

❺ 客冬：即指去年冬天。客，過去。如客歲，指去年。

❻ 淘氣：原作頑皮。這裏可作生事、擾亂解。

民之福。後來問話之間，就提起五員外來了。相爺覿面吩咐，託我找尋，我焉有不應的呢。後來大家又在公所之內，設了酒餚。眾朋友方說出五員外許多的事來，敢則他作的事不少。甚麼寄柬留刀，與人辨冤，夜間大鬧開封，與南俠比試。這還庶乎可以，誰知他又到皇宮內苑題甚麼詩，又殺了總管太監。你說五員外胡鬧不胡鬧？並且還有奏摺內夾紙條兒，又是甚麼盜取黃金。我也說不了許多了。我應了三日之內，找的著找不著必去覆信，故此我就回來了。你想，那知五員外下落？我往那裏去找呢？你方才說還有一事，是甚麼事呢？」伴當道：「若依員外說來，找五員外卻甚容易。」盧方聽了歡喜，道：「在那裏呢？」伴當道：「就是小人尋找下處之時，遇見了跟二爺的人。小人便問他：『眾位員外在那裏居住？』他便告訴小人，說在龐太師花園後樓名叫文光樓，是個堆書籍之所，同五員外都在那裏住著呢。小人已問明了龐太師的府第，卻離此不遠。出了下處，往西一片松林，高大的房子便是。」盧方聽了，滿心暢快，連忙用畢了飯。

此時天氣已有初更，盧方便暗暗裝束停當，穿上夜行衣靠，吩咐伴當看守行李，悄悄的竟奔了龐吉府的花園文光樓而來。到了牆外，他便施展飛簷走壁之能，上了文光樓。恰恰遇見白玉堂獨自一人在那裏。見面之時，不由的長者之心落下幾點忠厚淚來。白玉堂卻毫不在意。盧方述說了許多思念之苦，方問道：「你三個兄長往那裏去了？」白玉堂道：「因聽見大哥遭了人命官司，解往開封府；他們哥兒三方才俱換了夜行衣服，上開封府了。」盧方聽了，大吃一驚，暗道：「他們這一去必要生出事來，豈不辜負相爺一團美意？倘若有些差池❼，我盧某何以見開封眾位朋友呢？」想至此，坐立不安，好生的著

❼ 差池：原意不齊。後引申為差錯。

急。直盼到交了三鼓，還不見回來。

你道韓彰、徐慶、蔣平為何去了許久？只因他等來到開封府，見內外防範甚嚴，便越牆從房上而入。剛來到跨所大房之上，恰好包興由茶房而來，猛一抬頭見有人影，不覺失聲道：「房上有人。」對面便是書房。展爺早已聽見，甩去長衣，拔出寶劍，一伏身斜刺裏一個健步，往房上一望，見一人已到簷前。展爺看的真切，從囊中一伸手掏出袖箭，反背就是一箭釘去；只見那人站不穩身體，一歪掉下房來。外面王、馬、張、趙已然趕進來了。趙虎緊趕一步按住那人，張龍上前幫助綁了。

展爺正要縱身上房，忽見房上一人把手一揚，向下一指。展爺見一縷寒光竟奔面門，知是暗器，把頭一低，剛剛躲過。不想身後是馬漢，肩頭之下已中了弩箭。展爺一飛身已到房上，竟奔了使暗器之人。那人用了個風掃敗葉勢，一順手就是一樸刀，一片冷光奔了展爺的下三路。南俠忙用了個金雞獨立回身勢，用劍往旁邊一削。只聽噹的一聲，樸刀卻短了一段。只見那人一轉身，越過房脊。又見金光一閃，卻是三稜鵝眉刺，竟奔眉攢而來。展爺將身一閃，剛用寶劍一迎。誰知鋼刺抽回，劍卻使空。南俠身體一晃，幾乎栽倒。忙一伏身，將寶劍一拄，腳下立住。用劍逼住面門，長起身來。再一看時，連個人影兒也不見了。展爺只得跳下房來，進了書房，參見包公。

此時已將捆縛之人帶至屋內。包公問道：「你是何人？為何黑夜至此？」只聽那人道：「俺乃穿山鼠徐慶，特為救俺大哥盧方而來，不想中了暗器遭擒。不用多言，只要叫俺見大哥一面，俺徐慶死也甘心瞑目。」包公道：「原來三義士到了。」即命左右鬆了綁，看座。徐慶也不致謝，也不遜讓，便一屁股坐下，將左腳一伸，順手將袖箭拔出，道：「是誰的暗器？拿了去。」展爺過來接去。徐慶道：「你這袖箭不及俺二哥的弩箭。他那弩箭有毒，若是著上，藥性一發，便不省人事。」正說間，只見王朝進來稟道：「馬漢中了弩箭，昏迷不醒。」徐慶道：「如何？千萬不可拔出，見血封喉，立刻即死。若不拔出，還可以多活一日，明日這時候，也就嗚呼了。」包公聽了，連忙問道：「可有解藥沒有？」徐慶道：「有呵。卻是俺二哥帶著，從不傳人。受了此毒，總在十二個時辰之內用了解藥，即刻復生。若過了十二個時辰，縱有解藥，也不能好了。這是俺二哥獨得的奇方，再也不告訴人的。」

包公見他說話雖然粗魯，卻是個直爽之人，堪與趙虎稱為伯仲❽。徐慶忽又問道：「俺大哥盧方在那裏？」包公便說：「昨晚已然釋放，盧義士已不在此了。」徐慶聽了，哈哈大笑道：「怪道人稱包老爺是個好相爺，忠正為民。如今果不虛傳，俺徐慶倒要謝謝了。」說罷，撲通爬在地下，就是一個頭，招的眾人不覺要笑。

徐慶起來，就要找盧方去。包公見他天真爛漫，不拘禮法，只要合了心就樂，便道：「三義士，你看外面已交四鼓，黃夜之間那裏尋找。暫且坐下，我還有話問你。」徐慶卻又坐下。包公便問白玉堂所作之事，愣爺徐慶一一招承。「……惟有劫黃金一事，卻是俺與二哥、四弟並有柳青，用蒙汗藥酒將那群人藥倒，我們盜取了黃金。」眾人聽了，個個點頭舒指。

徐慶正在高談闊論之時，只見差役進來稟道：「盧義士在外求見。」包公聽了，急著展爺請來相見。不知盧方來此為了何事，且聽下回分解。

---

❽ 伯仲：此指伯仲之間。謂才能相等，不分優劣。

第四十六回　設謀誆藥氣走韓彰　遺興濟貧忻逢趙慶

且說盧方又到開封府求見，你道卻為何事？只因他在文光樓上盼到三更之後，方見韓彰、蔣平回來。二人見了盧方更覺詫異，忙問道：「大哥，如何能在此呢？」盧方便將包相以恩相待，釋放無事的情由，說了一遍。蔣平聽了，對著韓、白二人道：「我說不用去，三哥務必不依。這如今鬧的倒不成事了。」盧方道：「你三哥那裏去了？」韓彰把到了開封，彼此對壘❶的話說了一遍。

盧方聽了，只急的搓手。半晌，歎了口氣道：「千不是，萬不是，全是五弟不是。」蔣平道：「此事如何抱怨五弟呢？」盧方道：「他若不找甚麼姓展的，咱們如何來到這裏？」韓彰聽了卻不言語。蔣平道：「事已如此，也不必抱怨了。難道五弟有了英名，你我作哥哥的不光彩麼？只是如今，依大哥怎麼樣呢？」盧方道：「再無別說，只好劣兄將五弟帶至開封府，一來懇求相爺在聖駕前保奏，二來當面與南俠陪個禮兒，庶乎事有可圓。」白玉堂聽了，登時氣的雙眉緊皺，二目圓睜。若非在文光樓上，早已怪叫吆喝起來，便怒道：「大哥，此話從何說起？小弟既來尋找南俠，便與他誓不兩立。雖不能他死我活，總得要叫他甘心拜服於我，小弟方能出這口惡氣。若非如此，小弟至死也是不從的。」蔣平聽了，在旁讚道：「好兄弟！好志氣！真與我們陷空島爭氣！」韓彰在旁瞅了蔣平一眼，仍是不語。

❶ 對壘：對峙。相互對立。

盧方道：「據五弟說來，你與南俠有仇麼？」白玉堂道：「並無仇隙。」盧方道：「既無仇隙，你為何恨他到如此地步呢？」玉堂道：「小弟也不恨他，只恨這『御貓』二字。我也不管他是有意，我也不管是聖上所賜，只是有個御貓，便覺五鼠減色，是必將他治倒方休。如不然，大哥就求包公回奏聖上，將南俠的『御貓』二字去了，或改了，小弟也就情甘認罪。」盧方道：「五弟，你這不是為難劣兄麼？劣兄受包相知遇之恩，應許尋找五弟。如今既已見著，我卻回去求包公改『御貓』二字。此話劣兄如何說的出口來？」白玉堂聽了冷笑，道：「哦！敢則大哥受了包公知遇之恩。既如此，就該拿了小弟去請功候賞呵！」

只這一句，又把個盧方噎的默默無言，站起身來出了文光樓，躍身下去，便在後面大牆以外走來走去，暗道：「我盧方交結了四個兄弟，不想為此事，五弟竟如此與我翻臉。他還把我這長兄放在心裏麼？」又轉想包公相待的那一番情義，自己對眾人說的話，更覺心中難受。左思右想，心亂如麻。一時間濁氣❷上攻，自己把腳一跺，道：「嗳！莫若死了，由著五弟鬧去，也省得我提心弔膽。」想罷，一抬頭只見那邊從牆上斜插一枝杈枒，甚是老幹。自己暗暗點頭，道：「不想我盧方竟自結果在此地了！」說罷，從腰間解下絲縧往上一扔，搭在樹上，將兩頭比齊。剛要解扣，只見這絲縧「哧」「哧」「哧」自己跑到樹上去了。盧方怪道：「怪事！怎麼絲縧也會活了呢？」

正自思忖，忽見順著枝幹下來一人，卻是蔣四爺，說道：「五弟糊塗了，怎麼大哥也背晦❸了呢？」

---

❷ 濁氣：猶濁志，即糊塗主意。就是尋短見、想自殺。

❸ 背晦：糊塗昏聵。

盧方見了蔣平，不覺滴下淚來，道：「四弟，你看適才五弟是何言語？叫劣兄有何面目生於天地之間？」蔣平道：「五弟此時一味的心高氣傲，難以治服。不然，小弟如何肯隨和❹他呢。須要另設別法，折服於他便了。」盧方道：「此時你我往何方去好呢？」蔣平道：「趕著上開封府。就算大哥方才聽見我等到了，故此急急前來陪罪，再者也打聽打聽三哥的下落。」盧方聽了，只得接過絲縧將腰束好，一同竟奔開封府而來。

見了差役，說明來歷。差役去不多時，便見南俠迎了出來，彼此相見。又與蔣平引見。隨即來到書房，剛一進門，見包公穿著便服在上面端坐，連忙雙膝跪倒，口中說道：「盧方罪該萬死，望乞恩相赦宥。」蔣平也就跪在一旁。徐慶正在那裏坐著，見盧方與蔣平跪倒，他便順著座兒一溜也就跪下了。包公見他們這番光景，真是豪俠義氣，連忙說道：「盧義士，他等前來，原不知本閣已將義士釋放，故此為義氣而來。本閣也不見罪。只管起來，還有話說。」盧方等聽了，只得向上叩頭，立起身來。

包公見蔣平骨瘦如柴，形如病夫，便問：「此是何人？」盧方一一回稟包公，方知就是善泅水的蔣澤長。忙命左右看座。連展爺與公孫策俱各坐了。包公便將馬漢中了毒藥弩箭昏迷不醒的話，說了一回。依盧方就要回去向韓彰取藥。蔣平攔道：「大哥若取藥，惟恐二哥當著五弟總不肯給的；莫若小弟使個計策將藥誆來，再將二哥激發走了，剩了五弟一人，孤掌難鳴，也就好擒了。」盧方聽說，便問計將安出。蔣平附耳道：「如此，如此。二哥焉有不走之理。」盧方聽了，道：「這一來，你二哥與我豈不又分散了麼？」蔣平道：「目下雖然分別，日後自然團聚。現在外面已交五鼓，事不宜遲，且自取藥要緊。」

❹ 隨和：這裏指跟隨附和。

連忙向展爺要了紙筆墨硯，提筆一揮而就，摺疊了叫盧方打上花押，便回明包公，仍從房上回去，又近又快。包公應允。蔣平出了書房，將身一縱，上房越脊，登時不見。眾人無不稱羨。

單說蔣爺來至文光樓，還聽見韓彰在那裏勸慰白玉堂。原來玉堂的餘氣還未消呢。蔣平見了二人道：「我與大哥將三哥好容易救回，不想三哥中了毒藥袖箭，大哥背負到前面樹林，再也不能走了，小弟又背他不動。只得二哥與小弟同去走走。」韓爺聽了，連忙離了文光樓。蔣平便問：「二哥，藥在何處？」韓彰從腰間摘下個小荷包來，遞與蔣平。蔣平接過，摸了摸卻有兩丸，急忙掏出。將衣邊鈕子咬下兩個，咬去鼻兒，滴溜圓，又將方才寫的字帖裹了裹，塞在荷包之內，仍遞與韓彰。將身形略轉了幾轉，他便抽身竟奔開封府而來。

這裏韓爺只顧奔前面樹林，以為蔣平拿了藥去，先解救徐慶去了。那裏知道他是奔了開封府呢。韓二爺來到樹林，四下裏尋覓，並不見有大哥三弟，不由心下納悶。摸摸荷包，藥仍二丸未動，更覺不解。四爺也不見了。只得仍回文光樓，來見了白玉堂，說了此事，未免彼此狐疑。韓爺回手又摸了摸荷包，道：「呀！這不像藥。」連忙叫白玉堂敲著火種，隱著光亮一看，原來是字帖兒裹著鈕子。忙將字兒打開觀看，卻有盧方花押，上面寫著叫韓彰絆住白玉堂作為內應，方好擒拿。白玉堂看了，不由的設疑，道：「二哥就把小弟綁起，交付開封府就是了。」韓爺聽了，急道：「五弟休出此言。這明是你四哥恐我幫助於你，故用此反間之計。好，好，好！這才是結義的好弟兄呢。我韓彰也不能作內應，也不能幫扶五弟。俺就此去也。」說罷，立起身來，出了文光樓，躍身去了。

這時蔣平誆了藥，回轉開封府，已有五鼓之半，連忙將藥研好，一半敷傷口，一半灌將下去。不多時，馬漢回轉過來，吐了許多毒水，心下方覺明白。大家也就放心。略略歇息，天已大亮。到了次日晚間，蔣平又暗暗到文光樓。誰知玉堂卻不在彼，不知投何方去了。

盧方又到下處，叫伴當將行李搬來。從此開封府又添了陷空島的三義幫扶著訪查此事，卻分為兩班：白日卻是王、馬、張、趙細細緝訪，夜晚卻是南俠同著三義暗暗搜尋。

不想這一日，趙虎因包公入闈，閒暇無事，想起王、馬二人在花神廟巧遇盧方，暗自想道：「我何不也出城走走呢？」因此扮了個客人的模樣，悄悄出城，信步行走。正走著，覺得腹中饑餓，便在村頭小飯鋪內，意欲獨酌吃些點心。剛然坐下，要了酒，隨意自飲。只見那邊桌上有一老頭兒，卻是外鄉形景，滿面愁容，眼淚汪汪，也不吃，也不喝，只是瞅著趙爺。趙爺見他可憐，便問道：「你這老頭兒瞅俺作甚？」那老者見問，忙立起身來，道：「非是小老兒敢瞧客官。只因腹中饑餓缺少錢鈔，見客官這裏飲酒，又不好啟齒。望乞見憐。」趙虎聽了，哈哈大笑，道：「敢則是你餓了，這有何妨呢。你便過來，俺二人同桌而食，有何不可。」那老兒聽了歡喜，未免臉上有些羞慚。及至過來，趙爺要了點心饝饝，叫他吃。他卻一壁吃著，一壁落淚。

趙爺看了，心中不悅，道：「你這老頭兒好不曉事。你說餓了，俺給你吃，你又哭甚麼呢？」老者道：「小老兒有心事，難以告訴客官。」趙爺道：「原來你有心事，這也罷了。我且問你，你姓甚麼？」老兒道：「小老兒姓趙。」趙虎道：「噯喲！原來是當家子❺。」老者又接著道：「小老兒姓趙名慶，乃是管城縣的承差。只因包三公子太原進香……」趙虎聽了道：「甚麼包三公子？」老者道：「便是當

❺ 當家子：即同姓；本家。

朝丞相包相爺的姪兒。」趙虎道：「哦，哦！包三公子進香，怎麼樣？」老者道：「他故意的繞走蘇州，一來為遊山玩景，二來為勒索州縣的銀兩。」趙虎道：「竟有這等事！你講，你講。」老者道：「只因路過管城縣，我家老爺派我預備酒飯，迎至公館款待。誰想三公子說鋪墊不好，預備的不佳，他要勒索程儀❻三百兩。我家老爺乃是一個清官，並無許多銀兩，又說小人借水行舟❼，希圖這三百兩銀子，將我打了二十板子。幸喜衙門上下俱是相好，卻未打著。後來見了包三公子，將我弔在馬棚，這一頓馬鞭子打的卻不輕。還是應了另改公館，孝敬銀兩，方將我放出來。小老兒一時無法，因此脫逃。意欲到京尋找一個親戚，不想投親不著，只落得有家難奔，有國難投。衣服典當已盡，看看不能餬口，將來難免餓死，作定他鄉之鬼呀！」說罷，痛哭。

趙爺聽至此，又是心疼趙慶，又是氣恨包公子，恨不得立刻拿來，出這口惡氣。因對趙慶道：「老人家，你負此沉冤，何不寫個訴呈在上司處分析呢？」

未知趙慶如何答對，下回分解。

---

❻ 程儀：亦作「程敬」。指本地官員送給過路官員的財物。

❼ 借水行舟：即借別人的力量運用。

第四十七回 錯遞呈權奸施毒計 巧結案公子辨奇冤

且說趙虎暗道：「我家相爺赤心為國，誰知他的子姪如此不法。我何不將他指引到開封府，看我們相爺怎麼辦理？是秉公呵，還是徇私呢？」想罷，道：「你正該寫個呈子分析。」趙慶道：「小老兒上京投親，正為遞呈分訴。」趙虎道：「不知你想在何處去告呢？」趙慶道：「小老兒聞得大理寺文大人那裏頗好。」趙爺道：「文大人雖好，總不如開封府包太師那裏好。」趙慶道：「包太師雖好，惟恐這是他本家之人，未免要有些袒護，於事反為不美。」趙虎道：「你不知道，包太師辦事極其公道，無論親疎，總要秉正除奸。若在別人手裏告了，他倒可託個人情，或者官府作個人情，那倒有的。你要在他本人手裏告了，他便得秉公辦理，再也不能偏向的。」趙慶聽了有理，便道：「既承指教，明日就在太師跟前告就是了。」趙虎道：「你且不要忙。如今相爺現在場內，約於十五日後，你再進城，攔轎呈訴。」當下叫他吃飽了。卻又在兜肚內摸出半錠銀子來，道：「這還有五六天工夫呢。莫不成餓著麼？拿去做盤費用罷。」趙慶道：「小老兒既蒙賞吃點心，如何還敢受賜銀兩？」趙虎道：「這有甚麼要緊，你只管拿去。你若不要，俺就惱了。」趙慶只得接過來，千恩萬謝的去了。

趙虎見趙慶去後，自己又飲了幾杯，才出了飯鋪。也不訪查了，便往舊路歸來。心中暗暗盤算，倒替相爺為難。此事若接了呈子，生氣是不消說了。只是如何辦法呢？自己又囑咐：「趙虎呀，趙虎！你今日回開封府，可千萬莫露風聲。這是要緊的呀。」他雖如此想，那裏知道凡事不可預料。他若是將趙慶帶到開封府，倒不能錯，誰知他又細起心來了，這才鬧的錯大發了呢。

趙虎在開封府等了幾天，卻不見趙慶鳴冤，心中暗暗展轉道：「那老兒說是必來，如何總未到呢？難道他是個誆嘴吃的？若是如此，我那半錠銀子，花的才冤呢。」

你道趙慶為何不來？只因他過了五天，這日一早趕進城來。正走在熱鬧叢中，忽見兩旁人一分，嚷道：「閃開，閃開。太師爺來了，太師爺來了。」趙慶聽見「太師」二字，便煞住腳步，等著轎子臨近，便高舉呈詞，雙膝跪倒，口中喊道：「冤枉呀，冤枉！」只見轎已打杵，有人下馬接過呈子，遞入轎內。不多時，只聽轎內說道：「將這人帶到府中問去。」左右答應一聲，轎夫抬起轎來，如飛的竟奔龐府去了。

你道這轎內是誰？卻是太師龐吉。這老奸賊得了這張呈子，如拾珍寶一般，立刻派人請女婿孫榮與門生廖天成。及至二人來到，老賊將呈子與他等看了，只樂得手舞足蹈，屎滾尿流，以為此次可將包黑參倒了。又將趙慶叫到書房，好言好語，細細的問了一番。便大家商議，繕起奏摺，預備明日呈遞。又暗暗定計，如何行文搜查勒索的銀兩，又如何到了臨期，使他再不能更改。洋洋得意，樂不可言。

至次日，聖上臨殿。龐吉出班，將摺子謹呈御覽。聖上看了，心中有些不悅，立刻宣包公上殿，便問道：「卿有幾個姪兒？」包公不知聖意，只得奏道：「臣有三個姪男。長次俱務農，惟有第三個卻是生員，名叫包世榮。」聖上又問道：「你這姪兒，可曾見過沒有？」包公奏道：「微臣自在京供職以來，並未回家。惟有臣的大姪見過，其餘二姪三姪俱未見過。」仁宗天子點了點頭，便叫陳伴伴將此摺遞與包卿看。包公恭敬捧過一看，連忙跪倒，奏道：「臣子姪不肖，理應嚴拿，押解來京，嚴加審訊。臣有家教不嚴之罪，也當從重究治。仰懇天恩，依律施行。」奏罷，便匍匐在地。聖上見包公毫無遮飾之詞，又見他惶愧❶至甚，聖心反覺不安，道：「卿家日夜勤勞王事，並未回家，如何能彀知道家中事體？卿且平身。俟押解來京時，朕自有道理。」包公叩頭，平身歸班。聖上即傳旨意，立刻行文，著該府州縣無論包世榮行至何方，立即押解，馳驛❷來京。

此鈔一發，如星飛電轉，迅速之極。不一日，便將包三公子押解來京。剛到城內熱鬧叢中，見那壁廂一騎馬飛也似跑來，相離不遠，將馬收住，滾鞍下來，便在旁邊屈膝稟道：「小人包興奉相爺鈞諭，求眾押解老爺略留情面，容小人與公子微述一言，再不能久停。」押解的官員聽是包太師差人前來，誰也不好意思的，只得將馬勒住，道：「你就是包興麼？既是相爺有命，容你與公子見面就是了。但你主僕在那裏說話呢？」那包興道：「就在這邊飯鋪罷。不過三言兩語而已。」這官員便吩咐將閒人逐開。此時看熱鬧的人山人海，誰不知包相爺的人情到了。又見這包三公子人品卻也不俗，同定包興進鋪。自有差役暗暗跟隨。不多會，便見出來。包興又見了那位老爺，屈膝跪倒，道：「多承老爺厚情，容小人與公子一見。小人回去必對相爺細稟。」那官兒也只得說：「給相爺請安。」包興連聲答應，退下來，抓鬃上馬，如飛的去了。

---

❶ 惶愧：羞慚得惶恐不安。

❷ 馳驛：舊時官員因急事奉召入京或外出，由沿途驛站供給車夫馬匹糧食。兼程而進，稱馳驛。

這裏押解三公子的先到兵馬司掛號，然後便到大理寺聽候綸音❸。誰知此時龐吉已奏明聖上，就交大理寺，額外添派兵馬司都察院三堂會審。聖上准奏。

你道此賊又添此二處為何？只因兵馬司是他女婿孫榮，都察院是他門生廖天成，全是老賊心腹。惟恐文彥博審的袒護，故此添派二處。他那裏知道文老大人忠正辦事，毫無徇私呢。

不多時，孫榮、廖天成來到大理寺與文大人相見。皆係欽命❹，難分主客。仍是文大人居了正位，孫、廖二人兩旁側坐。喊了堂威，便將包世榮帶上堂來。便問他如何進香，如何勒索州縣銀兩。包三公子因在飯鋪聽了包興之言，說相爺已在各處託囑明白，審訊之時不必推諉，只管實說，相爺自有救公子之法，因此三公子便道：「生員奉祖母之命太原進香，聞得蘇杭名山秀水極多，莫若趁此進香就便遊玩。只因路上盤川缺少，先前原是在州縣借用。誰知後來他們俱送程儀，並非有意勒索。」文大人道：「既無勒索，那趙顯謨如何休致？」包世榮道：「生員乃一介儒生，何敢妄干國政。他休致不休致，生員不得而知。想來是他才力不佳。」孫榮便道：「你一路逢州遇縣，到底勒索了多少銀兩？」包世榮道：「隨來隨用，也記不清了。」

正問至此，只見進來一個虞候，卻是龐太師寄了一封字兒，叫面交孫姑老爺的。孫榮接來看了，道：「這還了得！竟有如此之多。」文大人便問道：「孫大人，卻是何事？」孫榮道：「就是此子在外勒索

❸ 綸音：皇帝的詔令。綸言、綸綍均是皇帝的詔書、制令。這裏的音作言解。禮緇衣：「王言如絲，其出如綸；王言如綸，其出如綍。」

❹ 欽命：皇帝的命令。欽，皇帝所行事的敬稱。

的數目。家岳已令人暗暗查來。」文大人道：「請借一觀。」孫榮便道：「請看。」遞將過去。文大人見上面有各州縣的銷耗數目，後面又見有龐吉囑託孫榮極力參奏包公的話頭。看完了也不遞給孫榮，便籠❺入袖內，望著來人說道：「此係公堂之上，你如何擅敢妄傳書信，是何道理？本當按照攪亂公堂辦理，念你是太師的虞候，權且饒恕。左右與我用棍打出去！」虞候嚇了個心驚膽怕。左右一喊，連忙逐下堂去。文大人對孫榮道：「令岳做事太率意❻了。此乃法堂，竟敢遣人送書，於理說不過去罷？」孫榮連連稱「是」，字柬兒也不敢往回要了。

廖天成見孫榮理曲，他卻搭訕著問包世榮道：「方才押解官回稟，包太師曾命人攔住馬頭要見你說話，可是有的？」包世榮道：「有的。無非告訴生員不必推諉，總要實說，求眾位大人庇佑❼之意。」廖天成道：「那人叫甚麼名字？」包世榮道：「叫包興。」廖天成立刻吩咐差役，傳包興到案，暫將包世榮帶下去。

不多時，包興傳到。孫榮一肚子悶氣無處發揮，如今見了包興，卻做起威來，道：「好狗才！你如何擅敢攔住欽犯，傳說信息！該當何罪？講！」包興道：「小人只知伺候相爺，不離左右，何嘗攔住欽犯，又膽敢私傳信息？此事包興實實不知。」孫榮一聲斷喝，道：「好狗才！還敢強辯！拉下去，重打二十。」可憐包興無故遭此慘毒❽，二十板打得死而復甦，心中想道：「我跟了相爺多年，從來沒受過

❺ 籠：收。
❻ 率意：這裏指任性。
❼ 庇佑：保佑。

這等重責。相爺審過多少案件，也從來沒有這般的蠻打。今日活該，我包興遇見對頭了。」早已橫了心，再不招認此事。孫榮又問道：「包興，快快招上來。」包興道：「實實沒有此事，小人一概不知。」孫榮聽了，怒上加怒，吩咐：「左右，請大刑。」只見左右將三根木往堂上一擱。包興雖是懦弱身軀，他卻是雄心豪氣，早已把死付於度外。何況這樣刑具，他是看慣的了，全然不懼，反冷笑道：「大人不必動怒。大人既說小人攔住欽犯，私傳信息，似乎也該把我家公子帶上堂來，質對質對才是。」孫榮道：「那有工夫與你閒講。左右與我夾起來。」

文大人在上實實看不過，聽不上，便叫左右，把包世榮帶上，當面對證。包世榮上堂，見了包興，看了半天，道：「生員見的那人，雖與他相仿，只是黑瘦些，却不是這等白胖。」孫榮聽了自覺著有些不妥。

忽見差役稟道：「開封府差主簿公孫策賫❾有文書，當堂投遞。」文大人不知何事，便叫領進來。公孫策當下投了文書，在一旁站立。文大人當堂拆封，將來文一看，笑容滿面，對公孫策道：「他三個俱在此麼？」公孫策道：「是。現在外面。」文大人道：「著他們進來。」公孫策轉身出去。文大人方將來文與孫、廖二人看了，兩個賊登時就目瞪癡呆，面目更色，竟不知如何是好。

不多時，只見公孫策領進了三個少年，俱是英俊非常，獨有第三個尤覺清秀。三個人向上打恭❿。

---

❽ 慘毒：殘酷的毒打。

❾ 賫：原意以物賞賜，贈送他人。這裏引申為帶、攜。

❿ 打恭：彎腰行禮。

文大人立起身來，道：「三位公子免禮。」大公子包世恩、二公子包世勳卻不言語。獨有三公子包世榮道：「家叔多多上覆文老伯，叫晚生親至公堂，與假冒名的當堂質對。此事關係生員的名分⓫，故敢冒昧直陳，望乞寬宥。」

不料大公子一眼看見當堂跪的那人，便問道：「你不是武吉祥麼？」誰知那人見了三位公子到來，已然嚇的魂不附體，如今又聽大爺一問，不覺的抖衣而戰⓬，那裏還答應的出來呢。文大人聽了，問道：「怎麼，你認得此人麼？」大公子道：「他是弟兄兩個，他叫武吉祥，他兄弟叫武平安。原是晚生家的僕從。只因他二人不守本分，因此將他二人攆出去了。不知他為何又假冒我三弟之名前來？」文大人又看了看武吉祥，面貌果與三公子有些相仿，心中早已明白，便道：「三位公子請回衙署。」又向公孫策道：「主簿回去，多多上覆閣臺⓭，就說我這裏即刻具本覆奏，並將包興帶回，且聽綸音便了。」三位公子又向上一躬，退下堂來。公孫策扶著包興，一同回開封去了。

且說包公自那日被龐吉參了一本，始知三公子在外胡為。回到衙中，又氣又恨又慚愧：氣的是大老爺養子不教；恨的是三公子年少無知，在外闖此大禍，恨不能自己把他拿住，依法處治；所愧者自己勵精圖治為國忘家，不想後輩子姪不能恪守家範⓮，以致生出事來，使他在大廷之上碰頭請罪，真真令人

⓫ 名分：指人的地位和身分、名望。亦指「官職」。
⓬ 抖衣而戰：形容害怕、發抖的樣子。
⓭ 閣臺：敬稱。猶府臺，此指包公。閣，古代中央官署名，此處稱閣臺，以示正規。
⓮ 恪守家範：謹慎地遵守家規。恪，謹慎；恭敬。詩經商頌那：「溫恭朝夕，執事有恪。」

羞死。從此後，有何面目忝居相位⑮呢？越想越煩惱。這些日連飲食俱各減了。

後來又聽得三公子解到，聖上派了三堂會審，便覺心上難安。偏偏又把包興傳去，不知為著何事。正在踢蹐⑯不安之時，忽見差役帶進一人，包公雖然認得，一時想不起來。只見那人朝上跪倒，道：「小人包旺，與老爺叩頭。」包公聽了，方想起果是包旺，心中暗道，他必是為三公子之事而來。暫且按住心頭之火，問道：「你來此何事？」包旺道：「小人奉了太老爺、太夫人、大老爺、大夫人之命，帶領三位公子前來與相爺慶壽。」包公聽了，不覺詫異，道：「三位公子在那裏？」包旺道：「少刻就到。」包公便叫李才同定包旺在外立等：「三位公子到了，急刻領來。」二人領命去了。包公此時早已料到此事有些蹊蹺了。

少時，只見李才領定三位公子進來。包公一見，滿心歡喜。三位公子參見已畢。包公攙扶起來，請了父母的安好，候了兄嫂的起居。又見三人中，惟有三公子相貌清奇，更覺喜愛。便叫李才帶領三位公子進內，給夫人請安。包公既見了三位公子，便料定那個是假冒名的了。立刻請公孫先生來，告訴了此事，急辦文書，帶領三位公子到大理寺當面質對。

此時展爺與三義士、四勇士俱各聽見了。惟有趙虎暗暗更加歡喜。展南俠便帶領三義四勇來到書房，與相爺稱賀。包公此時把連日悶氣登時消盡，見了眾人進來，更覺歡喜暢快，便命大家坐了。就此將此事測度了一番。然後又問了問這幾日訪查的光景，俱各回言並無下落。還是盧方忠厚的心腸，立了個主

⑮ 忝居相位：有愧於身居宰相之位。忝，羞辱；有愧於。

⑯ 跼蹐：形容戒慎小心的樣子。跼，亦作「局」。曲身；彎腰。蹐，小步行路。

意，道：「恩相為此事甚是焦心，而且欽限又緊，莫若恩相再遇聖上追問之時，且先將盧方等三人奏知聖上，一來且安聖心，二來理當請罪。如能彀討下限來，豈不又緩一步麼？」包公道：「盧義士說的也是，且看機會便了。」正說間，公孫策帶領三位公子回來，到了書房參見。

未知後事如何，且聽下回分解。

第四十八回　訪奸人假公子正法　貶佞黨真義士面君

且說公孫策與三位公子回來，將文大人之言一一稟明。大公子又將認得冒名的武吉祥也回了。惟有包興一瘸一拐，見了包公，將孫榮蠻打的情節述了一遍。包公安慰了他一番，叫他且自歇息將養。眾人彼此見了三位公子，也就告別了。來至公廳，大家設席與包興壓驚。裏面卻是相爺與三位公子接風撢塵，就在後面同定夫人三位公子，敘天倫之樂❶。

單言文大人具了奏摺，連龐吉的書信與開封府的文書，俱各隨摺奏聞。天子看了，又喜又惱。喜的是包卿子姪並無此事，惱的是龐吉屢與包卿作對，總是他的理虧。如今索性與孫榮等竟成群黨，全無顧忌，這不是有意要陷害大臣麼？便將文彥博原摺案卷人犯，俱交開封府問訊。

包公接到此旨，看了案卷，升堂。略問了問趙慶，將武吉祥帶上堂來，一鞫❷即服。又問他：「同事者有多少人？」武吉祥道：「小人有個兄弟名叫武平安，他原假充包旺，還有兩個伴當。不想風聲一露，他們就預先逃走了。」包公因龐吉私書上面，有查來各處數目，不得不問，果然數目相符。又問他：「有個包興曾給你送信，卻在何處？說的是何言語？」武吉祥便將在飯鋪內說的話一一回明。包公道：

❶ 天倫之樂：指家庭骨肉團聚的歡樂。舊指父子、兄弟、母女、姐妹等親屬關係。後泛指有親屬關係的。

❷ 鞫：音ㄐㄩˊ。審訊。

「若見了此人，你可認得麼？」武吉祥道：「若見了面，自然認得。」包公叫他畫招，暫且收監。包公問道：「今日當值的是誰？」只見下面上來二人，跪稟道：「是小人江樊、黃茂。」包公看了，又添派了馬步快頭耿春、鄭平二人，吩咐道：「你四人前往龐府左右細細訪查，如有面貌與包興相彷的，只管拿來。」四個人領命去了。包公退堂來至書房，請了公孫先生來，商議具摺覆奏，並定罪名處分等事不表。

且言領了相諭的四人，暗暗來到龐府，分為兩路細細訪查。及至兩下裏四個人走個對頭，俱各搖頭。四人會意，這是沒有的緣故。彼此納悶，可往那裏去尋呢？真真事有湊巧，只見那邊來了個醉漢，旁邊有一人用手相攙，恰恰的彷彿包興。四人喜不自勝，就迎了上來。只聽那醉漢道：「老二呀！你今兒請了我了，你算包興兄弟了；你要是不請我呀，你可就是包興的兒子了。」說罷，哈哈大笑。又聽那人道：「你滿嘴裏說的是甚麼？喝點酒兒混鬧，這叫人聽見是甚麼意思。」說話之間，四人已來到跟前，將二人一同獲住，套上鐵鍊，拉著就走。這人嚇得面目焦黃，不知何事。那醉漢還胡言亂語的講交情過節兒，四個人也不理他。

及至來到開封府，著二人看守，二人回話。包公正在書房與公孫先生商議奏摺，見江樊、耿春二人進來，便將如何拿的一一稟明。包公聽了，立刻升堂，先將醉漢帶上來，問道：「你叫甚麼名字？」醉漢道：「小人叫龐明，在龐府帳房裏寫帳。」包公問道：「那一個他叫甚麼？」龐明道：「他叫龐光，也在龐府帳房裏。我們倆是同手兒❸夥計。」包公道：「他既叫龐光，為何你又叫他包興呢？講！」龐

❸ 同手兒：即同事。

明說：「這個……那個……他是甚麼件事情。他是那末……這末件事情呢。」包公吩咐：「掌嘴。」龐明忙道：「我說，我說。他原當過包興，得了十兩銀子。小人才嘔著他，喝了他個酒兒。就是說兄弟咧，兒子咧，我們原本頑笑，並沒有打架拌嘴。不知為甚麼就把我們拿來了？」

包公吩咐，將他帶下去，把龐光帶上堂來。包公看了，果然有些彷彿包興，把驚堂木一拍，道：「龐光，你把假冒包興情由，訴上來。」龐光道：「並無此事呀。龐明是喝醉了，滿口裏胡說。」包公叫提武吉祥上堂當面認來。武吉祥見了龐光道：「合小人在飯鋪說話的，正是此人。」龐光聽了，心下慌張。包公吩咐：「拉下去，重打二十大板。」打的他叫苦連天，不能不說。便將龐吉與孫榮、廖天成在書房如何定計，「恐包三公子不應，故此叫小人假扮包興，告訴三公子只管應承，自有相爺解救。別的小人一概不知。」包公叫他畫了供，同武吉祥一並寄監，俟參奏下來再行釋放。龐明無事，叫他去了。

包公仍來至書房，將此事也敘入摺內。定了武吉祥御刑處死。「至於龐吉與孫榮、廖天成私定陰謀，攔截欽犯，傳遞私信，皆屬挾私陷害。臣不敢妄擬❹罪名，仰乞❺聖聰明示，睿鑒❻施行。」此本一上，仁宗看畢，心中十分不悅，即明發上諭：「龐吉屢設奸謀，頻施毒計，挾制首相，讒害大臣，理宜貶為庶民，以懲其罪；姑念其在朝有年，身為國戚，著仍加恩賞太師銜，賞食全俸，不准入朝從政。倘再不知自勵❼，暗生事端，即當從重治罪。孫榮、廖天成阿附❽龐吉結成黨類，實屬不知自愛，俱著降三級

---

❹ 妄擬：越軌擬定。妄，非分；不法。

❺ 仰乞：請求；希望。仰，公文用語。用於上行文「懇」、「請」等字之前，表示恭敬。

❻ 睿鑒：皇上認定。睿，同「叡」。通達；明智。後常用為稱頌皇帝的套語。

調用。餘依議。欽此。」此旨一下，眾人無不稱快。包公奉旨，用狗頭鍘將武吉祥正法。龐光釋放。趙慶也著他回去，額外賞銀十兩。立刻行文到管城縣，趙慶仍然在役當差。

此事已結，包公便慶壽辰。聖上與太后俱有賞賚❾。至於眾官祝賀，凡送禮者俱是璧回。眾官也多有不敢送者，因知相爺為人忠梗無私。不必細述。

過了生辰，即叫三位公子回去。惟有三公子包公甚是喜愛，叫他回去稟明了祖父、祖母與他父母，仍來開封府在衙內讀書，自己與他改正詩文，就是科考也甚就近。打發他等去後，辦下謝恩摺子，預備明日上朝呈遞。

次日入內，遞摺請安。聖上召見，便問訪查的那人如何。包公趁機奏道：「那人雖未拿獲，現有他同夥三人自行投到。臣已訊明，他等是陷空島盧家莊的五鼠。」聖上聽了，問道：「何以謂之五鼠？」包公奏道：「是他五個人的綽號：第一盤桅鼠盧方，第二是徹地鼠韓彰，第三是穿山鼠徐慶，第四是混江鼠蔣平，第五是錦毛鼠白玉堂。」聖上聽了，喜動天顏，道：「聽他們這些綽號，想來就是他們本領了。」包公道：「正是。現今惟有韓彰、白玉堂不知去向，其餘三人俱在臣衙內。」仁宗道：「既如此，卿明日將此三人帶進朝內。朕在壽山福海御審。」包公聽了，心下早已明白。這是天子要看看他們的本領，故意的以御審為名。若果要御審，又何必單在壽山福海呢？再者包公為何說盤桅鼠、混江鼠呢？包

---

❼ 自勵：自我勸勉。嚴格的鞭策自己。
❽ 阿附：曲意迎合。
❾ 賞賚：賞賜。

公為此籌畫已久，恐說出「鑽天」「翻江」，有犯聖忌，故此改了。這也是憐才的一番苦心。

當日早朝已畢，回到開封，將此事告訴了盧方等三人；並著展爺與公孫先生等明日俱隨入朝，為照應他們三人。又囑咐了他三人多少言語，無非是敬謹小心而已。

到了次日，盧方等絕早的，就披上罪衣罪裙。包公見了，吩咐不必，俟聖旨召見時再穿不遲。盧方道：「罪民等今日朝見天顏，理宜奉公守法。若臨期再穿，未免簡慢❿，不是敬君上之理。」包公點頭，道：「好。所論極是。若如此，本閣可以不必再囑咐了。」便上轎入朝。展爺等一群英雄跟隨來至朝房，照應盧方等三人，不時的問問茶水等項。盧方到了此時，惟有低頭不語。蔣平也是暗自沉吟。獨有愣爺徐慶東瞧西望，問了這裏，又打聽那邊，連一點安頓⓫氣兒也是沒有。忽見包興從那邊跑來，口內打咈，又點手兒。展爺已知是聖上過壽山福海那邊去了，連忙同定盧方等，隨著包興，往內裏而來。包興又悄悄囑咐盧方道：「盧員外不必害怕。聖上要問話時，總要據實陳奏。若問別的，自有相爺代奏。」盧方連連點頭。

剛來到壽山福海，只見宮殿樓閣，金碧交輝，寶鼎香煙，氤氳結彩；丹墀之上，文武排班。忽聽鐘磬之音嘹亮，一對對提爐，引著聖上，升了寶殿。頃刻，肅然寂靜。卻見包公牙笏⓬上捧定一本，卻是盧方等的名字，跪在丹墀。聖上宣到殿上，略問數語。出來了老伴伴陳林，來到丹墀之上，道：「旨意

❿ 簡慢：多用作交際的謙詞。表示招待不周。

⓫ 安頓：猶安穩。俗話老實。

⓬ 牙笏：古代朝會時所執的象牙手板，有事則寫在上面，以備遺忘。後來只有有官品的執之，成為官階的代表。

帶盧方、徐慶、蔣平。」此話剛完，早有御前侍衛將盧方等一邊一個架起胳膊，上了丹墀。兩邊的侍衛又將他等一按，悄悄說道：「跪下。」三人匍匐在地。侍衛往兩邊一閃。聖上叫盧方抬起頭來。盧方秉正向上。仁宗看了，點了點頭，暗道：「看他相貌出眾，武藝必定超群。」因問道：「居住何方？結義幾人？作何生理？」盧方一一奏罷。聖上又問他因何投到開封府。盧方連忙叩首，奏道：「罪民因白玉堂年幼無知，惹下滔天大禍。全是罪民素日不能規箴⑬，忠告善導，致令釀成此事。惟有仰懇天恩，將罪民重治其罪。」奏罷叩頭。

仁宗見他情甘替白玉堂認罪，真不愧結盟的義氣。聖心大悅。忽見那邊忠烈祠旗桿上黃旗，被風刮的忽喇喇亂響；又見兩旁的飄帶，有一根繞在桿上，一根卻裹住滑車。聖上卻借題發揮道：「盧方，你為何叫作盤桅鼠？」盧方奏道：「只因罪民船上篷索斷落，罪民曾爬桅結索；因此叫為盤桅鼠，實乃罪民末技。」聖上道：「你看那旗桿上飄帶纏繞不清，你可能彀上去解開麼？」盧方跪著，扭項一看，奏道：「罪民可以勉力巴結。」聖上命陳林將盧方領下丹墀，脫去罪衣罪裙，來到旗桿之下。他便挽掖衣袖將身一縱，蹲在夾桿石上。只用手一扶旗桿，兩膝一拳，只聽「哧」「哧」「哧」「哧」，猶如猿猴一般，迅速之極，早已到了挂旗之處。先將繞在旗桿上的飄帶解開；只見他用腿盤旗桿，將身形一探，卻把滑車上的飄帶也就脫落下來。此時聖上與群臣看的明白，無不喝采。忽又見他伸開一腿，只用一腿盤住旗桿，將身體一平，雙手一伸，卻在黃旗一旁，又添上了一個順風旗。眾人看了，誰不替他耽驚。忽又用了個撥雲探月架式，將左手一甩，將那一條腿早離了桿。這一下把眾人唬了一跳。及至看時，他早用左

⑬ 規箴：亦作「箴規」。諫勸；告誡。

手單挽旗桿，又使了個單展翅。下面自聖上以下，無不喝采連聲。猛見他把頭一低，滴溜溜順將下來，彷彿失手的一般。卻把眾人唬著了，齊說：「不好！」再一看時，他卻從夾桿石上跳將下來。眾人方才放心。天子滿心歡喜，連聲讚道：「真不愧『盤桅』二字。」陳林仍帶盧方，上了丹墀，跪在旁邊。

看第二的名叫徹地鼠韓彰，不知去向。聖上即看第三的名叫穿山鼠徐慶，便問道：「徐慶……」徐慶抬起頭來，道：「有。」他連聲答應的極其脆亮。天子把他一看，見他黑漆漆的一張面皮，光閃閃兩個環睛，鹵莽非常，毫無畏懼。

不知仁宗看了，問出甚麼話來，且聽下回分解。

第四十九回　金殿試藝三鼠封官　佛門遞呈雙烏告狀

話說天子見那徐慶鹵莽非常，因問他如何穿山。徐慶道：「只因我……」蔣平在後面悄悄拉他，提撥道：「罪民，罪民。」徐慶聽了，方說道：「我罪民在陷空島連鑽十八孔，故此人人叫我罪民穿山鼠。」聖上道：「朕這萬壽山也有山窟，你可穿得過去麼？」徐慶道：「只要是通的，就鑽的過去。」聖上又派了陳林，將徐慶領至萬壽山下。徐慶脫去罪衣罪裙。陳林囑咐他道：「你只要穿山窟過去，應個景兒❶即便下來，不要耽延工夫。」徐慶只管答應。誰知他到了半山之間，見個山窟，把身子一順，就不見了。足有兩盞茶時，不見出來。陳林著急道：「徐慶，你往那裏去了？」忽見徐慶在南山尖之上，應道：「唔！俺在這裏。」這一聲連聖上與群臣俱各聽見了。盧方在一旁跪著，暗暗著急，恐聖上見怪。誰知徐慶應了一聲，又不見了。陳林更自著急。等了多回，方見他從山窟內穿出。陳林連忙招手，叫他下來。此時徐慶已不成模樣，渾身青苔，滿頭塵垢。陳林仍把他帶至丹墀，跪在一旁。聖上連連誇獎：「果真不愧『穿山』二字。」

又見單上第四名混江鼠蔣平。天子往下一看，見他匍匐在地，身材渺小。及至叫他抬起頭來，卻是面黃肌瘦，形如病夫。仁宗有些不悅，暗想道：「看他這光景，如何配稱混江鼠呢？」無奈何，問道：

---

❶ 應個景兒：猶應景。應付。

「你既叫混江鼠，想來是會水了？」蔣平道：「罪民在水中能開目視物，能在水中整個月住宿，頗識水性，因此喚作混江鼠。這不過是罪民小巧之技。」仁宗聽說「頗識水性」四字，更不喜悅。立刻吩咐備船。叫陳林進內。「取朕的金蟾來。」少時，陳伴伴取到。天子命包公細看。只見金漆木桶之中，內有一個三足蟾，寬有三寸，長有五寸，兩個眼睛如琥珀一般，一張大口恰似胭脂，碧綠的身子，雪白的肚兒，更襯著兩個金眼圈兒，周身的金點兒，實實好看，真是希奇之物。包公看了，讚道：「真乃奇寶！」天子命陳林帶著蔣平上一隻小船。卻命太監提了木桶，聖上帶領首相及諸大臣，登在大船之上。

此時陳林看蔣平光景，惟恐他不能捉蟾，悄悄告訴他道：「此蟾乃聖上心愛之物。你若不能捉時，趁早言語。我與你奏明聖上，省得吃罪不起。」蔣平笑道：「公公但請放心，不要多慮。有水靠求借一件。」陳林道：「有，有。」立刻叫小太監拿幾件來。蔣平挑了一身極小的，脫了罪衣罪裙，穿上水靠，剛剛合體。只聽聖上那邊大船上太監手提木桶，道：「蔣平，俗家這就放蟾了。」說罷，將木桶口兒向下，底兒向上，連蟾帶水俱各倒在海內。只見那蟾在水皮之上發愣。陳林這裏緊催蔣平：「下去，下去，快下去！」蔣平他卻不動。不多時，那蟾靈性清醒，三足一晃，就不見了。蔣平方向船頭，將身一順，連個聲息也無，也不見了。

天子那邊看的真切，暗道：「看他入水勢，頗有能為。只是金蟾惟恐遺失。」眼睜睜往水中觀看，半天不見影響。天子暗說：「不好！朕看他懦弱身軀，如何禁的住在水中許久！別是他捉不住金蟾，畏罪自溺死了罷？這是怎麼說！朕為一蟾要人一命，豈是為君的道理。」正在著急，忽見水中咕嘟嘟翻起泡來。此泡一翻，連眾人俱各猜疑了。這必是沉了底兒了。仁宗好生難受。君臣只顧遠處觀望，未想到船頭以前，忽然水上起波，波紋往四下一開，發了一個極大的圈兒。從當中露出人來，卻是面向下，背朝上。聖上看了，不由的一怔。猛見他將腰一拱，仰起頭來，卻是蔣平在水中跪著，兩手上下合攏。將手一張，只聽金蟾在掌中呱呱的亂叫。天子大喜，道：「豈但頗識水性，竟是水勢精通了。真是好混江鼠，不愧其稱！」忙吩咐太監將木桶另注新水。蔣平將金蟾放在裏面，跪在水皮上，恭恭敬敬向上叩了三個頭。聖上及眾人無不誇讚。見他仍然踏水奔至小船，脫了衣靠。陳林更喜，仍把他帶往金鑾殿來。

此時聖上已回轉殿內，宣包公進殿，道：「朕看他等技藝超群，豪俠尚義。國家總以鼓勵人材為重。朕欲加封他等職銜，以後也令有本領的各懷向上之心。卿家以為何如？」包公原有此心，恐聖上設疑，不敢啟奏。今一聞此旨，連忙跪倒，奏道：「聖上神明，天恩浩蕩。從此大開進賢之門，實國家之大幸也。」仁宗大悅，立刻傳旨，賞了盧方等三人，也是六品校尉之職，俱在開封供職。又傳旨，務必訪查白玉堂、韓彰二人，不拘時日。包公帶領盧方等謝恩。天子駕轉回宮。

包公散朝，來到衙署。盧方等三人從新又叩謝了包公。包公甚喜。卻又諄諄囑咐：「務要訪查二義士五義士，莫要辜負聖恩。」公孫策與展爺、王、馬、張、趙俱各與三人賀喜。獨有趙虎心中不樂，暗自思道：「我們辛苦了多年，方才掙得個校尉。如今他三人不發一刀一槍，便也是校尉，竟自與我等為伍。若論盧大哥他的人品軒昂，為人忠厚，武藝超群，原是好的。就是徐三哥直直爽爽，就合我趙虎的脾氣似的，也還可以。獨有那姓蔣的三分不像人，七分倒像鬼，瘦的那個樣兒，眼看著成了乾兒了，不是筋連著也就散了。他還說動話兒，尖酸刻薄，怎麼配與我老趙同堂辦事呢？」心中老大不樂。因此每每聚談飲酒之間，趙虎獨獨與蔣平不對。蔣爺毫不介意。

他等一壁裏訪查正事，一壁裏彼此聚會，又耽延了一個月的光景。這一天，包公下朝，忽見兩個烏鴉隨著轎呱呱亂叫，再不飛去。包公心中有些疑惑。又見有個和尚迎轎跪倒，雙手舉呈，口呼「冤枉」。包興接了呈子，隨轎進了衙門。包公立刻升堂，將訴呈看畢，把和尚帶上來，問了一堂。原來此僧名叫法明，為替他師兄法聰辨冤。即刻命將和尚暫帶下去。忽聽烏鴉又來亂叫。及至退堂，來到書房。包興遞了一盞茶，剛然接過，那兩個烏鴉又在簷前呱呱亂叫。包公放下茶杯，出書房一看，仍是那兩個烏鴉。包公暗暗道：「這烏鴉必有事故。」吩咐李才，將江樊、黃茂二人喚進來。李才答應。不多時，二人跟了李才進來，到書房門首。包公就差他二人跟隨烏鴉前去，看有何動靜。江、黃二人忙跪下稟道：「相爺叫小人跟隨烏鴉往那裏去？請即示下。」包公一聲斷喝，道：「哇，好狗才！誰許你等多說。派你二人跟隨，你就跟隨。無論是何地方，但有形跡可疑的，即便拿來見我。」說罷，轉身進了書房。

江、黃二人彼此對瞧了瞧，不敢多言，只得站起，對烏鴉道：「往那裏去？走呀！」可煞作怪，那烏鴉便展翅飛起，出衙去了。二人那敢怠慢，趕出了衙門，卻見烏鴉在前。二人不管別的，低頭看看腳底下，卻又仰面瞧瞧烏鴉，不分高低，沒有理會，已到城外曠野之地。二人吁吁帶喘。江樊道：「好差使！兩條腿跟著帶翅兒的跑。」黃茂道：「我可頑不開了。再要跑，我就要暴脫❷了。你瞧我這渾身汗都透了。」忽見那邊飛了一群烏鴉來，連這兩個裏住。江樊道：「不好咧！完了咱們這兩個呀呀兒喲了。

---

❷ 暴脫：突然虛脫。

好漢打不過人多。」說著話，兩個便坐在地下，仰面觀瞧。只見左旋右舞，飛騰上下，如何分得出來呢。江、黃二人為難。「這可怎麼樣呢？」猛聽得那邊樹上呱呱亂叫。江樊立起身來一看，道：「夥計，你在這裏呢。好呀！他兩個會頑呀，敢則躲在樹裏藏著呢。」黃茂道：「知道是不是呢？」江樊道：「偺們叫他一聲兒，老鴉呀！該走咧！」只見兩個烏鴉飛起，向著二人亂叫，又往南飛去了。江樊道：「真奇怪。」黃茂道：「別管他，偺們且跟他到那裏。」二人趕步向前，剛然來至寶善莊，烏鴉卻不見了。見有兩個穿青衣的，一個大漢，一個後生。江樊猛然省悟道：「夥計，二青呀。」黃茂道：「不錯，雙皂呀。」二人說完，尚在游疑。

只見那二人從小路上岔走。大漢在前；後生在後，趕不上大漢，一著急卻跌倒了，把靴子脫落了一隻，卻露出尖尖的金蓮來。那大漢看見，轉回身來將他扶起，又把靴子拾起叫他穿上。黃茂早趕過來，道：「你這漢子，要拐那婦人往那裏去？」一伸手就要拿人。那知大漢眼快，反把黃茂腕子攏住，往懷裏一領，黃茂難以掙扎，就順水推舟的爬下了。江樊過來嚷道：「故意的女扮男裝，必有事故。反將我們夥計摔倒。你這廝有多大膽？」說罷，才要動手。只見那大漢將手一晃，一轉眼間右脇裏就是一拳。江樊往後倒退了幾步，身不由己的也就仰面朝天的躺下了。他二人卻好，雖則一個爬著，一個躺著，卻罵不絕口。又不敢起來，合他較量。

只聽那大漢對後生說：「你順著小路過去，有一樹林。過了樹林，就看見莊門了。你告訴莊丁們，叫他等前來綁人。」那假後生忙忙順著小路去了。不多時，果見來了幾個莊丁，短棍鐵尺❸，口稱：「主

❸ 鐵尺：古代鐵製的尺形兵器。

管，拿甚麼人？」大漢用手往地下一指，道：「將他二人捆了，帶至莊中，見員外去。」莊丁聽了，一齊上前，捆了就走。繞過樹林，果見一個廣梁大門。江、黃二人正要探聽探聽。一直進了莊門，大漢將他二人帶至群房❹，道：「我回員外去。」不多時，員外出來，見了公差江樊，只唬得驚疑不止。

不知為了何事，且聽下回分解。

❹群房：指正房以外的房間。

第五十回　徹地鼠恩救二公差　白玉堂智偷三件寶

且說那員外迎面見了兩個公差。誰知他卻認得江樊，連忙吩咐家丁快快鬆了綁縛，請到裏面去坐。你道這員外卻是何等樣人？他姓林單名一個春字，也是個不安本分的。當初同江樊他兩個人原是破落戶出身，只因林春發了一注外財，便與江樊分手。江樊卻又上了開封府當皂隸，暗暗的熬上了差役頭目。林春久已聽得江樊在開封府當差，就要仍然結識於他。誰知江樊見了相爺秉正除奸，又見展爺等英雄豪俠，心中羨慕，頗有向上之心。他竟改邪歸正，將夙日❶所為之事一想，全然不是在規矩之中，以後總要做好事當好人才是。不想今日被林春主管雷洪拿來，見了員外，卻是林春。

林春連稱「恕罪」，即刻將江樊、黃茂讓至待客廳上。獻茶已畢，林春欠身道：「實實不知是二位上差，多有得罪。望乞看當初的分上，務求遮蓋❷一二。」江樊道：「你我原是同過患難的，這有甚麼要緊。但請放心。」說罷，執手。別過頭來，就要起身。這本是個脫身之計。不想林春更是奸滑油透的，忙攔道：「江賢弟，且不必忙。」便向小童一使眼色。小童連忙端出一個盤子，裏面放定四封銀子。林春笑道：「些須薄禮，望乞笑納。」江樊道：「林兄，你這就錯了。似這點事兒有甚要緊，難道用這銀

❶ 夙日：過去。夙，舊。

❷ 遮蓋：隱瞞；遮蔽。

子貴囑小弟不成？斷難從命。」林春聽了，登時放下臉來，道：「江樊，你好不知時務。我好意念昔日之情，賞臉給你銀兩，你竟敢推託。想來你是仗著開封府藐視於我。好，好！」回頭叫聲：「雷洪，將他二人弔起來，給我著實拷打。立刻叫他寫下字樣，再回我知道。」

雷洪即吩咐莊丁捆了二人，帶至東院三間屋內。江樊、黃茂也不言語，被莊丁推到東院，甚是寬闊。卻有三間屋子，是兩明一暗。正中柁上有兩個大環。環內有鍊，鍊上有鉤。從背縛之處伸下鉤來，鉤住腰間絲絛，往上一拉，弔的腳剛沾地，前後並無倚靠。雷洪叫莊丁搬個座位坐下。又吩咐莊丁用皮鞭先抽江樊。江樊到了此時，便把當初的潑皮施展出來，罵不絕口。莊丁連抽數下。江樊談笑自若，道：「鬆小子！你們當家的慣會打算盤，一點葷腥兒也不給你們吃，盡與你們豆腐，吃的你們一點囊勁兒❸也沒有。你這是打人呢，還是與我去痒痒呢？」雷洪聞聽，接過鞭子來，一連抽了幾下。江樊道：「還是大小子好。他到底兒給我抓抓痒痒，孝順孝順我呀。」雷洪也不理他，又抽了數下。又叫莊丁抽黃茂。黃茂也不言語，閉眼合睛，惟有咬牙忍疼而已。江樊見黃茂挨死打，惟恐他一哼出來，就不是勁兒了。他卻拿話往這邊領著，說：「你們不必抽他了。他的睏大，抽著抽著，就睡著了。你們還是孝順我罷。」雷洪聽了，不覺怒氣填胸，向莊丁手內接過皮鞭子來，又打江樊。江樊卻是嘻皮笑臉，鬧的雷洪無法，只得歇息歇息。

此時日已啣山，將有掌燈時候，只聽小童說道：「雷大叔，員外叫你老吃飯呢。」雷洪叫莊丁等皆吃飯去。自己出來，將門帶上，扣了了弔兒，同小童去了。這屋內江、黃二人，聽了聽外面寂靜無聲，

---

❸ 囊勁兒：力氣。

黃茂悄悄說道：「江大哥，方才要不是你拿話兒領過去，我有點頑不開了。」江樊道：「你等著罷。回來他來了，這頓打那才轂駝❹的呢。」黃茂道：「這可怎麼好呢？」忽見從裏間屋內出來一人，江樊問道：「你是甚麼人？」那人道：「小老兒姓豆。只因同小女上汴梁投親去，就在前面寶善莊打尖。不想這員外由莊上回來，看見小女就要搶掠。多虧了一位義士姓韓名彰，救了小老兒父女二人，又贈了五兩銀子。不料不識路徑，竟自走入莊內，卻就是這員外這裏。因此被他仍然搶回，將我拘禁在此。尚不知我女兒性命如何？」說著，說著，就哭了。江、黃二人聽了，說是韓彰，滿心歡喜道：「偺們倘能脫了此難，要是找著韓彰，這才是一件美差呢。」

正說至此，忽聽了弔兒一響，將門閃開一縫，卻進來了一人。火扇一晃，江、黃二人見他穿著夜行衣靠，一色是青。忽聽豆老兒說：「這原來是恩公到了。」江、黃聽了此言，知是韓彰，忙道：「二員外爺，你老快救我們才好！」韓彰道：「不要忙。」從背後抽出刀來，將繩縛割斷，又把鐵鍊鉤子摘下。江、黃二人已覺痛快。又放了豆老兒。那豆老兒因捆他的工夫大了，又有了年紀，一時血脈不能周流。韓彰便將他等領出屋來，悄悄道：「你們在何處等等？我將林春拿住，交付你二人，好去請功。再找找豆老的女兒在何處。只是這院內並無藏身之所，你們在何處等呢？」忽見西牆下有個極大的馬槽，扣在那裏。韓彰道：「有了。你們就藏在馬槽之下，如何呢？」江樊道：「叫他二人藏在裏面罷。我是悶不慣的。我一人好找地方，另藏在別處罷。」說著，就將馬槽一頭掀起，黃茂與豆老兒跑進去，仍然扣好。

❹ 駝：通「馱」。這裏指挨。

二義士卻從後面上房，見各屋內燈光明亮。他卻伏在簷前往下細聽。有一個婆子說道：「安人，你這一片好心，每日燒香念佛的，只保佑員外平安無事罷。」安人道：「但願如此。只是再也勸不過來的。今日又搶了一個女子來，還鎖在那邊屋裏呢。不知又是甚麼主意？」婆子道：「今日不顧那女子了。」韓爺暗喜，幸而女子尚未失身。又聽婆子道：「還有一宗事最惡呢。原來偺們莊南有個錫匠叫甚麼季廣，他的女人倪氏合咱們員外不大清楚。只因錫匠病才好了。偺們員外就叫主管雷洪定下一計，叫倪氏告訴他男人，說他病時曾許下在寶珠寺燒香。這寺中有個後院，是一塊空地，並坵著一口棺材，牆卻倒塌不整。偺們雷洪就在那裏等他。……」安人問道：「等他作甚麼？」婆子道：「這就是他們定的計策。那倪氏燒完了香，就要上後院子小解。解下裙子來，搭在坵子上。及至小解完了，就不見了。因此他就回了家了。到了半夜裏，有人敲門，嚷道：『送裙子來了！』倪氏叫他男人出去，就被人割了頭去了。這倪氏就告到祥符縣說，廟內昨日失去裙子，夜間夫主就被人殺了。縣官聽罷，就疑惑廟內和尚身上，即派人前去搜尋，卻於廟內後院坵子旁邊，見有浮土一堆。刨開看時，就是那條裙子，包著季廣的腦袋呢。差人就把本廟的和尚法聰捉去，用酷刑審問。他如何能招呢？誰知法聰有個師弟名叫法明，募化回來，聽見此事，他卻在開封府告了。偺們員外聽見此信，恐怕開封府問事利害，萬一露出馬腳來，不大穩便；因此又叫雷洪拿了青衣小帽，叫倪氏改粧藏在偺們家裏，就在東跨所，聽說今晚成親。你老人家想想，這是甚麼事？平白無故的生出這等毒計。」

韓爺聽畢，便繞至東跨所，輕輕落下，只聽屋內說道：「那開封府斷事如神。你若到了那裏，三言兩語包管露出馬腳來，那還了得！如今這個法子，誰想的到你在這裏呢？這才是萬年無憂呢。」婦人說道：「就只一宗，我今日來時遇見兩個公差，偏偏的又把靴子掉了，露出腳來，喜的好在拿住了。千萬別把他們放走了。」林春道：「我已告訴雷洪，三更時把他們結果了就完了。」婦人道：「若如此，事情才得乾淨呢。」韓二爺聽至此，不由氣往上撞，暗道：「好惡賊！」卻用手輕輕的掀起簾櫳，來至堂屋之內。見那邊放著軟簾，走至跟前。猛然將簾一掀，口中說道：「嚷，就是一刀。」卻把刀一晃，滿屋明亮。林春這一嚇不小，見來人身量高大，穿著一身青靠，手持明亮亮的刀，借燈光一照，更覺難看，便跪倒哀告道：「大王爺饒命！若用銀兩，我去取去。」韓彰道：「俺自會取，何用你去。且先把你捆了再說。」見他穿著短衣，一回頭看見絲縧放在那裏，就一伸手拿過來，將刀咬在口中，用手將他捆了個結實。又見有一條絹子，叫林春張開口給他塞上。再看那婦人時，已經哆嗦在一堆，順手提將過來，卻把拴帳鉤的縧子割下來，將婦人捆了。又割下一副飄帶，將婦人的口也塞上。正要回身出來找江樊等，忽聽一聲嚷，卻是雷洪到東院持刀殺人去了，不見江、黃、豆老，連忙呼喚莊丁搜尋，卻在馬槽下搜出黃茂、豆老，獨獨不見了江樊，只得來稟員外。韓爺早迎至院中，劈面就是一刀。雷洪眼快，用手中刀盡力一磕，幾乎把韓爺的刀磕飛。韓彰暗道：「好力量！」二人往來多時。韓爺技藝雖強，吃虧了力軟；雷洪的本領不濟，便宜力大，所謂「一力降十會」。韓爺看看不敵。猛見一塊石頭飛來，正打在雷洪的脖項之上，不由的向前一栽。韓爺手快，反背就是一刀背，打在脊梁骨上。這兩下才把小子鬧了個嘴吃屎。韓爺剛要上前，忽聽道：「二員外，不必動手，待我來。」卻是江樊，上前將雷洪綁了。

原來江樊見雷洪呼喚莊丁搜查，他卻隱在黑暗之處。後見拿了黃茂、豆老，雷洪吩咐莊丁：「好生看守，待我回員外去。」雷洪前腳定，江樊卻後邊暗暗跟隨。因無兵刃，走著，就便揀了一塊石頭子兒在手內拿著。可巧遇韓爺同雷洪交手，他卻暗打一石，不想就在此石上成功。韓爺又搜出豆女，交付與林春之妻，吩咐候此案完結時，好叫豆老兒領去。復又放了黃茂、豆老。江樊等又求韓爺護送，韓爺便把竊聽設計謀害季廣、法聰含冤之事，一一敘說明白。江樊又說：「求二員外親至開封府去。」並言盧方等已然受職。韓爺聽了，卻不言語。轉眼之間，就不見了。

江、黃二人卻無奈何，只得押解三人來到開封，把二義士解救以及拿獲林春、倪氏、雷洪，並韓彰說的謀害季廣、法聰冤枉之事，俱各稟明了。包公先差人到祥符縣提法聰到案，然後立刻陞堂，帶上林春、倪氏、雷洪等一干人犯，嚴加審訊。他三人皆知包公斷事如神，俱各一一招認。包公命他們俱畫招具結收禁，按例定罪。仍派江樊、黃茂帶了豆老兒到寶善莊，將他女兒交代明白。

及至法聰提到，又把原告法明帶上堂來，問他等烏鴉之事，二人發怔。想了多時，方才想起。原來這兩個烏鴉是寶珠寺廟內槐樹上的，因被風雨吹落，兩個烏鴉將翎摔傷。多虧法聰好好裝在笸籮❺內將養，任其飛騰自去，不意竟有鳴冤之事。包公聽了點頭，將他二人釋放無事。

此案已結。包公來到書房，用畢晚飯。將有初鼓之際，江、黃二人從寶善莊回來，將帶領豆老兒將他女兒交代明白的話，回了一遍。包公念他二人勤勞辛苦，每人賞銀二十兩。二人叩謝，一齊立起。剛要轉身，又聽包公喚道：「轉來。」二人連忙止步，向上侍立。包公又細細詢問韓彰，二人從新細稟一番，方才出來。

包公細想：「韓彰不肯來，是何緣故？並且告訴他盧方等聖上並不加罪，已皆受職。他聽了此言應

❺ 笸籮：盛穀物的器具。用竹篾或柳條編成。

當有向上之心，如何又隱避而不來呢？」猛然省悟道：「哦！是了，是了。他因白玉堂未來，他是決不肯先來的。」正在思索之際，忽聽院內拍的一聲，不知是何物落下。包興連忙出去，卻拾進一個紙包兒來，上寫著「急速拆閱」四字。包公看了，以為必是匿名帖子，或是其中別有隱情。拆開看時，裏面包定一個石子，有個字柬兒，上寫著：「我今特來借三寶，暫且攜歸陷空島。南俠若到盧家莊，管叫御貓跑不了。」包公看罷，便叫包興前去看視三寶，又令李才請展護衛來。

不多時，展爺來到書房，包公即將字柬與展爺看了。展爺忙問道：「相爺可曾差人看三寶去了沒有？」包公道：「已差包興看視去了。」展爺不勝驚駭，道：「相爺中了他『拍門投石問路』之計了。」包公問道：「何以謂之『投石問路』呢？」展爺道：「這來人本不知三寶在於何處，故寫此字令人設疑。若不使人看視，他卻無法可施；如今已差人看視，這是領了他去了。此三寶必失無疑了。」正說到此，忽聽那邊一片聲喧。展爺吃了一驚。

不知所嚷為何，且聽下回分解。

第五十一回　尋猛虎雙雄陷深坑　獲凶徒三賊歸平縣

且說包公正與展爺議論石子來由，忽聽一片聲喧，乃是西耳房走火。展爺連忙趕至那裏，早已聽見有人嚷道：「房上有人。」展爺借火光一看，果然房上站立一人，連忙用手一指，放出一枝袖箭，只聽噗哧一聲。展爺道：「不好！又中計了。」一眼卻瞧見包興在那裏張羅救火，急忙問道：「印官看視三寶如何？」包興道：「方才看了，紋絲沒動。」展爺道：「你再看看去。」正說間，三義四勇俱各到了。

此時耳房之火已然撲滅，原是前面廳戶紙引著，無甚要緊。只見包興慌張跑來，說道：「三寶真是失去不見了！」展爺即飛身上房。盧方等聞聽也皆上房。四個人四下搜尋，並無影響。下面卻是王、馬、張、趙，前後稽查也無下落。展爺與盧爺等仍從房上回來，卻見方才用箭射的，乃是一個皮人子，腳上用雞爪丁扣定瓦攏，原是吹臌了的。因用袖箭打透，冒了風，也就攤在房上了。愣爺徐慶看了，道：「這是老五的。」蔣爺捏了他一把。展爺卻不言語。盧方聽了，好生難受，暗道：「五弟做事太陰毒了。你知我等現在開封府，你卻盜去三寶，叫我等如何見相爺？如何對的起眾位朋友？」他那裏知道相爺處還有個知照帖兒呢。四人下得房來，一同來至書房。

此時包興已回稟包公，說三寶失去。包公叫他不用聲張，恰好見眾人進來參見包公，俱各認罪。包公道：「此事原是我派人瞧的不好了。況且三寶也非急需之物，有甚稀罕。你等莫要聲張，俟明日慢慢訪查便了。」

眾英雄見相爺毫不介意，只得退出，來到公所之內。依盧方還要前去追趕。蔣平道：「知道五弟向何方而去？不是望風撲影麼？」展爺道：「五弟回了陷空島了。」盧方問道：「何以知之？」展爺道：「他回明了相爺，還要約小弟前去，故此知之。」便把方才字柬上的言語念出。盧方聽了，好不難受，慚愧滿面。半晌，道：「五弟做事太任性了！這還了得！還是我等趕了他去為是。」展爺知道盧方乃是忠厚熱腸，忙攔道：「大哥是斷斷去不得的。」盧方道：「卻是為何？」展爺道：「請問大哥趕上五弟，合五弟要三寶不要？」盧方道：「焉有不要之理。」展爺道：「卻又來。合他要，他給了便罷；他若不給，難道真個翻臉拒捕，從此就義斷情絕了麼？我想此事，還是小弟去的是理。」蔣平道：「展兄，你去了恐有些不妥，五弟他不是好惹的。」展爺聽了不悅，道：「難道陷空島是龍潭虎穴不成？」蔣平道：「雖不是龍潭虎穴，只是五弟做事令人難測，陰毒得狠。他這一去必要設下埋伏。一來陷空島大哥路徑不熟，二來知道他設下什麼圈套。莫若小弟明日回稟了相爺，先找我二哥。我二哥若來了，還是我等回到陷空島將他穩住，做為內應，大哥再去，方是萬全之策。」展爺聽了才待開言，只聽公孫策道：「四弟言之有理。展大哥莫要辜負四弟一番好意。」展爺見公孫先生如此說，只得將話咽住，不肯往下說了，惟有心中暗暗不平而已。

到了次日，蔣平見了相爺，回明要找韓彰去。並因趙虎每每有不合之意，要同張龍、趙虎同去。包公聽說要找韓彰，甚合心意，因問向何方去找。蔣平回道：「就在平縣翠雲峰。因韓彰的母親墳墓在此峰下，年年韓彰必於此時拜掃，故此要到那裏尋找一番。」包公甚喜，就叫張、趙二人同往。張龍卻無可說。獨有趙虎一路上合蔣平鬧了好些閒話，蔣爺只是不理。張龍在中間勸阻。

這一日打尖吃飯，剛然坐下，趙虎就說：「咱們同桌兒吃飯，各自會錢，誰也不必擾誰。你道好麼？」蔣爺笑道：「很好。如此方無拘束。」因此各自要的各自吃，我也不吃你的，你也不吃我的。幸虧張龍惟恐蔣平臉上下不來，反在其中周旋打和兒。趙虎還要說閒話，蔣爺只有笑笑而已。及至吃完，堂官算帳。趙虎務必要分帳。張龍道：「且自算算，櫃上再分去。」到櫃上問時，櫃上說蔣老爺已然都給了。卻是跟蔣老爺的伴當，進門時就把銀包交付櫃上，說明了如有人問，就說蔣老爺給了。天天如此，張龍好覺過意不去。蔣平一路上聽閒話，受作踐❶，不一而足。

好容易到了翠雲峰，半山之上有個靈佑寺。蔣平卻認得廟內和尚，因問道：「韓爺來了沒有？」和尚答道：「卻未到此掃墓。」蔣平聽了滿心歡喜，以為必遇韓彰無疑。就與張、趙二人商議，在此廟內居住等候。趙虎前後看了一回，見雲堂寬闊豁亮，就叫伴當將行李安放在雲堂，同張龍住了。蔣平就在和尚屋內同居。偏偏的廟內和尚俱各吃素。趙虎他卻耐不得，向廟內借了碗盞傢伙，自己起竈，叫伴當打酒買肉，合心配口而食。

伴當這日提了竹筐，拿了銀兩，下山去了。不多時，卻又轉來。趙虎見他空手回來，不覺發怒，道：「你這廝向何方去了多時，酒肉尚未買來？」輪掌就要打。伴當連忙往後一退，道：「小人有事回爺。」張龍道：「賢弟且容他說。」趙虎掣回❷拳來，道：「快講！說的不是，我再打。」伴當道：「小人方

❶ 作踐：糟蹋。踐，踩；踏。
❷ 掣回：收回。掣，抽取。

才下山，走到松林之內，見一人在那裏上弔。見了是救呀，是不救呢？」趙虎說：「那還用問嗎？快些救去，救去！」伴當道：「小人已救下來，將他帶來了。」趙虎笑道：「好小子！這才是。快買酒肉去罷。」伴當道：「小人還有話回呢。」趙虎道：「好嘮叨！還說甚麼！」張龍道：「賢弟且叫他說明，再買不遲。」趙虎道：「快，快快的！」伴當道：「小人問他為何上弔，他就哭了。他說他叫包旺。」趙虎聽了，連忙站起身來，急問道：「叫甚麼？」伴當道：「叫包旺。」趙虎道：「包旺怎麼樣？講，講，講！」伴當說：「他奉了太老爺、太夫人、大老爺、大夫人之命，特送三公子上開封府衙內攻書。昨晚就在山下前面客店之中住下。因月色頗好，出來玩賞，行到松林，猛然出來了一隻猛虎，就把他相公背了走了。」趙虎聽到此，不由怪叫吆喝，道：「這還了得！這便怎麼處？」張龍道：「賢弟不必著急，其中似有可疑。既是猛虎，為何不用口刁呢，卻背了他去了？這個光景必然有詐。」叫伴當將包旺忙讓進來。

不多時，伴當領進，趙虎一看果是包旺。彼此見了讓坐，道受驚。包旺因前次在開封府見過張、趙二人，略為謙讓，即便坐了。張、趙又細細盤問了一番，果是虎背了去了。此時包旺便說：「自開封回家，一路平安。因相爺喜愛三公子，稟明太老爺、太夫人、大老爺、大夫人，就命我護送赴署。不想昨晚住在山下店裏，公子要踏月，走至松林，出來一隻猛虎把公子背了去。我今日尋找一天，並無下落，因此要尋自盡。」說罷，痛哭。張、趙二人聽畢，果是虎會背人，事有可疑。他二人便商議晚間在松林搜尋。倘然拿獲，就可以問出公子的下落來了。

此時伴當已將酒肉買來，收拾妥當。叫包旺且免愁煩，他三人一處吃畢飯。趙虎喝的醉醺醺的就要走。張龍道：「你我也須裝束伶便，各帶兵刃。倘然真有猛虎，也可除此一方之害。咱們這個樣兒如何與虎鬥呢？」說罷，脫去外面衣服，將搭包勒緊。趙虎也就紮縛停當。各持了利刃。叫包旺同伴當在此等候。他二人下了山峰，來到松林之下，趁著月色，趙虎大呼小叫道：「虎在那裏？虎在那裏？」左一刀，右一晃，混砍亂晃。忽見那邊樹上跳下二人，咕嚕嚕的就往西飛跑。

原來有二人在樹上隱藏，遠遠見張、趙二人奔入林中，手持利刃，口中亂嚷：「虎在那裏？」又見明亮亮的鋼刀，在月光之下一閃一閃，光芒冷促❸。這兩個人害怕，暗中計較道：「莫若如此，如此，這般，這般。」因此跳下樹來，往西飛跑。張、趙二人見了，緊緊追來。卻見前面有破屋二間，牆垣倒塌，二人奔入屋內去了。張、趙也隨後追來。愣爺不管好歹，也就進了屋內，又無門窗戶壁，四角俱空，那裏有個人影。趙虎道：「怪呀！明明進了屋子，為何不見了呢？莫不是見了鬼咧？或者是甚麼妖怪？豈有此理！」東瞧西望，一步湊巧，忽聽嘩啷一聲。蹲下身一摸，卻是一個大鐵環釘在木板上邊。張龍也進屋內，覺得腳下咕咚咕咚的響，就有些疑惑。忽聽趙虎說：「有了，他藏在這下邊呢。」張龍說：「賢弟如何知道？」趙虎說：「我揪住鐵環了。」張龍道：「賢弟千萬莫揭此板。你就在此看守。我回到廟內將伴當等喚來，多拿火亮，豈不拿個穩當的。」趙虎卻耐煩不得，道：「兩個毛賊有甚要緊。且自看看再做道理。」說罷，一提鐵環，將板掀起，裏面黑洞洞任什麼看不見。用刀往下一試探，卻是土基臺階。「哼！裏面必有蹊蹺，待俺下去。」張龍道：「賢弟且慢！……」此話未完，趙虎已然下去。張龍惟恐有失，也就跟將下去。誰知下面臺階狹窄，而且趙爺勢猛，兩腳收不住，咕嗵嗵竟自滾下去了。

---

❸ 冷促：冷氣逼人。促，緊迫；急速。

口內連說：「不好，不好！」裏面的二人早已備下繩索，見趙虎滾下來，那肯容情，兩人服侍一個人，登時捆了個結實。張爺在上面聽見趙虎連說：「不好，不好！」不知何故，一時不得主意，心內一慌，腳下一跐，也就溜下去了。裏面二人早已等候，又把張爺捆縛起來。

這且不言。再說包旺在廟內，自從張、趙二人去後，他方細細問明伴當，原來還有蔣平，他三人是奉相爺之命前來訪查韓二爺的，因問：「蔣爺現在那裏？」伴當便說：「趙爺與蔣爺不睦，一路上把蔣爺欺負苦咧。到此還不肯同住。幸虧蔣爺有涵容❹，全不計較，故此自己在和尚屋內住了。」包旺聽了，心下明白。直等到天有三更，未見張、趙回來，不由滿腹狐疑，對伴當說：「你看已交半夜，張、趙二位還不回來。其中恐有差池。莫若你等隨我同見蔣爺去。」伴當也因夜深不得主意，即領了包旺來見蔣爺。

此時蔣平已然歇息。忽聽說包旺來到，又聽張、趙二人捉虎未回，連忙起來，細問一番，方知他二人初鼓已去。自思：「他二人此來，原是我在相爺跟前攛掇。如今他二人若有失閃❺，我卻如何覆命呢？」忙忙束縛伶便，背後插了三稜鵝眉刺，吩咐伴當等：「好生看守行李，千萬不准去尋我等。」別了包旺，來至廟外，一縱身先步上高峰峻嶺，見月光皎潔，山色晶瑩，萬籟無聲，四圍靜寂。

蔣爺側耳留神，隱隱聞得西北上犬聲亂吠，必有村莊。連忙下了山峰，按定方向奔去，果是小小村莊。自己躡足潛蹤，遮遮掩掩，留神細看。見一家門首站立二人，他卻隱在一棵大樹之後。忽見門開處，

❹ 涵容：包含；寬容。
❺ 失閃：亦作「閃失」。意外的損失、事故。

裹面走出一人，道：「二位賢弟，夤夜到此何幹？」只聽那二人道：「小弟等在地窖子裹拿了二人，問他卻是開封府的校尉。我等聽了不得主意，是放好，還是不放好呢？故此特來請示大哥。」又聽那人說：「哎呀！竟有這等事！那是斷斷放不得的。莫若你二人回去，將他等結果，急速回來。咱三人遠走高飛，趁早兒離開此地要緊。」二人道：「既如此，大哥就歸著行李，我們先辦了那宗事去。」說罷，回身竟奔東南。蔣澤長卻暗暗跟隨。二人慌慌張張的，竟奔破房而來。

此時蔣爺從背後拔出鋼刺，見前面的已進破牆，他卻緊趕一步，照著後頭走的這一個人的肩窩就是一刺，往懷裹一帶。那人站不穩跌倒在地，一時掙扎不起。蔣爺卻又竄入牆內，只聽前面的問道：「外面甚麼咕咚一響？……」話未說完，好蔣平！鋼刺已到，躲不及，右脇上已然著重。「噯呀」一聲，翻斗栽倒。四爺趕上一步，就勢按倒，解他腰帶，三環五扣的捆了一回。又到牆外，見那一人方才起來，就要跑。真好澤長！趕上前踢倒，也就捆縛好了，將他一提提到破屋之內。

事有湊巧，腳卻掃著鐵環。又聽得空洞之中似有板蓋，即用手提環，掀起木板，先將這個往下一扔。側耳一聽，只聽咕嚕咕嚕的落在裹面，摔的哎呀一聲。蔣爺又聽，無甚動靜，方用鋼刺試步而下。到了裹面一看，卻有一間屋子大小，是一個甕洞窖❻兒。那壁廂點著個燈挂子。再一看時，見張、趙二人捆在那裹。張龍羞見，卻一言不發。趙虎卻嚷道：「蔣四哥，你來的正好！快快救我二人呀！」蔣平卻不理他，把那人一提，用鋼刺一指，問道：「你叫何名？共有幾人？快說！」那人道：「小人叫劉豸，上面那個叫劉獬，方才鄧家窪那一個叫武平安：原是我們三個。」蔣爺又問道：「昨晚你等假扮猛虎背去

❻ 甕洞窖：口小腹大的地洞。甕，盛東西用的陶器，一般腹部較大。窖，藏物之地穴。

的人呢？放在那裏？」劉豸道：「那是武平安背去的，小人們不知。就知昨晚上他親姐姐死了，我們幫著抬埋的。」蔣平問明此事，只聽那邊趙虎嚷道：「蔣四哥，小弟從此知道你是個好的了。我們兩個人沒有拿住一個，你一個人拿住二名。四哥敢則真有本事，我老趙佩服你了。」蔣平就過來，將他二人放起。張、趙二人謝了。蔣平道：「莫謝，莫謝。還得上鄧家窪呢。二位老弟隨我來。」三人出了地窖，又將劉獬提起，也扔在地窖之內。將板蓋又壓上一塊石頭。

蔣平在前，張、趙在後，來至鄧家窪。蔣平指與門戶，悄悄說：「我先進去，然後二位老弟叩門。兩下一擠，沒他的跑兒。」說著，一縱身體，一股黑煙，進了牆頭，連個聲息也無。趙虎暗暗誇獎。張龍此時在外叩門，只聽裏面應道：「來了。」門未開時，就問：「二位可將那二人結果了？」及至開門時，趙虎道：「結果了！」披胸就是一把，揪了個結實。武平安剛要掙扎，只覺背後一人揪住頭髮，他那裏還能支持，立時縛住。三人又搜尋一遍，連個人也無，惟有小小包裹放在那裏。趙虎說：「別管他，且拿他娘的。」蔣爺道：「問他三公子現在何處。」武平安說：「已逃走了。」趙虎就要拿拳來打。蔣爺攔住，道：「賢弟，此處也不是審他的地方，先押著他走。」三人押定武平安到了破屋，又將劉豸、劉獬從地窖裏提出，往回裏便走，來到松林之內，天已微明。卻見跟張、趙的伴當尋下山來，便叫他們好好押解。一同來到廟中，約了包旺，竟赴平縣而來。

誰知縣尹已坐早堂，為宋鄉宦失盜之案。因有主管宋升，聲言窩主是學究方善先生，因有金鐲為證，正在那裏審問方善一案，忽見門上進來，稟道：「今有開封府包相爺差人到了。」縣尹不知何事，一面吩咐：「快請。」一面先將方善收監。

這裏才吩咐，已見四人到了前面。縣官剛然站起，只聽有一矮胖之人，說道：「好縣官呀！你為一方之主，竟敢縱虎傷人，並且傷的是包相爺的姪男。我看你這紗帽，是要戴不牢的了。」縣官聽了發怔，卻不明白此話，只得道：「眾位既奉相爺鈞諭前來，有話請坐下慢慢的講。」吩咐：「看座。」坐了。包旺先將奉命送公子赴開封，路上如何住宿，因步月如何遇虎，將公子背去的話，說了一遍。蔣爺又將拿獲武平安、劉豸、劉獬的話，說了一遍，並言俱已解到。

縣官聽得已將凶犯拿獲，暗暗歡喜，立刻吩咐：「帶上堂來。」先問武平安將三公子藏於何處。武平安道：「只因那晚無心中背了一個人來，回到鄧家窪小人的姐姐家中。此人卻是包相爺的三公子包世榮。小人與他有殺兄之仇；因包相審問假公子一案，將小人胞兄武吉祥用狗頭鍘鍘死。小人意欲將三公子與胞兄祭靈。」趙虎聽至此，站起來舉手就要打，虧了蔣爺攔住。又聽武平安道：「不想小人出去打酒買紙錁的工夫，小人姐姐就放三公子逃走了。」趙爺聽到此，又哈哈的大笑，說：「放得好，放得好！底下怎麼樣呢？」武平安道：「我姐姐叫我外甥鄧九如找我，說三公子逃走了。小人一聞此言，急急回家。誰知我姐姐竟自上了吊死咧。小人無奈，煩人將我姐姐掩埋了。偏偏的我外甥鄧九如，他也就死了。」

未知如何，且聽下回分解。

第五十二回　感恩情許婚方老丈　投書信多虧甯婆娘

且說蔣平等來到平縣。縣官立刻審問武平安。武平安說他姐姐因私放了三公子後，竟自自縊身死。眾人聽了已覺可惜。忽又聽說他外甥鄧九如也死了，更覺詫異。縣官問道：「鄧九如多大了？」武平安說：「今年才交七歲。」縣官說：「他小小年紀，如何也死了呢？」武平安道：「只因埋了他母親之後，他苦苦的合小人要他媽。小人一時性起，就將他踢了一頓腳，他就死在山窪子裏咧。」趙虎聽到此，登時怒氣填胸，站將起來，就把武平安儘力踢了幾腳，踢的他滿地打滾。還是蔣、張二人勸住。又問了問劉豸、劉獬，也就招認因貧起見，就幫著武平安每夜行劫度日，俱供是實，一齊寄監。縣官又向蔣平等商議了一番，惟有趕急訪查三公子下落要緊。

你道這三公子逃脫何方去了？他卻奔到一家，正是學究方善，乃是一個飽學的寒儒。家中並無多少房屋，只是上房三間，卻是方先生同女兒玉芝小姐居住，外有廂房三間做書房。那包世榮投到他家，就在這屋內居住。只因他年幼書生，自小嬌生慣養，那裏受的這樣辛苦，又如此驚嚇，一時之間就染起病來。多虧了方先生精心調理，方覺好些。

一日，方善上街給公子打藥，在路上拾了一隻金鐲，看了看拿到銀鋪內去瞧成色❶；恰被宋升看見，

❶ 成色：這裏指金鐲純金的含量。

訛成窩家❷，扭到縣內，已成訟案。即有人送了信來。玉芝小姐一聽他爹爹遭了官司，那裏還有主意咧，便哭哭啼啼。家中又無別人，幸喜有個老街坊，是個婆子，姓甯，為人正直爽快，愛說愛笑，人人皆稱他為甯媽媽。這媽媽聽見此事，有些不平，連忙來到方家，見玉芝已哭成淚人相似。甯媽媽好生不忍。玉芝一見如親人一般，就央求他到監中看視。那媽媽滿口應承，即到了平縣。誰知那些衙役、快頭俱與他熟識，眾人一見，彼此頑頑笑笑，便領他到監中看視。見了方先生，又向眾人說些浮情❸照應的話，並問官府審的如何。方先生說：「自從到時，剛要過堂，不想為什麼包相爺的姪兒一事，故此未審。此時縣官竟為此事為難，無暇及此。」方善又問了問女兒玉芝，就從袖中取出一封字柬遞與甯媽媽道：「我有一事相求：只因我家外廂房中住著個榮相公，名喚世寶，我見他相貌非凡，品行出眾，而且又是讀書之人，堪與我女兒配偶，求媽媽玉成其事。」甯婆道：「先生現遇此事，何必忙在此一時呢？」方善道：「媽媽不知。我家中並無多餘的房屋，而且又無僕婦丫鬟，使怨女曠夫❹未免有瓜田李下❺之嫌。莫若把此事說定了，他與我有翁婿之誼，玉芝與他有夫妻之分，他也可以照料我家中，別人也就沒的說了。我的主意已定，只求媽媽將此封字柬與相公看了；倘若不允，就將我一番苦心向他說明，他再無不應之理。全仗媽媽玉成。」甯媽媽道：「先生只管放心。諒我這張口說了，此事必應。」方善又囑託照料家

---

❷ 窩家：掩護盜賊，收藏贓物的人。

❸ 浮情：這裏指浮泛的話。

❹ 怨女曠夫：已到婚齡而沒有合適配偶的男女。孟子梁惠王下：「內無怨女，外無曠夫。」

❺ 瓜田李下：瓜田納履，李下整冠，可能被懷疑偷瓜、盜李。故比喻容易引起嫌疑的地方。

中，甯婆一一應允。急忙回來，見了玉芝，先告訴他先生在監之事，又悄悄告訴他許婚之意，現有書信在此，說：「這榮相公人品學問俱是好的，也活該是千里婚姻一線牽。」那玉芝小姐見有父命，也就不言語了。

婆婆問道：「這榮相公在書房裏麼？」玉芝無奈答道：「現在書房，因染病才好，尚未全愈。」媽媽說：「待我看看去。」來到廂房門口，故意高聲問道：「榮相公在屋裏麼？」只聽裏面應道：「小生在此。不知外面何人？請進屋內來坐。」媽媽來到屋內一看，見相公伏枕而臥，雖是病容，果然清秀，便道：「老身姓甯，乃是方先生的近鄰。因玉芝小姐求老身往監中探望他父親，方先生卻託我帶了一個字柬給相公看看。」說罷，從袖中取出遞過。三公子拆開看畢，說道：「這如何使得。我受方恩公莫大之恩，尚未答報。如何趁他遇事，卻又定他的女兒。這事難以從命。況且又無父母之命，如何敢做。」甯婆道：「相公這話就說差了。此事原非相公本心，卻是出於方先生之意。再者，他因家下無人，男女不便，有瓜李之嫌❻，是以託老身多多致意。相公既說受他莫大之恩，何妨應允了此事，再商量著救方先生呢？」三公子一想，難得方老先生這番好心，而且又名分攸關，倒是應了的是。

甯婆見三公子沉吟，知他有些允意，又道：「相公不必游疑。這玉芝小姐諒相公也未見過，真是生的端莊美貌，賽畫似的。而且賢德過人，又兼詩詞歌賦，無不通曉，皆是跟他父親學的。至於女工針黹更是精巧非常。相公若是允了，真是天配良緣哪。」三公子道：「多承媽媽分心，小生應下就是了。」甯婆道：「相公既然應允，大小有點聘定，老身明日也好回覆先生去。」三公子道：「聘禮儘有，只是

---

❻ 瓜李之嫌：比喻處於被懷疑的境地。

遇難逃奔，不曾帶在身邊，這便怎麼處？」甯婆婆道：「相公不必為難。只要相公拿定主意，不可食言就是了。」三公子道：「丈夫一言既出，如白染皂，何況受方夫子莫大之恩呢。」甯婆道：「相公實在說的不錯。俗語說的好：『知恩不報恩，枉為世上人。』再者女婿有半子之勞，想個什麼法子救救方先生才好呢？」三公子說：「若要救方夫子，極其容易。只是小生病體甫愈，不能到縣。若要寄一封書信，又怕無人敢遞去，事在兩難。」甯媽媽說：「相公若肯寄信，待老身與你送去如何？就是怕你的信不中用。」三公子說：「媽媽只管放心。你要敢送這書信，到了縣內叫他開中門❼，要見縣官，面為投遞。他若不開中門，縣官不見，千萬不可將此書信落於別人之手。媽媽，你可敢去麼？」甯媽媽說：「這有甚麼呢。只要相公的書信靈應❽，我可怕怎的？待我取筆硯來，相公就寫起來。」說著話，便向那邊桌上拿了筆硯，又在那書夾子裏取了個封套箋紙，遞與三公子。

三公子拈筆在手，只覺得手顫，再也寫不下去。甯媽媽說：「相公素日喝冷酒嗎？」三公子說：「媽媽有所不知。我病了兩天，水米不曾進，心內空虛，如何提的起筆來。必須要進些飲食方可寫；不然，我實實寫不來的。」甯婆道：「既如此，我做一碗湯來，喝了再寫如何？」公子道：「多謝媽媽。」甯婆離了書房，來到玉芝小姐屋內，將話一一說了。「只是公子手顫不能寫字，須進些羹湯，喝了好寫。」玉芝聽了此話，暗道：「要開中門見官府親手接信，此人必有來歷。」忙與甯媽商議，又無葷腥，只得

❼ 開中門：古時官府或大戶人家平常只開側門供進出，當聖旨到或上級官員臨到時才開中門。故開中門表示對來者的尊敬、慎重。中門，正中的大門。

❽ 靈應：靈驗；有用。

做碗素麵湯，滴上點香油兒。甯媽端到書房，向公子道：「湯來了。」公子掙扎起來，已覺香味撲鼻，連忙喝了兩口，說：「很好！」及至將湯喝完，兩鬢額角已見汗，登時神清氣爽，略略歇息，提筆一揮而就。甯媽媽見三公子寫信不加思索，迅速之極，滿心歡喜，說道：「相公寫完了，念與我聽。」三公子說：「是念不得的。恐被人竊聽了去，走漏風聲，那還了得。」

甯媽媽是個精明老練之人，不戴頭巾的男子，惟恐書中了有舛錯，自己到了縣內是要吃眼前虧的。他便搭訕著，袖了書信，悄悄的拿到玉芝屋內，叫小姐看。小姐看了，不由暗暗歡喜，深服爹爹眼力不差。便把不是榮相公，卻是包公子，他將名字顛倒，瞞人耳目，以防被人陷害的話說了。「如今他這書上寫著，奉相爺諭進京，不想行至松林，遭遇凶事，險些被害的情節。媽媽只管前去投遞，是不妨事的。這書上還要縣官的轎子接他呢。」婆子聽了，樂的兩手拍不到一塊，急急來至書房，先見了三公子，請罪道：「婆子實在不知是貴公子，多有簡慢，望乞公子爺恕罪！」三公子說：「媽媽悄言，千萬不要聲張！」甯婆道：「公子爺放心。這院子內一個外人沒有，再也沒人聽見。求公子將書信封妥，待婆子好去投遞。」三公子這裏封信，甯媽媽他便出去了。

不多時，只見他打扮的齊整，雖無綾羅緞疋，卻也乾淨樸素。三公子將書信遞與他。他彷彿奉聖旨的一般，打開衫子，揣在貼身胸前拄腰子裏。臨行又向公子福了福，方才出門，竟奔平縣而來。

剛進衙門，只見從班房裏出來了一人，見了甯婆道：「喲！老甯，你這個樣怎麼來了？別是又要找個主兒罷？」甯婆道：「你不要胡說。我問你，今兒個誰的班？」那人道：「今個是魏頭兒。」一壁說著，叫道：「魏頭兒，有人找你。這個可是熟人。」早見魏頭出來。甯婆道：「原來是老舅該班呢嗎。

辛苦咧！沒有甚麼說的，好兄弟，姐姐勞動勞動你。」魏頭兒說：「又是什麼事？昨日進監探老方，許了我們一個酒兒，還沒給我喝呢。今日又怎麼來了？」甯婆道：「口子大小總要縫，事情也要辦。姐姐今兒來，特為此一封書信，可是要覿面見你們官府的。」魏頭兒聽了道：「哎喲！你越鬧越大咧。衙門裏遞書信，或者使得；我們官府，也是你輕易見得的？你別給我鬧亂兒了。這可比不得昨日是私情兒。」甯婆道：「傻兄弟，姐姐是做甚麼的。當見的我才見呢，橫豎❾不能叫你受熱。」魏頭兒道：「你只管這末說，我總有點不放心。倘或鬧出亂子，那可不是頑的。」旁邊有一人說：「老魏呀，你忒❿膽小咧。他既這末說，想來有拿手⓫，是當見的。你只管回去。老甯不是外人，回來可得喝你個酒兒。」甯婆道：「有咧，姐姐請你二人。」

說話間，魏頭兒已回稟了出來道：「走罷！官府叫你呢。」甯婆道：「老舅，你還得辛苦辛苦。這封信本人交與我時，叫我告訴衙內，不開中門不許投遞。」魏頭兒聽了，將頭一搖，手一擺，說：「你這可胡鬧！為你這封信要開中門，你這不是攪麼？」甯媽說：「你既不開，我就回去。」說罷，轉身就走。魏頭兒忙攔住道：「你別走呀！如今已回明了，你若走了，官府豈不怪我？這是什麼差事呢？你真這麼著，我了不了呀！」甯婆見他著急，不由笑道：「好兄弟，你不要著急。你只管回去。你就說我說的，此事要緊，不是尋常書信，必須開中門方肯投遞。管保官府見了此書，不但不怪——巧咧，偺們姐

---

❾ 橫豎：反正。

❿ 忒：太；過甚。

⓫ 拿手：這裏指把握。亦作擅長解。

們還有點彩頭⑫兒呢。」孫書吏在旁聽甯婆之話有因，又知道他素日為人再不幹荒唐事，就明白書信必有來歷，是不能不依著他，便道：「魏頭兒，再與他回稟一聲，就說他是這末說的。」魏頭兒無奈，復又進去，到了當堂。

此時蔣、張、趙三位爺連包旺四個人，正與縣官要主意呢。忽聽差役回稟，有一婆子投書，依縣官是免見。還是蔣爺機變，就怕是三公子的密信，便在旁說：「容他相見何妨。」去了半晌，差役回稟，又說：「那婆子要叫開中門方投此信，他說事有要緊。」縣官聞聽此言，不覺沉吟，料想必有關係，吩咐道：「就與他開中門，看他是何等書信。」差役應聲開放中門，出來對甯婆道：「全是你纏不清。差一點我沒喫上，快走罷！」甯婆不慌不忙，邁開半尺的花鞋，咯噔咯噔，進了中門，直上大堂，手中高舉書信，來到堂前。縣官見婆子毫無懼色，手擎書信，縣官吩咐差役將書接上來。差役將要上前，只聽婆子道：「此書須太爺親接，有機密事在內。來人吩咐的明白。」縣官聞聽事有來歷，也不問是誰，就站起來，出了公座，將書接過。婆子退在一旁。拆閱已畢，又是驚駭，又是歡悅。

蔣平已然偷看明白，便向前道：「貴縣理宜派轎前往。」縣官道：「那是理當如此。……」此時包旺已知有了公子的下落，就要跟隨前往。趙虎也要跟，蔣爺攔住道：「你我奉相諭，各有專司⑬，比不得包旺，他是當去的，偺們還是在此等候便了。」趙虎道：「四哥說的有理，偺們就在此等罷。」差役魏頭兒聽得明白，方才放心。

---

⑫ 彩頭：原是好運道的預兆。這裏指好運道。
⑬ 專司：掌管專門的事。司，主持；掌管。

只見甯婆道：「婆子回稟老爺：既叫婆子引路，他們轎夫腿快，如何跟的上？與其空轎抬著；莫若婆子坐上，又引了路，又不誤事，又叫包公子看著，知是太爺敬公子之意。」縣官見他是個正直穩實的老婆兒，即吩咐：「既如此，你即押轎前往。」

未識後文如何，且聽下回分曉。

第五十三回　蔣義士二上翠雲峰　展南俠初到陷空島

且說縣尹吩咐甯婆坐轎去接。那轎夫頭兒悄悄說：「老甯呀，你太受用了。你坐過這個轎嗎？」婆子說：「你夾著你那個嘴罷。就是這個轎子，告訴你說罷，姐姐連這回坐了三次了。」轎夫頭兒聽了也笑了，吩咐摘桿。甯婆邁進轎桿，身子往後一退，腰兒一哈，頭兒一低，便坐上了。眾轎夫俱各笑道：「瞧不起他，真有門兒❶。」甯婆道：「唔！你打量媽媽是個怯條子❷呢。孩子們給安上扶手。你們若走得好了，我還要賞你們穩轎錢呢。」此時包旺已然乘馬，又派四名衙役跟隨，簇擁著去了。

縣官立刻升堂，將宋升帶上，道他誣告良人，掌了十個嘴巴，逐出衙外。即吩咐帶方善。方善上堂，太爺令去刑具，將話言明，又安慰了他幾句。學究見縣官如此看待，又想不到與貴公子聯姻，心中快樂之極，滿口應承：「見了公子，定當替老父臺分解。」縣官吩咐看座，大家俱各在公堂等候。

不多時，三公子來到，縣官出迎，蔣、趙、張三位也都迎了出來。公子即要下轎，因是初愈，縣官吩咐抬至當堂，蔣平等也俱參見。三公子下轎，彼此各有多少謙遜的言詞。公子向方善又說了多少感激的話頭。縣官將公子讓至書房，備辦酒席，大家遜坐。三公子與方善上坐，蔣爺與張、趙左右相陪，縣

❶ 有門兒：懂得竅門。
❷ 怯條子：土頭土腦。

官坐了主位。包旺自有別人款待，飲酒敘話。

縣官道：「敝境出此惡事，幸將各犯拿獲。惟鄧九如雖說已死，尚有蹊蹺，經派員前往山窪勘察，並無屍首下落，此事還須細查。相爺跟前，還望公子善言。」公子滿口應承，卻又託付照應方夫子並甯媽媽。惟有蔣平等因奉相諭訪查韓彰之事，說明他三人還要到翠雲峰探聽探聽，然後再與公子一同進京，就請公子暫在衙內將養。他等也不待席終，便先告辭去了。

這裏方先生辭了公子，先回家看視女兒玉芝，又與甯媽媽道乏。他父女歡喜之至，自不必說。三公子處自有包旺精心服侍。縣官除辦公事有閒暇之時，必來與公子閒談，一切周旋，自不必細表。

且說蔣平等三人復又來到翠雲峰靈佑寺廟內，見了和尚，先打聽韓二爺來了不曾。和尚說道：「三位來的不巧。韓二爺昨日就來與老母祭掃墳墓，今早就走了。」三人聽了，不由的一怔。蔣爺道：「我二哥可曾提往那裏去麼？」和尚說：「小僧已曾問過。韓爺說：『丈夫以天地為家，焉有定蹤。』信步行去，不知去向。」蔣爺聽了，半晌，歎了一口氣道：「此事雖是我做的不好，然而皆因五弟而起，致令二哥飄蓬無定。如今鬧的連一個居住之處也是無有，這便如何是好呢？」張龍說：「四兄不必為難。僧們且在這鄰近左右訪查訪查，再做理會。」蔣平無奈，只得說道：「小弟還要到韓老伯母墳前看看，莫若一同前往。」說罷，三人離了靈佑寺，慢慢來到墓前，果見有新化的紙灰。蔣平對著荒坵❸，又歎息了一番，將身跪倒拜了四拜，真個是「乘興而來，敗興而返」。趙虎說：「既找不著韓二哥，僧們還是早回平縣為是。」蔣平道：「今日天氣已晚，趕不及了，只好仍在廟中居住，明早回縣便了。」三人復

❸ 荒坵：這裏指韓彰母親的墳墓。

回至廟中，同住在雲堂之內。次日即回平縣而去。

你道韓爺果真走了麼？他卻仍在廟內，故意告訴和尚，倘若他等找來，你就如此如此的答對他們。他卻在和尚屋內住了。偏偏此次趙虎務叫蔣爺在雲堂居住，因此失了機會。不必細述。

且言蔣爺三人回到平縣見了三公子，說明未遇韓彰，只得且回東京，定於明日同定三公子起身。縣官仍用轎子送公子進京，已將旅店行李取來，派了四名衙役，卻先到了方先生家敘了翁婿之情，言明到了開封稟明相爺，即行納聘。又將甯媽媽請來道乏，那婆子樂個不了。然後大家方才動身，竟奔東京而來。

一日，來到京師，進城之時，蔣、張、趙三人一伸坐騎先到了開封，進署見過相爺，先回明未遇韓彰，後言公子遇難之事，從頭至尾說了一遍。相爺叫他們俱各歇息去了。不多時，三公子來到，參見了包公。包公問他如何遇害。三公子又將已往情由細述了一番。事雖凶險，包公見三公子面上毫不露遭凶逢險之態，惟獨提到鄧九如深加愛惜。包公察公子的神情氣色，心地志向，甚是合心。公子又將方善被誣、情願聯姻、姪兒因受他大恩、擅定姻盟的事，也說了一遍。包公疼愛公子，滿應全在自己身上。三公子又讚平縣縣官很為姪兒費心，不但備了轎子送來，又派了四名衙役護送。包公聽了，立刻吩咐賞隨來的衙役轎夫銀兩，並寫回信道乏道謝。

不幾日間，平縣將武平安、劉豸、劉獬一同解到。包公又審訊了一番，與原供相符，便將武平安也用狗頭鍘鍘了，將劉豸、劉獬定了斬監候。此案結後，包公即派包興齎❹了聘禮即行接取方善父女，送

❹ 齎：送東西給別人。

到合肥縣小包村，將玉芝小姐交付大夫人好生看待。候三公子考試之後，再行授室❺。自己具了稟帖，回明了太老爺、太夫人、大兄嫂、二兄嫂，聯此婚姻，皆是自己的主意，並不提及三公子私定一節。三公子又叫包興暗暗訪查鄧九如的下落。方老先生自到了包家村，獨獨與甯老先生合的來。包公又派人查買了一頃田，紋銀百兩，庫緞四疋，賞給甯婆，以為養老之資。

且言蔣平自那日來到開封，到了公所，諸位英雄俱各見了，單單不見了南俠，心中就有些疑惑，連忙問道：「展大哥那裏去了？」盧方說：「三日前起❻了路引❼，上松江去了。」蔣爺聽了，著急道：「這是誰叫展兄去的？大家為何不攔阻他呢？」公孫先生說：「劣兄攔至再三，展大哥斷不依從。自己見了相爺，起了路引，他就走了。」蔣平聽了，跌足道：「這又是小弟多說的不是了！」王朝問道：「如何是四弟多說的不是呢？」蔣平說：「大哥想前次小弟說的言語，叫展大哥等我等找了韓二哥回來做為內應，句句原是實話；不料展大哥錯會了意了，當做激他的言語，竟自一人前去。眾位兄弟，有所不知，我那五弟做事有些詭詐。展大哥此去若有差池，這豈不是小弟多說的不是了麼？」王朝聽了，便不言語。蔣平又說：「此次小弟沒有找著二哥。昨在路上又想了個計較：原打算我與盧大哥、徐三哥，約會著展兄同到茉花村，找著雙俠丁家二兄弟大家商量個主意，找著老五，要了三寶，一同前來以了此案，不想展大哥竟自一人走了。此事倒要大費周折了。」公孫策說：「依四弟怎麼樣呢？」蔣爺道：「再無別的

❺ 授室：娶親。原意為將家事交付給新婦。
❻ 起：領取。
❼ 路引：道路通行的憑證。

主意，只好我弟兄三人明日稟明相爺，且到茉花村，見機行事便了。」大家聞聽，深以為然。這且不言。

原來南俠忍心耐性等了蔣平幾天不見回來，自己暗想道：「蔣澤長說話帶激，我若真個等他，顯見我展某非他等不行。莫若回明恩相，起個路引，單人獨騎前去。」於是展爺就回明此事，帶了路引，來到松江府，投了文書，要見太守。太守連忙請到書房。展爺見這太守年紀不過三旬，旁邊站一老管家。正與太守談話時，忽見一個婆子把展爺看了看，便向老管家招手兒。管家退出，二人咬耳。管家點頭後，便進來向太守耳邊說了幾句，回身退出。太守即請展爺到後面書房敘話。展爺不解何意，只得來到後面。剛然坐下，只見丫鬟僕婦簇擁著一位夫人，見了展爺，連忙納頭便拜，連太守等俱各跪下。展爺不知所措，連忙伏身還禮不迭，心中好生納悶。忽聽太守道：「恩公，我非別個，名喚田起元，賤內就是金玉仙，多蒙恩公搭救，脫離了大難，後因考試得中，即以外任擢用。不幾年間，如今叨恩公福庇，已做太守，皆出於恩公所賜。」展爺聽了，方才明白，即請夫人迴避。連老管家田忠與妻楊氏俱各與展爺叩頭，展爺並皆扶起。仍然到外書房，已備得酒席。

飲酒之間，田太守因問道：「恩公到陷空島何事？」展爺便將奉命捉欽犯白玉堂一一說明。田太守嘆驚道：「聽得陷空島道路崎嶇，山勢險惡，恩公一人如何去得？況白玉堂又是極有本領之人，他既歸入山中，難免埋伏圈套，恩公須熟思之方好。」展爺道：「我與白玉堂雖無深交，卻是道義相通，平素又無仇隙。見了他時，也不過以義字感化於他。他若省悟，同赴開封府了結此案，並不是諄諄與他對壘，以死相拚的主意。」太守聽了，略覺放心。展爺又道：「如今奉懇太守，倘得一人熟識路徑帶我到盧家莊，足見厚情。」太守連連應允：「有，有。」即叫田忠將觀察頭領余彪喚來。不多時，余彪來到。見此人出五旬年紀，身量高大，參見了太守，又與展爺見了禮。便備辦船隻，約於初鼓起身。

展爺用畢飯，略為歇息，天已掌燈。急急扎束停當，別了太守，同余彪登舟，撐到盧家莊，到飛峰嶺下將舟停住。展爺告訴余彪說：「你在此探聽三日，如無音信，即刻回府稟告太守。候過旬日，我若不到，府中即刻詳文到開封府便了。」余彪領命。

展爺棄舟上嶺。此時已有二鼓，趁著月色來至盧家莊。只見一帶高牆極其堅固，有個哨門是個大柵欄關閉，推了推卻是鎖著。折腰撿了一塊石片，敲著柵欄，高聲叫道：「裏面有人麼？」只聽裏面應道：「什麼人？」展爺道：「俺姓展，特來拜訪你家五員外。」裏面說：「莫不是南俠稱御貓、護衛展老爺麼？」展爺道：「正是。你家員外可在家麼？」裏面的道：「在家，在家。等了展老爺好些日了。略為少待，容我稟報。」展爺在外獃等多時，總不見出來，一時性發，又敲又叫。忽聽得從西邊來了一個人，聲音卻是醉了的一般，嘟嘟囔囔道：「你是誰呀？半夜三更這末大呼小叫的，連點規矩也沒有！你若等不得，你敢進來，算你是好的！」說罷，他卻走了。

展爺不由的大怒，暗道：「可惡這些莊丁們，豈有此理！這明是白玉堂吩咐，故意激怒於我。諒他縱有埋伏，吾何懼哉！」想罷，將手扳住柵欄，一翻身兩腳飄起，倒垂勢用腳扣住，將手一鬆，身體捲起，斜刺裏抓住牆頭，兩腳一拱上了牆頭。往下窺看，卻是平地。恐有埋伏，卻又投石問了一問，方才轉身落下，竟奔廣梁大門而來。仔細看時，卻是封鎖，從門縫裏覷時，黑漆漆諸物莫睹。又到兩旁房屋看了看，連個人影兒也無。只得復往西去，又見一個廣梁大門，與這邊的一樣。上了臺階一看，雙門大開，門洞底下天花板上高懸鐵絲燈籠，上面有硃紅的「大門」二字。迎面影壁上掛著一個絹燈，上寫「迎祥」二字。展爺暗道：「姓白的必是在此了。待我進去，看看如何。」一面邁步，一面留神，卻用腳尖點地而行。轉過影壁，早見垂花二門，迎面四扇屏風，上掛方角絹燈四個，也是紅字「元」「亨」「利」「貞」。這二門又覺比外面高了些。展爺只得上了臺階，進了二門，仍是滑步而行。正中五間廳房卻無燈光，只見東角門內隱隱透出亮兒來，不知是何所在。展爺即來到東角門內，又是臺階，比二門又覺高些。展爺猛然省悟，暗道：「是了。他這房子一層高似一層，竟是隨山勢蓋的。」

上了臺階，往裏一看，見東面一溜五間平臺軒子，俱是燈燭輝煌，門卻開在儘北頭，展爺暗說：「這是甚麼樣子？好好五間平臺，如何不在正中間開門，在北間開門呢？可見山野與人家住房不同，只知任性，不論樣式。」一心中想著，早已來到遊廊。到了北頭，見開門處是一個子口風牕。將滑子撥開，往懷裏一帶，覺得甚緊，只聽咯吱咯吱咯吱亂響。開門時見迎面有桌，兩邊有椅，早見一人進裏間屋去了，並且看見衣衿是松綠的花氅，展爺暗道：「這必是白老五，不肯見我，躲向裏間去了。」連忙滑步跟入裏間，掀起軟簾，又見那人進了第三間，卻露了半面，頗似玉堂形景。又有一個軟簾相隔，展爺暗道：「到了此時，你縱然羞愧見我，難道你還跑的出這五間軒子去不成？」趕緊一步，已到門口，掀起軟簾一看，這三間卻是通柁❽，燈光照耀真切。見他背面而立，頭戴武生巾，身穿花氅，露著藕色襯袍，足下官靴，儼然白玉堂一般，展爺呼道：「五賢弟請了。何妨相見。」呼之不應，及至向前一拉，那人轉過身來，卻是一燈草做的假人。展爺說聲：「不好！吾中計也！」

未知如何，下回分曉。

---

❽ 通柁：通間。

第五十四回 通天窟南俠逢郭老 蘆花蕩北岸獲胡奇

且說展爺見了是假人，已知中計，才待轉身，那知早將鎖簧踏著，登翻了木板，落將下去。只聽一陣鑼聲亂響，外面眾人嚷道：「得咧！得咧！」原來木板之下，半空中懸著一個皮兜子，四面皆是活套。只要掉在裏面往下一沉，四面的網套兒往下一攏，有一根大絨繩總結扣住，再也不能掙扎。

原來五間軒子猶如樓房一般，早有人從下面東明兒開了槅扇，進來無數莊丁將絨繩繫下，先把寶劍摘下來，後把展爺捆縛住了。捆縛之時，說了無數的刻薄挖苦話兒。展爺到了此時，只好置若罔聞，一言不發。又聽有個莊丁說：「偺們員外同客飲酒，正入醉鄉。此時天有三鼓，暫且不必回稟，且把他押在通天窟內收起來。我先去找著何頭兒，將這寶劍交明，然後再去回話。」說罷，推推擁擁的往南而去。

走不多時，只見有個石門，卻是由山根開鑿出來的，雖是雙門，卻是一扇活的，那一扇是隨石的假門。假門上有個大銅環。莊丁上前用力把銅環一拉，上面有消息❶將那扇活門撐開，剛剛進去一人，便把展爺推進去。莊丁一鬆手，銅環往回裏一拽，那扇門就關上了。此門非從外面拉環，是再不能開的。

展爺到了裏面，覺得冷森森一股寒氣侵人，原來裏面是個嘎嘎形兒❷，全無抓手，用油灰抹亮，惟

❶ 消息：這裏指機關。

❷ 嘎嘎形兒：兩頭尖、中間大的形狀。嘎嘎，同「尜尜」。

獨當中卻有一縫，望時可以見天。展爺明白叫通天窟。借著天光，又見有一小橫匾，上寫「氣死貓」三個紅字。匾是粉白地的。展爺到了此時，不覺長歎一聲道：「哎！我展熊飛枉自受了朝廷的四品護衛之職，不想今日誤中奸謀，被擒在此。」剛然說完，只聽有人叫「苦」，把個展爺倒嚇了一跳，忙問道：「你是何人？快說。」那人道：「小人姓郭名彰，乃鎮江人氏。只因帶了女兒上瓜州投親，不想在渡船遇見頭領胡烈，將我父女搶至莊上，欲要將我女兒與甚麼五員外為妻。我說我女兒已有人家，今到瓜州投親就是為完成此事。誰知胡烈聽了，登時翻臉，說小人不識抬舉，就把我捆起來，監禁在此。」展爺聽罷，氣沖牛斗，一聲怪叫道：「好白玉堂呀！你作的好事，你還稱甚麼義士！你只是綠林強寇一般。我展熊飛倘能出此陷阱，我與你誓不兩立。」郭彰又問了問展爺因何至此，展爺便說了一遍。

忽聽外面嚷道：「帶刺客！帶刺客！員外立等。」此時已交四鼓。早見嘮嘮石門已開。展爺正要見白玉堂，述他罪惡，替郭老辨冤，急忙出來問道：「你們員外可是白玉堂？我正要見他！」氣忿忿的，邁開大步，跟莊丁來至廳房以內，見燈燭光明，迎面設著酒筵，上面坐一人白面微鬚，卻是白面判官柳青，旁邊陪坐的正是白玉堂。他明知展爺已到，故意的大言不慚，談笑自若。

展爺見此光景，如何按納得住，雙眼一瞪，一聲吆喝道：「白玉堂！你將俺展某獲住，便要怎麼？講！」白玉堂方才回過頭來，佯作喫驚道：「噯呀！原來是展兄。手下人如何回我說是刺客呢，實在不知。」連忙過來，親解其縛，又謝罪道：「小弟實實不知展兄駕到，只說擒住刺客，不料卻是『御貓』，真是意想不到之事！」又向柳青道：「柳兄不認得麼？此位便是南俠展熊飛現授四品護衛之職，好本領，好劍法，天子親賜封號『御貓』的便是。」展爺聽了，冷笑道：「可見山野的綠林，無知的草寇，不知法紀。你非君上，也非官長，何敢妄言刺客二字，說的無倫無理❸。這也不用苛責於你。但只是我展某今日誤墮於你等小巧奸術之中，遭擒被獲。可惜我展某時乖運蹇，未能遇害於光明磊落之場，竟自葬送在山賊強徒之手，乃展某之大不幸也。」白玉堂聽了此言，心中以為展爺是氣忿的話頭，他卻嘻嘻笑道：「小弟白玉堂行俠尚義，從不打劫搶掠，展兄何故口口聲聲呼小弟為山賊盜寇。此言太過，小弟實實不解。」展爺惡唾一口道：「你此話哄誰！既不打劫搶掠，為何將郭老兒父女搶來，硬要霸佔人家有婿之女。那老兒不允，你便把他囚禁在通天窟內。似此行為，非強寇而何？還敢大言不慚，說俠義二字，豈不令人活活羞死，活活笑死！」玉堂聽了，驚駭非常，道：「展兄此事從何說起？」展爺便將在通天窟遇郭老的話說了一遍。白玉堂道：「既有胡烈，此事便好辦了。展兄請坐，待小弟立剖此事。」急令人將郭彰帶來。

不多時郭彰帶到，伴當對他，指著白玉堂道：「這是我家五員外。」郭老連忙跪倒，向上叩頭，口稱：「大王爺爺，饒命呀，饒命！」展爺在旁聽了呼他大王，不由哈哈大笑，忿恨難當。白玉堂卻笑著道：「那老兒不要害怕。我非山賊盜寇，不是甚麼大王寨主。」伴當在旁道：「你稱呼員外。」郭老道：「員外在上，聽小老兒訴稟。」便將帶領女兒上瓜州投親，被胡烈截住為給員外提親，因未允，將小老兒囚禁在山洞之內，細細說了一遍。玉堂道：「你女兒現在何處？」郭彰道：「聽胡烈說，將我女兒交在後面去，不知是何去處。」白玉堂立刻叫伴當近前道：「你去將胡烈好好喚來，不許提郭老者之事。倘有洩露，立追狗命。」伴當答應，即時奉命去了。

---

❸ 無倫無理：沒有道理。倫、理，皆指道理。

少時，同胡烈到來。胡烈面有得色，參見已畢。白玉堂已將郭老帶在一邊，笑容滿面道：「胡頭兒，你連日辛苦了！這幾日船上可有甚麼事情沒有？」胡烈道：「並無別事。小人正要回稟員外，只因昨日有父女二人乘舟過渡，小人見他女兒頗有姿色，卻與員外年紀相彷。小人見員外無家室，意欲將此女留下與員外成其美事，不知員外意下如何？」說罷，滿面忻然❹，似乎得意。白玉堂聽了胡烈一片言語，並不動氣，反倒哈哈大笑道：「不想胡頭兒你竟為我如此挂心。但只一件，你來的不多日期，如何深得我心呢？」原來胡烈他是弟兄兩個，兄弟名叫胡奇，皆是柳青新近薦過來的。只聽胡烈道：「小人既來伺候員外，必當盡心報效；倘若不秉天良，還敢望員外疼愛？」胡烈說至此，以為必合了玉堂之心。他那知玉堂狠毒至甚，耐著性兒道：「好，好！真正難為你。此事可是我素來有這個意呀，還是別人告訴你的呢，還是你自己的主意呢？」胡烈此時，惟恐別人爭功，連忙道：「是小人自己巴結，一團美意，不用員外吩咐，也無別人告訴。」白玉堂回頭向展爺道：「展兄可聽明白了？」展爺已知胡烈所為，便不言語了。

白玉堂又問：「此女現在何處？」胡烈道：「已交小人妻子好生看待。」白玉堂道：「很好。」喜笑言開，湊到胡烈跟前，冷不防用了個沖天炮泰山勢，將胡烈踢倒。急掣寶劍，將胡烈左膀砍傷，疼的個胡烈滿地打滾。上面柳青看了，白臉上青一塊，紅一塊，心中好生難受，又不敢勸解，又不敢攔阻。只聽白玉堂吩咐伴當，將胡烈搭下去，明日交松江府辦理。立刻喚伴當到後面將郭老女兒增嬌叫丫鬟領至廳上，當面交與郭彰。又問他：「還有甚麼東西？」郭彰道：「還有兩個棕箱。」白爺連忙命人即刻

❹ 忻然：愉快。忻，同「欣」。

抬來，叫他當面點明。郭彰道：「鑰匙現在小老兒身上，箱子是不用檢點的。」白爺叫伴當取了二十兩銀子賞了郭老，又派了頭領何壽帶領水手二名，用妥船將他父女二人連夜送到瓜州，不可有誤。郭彰千恩萬謝而去。

此時已交五鼓，這裏白爺笑盈盈的道：「展兄，此事若非兄臺被擒在山窟之內，小弟如何知道胡烈所為，險些兒壞了小弟名頭。但小弟的私事已結，只是展兄的官事如何呢？展兄此來必是奉相諭叫小弟跟隨入都，但是我白某就這樣隨了兄臺去麼？」展爺道：「依你便怎麼樣呢？」玉堂道：「也無別的。小弟既將三寶盜來，如今展兄必須將三寶盜去。倘能如此，小弟甘拜下風，情願跟隨展兄上開封府去，如不能時，展兄也就不必再上陷空島了。」此話說至此，明露著叫展爺從此後隱姓埋名，再也不必上開封府了。展爺聽了連聲道：「很好，很好。我須要問明，在於何日盜寶？」白玉堂道：「日期近了，少了，顯得為難展兄。如今定下十日限期，過了十日，展兄只可悄地回開封府罷。」展爺道：「誰與你鬥口。俺展熊飛只定於三日內就要得回三寶。那時不要改口。」玉堂道：「如此很好。若要改口，豈是丈夫所為。」說罷，彼此擊掌。白爺又叫伴當將展爺送到通天窟內。可憐南俠被禁在山洞之內，手中又無利刃，如何能彀脫此陷阱。暫且不表。

再說郭彰父女跟隨何壽來到船艙之內，何壽坐在船頭順流而下。郭彰悄悄向女兒增嬌道：「你被掠之後，在於何處？」增嬌道：「是姓胡的將女兒交與他妻子，看承❺的頗好。」又問：「爹爹如何見的大王，就能彀釋放呢？」郭老便說起在山洞內遇見開封府護衛展老爺號御貓的，多虧他見了員外，也不

---

❺ 看承：看管侍候。

知是什麼大王，分析明白，才得釋放。增嬌聽了，感念展爺之至。正在談論之際，忽聽後面聲言：「頭裏船不要走了，五員外還有話說呢。快些攏住呀。」何壽聽了，有些遲疑道：「方才員外吩咐明白了，如何又有話說呢？難道此時反悔了不成？若真如此，不但對不過姓展的，連姓柳的也對不住了；慢說他等，就是我何壽，以後也就瞧不起他了。」

只見那隻船弩箭一般，及至切近，見一人噗的一聲，跳上船來。趁著月色看時，卻是胡奇，手持利刃，怒目橫眉，道：「何頭兒且將他父女留下，俺要替哥哥報仇。」何壽道：「胡二哥此言差矣。此事原是令兄不是，與他父女何干。再者，我奉員外之命送他父女，如何私自留下與你？有什麼話，你找員外去，莫要耽延我的事體。」胡奇聽了，一瞪眼，一聲怪叫道：「何壽！你敢不與我留下麼？」何壽道：「不留便怎麼樣？」胡奇舉起撲刀，就砍將下來。何壽卻未防備，不曾帶得利刃，一哈腰提起一塊船板，將刀迎住。此時郭彰父女在艙內疊疊連聲喊叫：「救人呀，救人！」胡奇與何壽動手，究竟跳板輪轉太夯，何壽看看不敵。可巧腳下一跐，就勢落下水去。兩個水手一見，噗咚噗咚也跳在水內。胡奇滿心得意，郭彰五內❻著急。

忽見上流頭趕下一隻快船，上有五六個人，已離此船不遠，聲聲喝道：「你這廝不知規矩！俺這蘆花蕩從不害人。你是晚生後輩呀，如何擅敢害人，壞人名頭？俺來也！你往那裏跑？」將身一縱，要跳過船來。不想船離過遠，腳剛踏著船邊，胡奇用撲刀一捌，那人將身一閃，只聽噗咚一聲，也落下水去。般已臨近，上面「嗖」「嗖」「嗖」跳過三人，將胡奇裹住，各舉兵刃。好胡奇！力敵三人，全無懼怯。

❻ 五內：即五臟。指心、肺、肝、脾、腎。

誰知那個先落水的，探出頭來偷看熱鬧。見三個夥伴逼住胡奇，看看離自己不遠，他卻用兩手把胡奇的懷子骨❼揪住，往下一攏，只聽噗咚掉在水內。那人卻提定兩腳不放，忙用篙鉤搭住，拽上船來捆好。頭向下，腳朝上，且自控水❽。眾人七手八腳，連郭彰父女船隻駕起，竟奔蘆花蕩而來。

原來此船乃丁家夜巡船，因聽見有人呼救，急急向前，不料拿住胡奇，救了郭老父女。趕至泊岸，胡奇已醒，雖然喝了兩口水，無甚要緊。大家將他扶在岸上，推擁進莊。又差一個年老之人背定郭增嬌，差個少年有力的背了郭彰，一同到了茉花村，先差人通報大官人、二官人去。

此時天有五鼓之半。這也是兆蘭、兆蕙素日吩咐的，倘有緊急之事，無論三更半夜，只管通報，決不嗔怪。今日弟兄二人聽見拿住個私行劫掠謀害人命的，卻在南蕩境內，幸喜擒來，救了二人，連忙來到待客廳上。先把郭增嬌交在小姐月華處，然後將郭彰帶上來，細細追問情由。又將胡奇來歷問明，方知他是新近來的，怨得不知規矩則例。正在訊問間，忽見丫鬟進來道：「太太叫二位官人呢。」

不知丁母為著何事，且聽下回分曉。

---

❼ 懷子骨：即踝子骨。踝，腳腕兩旁凸起的骨頭。

❽ 控水：使人頭朝下，讓肚子裏的水慢慢流出。

第五十五回　透消息遭困螺螄軒　設機謀夜投蚯蚓嶺

且說丁家弟兄聽見丁母叫他二人說話，大爺道：「原叫將此女交在妹子處，惟恐夜深驚動老人家。為何太太卻知道了呢？」二爺道：「不用猜疑，偺弟兄進去，便知分曉了。」弟兄二人往後而來。

原來郭增嬌來到月華小姐處，眾丫鬟圍著他問。郭增嬌便說起如何被掠，如何遭逢姓展的搭救。剛說到此，跟小姐的親近丫鬟，就追問起姓展的是何等樣人。郭增嬌道：「聽說是什麼御貓兒，現在也被擒困住了。」丫鬟聽到展爺被擒，就告訴了小姐。小姐暗暗喫驚，就叫他悄悄回太太去，自己帶了郭增嬌來到太太房內。太太又細細的問了一番，暗自思道：「展姑爺既來到松江，為何不到茉花村，反往陷空島去呢？或者是兆蘭、兆蕙明知此事，卻暗暗的瞞著老身不成。」想到此，疼女婿的心盛，立刻叫他二人。

及至兆蘭二人來到太太房中，見小姐躲出去了，丁母面上有些怒色，問道：「你妹夫展熊飛來到松江，如今已被人擒獲，你二人可知道麼？」兆蘭道：「孩兒等實實不知。只因方才問那老頭兒，方知展兄早已在陷空島呢。他其實並未上茉花村來。孩兒等再不敢撒謊的。」丁母道：「我也不管你們知道不知道。那怕你們上陷空島跪門去呢，我只要我的好好女婿便了。我算是將姓展的交給你二人了，倘有差池，我是不依的。」兆蕙道：「孩兒與哥哥明日急急訪查就是了。請母親安歇罷。」二人連忙退出。

大爺道：「此事太太如何知道的這般快呢？」二爺道：「這明是妹子聽了那女子言語，趕著回太太。此事全是妹子攛掇的。不然，見了咱們進去，如何卻躲開了呢？」大爺聽了，倒笑起來了。二人來到廳上，即派妥當伴當四名，另備船隻，將棕箱抬過來，護送郭彰父女上瓜州，務要送到本處，叫他親筆寫回信來。郭彰父女千恩萬謝的去了。

此時天已黎明。大爺便向二爺商議，以送胡奇為名，暗暗採訪南俠的消息，丁二爺深以為然。次日，便備了船隻，帶上兩個伴當，押著胡奇並原來的船隻，來到盧家莊內。早有人通知白玉堂。白玉堂已得了何壽從水內回莊、說胡奇替兄報仇之信；後又聽說胡奇被北蕩的人拿去，將郭彰父女救了，料定茉花村必有人前來。如今聽說丁大官人親送胡奇而來，心中早已明白，是為南俠，不是耑耑❶的為胡奇。略為忖度，便有了主意，連忙迎出門來，各道寒暄，執手讓到廳房，又與柳青彼此見了。丁大爺先將胡奇交代。白玉堂自認失察之罪，又謝兆蘭護送之情，謙遜了半晌，大家就座。便吩咐將胡奇、胡烈一同送往松江府究治。即留丁大爺飲酒暢敘。兆蘭言語謹慎，毫不露於形色。

酒至半酣，丁大爺問起：「五弟一向在東京，作何行止？」白玉堂便誇張起來：如何寄柬留刀，如何忠烈祠題詩，如何萬壽山殺命，又如何攪擾龐太師誤殺二妾，漸漸說到盜三寶回莊。「不想目下展熊飛自投羅網，已被擒獲。我念他是個俠義之人，以禮相待。誰知姓展的不懂交情。是我一怒，將他一刀……」剛說到此，只聽丁大爺不由的失聲道：「哎喲！」雖然哎喲出來，卻連忙收神，改口道：「賢弟，你此

❶ 耑耑：集中在一件事上。或專門。耑，同「專」。

事卻鬧大了。豈不知姓展的乃朝廷的命官，現奉相爺包公之命前來。你若真要傷了他的性命，便是背叛，怎肯與你甘休❷？事體不妥，此事豈不是你鬧大了麼？」白玉堂笑吟吟的道：「別說朝廷不肯甘休，包相爺那裏不依；就是丁兄昆仲大約也不肯與小弟甘休罷。小弟雖然糊塗，也不至到如此田地，方才之言特取笑❸耳。小弟已將展兄好好看承，候過幾日，小弟將展兄交付仁兄便了。」丁大爺原是個厚道之人，喫白玉堂這一番奚落，也就無話可說了。

白玉堂卻將丁大爺暗暗拘留在螺螄軒內，左旋右轉，再也不能出來。兆蘭卻也無可如何，又打聽不出展爺在於何處，整整的悶了一天。到了掌燈之後，將有初鼓，只見一老僕從軒後不知從何處過來，帶領著小主約有八九歲，長的方面大耳，面龐兒頗似盧方。那老僕向前參見了丁大爺，又對小主說道：「此位便是茉花村丁大員外，小主上前拜見。」只見這小孩子深深打了一恭，口稱：「丁叔父在上，姪兒盧珍拜見。奉母親之命，特來與叔父送信。」丁兆蘭已知是盧方之子，連忙還禮，便問老僕道：「你主僕到此何事？」老僕道：「小人名叫焦能。只因奉主母之命，惟恐員外不信，特命小主跟來。我的主母說道：『自從五員外回莊以後，每日不過早間進內請安一次，並不面見，惟有傳話而已。所有內外之事，任意而為，毫無商酌。』我家主母也不計較於他。誰知上次五員外把護衛展老爺拘留在通天窟內，今聞得又把大員外拘留在螺螄軒內。此處非本莊人不能出入，恐怕耽誤日期，有傷護衛展老爺，故此特派小人送信。大員外須急急寫信，小人即刻送到茉花村，交付二員外，早為計較方好。」又聽盧珍道：「家

---

❷ 甘休：情願罷休。甘，樂意；自願。

❸ 取笑：開玩笑；嘲笑。

母多多拜上丁叔父。此事須要找著我爹爹，大家共同計議，方才妥當。叫姪兒告訴叔父，千萬不可遲疑，愈速愈妙。」丁大爺連連答應，立刻修起書來，交給焦能，連夜趕到茉花村投遞。焦能道：「小人須打聽五員外安歇了，抽空方好到茉花村去。不然，恐五員外犯疑。」丁大爺點頭道：「既如此，隨你的便罷了。」又對盧珍道：「賢姪回去，替我給母親請安。就說一切事體，我已盡知，是必趕緊辦理，再也不能耽延，勿庸掛念。」盧珍連連答應，同定焦能，轉向後面，繞了幾個蝸角，便不見了。

且說兆蕙在家，直等了哥哥一天不見回來。到掌燈後，卻見跟去的兩個伴當回來，說道：「大員外被白五爺留住了，要盤桓幾日方回來。再者大員外悄悄告訴小人說：『展姑爺尚然不知下落，須要細細訪查。』叫告訴二員外，太太跟前就說展爺在盧家莊頗好，並沒甚麼大事。」丁二爺聽了點了點頭，道：「是了，我知道了。你們歇著去罷。」兩個伴當去後，二爺細揣此事，好生的游疑。這一夜何曾合眼。

天未黎明，忽見莊丁進來報道：「今有盧家莊一個老僕名叫焦能，說給俗們大員外送信來了。」二爺道：「將他帶進來。」不多時，焦能進來，參見已畢，將丁大爺的書信呈上。二爺先看書皮，卻是哥哥的親筆，然後開看，方知白玉堂將自己的哥哥拘留在螺螄軒內，不由的氣悶。心中一轉，又恐其中有詐，復又生起疑來。別是他將我哥哥拘留住了，又來誆我來了罷？

正在胡思，忽又見莊丁跑進來，報道：「今有盧員外、徐員外、蔣員外俱各由東京而來，特來拜望，務祈一見。」二爺連聲道：「快請。」自己也就迎了出來。彼此相見，各敘闊別之情，讓到客廳。焦能早已上前參見。盧方便問道：「你如何在此？」焦能將投書前來，一一回明。二爺又將救了郭彰父女、方知展兄在陷空島被擒的話，說了一遍。盧方剛要開言，只聽蔣平說道：「此事只好眾位哥哥們辛苦辛苦，小弟是要告病的。」二爺道：「四哥何出此言？」蔣平道：「偺們且到廳上再說。」

大家也不謙遜，盧方在前，依次來到廳上，歸座獻茶畢。蔣平道：「不是小弟推諉。一來五弟與我不對勁兒，我要露了面，反為不美；二來我這幾日肚腹不調，多半是痢疾，一路上大哥三哥盡知。慢說我不當露面，就是眾哥哥們去也是暗暗去，不可叫老五知道。不過設著法子，救出展兄，取了三寶。至於老五不定拿的住他拿不住他，不定他歸服不歸服。巧咧，他見事體不妥，他還會上開封府自行投首呢。要是那末一行，不但展大哥沒趣兒，就是大家都對不起相爺。那才是一網打盡，把偺們全著喫了呢。」二爺道：「四哥說的不差，五弟的脾氣竟是有的。」徐慶道：「他若真要如此，叫他先喫我一頓好拳頭。」二爺笑道：「三哥又來了，你也要摸的著五弟呀。」盧方道：「似此如之奈何？」蔣平道：「小弟雖不去，真個的連個主意也不出麼。此事全在丁二弟身上。」二爺道：「四哥派小弟差使，小弟焉敢違命。只是陷空島的路徑不熟，可怎麼樣呢？」蔣平道：「這倒不妨。現有焦能在此，先叫他回去，省得叫老五設疑。叫他於二鼓時在蚯蚓嶺接待丁二弟，指引路徑如何？」二爺道：「如此甚妙。但不知派我什麼差使？」蔣平道：「二弟你比大哥三哥靈便，沉重就得你擔。第一先救展大哥，其次取回三寶。你便同展大哥在五義廳的東竹林等候，大哥、三哥在五義廳的西竹林等候，彼此會了齊，一擁而入。那時五弟也就難以脫身了。」大家聽了，俱各歡喜。先打發焦能立刻回去，叫他知會丁大爺放心，務於二更時在蚯蚓嶺等候丁二爺，不可有誤。焦能領命去了。

這裏眾人飲酒喫飯，也有閒談的，也有歇息的。惟有蔣平攢眉擠眼的，說肚腹不快，連酒飯也未曾好生喫。看看天色已晚，大家飽餐一頓，俱各裝束起來。盧大爺、徐三爺先行去了。丁二爺吩咐伴當：

「務要精心伺候四老爺。倘有不到之處，我要重責的。」蔣平道：「丁二賢弟只管放心前去。劣兄偶染微疾，不過歇息兩天就好了，賢弟治事要緊。」

丁二爺約有初更之後，別了蔣平，來到泊岸，駕起小舟，竟奔蚰蜊嶺而來。到了臨期，辨了方向，與焦能所說無異。立刻棄舟上嶺，叫水手將小船放到蘆葦深處等候。兆蕙上得嶺來，見蚰蜒小路，崎嶇難行，好容易上到高峰之處，卻不見焦能在此。二爺心下納悶，暗道：「此時已有二更，焦能如何不來呢？」就在平坦之地，趁著月色往前面一望，便見碧澄澄一片清波，光華蕩漾，不覺詫異道：「原來此處還有如此的大水！」再細看時，洶湧異常，竟自無路可通。心中又是著急，又是懊悔，道：「早知此處有水，就不該在此約會，理當乘舟而入。又不見焦能，難道他們另有什麼詭計麼？」

正在胡思亂想，忽見順流而下，有一人竟奔前來。丁二爺留神一看，早聽見那人道：「二員外早來了麼？恕老奴來遲。」兆蕙道：「來的可是焦管家麼？」彼此相迎，來至一處。兆蕙道：「你如何踏水前來？」焦能道：「那裏的水？」丁二爺道：「這一帶汪洋，豈不是水？」焦能笑道：「二員外看差了，前面乃青石潭，此是我們員外隨著天然勢修成的。慢說夜間看著是水，就是白晝之間遠遠望去，也是一片大水。但凡不知道的，早已繞著路往別處去了。惟獨本莊俱各知道，只管前進，極其平坦，全是一片一片青石砌成。二爺請看，凡有波浪處全有石紋，這也是一半天然、一半人力湊成的景致，故取名叫做青石潭。」說話間，已然步下嶺來。到了潭邊，丁二爺慢步試探而行，果然平坦無疑，心下暗暗稱奇，口內連說：「有趣，有趣。」又聽焦能道：「過了青石潭，那邊有個立峰石，穿過松林，便是上五義廳的正路。此路比進莊門近多了。員外記明白了。老奴也就要告退了，省得俺家五爺犯想生疑。」兆蕙道：

「有勞管家指引，請治事罷。」只見焦能往斜刺裏小路而去。

丁二爺放心前進，果見前面有個立峰石。過了石峰，但見松柏參天，黑黯黯的一望無際，隱隱的見東北一點燈光，嗯悠嗯悠而來。轉眼間，又見正西一點燈光也奔這條路來。丁二爺便測度必是巡更人，暗暗隱在樹後，正在兩燈對面。忽聽東北來的說道：「六哥，你此時往那裏去？」又聽正西來的道：「什麼差使呢，冤不冤咧，弄了個姓展的關在通天窟內。員外說李三一天一天的醉而不醒、醒而不醉的，不放心，偏偏的派了我幫著他看守。方才員外派人送了一桌菜一罈酒給姓展的。我想他一個人也喫不了這些，也喝不了這些。我合李三兒商量商量，莫若給姓展的送進一半去，偺們留一半受用。誰知那姓展的不知好歹，他說菜是剩的，酒是渾的，罈子也摔了，盤子碗也砸了，還罵了個河涸海乾。老七，你說可氣不可氣？因此我叫李三兒看著，他又醉的不能動了，只得我回員外一聲兒。這個差使，我真幹不來。別的罷了，這個罵，我真不能答應。老七，你這時候往那裏去？」那東北來的道：「六哥，再休提起。如今偺們五員外也不知是甚麼咧。你才說弄了個姓展的，你還沒細打聽呢。我們那裏還有個姓柳的呢，如今又添上茉花村的丁大爺，天天一塊喫喝，喫喝完了把他們送往偺們那個瞞心昧己的窟兒裏一關，也不叫人家出來，又不叫人家走，彷彿怕洩了什麼天機似的。六哥你說，偺們五員外脾氣兒改的還了得麼？目下又合姓柳的姓丁的喝呢。偏偏那姓柳的要瞧什麼『三寶』，故此我奉員外之命特上連環窟去。六哥，你不用抱怨了，此時差使，只好當到那兒是那兒罷。等著偺們大員外來了，再說罷。」正西的道：「可不是這麼呢，只好混罷咧。」說罷，二人各執燈籠，分手散去。

不知他二人是誰，且聽下回分解。

國家圖書館出版品預行編目資料

三俠五義／石玉崑著;張虹校注;楊宗瑩校閱.——三版一刷.——臺北市：三民，2021
冊；　公分.——（中國古典名著）

ISBN 978-957-14-7298-0（全套：平裝）

857.44　　　　110015682

中國古典名著

三俠五義(上)

作　者	石玉崑
校注者	張　虹
校閱者	楊宗瑩
發行人	劉振強
出版者	三民書局股份有限公司
地　址	臺北市復興北路 386 號 (復北門市) 臺北市重慶南路一段 61 號 (重南門市)
電　話	(02)25006600
網　址	三民網路書店 https://www.sanmin.com.tw
出版日期	初版一刷 1998 年 3 月 二版二刷 2008 年 6 月 三版一刷 2021 年 10 月
書籍編號	S854060
ISBN	978-957-14-7298-0

三民書局